テリ文庫
〈HM(301)-1〉

シティ・オブ・ボーンズ

マイクル・コナリー
古沢嘉通訳

早川書房
5576

CITY OF BONES
by
Michael Connelly

Translated by
Yoshimichi Furusawa
Published 2005 in Japan by
HAYAKAWA PUBLISHING, INC.
This book is published in Japan by
arrangement with
LITTLE, BROWN AND COMPANY (INC.)
New York, New York, U.S.A.
through TUTTLE-MORI AGENCY, INC., TOKYO.

本書をジョン・ホートンに捧ぐ、
その協力と友情と数々の物語に対して

シティ・オブ・ボーンズ

登場人物

ハリー・ボッシュ……………ハリウッド署の刑事
ジェリー・エドガー…………ボッシュのパートナー
キズミン・ライダー…………ロサンジェルス市警強盗殺人課（ＲＨＤ）刑事。ボッシュの元部下
テレサ・コラソン……………郡検屍局長
グレイス・ビレッツ…………ハリウッド署警部補。ボッシュの上司
ジュリア・ブレイシャー………新人警官
エッジウッド…………………ブレイシャーのパートナー
アーヴィン・アーヴィング……ロサンジェルス市警の副本部長
ポール・ギヨー………………元開業医
アントワーヌ・ジェスパー……ロサンジェルス市警科学捜査課（ＳＩＤ）主席犯罪学者
ウィリアム・ゴラー…………法人類学者
ニコラス・トレント…………逮捕歴のある小児性愛者
サミュエル・ドラクロワ………市職員
シーラ・ドラクロワ…………サミュエルの娘
クリスティーン・ドーセット・ウォーターズ……サミュエルの元妻

1

老女は命を絶つことを考え直したが、もはや手遅れだった。そばの壁のペンキと漆喰に指を突き立て、爪をあらかたはがした。さらに首に矛先を向け、血まみれの指先でコードの上や下を必死にひっかいていた。周囲の壁を蹴って足の指を四本折っていた。こんなにも必死になり、なんとしてでも生き延びようとする意志を見せつけているのに、ここにいたるまでになにがあったのだろう、とハリー・ボッシュは不思議に思った。延長コードでつくった首吊り紐に首を通し、椅子を蹴飛ばすまで、断固たる決意と意志はどこに行き、なぜ頭を離れていたのだろう？　なぜこの女性から姿を隠していた？

死亡報告書に必要な公式の疑問ではなかった。けれども、自分の車に座っていたボッシュは考えずにいられなかった。ハリウッド・フリーウェイ東のサンセット大通りにある〈輝か《スプレン》しい歳《ディッド・エイジ》老人ホーム〉まえ、元日の午後四時二十分。ボッシュは休日の待機任務にあたっていた。

一日の半分以上が過ぎた時点で、仕事は自殺が二件だった——一件は銃、もう一件は首吊り。自殺者はふたりとも女性だった。どちらの事件も、憂鬱と絶望を示していた。孤独感。ニューイヤーズ・デーはむかしから自殺の特異日だ。大勢がこの日を希望と再生の気持ちで祝ういっぽうで、死ぬには格好の日だと考える者もいる——あの老婦人のように、手遅れになってはじめておのれの過ちに気づく者だ。

ボッシュは顔をあげてフロントガラスごしに、最新の自殺者の遺体が簡易式ストレッチャーに載せられ、緑の毛布におおわれて、検屍局の青いヴァンに積みこまれる様子を見つめた。ヴァンにはすでに先客がいた。最初の自殺者が載っているストレッチャーだ——三十四歳の女優で、マルホランド・ドライブからハリウッドを見おろす場所に車を駐め、銃でみずからを撃ったのだ。ボッシュと検屍局の職員たちは、ひとつの現場から次の現場へ移動してきていた。

携帯電話が軽やかな音を立てた。二件のささやかな死について考えこまずにすむこの電話はありがたかった。ロサンジェルス市警ハリウッド署の当直巡査部長マンキウィッツからかかってきたものだった。

「そこはもう終わったかい？」

「撤収しようとしていたところだ」

「どんな事件だね？」

「ためらい自殺だ。ほかに事件か？」

「ああ。こいつは無線で連絡しないほうがいいと思ってな。メディアにはニュース日照りな一日さ――市民からの通報より、記者からの、なにかないかコールのほうが多いときた。どいつも最初のやつを記事にしたがっている。マルホランドの女優の件をな。ハリウッド・ドリームに破れた死ってな。たぶん、この最新の通報にも飛びつくね」

「なるほど、で、それはどんな通報だ？」

「ローレル・キャニオンの市民からの通報だ。ワンダーランドの。ついいましがた電話があり、犬が森の散歩からもどってくると骨をくわえていたっていうんだ。その男の話だと、人間の骨だとさ――子どもの腕の骨だそうだ」

ボッシュは思わずうめき声をあげそうになった。年に四、五回はこの手の通報があった。大騒ぎには簡単な説明がつきものだった――動物の骨でしたという。ボッシュはフロントガラスごしに、ヴァンの前方ドアに向かう検屍局の死体運搬人二名に会釈した。

「あんたがどう思っているかわかるよ、ハリー。もう人骨騒ぎはごめんだってところだろ。いやになるくらい呼びつけられて、いつもおなじ結果さ。コヨーテだの、鹿だの。だが、いいか、この犬がらみの男は医者なんだ。まちがいないと言ってる。上膊骨《じょうはくこつ》だそうだ。二の腕の骨だな。子どものものだと言うんだよ、ハリー。それにだ、肝腎なのは、この医者の話だと……」

メモを見ているらしく間があった。検屍局の青いヴァンが車の流れに乗った。ふたたび口をひらいたマンキウィッツがメモを読みあげているのはあきらかだった。

「はっきりと認められる骨折の跡が内側上顆上部《ないそくじょうか》にあったんだと。どこのことを言っているのかおれにはわからんが」

ボッシュはあごに力をこめた。うなじをちりちりとした感覚が下っていく。

「メモを読み上げたものの、ちゃんと言えているかどうかわからん。要するに、骨は、おさない子どものものだと、医者は言ってるんだ、ハリー。骨折り損かもしれんが、その折れた骨を調べてきてくれんか」

ボッシュは反応しなかった。

「すまん、どうしても言いたかった」

「ああ、笑えたよ、マンク。住所はどこだ？」

マンキウィッツが住所を伝え、すでにパトロール・チームを派遣済みだと言った。

「無線で連絡しないで正解だったな。できるだけこの方法でいこう」

そうしよう、とマンキウィッツは答えた。ボッシュは携帯電話を折りたたみ、車のエンジンをかけた。路肩からはなれるまえに、老人ホームの正面入り口を一瞥した。華やいで見える《スプレンディッド》ものは皆無だった。ちっぽけな寝室のクロゼットで首を吊った老女は、ホームの運営者によれば、身寄りがなかった。死んだ場合も、生前とおなじように扱われるだろう。ひとりっきりにされ、忘れ去られるのだ。

ボッシュは車を発進させ、ローレル・キャニオンへ向かった。

2

ボッシュは渓谷《キャニオン》を進み、ルックアウト・マウンテン・アヴェニューを登ってワンダーランド・アヴェニューをめざしながら、カーラジオでレイカーズの試合中継を聴いた。プロバスケットボールの熱心なファンではなかったが、パートナーのジェリー・エドガーを呼ぶ必要が生じたときのために、試合の模様を知っておきたかった。ボッシュが単独で仕事にあたっているのは、エドガーが幸運にもその試合のいい席のチケットを二枚手に入れたからだった。ボッシュは待機任務を引き受け、殺人事件やひとりでは扱えない事件でも起こらないかぎり、エドガーを呼びださないことに同意していた。また、ボッシュ班の三人目だったキズミン・ライダーが一年近くまえに本部の強盗殺人課《RHD》へ昇進し、いまだに人員が補充されないままであることも、ひとりでいる理由だった。

試合は第三クォーターに入ったところで、トレイル・ブレイザーズとのスコアはタイだった。ボッシュは筋金入りのファンではないが、エドガーが繰り返しこのゲームを話題にし、待機任務をさせないでほしいと泣きついていたので、地元ロサンジェルス・レイカーズにとって、強敵との重要な対戦だとわかってはいた。現場に到着して状況を見極めるまで、エドガーのポケットベルを鳴らさないことにした。渓谷ではAMラジオが入りにくくなってきたので、ラジオを消した。

登りの道は険しかった。ローレル・キャニオン大通りはサンタモニカ山脈の横断路だ。分岐道が山脈の頂に向かって何本も延びている。ワンダーランド・アヴェニューは奥まった地点で行き止まりとなっており、そこでは鬱蒼とした森と険しい地形に五十万ドルの家々がかこまれていた。この地域で骨を捜索することは兵站学《へいたんがく》的な悪夢だな、とボッシュは直感的に悟った。マンキウィッツに教わった住所にはすでにパトカーが到着しており、そのうしろに車を止め、腕時計をたしかめた。午後四時三十八分。法律用箋のあたらしいページに時刻を書き留める。日没まで一時間もなかろう。

見憶えのない女性パトロール警官がボッシュのノックに応えた。名札にはブレイシャーと記されている。あとについて家に入り、女性警官のパートナーがいる書斎に行くと、顔見知りのエッジウッドという警官がいた。散らかった机の奥に座っている白髪の男性と話している。机の上には、シューズボックスが置かれていた。

ボッシュは前に進みでて名乗った。白髪の男性が開業医のドクター・ポール・ギヨーだと自己紹介をした。ボッシュが身を乗りだすと、シューズボックスには、このためにふたりが顔を合わせることになった骨が入っていた。濃い茶色をして、節くれだった流木のようだ。

ドクターの机の椅子の隣りで、床に寝そべっている犬も視界に入った。黄色っぽい毛並みの大型犬だ。

「では、これがそうなんですね」ボッシュはシューズボックスをふたたび覗きこみながら言った。

「いかにも、刑事さん、これがあんたの骨だよ」ギヨーは言った。「そして、おわかりのように……」

医師は机の背後にある棚に手をのばし、ぶあつい『グレイ解剖学』を取りだした。あらかじめ印をつけているページをひらく。ボッシュは医師がラテックスの手袋をはめていることに気づいた。

ひらかれたページには、骨を前面と背面から見た図解があった。ページの隅に骨格の小さな略図があり、両腕の上膊骨が拡大されていた。

「上膊骨だ」ギヨーはページを指でこつこつと叩いて言った。「そしてここには、見つかった標本がある」

ギヨーが箱に手を入れ、そっと骨を取りだした。本の図解の上にかかげ、一カ所ずつ比較していった。

「内側上顆、滑車、大小結節。すべてそろっておる。こちらのおまわりさんたちに話したばかりだが、この本がなくても、骨のことはわかっておる。この骨は人間のものだよ、刑事さん。疑う余地はない」

ボッシュはギヨーの顔を見た。かすかに揺れている。おそらく、パーキンソン病特有の震えの初期兆候だろう。

「現役は引退なさっておられますか、ドクター？」

「ああ、だが、骨を見てもわからないということには——」

「あなたを疑っているわけじゃありません、ドクター・ギョー」ボッシュはほほ笑もうとした。「人間のものだとおっしゃるなら、信じます。よろしいですか？　わたしは状況を把握しようとしているだけです。よろしければ、骨を箱にもどされてはいかがです？」

ギョーは骨をシューズボックスにもどした。

「犬の名前は？」

「カラミティ（災難）」

ボッシュは犬を見下ろした。眠っているようだ。

「子犬の時分、この娘《こ》にはさんざ手を焼かされたんでね」

ボッシュはうなずいた。

「では、二度手間になって申し訳ありませんが、きょうの出来事を話してください」

ギョーは手を伸ばし、犬の首輪を揺さぶった。犬は一瞬飼い主を見上げたが、すぐに首を下げ、目をつむった。

「カラミティを午後の散歩に連れていった。いつもロータリーまで行くと、引き綱《リード》をはずして森へ走らせてやるんだよ。それがお気に入りなのでな」

「どういう種類の犬なんですか？」ボッシュは訊ねた。

「イエローラブ」ブレイシャーがボッシュの背後ですばやく答えた。

ボッシュは振り返って女性警官を見た。口をはさんだのは誤りだったとブレイシャーは気づき、うなずくとパートナーがいる書斎のドアのほうへ引き下がった。

「ほかに呼びだしがかかっているなら、きみたちはもう行っていい」ボッシュは言った。

「ここからはおれが引き継ぐ」

エッジウッドがうなずき、パートナーに外に出るよう合図を送った。

「通報ありがとう、ドクター」エッジウッドは部屋を出ていきしなに礼を告げた。

「どういたしまして」

ボッシュはあることを思いついた。

「おい、きみたち」

エッジウッドとブレイシャーが振り返った。

「この件は無線で話さないでくれ。いいな」

「了解」ブレイシャーはボッシュが目をそらすまでその目を見つめつづけた。

パトロール警官たちが立ち去ると、ボッシュはふたたびドクターに視線をもどし、顔の震えが先ほどよりわずかに目立ってきたことに気づいた。

「あの連中も、最初はわしの話を真に受けようとしなかった」ドクターは言った。

「似たような通報が多い、それだけのことです。ですが、わたしはあなたの言うことを信用しています、ドクター。ですから、話のつづきを聞かせてください」

ギョーはうなずいた。

「そうだな、わしはロータリーに着くとリードをはずした。カラミティはうれしそうに森へ入っていった。よくしつけてあるので、口笛を吹くともどってくるんだよ。やっかいなのは、こちらがあまり強く口笛を吹けなくなってきたことだ。だから、口笛が聞き取れないほど奥まで行ってしまうと、帰ってくるのをじっと待つはめになる」

「きょうカラミティが骨を見つけたときは、どんな状況でした？」

「口笛を吹いたが、もどってこなかった」

「つまり、かなり遠くまで行っていたということですね」

「ああ、そのとおり。しばらく待った。さらに何度か口笛を吹くと、やっとこさ、アルリックさんの家の隣りの森から出てきおった。骨といっしょにね。口にくわえていたんだ。最初、木ぎれだと思った。投げてもらって取りに行く遊びをしたいんだろう、とね。ところが、近づいてくと、その形状に気づいた。取りあげて——すったもんだのあげくにな——それから、ここで調べて確認してから、そっちの人たちに通報した」

　そっちの人たち。決まってそういわれる。まるで警察が異なる人種であるかのように。この世の惨事に心を揺さぶられることのない鎧をまとった青《ブルー》い制服の人種。

「通報されたとき、受付の者に骨折の跡があるとおっしゃったそうですが」

「いかにも」

　ギョーが丁重に扱いながら、ふたたび骨を手にした。裏返し、骨の表面に垂直についた溝に指を走らせた。

「これは骨折の線だよ、刑事さん。癒えた骨折だ」

「なるほど」

ボッシュがシューズボックスを指さすと、ドクターは骨をもどした。

「ドクター、申し訳ありませんが、犬にリードをつけて、わたしとロータリーまでいっしょに来ていただけませんか？」

「いいとも。靴を履き替えればすむ」

「わたしも履き替えないとなりません。玄関の外で落ち合うことにしましょう」

「では、すぐに」

「これはいま持っていきます」

ボッシュはシューズボックスに蓋をすると両手で抱え、けっして箱がひっくり返ったり、中身を激しく揺すったりしないようにした。

戸外に出てみると、パトカーがまだ家のまえに停まっていた。パトロール警官二名は車内に座り、どうやら報告書を作成しているようだった。ボッシュは自分の車へ行き、助手席にシューズボックスを置いた。

待機任務だったため、ボッシュはスーツを着用していなかった。スポーツコートにブルージーンズ、白いオックスフォード・シャツといういでたちだった。スポーツコートを脱ぐと、裏返しにして折りたたみ後部座席に置いた。そこで気づいたのだが、常時腰につけているホルスターに収めた銃の引き金が、裏地に穴を開けていた。この上着は買ってからまだ一年になっていない。遠からず穴はポケットに届き、そして表まで突き抜けるだろう。ボッシュの上着はたいてい内側からすり切れた。

つぎにシャツを脱ぎ、下の白いTシャツをあらわにした。ついで犯行現場用の備品ボックスからワークブーツを取りだすためトランクを開けた。リアバンパーにもたれて靴を履き替えていると、ブレイシャーがパトカーを降りてこちらに向かってきた。

「どうやら本物だったようですね、でしょ？」

「そうらしい。検屍局のだれかが確認する必要があるだろうが」

「現場を見てくるんですね」

「そうするつもりだ。もっとも、すぐ暗くなってしまうだろうが。たぶん、あした出直すことになるだろう」

「ところで、ジュリア・ブレイシャーです。署に新しく配属されたの」

「ハリー・ボッシュだ」

「知ってます。噂は聞いてますよ」

「全部否定するぞ」

その言葉にブレイシャーがほほ笑んで手を差しだしたが、ボッシュはちょうど片方のブーツを履こうとしているところだった。手を止めて、ボッシュは握手した。

「ごめんなさい」ブレイシャーは言った。「きょうはタイミングを外してばかりだわ」

「気にすることはない」

ボッシュはブーツの紐を結び終え、バンパーから離れて、体を起こした。

「さっき、うっかり犬のことで答えを言ったとき、あなたがドクターと心を通わせようとしていたんだとすぐにわかったわ。わたしのまちがいね。ごめんなさい」

ボッシュはブレイシャーの様子をちらっと観察した。三十代なかば、黒髪をきつく編みこみにして、束ねたみじかい毛先が襟首にかかっている。瞳は濃いブラウン。アウトドアが好きなようだ。肌はむらなく日焼けしていた。

「繰り返すが、気にすることはない」

「ひとりなんですか？」

ボッシュはためらった。

「おれがこっちを調べているあいだ、相棒は別口にあたっているんだ」

ドクターが犬にリードをつけて家の玄関から出てきた。ボッシュは犯行現場用のジャンプスーツを取りだして身につけるのはやめることにした。ジュリア・ブレイシャーのほうをちらっと見ると、女性警官は近づいてくる犬を見ていた。

「呼びだしはないのかい？」

「ええ。事件が少ない日で」

ボッシュは備品ボックスのマグライトを見下ろした。ブレイシャーを横目で見てから、トランクに手を伸ばし、オイル用のぼろ布をつかむとその懐中電灯にかぶせた。黄色の犯行現場保全テープひと巻とポラロイド・カメラを取りだし、トランクを閉めると、ブレイシャーにむき直った。

「では、マグライトを貸してもらえないかい？　その、自分のを忘れたんで」

「どうぞ」

ブレイシャーはポリスベルトのリングから懐中電灯を抜き、ボッシュに手渡した。

そこへドクターと犬がやってきた。

「準備完了だ」

「いいでしょう、ドクター。さきほど犬を放した地点に連れていってください。それから、犬がどこへいくか見てみましょう」

「あんたは犬についていけるかね？」

「その心配はあとからしますよ、ドクター」

「では、こっちだ」

ふたりは、坂道を登り、方向転換用のロータリーをめざした。そこでワンダーランド・アヴェニューが行き止まりになっているのだ。ブレイシャーも車のなかにいるパートナーに手を振って合図を送ると、ボッシュたちといっしょに登った。

「数年まえにこのあたりでちょっとした騒ぎがもちあがったことは知っておるだろう」ギョーが言った。「ハリウッド・ボウルを見た帰りに尾《つ》けられて、男が物盗りに殺されたんだ」

「覚えていますよ」ボッシュは言った。

捜査がまだ終わっていないことを知っていたが、そのことは口にしなかった。ボッシュの担当ではなかった。

ドクターの足取りは力強く、年齢と、あきらかに発症している病いを感じさせなかった。犬に先を歩かせてペースを定め、ほどなくボッシュとブレイシャーの数歩まえに出た。

「それで、まえはどこに？」ボッシュはブレイシャーに訊いた。

「どういう意味かしら？」

「ハリウッド署に新しく配属になったと言ったね。そのまえは？」

「ああ。ポリス・アカデミーです」

ボッシュは驚いた。ブレイシャーをしげしげと眺め、年齢の見積もりを再検討する必要がありそうだと考えた。

ブレイシャーはこっくりとうなずいた。「ええ、見ての通りの歳よ」

ボッシュはどぎまぎした。

「いや、おれはそんなつもりで言ったんじゃない。ただ、きみがよその署にいたんだろうと思っただけだ。新米には見えない」

「アカデミーに入学したのは、三十四歳になってから」

「へえ。そうなのか」

「ええ。やる気になるのがちょっと遅かったの」

「そのまえはなにをしていたんだい？」

「まあ、いろいろと。よく旅をしていたわ。やりたいことを見つけるまでに時間がかかって。

わたしがいちばんやりたいことを教えましょうか?」

ボッシュはブレイシャーを見た。

「なんだい?」

「あなたがやってること。殺人課の仕事」

どう反応していいのかわからなかった。励ますべきか、思いとどまらせるべきか。

「そうか、幸運を祈るよ」ボッシュは言った。

「ほら、なによりもやりがいのある仕事じゃない? あなたのやっていることを考えてみて。ごった煮のなかから、最悪の連中を取り除いているわ」

「ごった煮?」

「社会」

「ああ、そうかもしれない。運がいいときには」

ふたりは方向転換用のロータリーで犬と待っていたドクター・ギョーに追いついた。

「ここがそこですか?」

「そうだ。ここでこの子を放した。そこを通って上がっていったよ」

ギョーは草が生い茂るだけの区画を指さした。道とおなじ高さからすぐに急な登りになり、丘陵の頂きに向かって延びている。コンクリート製の大きな排水溝があり、それがこの区画に建造物が建たなかった理由を物語っていた。ここは市有地で、豪雨で道路沿いの家屋からあふれた雨水を一ヵ所に集めていた場所だった。渓谷の道路の多くがかつては川床だった。

排水システムがなければ、雨の際、元の用途にもどってしまうだろう。

「あの斜面をのぼるつもりかね？」ドクターが訊ねた。

「そのつもりです」

「いっしょに行くわ」ブレイシャーが言った。

ボッシュはブレイシャーを見たが、車の音がしたのでそちらをむいた。パトカーだ。停止すると、エッジウッドが窓を降ろした。

「お呼びだ、相棒。ダブルＤだぞ」

エッジウッドは空いた助手席のほうへあごをしゃくった。ブレイシャーが顔をしかめ、ボッシュのほうを見た。

「家庭内のもめごと《ドメスティック・ディスピュート》なんて大嫌い」

ボッシュはにやりとした。ボッシュも大嫌いだった。とりわけ、殺人事件に変わったときには。

「残念だな」

「そうね、たぶん次の機会に」

ブレイシャーはパトカーの前方へ歩きはじめた。

「これを」ボッシュはマグライトを差しだした。

「車に予備があるの」ブレイシャーは言った。「あとで返してくれればいいわ」

「ほんとに？」

ボッシュは電話番号を訊きたい誘惑にかられたが、訊かなかった。

「もちろん。幸運を。気をつけて」

「きみにも幸運を」

ブレイシャーは笑顔を見せると、急ぎ足で車の前部にまわりこんだ。ブレイシャーが乗ると、車は発進した。ボッシュはギョーと犬にふたたび注意を向けた。

「魅力的な女性だな」ギョーが言った。

ボッシュはその言葉を無視したが、ブレイシャーに対する自分の反応に基づいて、いまのコメントを述べたのだろうか、と訝った。そこまでわかりやすい態度じゃなかったことを願った。

「さて、ドクター」ボッシュは言った。「犬を離してください。なんとか離されないようにしてみます」

ギョーは犬の胸を軽くたたきながら、リードをはずした。

「いい子だ、骨を取ってくるんだ。骨を取ってこい。行け！」

犬は区画に入り、ボッシュが一歩も動きださないうちに視界から消えた。ボッシュは思わず笑いだしそうになった。

「なるほど、あなたのおっしゃったとおりみたいですね、ドクター」

ボッシュは振り返ると、パトカーがすでに走り去っていて、犬に振り切られたところをブレイシャーに見られなかったことを確認した。

「口笛を吹こうか？」

「いいえ。向こうに行って探してみますよ。追いつけるかどうか確かめてみます」

ボッシュは懐中電灯をつけた。

3

森は日が沈むずいぶんまえからすでに暗かった。背の高いモンテレーマツの木立が形づくる天蓋のために、陽の光が地面に届かないうちにほとんど遮られている。ボッシュは懐中電灯を使い、犬が茂みのなかを動いている音がした方向へ斜面を登っていった。のろのろとしか進まぬ、きつい仕事だった。地面には松葉が三十センチほどの厚さの層になっており、斜面に足がかりを求めようとすると、しょっちゅうブーツの下でくずれた。姿勢をまっすぐに保とうと枝をつかんでいるために、すぐに両手が松ヤニでべたついた。

十分近くかかって、斜面を三十メートルほど登った。すると地面がたいらになりはじめ、背の高い木々がまばらになって陽の光がもっと差すようになった。あたりを見まわして犬を探したものの、どこにも見えない。もう道路もドクター・ギョーの姿も見えなくなっていたが、道のほうに向かってボッシュは呼びかけた。

「ドクター・ギョー？　聞こえますか？」

「ああ、聞こえるよ」

「口笛を吹いて犬を呼んでください」

すると、三音節からなる口笛が聞こえた。明瞭だがとても小さな音で、陽の光同様、なかなか木々や下生えを通り抜けてこなかった。ボッシュもその口笛を真似、数回試してから、正しく吹けたと思ったのだが、犬はもどってこなかった。

ボッシュはたいらな地面の上をそのまま進んだ。仮にだれかが死体を埋めるか捨てるかするならば、険しい斜面ではなく、平坦な地面にするはずだ。障害物がいちばん少なそうな細道をたどり、アカシアの木立へ移動する。すると、そこですぐに、最近土が荒らされたとおぼしき場所に行きあたった。道具を用いて、あるいは動物が、でたらめにその部分を掘り返したかのように土が乱れていた。足で泥と小枝を押しのけたところ、それが小枝ではないことに気づいた。

膝をつき、懐中電灯で、三十センチ四方に散らばっている茶色のみじかい骨を調べた。目にしているのは、ばらばらになった手の指だと確信する。小さな手。子どもの手だ。

ボッシュは立ちあがった。ジュリア・ブレイシャーにうつつを抜かして、注意が散漫になっていたことに気づく。骨を集めるための手段をなにも用意してこなかったのだ。骨を拾い集め、それをもって丘をくだれば、証拠品収集のあらゆる教義に反することになるだろう。

ポラロイド・カメラは靴ひもで首からぶら下げていた。ただちにカメラを構え、骨のクローズアップ写真を撮った。つづいて後退し、アカシアの木立の根本部分を先ほどよりも広い範囲で撮った。

遠くでドクター・ギヨーの弱々しい口笛が聞こえた。ボッシュは黄色いビニールの犯行現場保全テープを張る作業にとりかかった。みじかく引きだしたテープをアカシアの幹のひとつに結わえ、それから木立の周囲に境界線を張りめぐらした。翌朝の捜索手順について考えながら、アカシアの木立の一画からいったん離れ、空から見た場合の目印として使えるものを探した。近くにセージブラッシュの茂みがあった。犯行現場保全テープをその茂みの先端に数回巻きつけた。

巻き終えるころには暗くなりかけていた。さらにあたりをざっと見まわしたが、懐中電灯を用いた捜索をするのは意味がなく、日が昇ってから地面を徹底的に調べる必要があることはわかっていた。鍵束に取りつけた小さなペンナイフを使って、ロールから一メートル強分のテープを何本か切りはじめた。

丘をくだりながら、ボッシュはカットしたテープをところどころ、枝や茂みに結んでいった。道路に近づくにつれて声が聞こえてきたので、その声を頼りに進路を定めた。坂の途中で、突然、柔らかい地面がくずれ、ボッシュは転んで、松の根もとに激しくぶつかった。木に腹をしたたかに打ちつけ、シャツが破れ、脇腹をひどくこすった。

しばらくのあいだ、ボッシュは動かなかった。右脇腹の肋骨が折れた、と思った。息をするのも困難で、痛みをともなった。声をあげてうめき、松の幹にもたれかかりながらゆっくりと体を起こすと、声のほうへ進んだ。

ほどなく道路へたどりつくと、ドクター・ギヨーが犬ともうひとりの男性とともに待っていた。ボッシュのシャツの血を見て、ふたりの男性はぎょっとしたようだった。

「おい、なにがあったんだね？」ギョーが声をはりあげた。

「なにも。転んだんです」

「シャツが……血がついているじゃないか！」

「仕事にはつきものですよ」

「胸を見せてみなさい」

ドクターが調べようと近づいたが、ボッシュは手をあげてさえぎった。

「だいじょうぶです。こちらは？」

もうひとりの男性が返事をした。

「ヴィクター・アルリック。そこに住んでいる」

男は区画の隣りの家を指さした。ボッシュはうなずいた。

「なにが起こっているのか、気になってでてきただけさ」

「目下のところはなにも起こっていません。ただ、上のほうは事件現場です。あるいはそうなる可能性があるということですが。明朝まで捜査を再開することにはならないでしょう。ですが、おふたりとも、あそこに近づかないようにして、この件を他言されないようお願いします。よろしいですか？」

住民はそろってうなずいた。

「それからドクター、二、三日は犬のリードをはずさないでください。これからわたしは車にもどって電話をかけます。アルリックさん、明日お話をうかがうことになるはずです。ご在宅ですか？」

「いるとも。いつでもいい。家で仕事をしているから」

「どんな仕事を？」

「物書きさ」

「わかりました。では、明日また」

ボッシュはギョーと犬をともなって、もと来た道をもどった。

「怪我の具合を診《み》なければならんと思うんだがね」ギョーが強く言った。

「だいじょうぶですよ」

左手のほうをちらりと見たボッシュは、まえを通りかかった家の窓のカーテンがすばやく閉まったのを目にしたと思った。

「歩くときにあんたが身体に腕をまわしている様子からすると、肋骨をやられとるな」ギョーが言った。「折れとるかもしれん。一本ではきかんぞ」

ボッシュはアカシアの木立の下で見たばかりの小さな薄い骨を思いだした。

「折れていようがいまいが、肋骨の手当てはできないでしょう」

「テーピングできる。それでだいぶ楽に息ができるようになる。その擦り傷の手当てもできる」

ボッシュは態度を和らげた。

「わかりました、ドクター。診療かばんを持ってきてください。替えのシャツを取ってきます」

数分後、ドクター・ギョーは自宅でボッシュの脇腹の深い擦り傷を消毒し、肋骨のテーピングをした。それで楽にはなったが、やはりまだ痛みはあった。自分はもう処方箋を書くことはできないが、どのみちアスピリンより強い薬は飲まないように、とギョーは助言した。ボッシュは数カ月まえ親知らずを抜いた際の処方薬の薬壜に、ヴィコディンの錠剤が少しばかり残っていることを思いだした。痛みを和らげたくなれば、あれが使えるだろう。

「だいじょうぶですよ」ボッシュは言った。「手当てしてくださってどうも」

「おやすいご用だ」

ボッシュは綺麗なシャツに着替え、ギョーが救急箱を片づける様子を見守った。この医師が患者に対してみずからの技能をふるってから、どれだけ経つのだろうと訝った。

「引退して何年になられます?」ボッシュは訊ねた。

「来月で十二年だね」

「仕事が恋しくないですか?」

ギョーは救急箱から振り返り、ボッシュを見た。震えは消えていた。

「毎日そう思っとるよ。じっさいの仕事は恋しくない――そう、診察そのものが恋しいのじゃない。だが、仕事があることが肝心なんだ。仕事がないのは寂しいものだよ」

ボッシュは先ほどジュリア・ブレイシャーが殺人課の仕事をどう形容したかを考えた。うなずき、ギョーの言わんとしているところを理解したことを示した。

「上に事件現場があると言っていたね？」ドクターは訊ねた。

「ええ。さらに骨を見つけました。電話をかけて、これからどうするか確認しないと。電話をお借りできますか？　このあたりだと、わたしの携帯電話は通じないみたいなので」

「ああ、この渓谷では、携帯電話は使い物にならん。そこのデスクにある電話を使いなさい。わしは席をはずそう」

ギヨーは救急箱をもって出ていった。ボッシュはデスクの向こう側にまわりこんで、腰を降ろした。犬が椅子の横の床にいた。ボッシュを見あげ、主人の定位置にちがう人間がいるのを見て驚いたようだった。

「カラミティ」ボッシュは話しかけた。「きょうのおまえは名前にふさわしい行動をしたな」

ボッシュは手を伸ばし、犬の首筋をなでた。カラミティが唸り声をあげたため、ボッシュはあわてて手を離した。そうしつけられているのか、それとも敵対的な反応を引き起こすなにかがこちらにあるのだろうか。

ボッシュは電話を手にとり、上司であるグレイス・ビレッツ警部補の自宅にかけた。ワンダーランド・アヴェニューでなにがあったか、丘でなにを発見したかを説明した。

「ハリー、その骨はどのくらいまえのものに見える？」ビレッツが訊ねた。

ボッシュは先ほど土の中で発見した小さな骨を撮したポラロイド写真を見た。できの悪い写真だった。寄りすぎたため、フラッシュで露出過度になっていた。

「どうでしょうか、古いものに見えます。何年もまえのものでしょうね」

「なるほど、じゃあ、現場にあるものがなんにしろ、新しくないのね」

「見つかったばかりとはいえ、ええ、永年あそこにあったものです」

「言いたかったのはそこよ。では、この件に目印をつけて、明日の手配をしないといけないわ。丘になにがあるにしても、今晩勝手にどこかに行ったりはしないでしょうし」

「ええ」ボッシュは言った。「同じことを考えていました」

ビレッツは一瞬間をあけたのち、話をつづけた。

「ハリー、この手の事件は……」

「なんです?」

「予算を食い散らし、人手も食い散らすわ……そのうえ、解決するにはもっとも困難なものときている。仮に解決できるとしてもね」

「わかりました、丘にもどって骨を隠してきますよ。ドクターには、犬にずっとリードをつけたままにしてくれ、と頼みます」

「ああ、もう、ハリー。あたしの言いたいことはわかるでしょう」ビレッツが大きなため息をついた。「新年初日に、厄介なことをはじめようとしているのよ」

ボッシュは黙って、ビレッツについて管理職としての不満をこぼさせた。長くはかからなかった。それはボッシュがビレッツについて好ましく思う点のひとつだ。

「いいわ、そのほかにきょうはどんなことがあったの?」

「たいしてなにも。自殺が二件、いまのところそれだけです」

「了解。明日は何時にはじめる?」

「早めにはじめたいですね。電話を何本か入れて、こちらが考えているようにやれるかたしかめます。それに、まずなにをおいても、犬が見つけた骨の確認をさせないと」

「いいでしょう。また連絡して」

ボッシュは同意して電話を切った。つぎに郡《カウンティ》検屍官のテレサ・コラソンの自宅に連絡した。仕事外でのふたりの関係は何年もまえに終わり、テレサは少なくとも二度引っ越しをしていたが、電話番号はつねに同じで、その番号をボッシュは記憶していた。それがここで役に立った。コラソンに状況を説明し、まず骨が人間のものであると公式に確認されないと、ほかの行動を起こせないと話した。また、人骨だと確認されたら、可能なかぎり早く事件現場で働ける考古学チームが必要だとも告げた。

コラソンに五分近く待たされた。

「あのね」ふたたび電話口に出るとコラソンは言った。「キャシー・コールに連絡がつかないの。家にいないのよ」

コールは検屍局の専属考古学者だ。フルタイムの職員として検屍局に在籍するコールの実際の専門分野と仕事は、カウンティ北部の砂漠の死体投棄場から骨を回収することで、そうした機会が毎週発生していた。だが、そのコールがワンダーランド・アヴェニュー近くの骨の捜索にも呼びだされることになるだろう。

「じゃあ、おれにどうしろというんだ。骨の確認は今夜のうちにやりたい」

「焦らないでよ、ハリー。あなたはいつもせっかちね。骨をまえにした犬みたい。あ、いまのは洒落じゃないわよ」

「子どもの骨なんだ、テレサ。まじめにやってくれ」

「ここに来なさい。わたしが見るわ」

「明日のことはどうする？」

「手配します。キャシーにはメッセージを残しておいたし、この電話を切ったらすぐに局へ連絡してポケベルで呼びださせる。太陽が昇ったらすぐに発掘現場へ向かうでしょうし、検屍局も現場に入る。いったん骨が発見されれば、UCLAにうちの嘱託の法人類学者がいるから、その人が街を離れていないかぎり、連れてくることができる。それからわたしも現場に出ましょう。これで満足？」

　コラソンが現場に出るという最後の部分を聞いて、ボッシュはロごもった。

「テレサ」ボッシュはようやく口をひらいた。「この事件はできるだけ長く、なるべく知られないようにしておきたいんだ」

「なにを言いたいわけ？」

「ロサンジェルス・カウンティの検屍局長みずからが、現場にいる必要があるかどうかってことだ。長いこと、現場でカメラマンをしたがえていないきみを見た覚えがない」

「ハリー、あれは個人的なビデオ撮影者なのよ、いい？　撮ったフィルムは将来わたしが使用するためのもので、わたしが単独で管理する。六時のニュースに出てしまうようなことはないわ」

「なんにしてもだ。この事件では、ややこしくなる原因はどんなささいなものでも避けるべきだ。子どもの事件だ。メディアがどんなふうに扱うかわかるだろう？」

「いいからその骨を持ってきて。一時間後に外出することになっているのよ」

コラソンはいきなり電話を切った。

ボッシュはコラソンともう少しうまく駆け引きできたらと悔やんだが、意図が伝わったことはよかったと思っていた。コラソンは有名人で、《法廷テレビ》や全国放送の番組に法医学の専門家としてレギュラー出演している。また、カメラマンを自分につけて、扱った事件をドキュメンタリーにできるようにし、広範囲のケーブルTVや衛星放送で、警察ものや法律ものの番組で放映するようにしていた。検屍官として名声を得るというコラソンの目標のために、児童殺害事件になるやもしれない事件の捜査官の目標をじゃまさせることはできなかったし、じゃまさせるつもりもなかった。

骨の確認が取れたら、ハリウッド署の特別役務班と警察犬《K-9》班に連絡しようと決めた。ボッシュは席を立つと部屋を出てギョーを探した。

ドクターはキッチンで小さなテーブルに向かい、らせん綴じのノートに書きこみをしていた。ギョーは顔を起こしてボッシュを見た。

「きみの手当てについてちょっとしたメモを残しておる。これまでに治療した患者全員について書きつづけているのでね」

ボッシュはとりあえずうなずいたが、自分のことをギョーが書いているとは奇妙に思った。

「さて、失礼します、ドクター。明日またうかがいます。大勢になるでしょう。また犬を使わせてもらうかもしれません。ご在宅ですか？」

「その予定だ。それに喜んでお手伝いしよう。肋骨の具合はどうかね」

「痛みます」

「息をするときだけ。そうだろう？　一週間ほどつづくだろうね」

「手当てをしてくださり、ありがとうございました。シューズボックスはお返ししなくてもいいですね？」

「ああ、もう返してもらいたくないね」

ボッシュはドクターに背を向け、正面ドアへ歩きだしたが、すぐにギョーのほうを振り返った。

「ドクター、こちらにはひとりでお住まいですか？」

「いまはそうだ。妻は二年まえに亡くなってな。金婚式の一カ月まえだった」

「お気の毒です」

ギョーはうなずいた。「娘は家族とシアトルにいるよ。特別な機会があれば、会うがね」

ボッシュはなぜ特別な機会がないと会わないのか訊ねようと思ったが、訊ねなかった。ドクターに礼を述べ、家をあとにした。

渓谷の外へと車を走らせ、ハンコック・パークにあるテレサ・コラソンの家に向かいながら、片手をシューズボックスに載せたままにして、激しく揺れたりシートから滑り落ちたりしないようにした。身体のなかからこみあげてくる深い不安を感じた。運命はこの日、おれにほほ笑まなかったことはたしかだ。最悪のたぐいの事件をつかんでしまった。子どもの事件。

子どもの事件にはさいなまれる。心をえぐられ、傷跡を残していく。貫かれるのを止めるだけ厚い防弾チョッキなど存在しない。子どもの事件は、この世のいたるところで光が失われていることを思い知らせるのだ。

4

テレサ・コラソンの家は正面に石畳の車まわしがあり、鯉の池までも揃った地中海様式の邸宅だった。八年まえにボッシュがコラソンと短い関係をもった当時は、寝室一部屋のコンドミニアムに住んでいた。テレビと有名人であることから得た富が、この家とそれに見合ったライフスタイルをもたらした。いまのコラソンには、〈トレーダー・ジョー〉で買った安物の赤ワインと、いっしょに観るための好みのビデオを携え、夜中にいきなりボッシュの家にやってくることがよくあった女性の面影はまったくなかった。むかしのその女《ひと》はあからさまな野心を抱いていたにしろ、自分の地位を利用して裕福な生活を送るほどには世慣れていなかった。

おれは、むかしのテレサと、彼女がいま手にしているものを得るために失ったものをいやおうなく思いださせる存在なんだ、とボッシュは自覚していた。いまではめったに行き来することはないが、それが避けられないときには歯科医を訪れるような緊張感があることはふしぎでもなんでもなかった。

車まわしに駐車し、シューズボックスとポラロイド写真をもって車を降りた。助手席側へまわりこみながら池をのぞきこむと、水面下で泳いでいる魚の黒い影が見えた。ボッシュはほほ笑んだ。映画の《チャイナタウン》のことを、ふたりがつきあっていた年にいっしょに何度かあの映画を観たことを思いだしていた。コラソンが映画のなかで描かれる検屍官の様子をとても楽しんでいたのを思いだす。検屍官の男は黒い肉屋のエプロンをつけて、死体を検分しながらサンドイッチをぱくついていた。コラソンがいまでも仕事に対して同じようなユーモア感覚を持ちつづけているかどうか怪しいものだ。

家のなかに通じる重厚な木の扉の上に照明がさがっていた。そこにたどり着かないうちに、コラソンが扉を開けた。黒いパンツとクリーム色のブラウスを着ていた。おそらく新年のパーティに行くつもりなのだろう。コラソンの視線はボッシュを通り過ぎ、ボッシュが運転してきたスリックバックに注がれた。

「あの車がうちの石畳にオイルを落とすまえに、手早く済ませましょう」

「温かな挨拶をどうも、テレサ」

「それなの？」

コラソンがシューズボックスを指さした。

「これだ」

ボッシュはポラロイド写真を手渡し、箱の蓋を開けようとした。新年を祝うシャンパンを飲まないかと訊ねてくれる気がないのはあきらかだ。

「この場で調べたいのかい？」

「あまり時間がないの。あなたがもっと早く来ると思っていたわ。どこのまぬけがこの写真を撮ったの？」

「おれらしい」

「この写真からは、なにもわからないわ。手袋ある？」

ボッシュは上着のポケットからラテックスの手袋を取りだし、手渡した。写真を受け取り、上着の内ポケットにしまう。コラソンが慣れた手つきで手袋をすばやくはめ、蓋の開いた箱に手を入れた。骨を取りだし、照明のもとでひっくり返す。ボッシュは無言だった。コラソンの香水のにおいがした。相変わらず強烈で、コラソンが解剖室で一日のほとんどを過ごしていた時代から、これは変わらなかった。

五秒間吟味したのち、コラソンは骨を箱にもどした。

「人骨」

「たしかなのか？」

コラソンはボッシュを下からにらみつけながら、手袋をはぎとった。

「上膊骨。上腕の骨よ。およそ十歳の子どものものね。もうわたしの能力に敬意を抱いていないかもしれないけどね、ハリー、まだわたしに能力はあるんだから」

コラソンは手袋を箱の骨の上に落とした。コラソンが繰りだす言葉の攻撃はかわすことができるが、そんなふうに子どもの骨に手袋を落とされるとかちんときた。

ボッシュは箱に手を伸ばし、手袋を取りだした。思いだしたことがあり、手袋をふたたびコラソンに差しだした。

「これを見つけた犬の飼い主が、骨には骨折の跡があると言っていた。治癒した跡が。ちょっと見て、それが本当かどうか――」

「だめ。約束に遅れているのよ。いますぐに必要なのは、これが人骨かどうかだけでしょう。もう確認は取れたわ。これ以上の検査は、検屍局でしかるべき準備を整えたうえでやるわ。さあ、急がなくちゃ。明日の朝に現場に行きます」

ボッシュは長いことコラソンの目を見つめた。

「いいとも、テレサ。楽しい夜を」

コラソンは視線をそらし、胸のまえで腕組みをした。ボッシュは丁寧にシューズボックスの蓋をして、コラソンに会釈すると車にとって返した。背後で重い扉が閉まる音がした。

鯉の池を通り過ぎながら、ふたたび映画のことを思いだし、ラストシーンで主人公の探偵が告げられるセリフをひとりしずかに口にした。

「忘れろ、ジェイク。ここはチャイナタウンだ」

ボッシュは車に乗り、自宅に向かった。助手席のシューズボックスが転げ落ちないように片手を載せたまま。

5

翌朝九時までに、ワンダーランド・アヴェニューは法執行機関の野営地となった。その中心がハリー・ボッシュだった。パトロール隊、K－9班、科学捜査課、検屍局、そして特別役務班を指揮した。警察のヘリコプターが頭上を旋回し、十人あまりのポリス・アカデミーの学生たちがうろついて、指示を待っていた。

早い時間に、ボッシュが黄色い犯行現場保全テープを巻いたセージブラッシュの茂みをヘリコプター班が空中から特定し、骨を発見した地点にもっとも近づけるのはワンダーランド・アヴェニューであると決定した。つづいて特別役務班がすみやかに作業にうつった。斜面に間隔をおいて張られた犯行現場保全テープにしたがい、六名のチームが木製の傾斜板と階段をつなぎあわせ、ロープの手すりをつけ、骨のありかにたどり着くようにした。現場への出入りはゆうべのボッシュのときよりも、ずっと易しくなっただろう。

これだけ大規模な警察の行動を秘密にしておくことは不可能だった。やはり朝九時までに、この近辺は報道機関の野営地にもなった。方向転換用のロータリーから半ブロック離れた地点に設けられたバリケードの手前に、報道機関の車が連なった。レポーターたちが記者会見なみの人数に膨れあがっていた。また、五機ではきかないニュース・ヘリコプターが警察のヘリのさらに上空を旋回していた。これらすべてがすさまじい騒音をつくりだし、すでに沿道住民からダウンタウンのパーカーセンターにある市警本部あてに、おびただしい数の苦情が寄せられていた。

ボッシュは最初のグループを事件現場に案内する準備をしていた。まず、昨夜のうちに事件について知らせているジェリー・エドガーと打ち合わせをした。

「よし、最初に検屍局《ME》と科学捜査課《SID》をあげよう」ボッシュは略語をエミーとシッドと発音しながら言った。「つづいて、学生と警察犬をあげる。おまえにこの仕事を監督してもらいたい」

「よしきた。あんたのMEのお友だちが、いまいましいカメラマンを連れてきているのを見たかい?」

「いまのところ、打つ手はなにもない。テレサが飽きて、自分の居場所のダウンタウンにもどってくれることを願うしかないな」

「なあ、ひょっとするとだな、こいつは古いインディアンの骨かなにかかもしれんぜ」

ボッシュはかぶりを振った。

「そうは思わん。穴が浅すぎる」

ボッシュは最初のグループのほうへ歩いていった。テレサ・コラソン、そのビデオ撮影者と四名の発掘チーム。発掘チームは考古学者のキャシー・コールと下働き担当の三名の調査員から成り立っていた。発掘チームの人員は白いジャンプスーツに身を包み、コラソンは昨夜着ていたものと似かよった上下といういでたちだった。十二センチヒールの靴も含めて。最初のグループには、SIDの犯罪学者二名もいた。

ボッシュは周囲をうろついているほかの者に聞かれることなく、このメンバーだけで話をするため、もっと小さな輪になるように合図した。

「さて、上にあがって考証と採取をはじめよう。諸君がみな現場に入ったら、次に犬と学生をあげて近隣の区域を捜索させ、現場を広げることになるだろう。みんなは――」

ボッシュはしゃべるのをやめてコラソンのカメラマンのまえに手を伸ばした。

「消せ。彼女は写せるが、おれはだめだ」

カメラマンが機材を降ろすと、ボッシュはコラソンに一瞥をくれてから先をつづけた。

「全員やるべきことはわかっているので、説明の必要はないな。一点、話しておきたいことは、登りは苦労するってことだ。傾斜板と階段があってもだ。だから注意するように。ロープから手をはなさず、足元に気をつけろ。怪我人を出したくない。重量のある器具をもっているならば、分解して二度か三度に分けて運べ。それでも助けがいるならば、学生に運ばせる。時間の心配はするな。安全を心がけろ。さあ、全員準備はいいな？」

みな同時にうなずいた。ボッシュはコラソンに輪から離れて個人的に話せるよう手振りで示した。

「きみの服装は似つかわしくない」ボッシュは言った。

「ねえ、うるさいことを言いだすのは――」

「シャツを脱いであばらを見せてやろうか。おれの脇腹はブルーベリー・パイそっくりだ。ゆうべここで転んだせいだ。きみが履いているその靴じゃ無理だ。カメラ映りはいいかもしれんが、現場じゃ――」

「わたしは平気よ。これでやってみるわ。ほかになにか？」

ボッシュは首を横に振った。

「警告はしたからな」ボッシュは言った。「行こう」

ボッシュは傾斜板へ向かい、ほかの者があとにつづいた。特別役務班がチェックポイントとして使用するゲートを建てていた。パトロール警官がひとり、そこにクリップボードを手にして立っていた。それぞれの氏名と所属を書き留めてから、ゲートの通行を許可した。

ボッシュは先頭に立った。登りは昨日より楽だったが、先導ロープを握り、傾斜板と階段を登っていくと痛みで胸が焼けるようだった。なにも言わず、痛みを顔に出さないよう努めた。

アカシアの木立に到着すると、グループに待つよう合図をして、まずボッシュが犯行現場保全テープの下を確認した。昨夜見つけた地面が掘り起こされている箇所と、小さな茶色の骨があった。いじられた形跡はないようだった。

「よし、こちらに来て見てくれ」

一団はテープのところまでやってくると、立ったまま半円を描いて骨をかこんだ。カメラがまわりだし、ここからはコラソンが主導権を握った。

「さあ、まずはとにかくうしろに下がって。そして写真を撮りましょう。つぎに方眼割《グリッド》設定をして調査をおこない、ドクター・コールが発掘と回収の指示を与えます。なにか発見したら、拾うまえにあらゆる角度から写真におさめるように」

コラソンが調査員のひとりのほうを向いた。

「フィンチ、スケッチを頼むわ。標準のグリッドであらゆるものを記録して。写真をあてにできると思わないでね」

フィンチがうなずいた。コラソンはボッシュのほうを向いた。

「ボッシュ刑事、あとはまかせて。ここに人が少なければ少ないほどいいわ」

ボッシュはうなずき、双方向無線機を手渡した。

「近くにいる。用があったらその無線を使ってくれ。この辺じゃ携帯電話は圏外になる。ただし、しゃべる内容には気をつけてもらいたい」

ボッシュは空を指さした。メディアのヘリコプターが旋回している。

「ヘリといえば」コールが言った。「木立の上に防水シートを張ってプライバシーを確保しようと考えてる。それで日射しも遮ることができる。構わないかしら?」

「いまはそちらの事件現場だ」ボッシュは言った。「そちらの思うように進めてくれ」

ボッシュはエドガーをしたがえて傾斜板へもどりはじめた。

「ハリー、こいつは何日もかかりかねん」エドガーが言った。

ろ？」

「そうだな、上はおれたちに何日もくれるつもりはないだろう。あんたもわかってるだ

「ああ」

「つまり、この手の事件は……被害者の身元がわかるだけでも幸運だ」

「ああ」

ボッシュは足を止めずに歩きつづけた。道路にたどりつくと、ビレッツ警部補が上司のルヴァレー警部と現場に来ていた。

「ジェリー、学生たちに準備をさせてくれ」ボッシュは言った。「事件現場初級講座のスピーチをかましてやれ。すぐにおれも行く」

ボッシュはビレッツとルヴァレーの話にくわわり、事件のあらましと今朝の活動内容の詳細、そしてハンマーと鋸とヘリコプターの騒音について近隣の住民たちが苦情を申し立てていることを報告した。

「報道機関に少しは話してやらないと」ルヴァレーは言った。「広報があなたの希望を知りたがっていてね、ダウンタウンで応対させたいのか、それともあなたがここで応対したいのか」

「おれはごめんですよ。広報にはどんな情報が伝わっていますか？」

「ゼロも同然。だから、あなたから連絡してちょうだい。そうすれば、向こうでプレスリリ

ースの準備をするでしょうから」

「警部、おれは手が離せません。あとで――」

「時間をつくりなさい、刑事。マスコミをこちらの背後に近づけないように」

警部から視線をそらし、半ブロック離れたバリケードに集まる記者を見やると、ジュリア・ブレイシャーが巡査にバッジを見せて入る許可をもらおうとしていた。私服だった。

「わかりました。連絡を入れます」

ボッシュはドクター・ギョーの家に向かって道路を歩きはじめた。ブレイシャーに近づくと、向こうも歩み寄ってきてほほ笑んだ。

「きみのマグライトを持ってきた。向こうの車にある。どちらにしても、ドクター・ギョーの家に行かなくてはならない」

「あら、あのライトのことは気にしないで。そのために来たんじゃないわ」

ブレイシャーは身体の向きを変え、ボッシュと歩きつづけた。ボッシュはブレイシャーの服装を見た。色あせたブルージーンズに五キロ・チャリティー・マラソンのTシャツだった。

「勤務中ではないんだね」

「ええ、わたしは三時から十一時のシフトなんです。ボランティアが要らないかしらと思って。アカデミーに招集がかかったと聞いたので」

「上まであがって骨を探したいっていうのかい？」

「学びたいの」

ボッシュはうなずいた。ふたりはギョーの玄関に通じる小道を歩いていった。たどりつくまえにドアがひらき、ドクターに招きいれられた。ボッシュがもう一度書斎の電話を貸してくれるように頼んだところ、ドクターは電話の場所を教えてくれた。もっとも教えてもらう必要はなかったが。ボッシュはデスクの向こうに腰を降ろした。

「肋骨の具合はどうかね？」ドクターが訊いた。

「だいじょうぶです」

ブレイシャーが眉をあげ、ボッシュはそれに気づいた。

「ゆうべ丘に登ったときに、ちょっとした事故があったんだ」

「なにがあったの？」

「ああ、おれがちょっと考えごとをしていたら、急に木の幹が理由もなく襲ってきたんだよ」

ブレイシャーはしかめ面をしながら笑顔をつくるという芸当をやってのけた。

ボッシュは暗記している広報の電話番号にかけ、担当者にごく一般的な用語を使って事件について説明した。途中で受話器を手でおおい、ギョーに、プレスリリースに名前を出したいですかと訊ねた。ドクターは断わった。数分後ボッシュは話を終えて電話を切った。ギョーのほうを見た。

「二、三日して、現場の捜査が終わったとたんに、記者たちが押しよせるでしょう。骨を発見した犬はどこだと探します。関わり合いになりたくなければ、カラミティを通りに出さないようにしないと、すぐ連中にばれますよ」

「いいアドバイスだ」ギョーは言った。

「それから、ご近所のミスター・アルリックにも電話して、カラミティのことを記者には言わないように頼んだほうがいいでしょう」

ドクターの家をあとにする途中で、ボッシュがブレイシャーにきみの懐中電灯は必要かいと訊ねると、ブレイシャーは、斜面の捜索を手伝っているあいだ懐中電灯を持っているのはじゃまだと答えた。

「返してくれるのはいつでもいいわ」ブレイシャーは言った。

ボッシュはその返事が気に入った。あと一度はブレイシャーに会える機会があるということだ。

ロータリーまでもどってくると、エドガーがポリス・アカデミーの学生たちに一席ぶっていた。

「事件現場の金科玉条はな、諸君、検分し、撮影し、記録するまでは、一切のものに触れてはならんってことだ」

ボッシュはロータリーに足を踏み入れた。

「よし、準備はいいか?」

「こいつらの準備はできてる」エドガーはそう言って、学生二名のほうへあごをしゃくった。

金属探知器を手にしている。「SIDから借りてきてた」

ボッシュはうなずき、学生とブレイシャーに、法医学のグループに話したのと同じ安全に関する注意を与えた。そののち事件現場へ向かった。ボッシュはブレイシャーをエドガーに紹介してから、チェックポイントまでエドガーを先頭に立たせた。自分は最後尾につき、ブレイシャーのうしろを歩いた。

「この一日が終わるまでに、きみが殺人課刑事になりたいかどうかわかる」

「どんなことだって、無線を追いかけ、毎回勤務の最後に車のバックシートの反吐《へど》を洗うよりましだわ」

「おれにもそんな時代があった」

ボッシュとエドガーは十二名の学生とブレイシャーをアカシアの木立に隣接した区域に広がらせ、横一列に並んでの捜索を指揮しはじめた。ボッシュはいったん下に降り、捜索を補わせるためにK－9チームの二名を連れてあがってきた。

捜索が軌道に乗るとボッシュはエドガーと学生たちを残し、進捗状況を確認しようとアカシアの現場へもどった。用具箱に腰かけたコールが、地面に木の杭を打ちこむ位置を指示して、穴を掘る区画の仕切りにロープを張ることができるようにしていた。

ボッシュは以前に一度コールと仕事をしたことがあり、彼女が妥協することがないのを知っていた。三十代後半で、テニス選手のような体つきで日焼けしている。市内の公園で偶然であったことがあり、そのときコールは双子の妹とテニスをしていた。人だかりができていた。鏡張りの壁にボールを打ちこんでいるかとみまごうばかりに瓜二つだった。

コールのまっすぐなブロンドが顔に落ちかかり、膝に載せた特大のクリップボードを見下ろす目元を隠していた。あらかじめ方眼が印刷された用紙にメモを取っている。ボッシュはコールの肩ごしに図表をのぞいた。アルファベットの文字をつけた杭が地面に打たれると、コールは対応する文字を方眼の個々のブロックに貼っていった。用紙の頭にコールはこう書いていた――〝骨の街〟。

ボッシュは手を伸ばし、コールが書いた図表のタイトルを指で叩いた。

「なぜこのタイトルを?」

コールは肩をすくめた。

「こうやって方眼紙に記入するのは、道路やブロックを置いていくようなもので、いわば自分たちの街を築くことだから」コールが実例を示すように指先を図表の線の上に走らせた。「少なくともここで仕事をしているあいだは、そんなふうに感じる。あたしたちの小さな街」

ボッシュはうなずいた。

「すべての殺しに街の物語がある」ボッシュは言った。

コールはボッシュを見上げた。

「だれの言葉?」

「さあ。だれかが言ったのさ」

ボッシュはコラソンに注意を向けた。土壌の表面にある小さな骨にかがみこんで観察していた。いっぽうそのコラソンをビデオカメラが観察していた。カメラについてなにか言おうと考えていると無線のスイッチが入り、ボッシュはベルトから無線機をはずした。

「こちらボッシュ」

「エドガーだ。こっちにもどってきたほうがいいぞ、ハリー。重要なものを見つけた」

「わかった」

エドガーはアカシアの木立から四十メートル弱離れた、ほぼ水平地点の茂みに立っていた。学生六名とブレイシャーが円になり、高さ六十センチの茂みのなかにあるなにかを見下ろしていた。上空で市警のヘリがさきほどより小さな輪を描いて旋回していた。

ボッシュは学生たちの円まで来ると、下を見た。一部が土に埋まった子どもの頭蓋骨。虚ろな瞳がボッシュをじっと見あげていた。

「だれも触ってない」エドガーが言った。「ここにいるブレイシャーが見つけたんだ」

ボッシュがブレイシャーにちらりと目をやると、瞳と口元にあったはずのにこやかさが消え去っていた。頭蓋骨に視線をもどし、ベルトの無線機をはずした。

「ドクター・コラソン？」ボッシュは無線に話しかけた。

長い間があって、コラソンの声が返ってきた。

「ええ、ここにいるわ。なにか？」

「事件現場を広げる必要がありそうだ」

6

拡大された事件現場を捜索する小集団の指揮官をボッシュが務め、一日は順調に過ぎた。骨はまるでとても長いこといまかいまかとじりじりしながら待ちつづけていたかのように、平地と斜面の茂みから簡単に姿を現わした。正午までには、グリッドの三ブロックがキャシー・コールのチームによって盛大に掘り返され、数多くの骨が暗い土から出現していた。古代の遺物を掘りだす考古学の同業者と同じく、発掘チームは小さな道具と刷毛を使用し、そうした骨をそっと日の光のなかに取りだした。金属探知器と気体測定器も使用した。骨の折れる作業だったにもかかわらず、ボッシュが期待した以上に速いペースで進んでいた。

頭蓋骨の発見によって、このペースが定まり、すべての作業に切迫感をもたらしていた。まず、頭蓋骨は発見された場所からとりだされ、ビデオカメラにおさめられながらテレサ・コラソンがおこなった現場検証によって、複数の骨折線と外科手術の跡が見つかった。外科手術の痕跡のおかげで、比較的最近の骨を扱っていることが保証された。骨折自体は決定的に殺人を示唆するものではないが、死体が埋められていたという証拠と考え合わせると、殺人説でまちがいないという確信をあたえるものであった。

二時に斜面の班が休憩をして昼食を取るころには、すでに骨格のほぼ半分の骨がそのグリッドから発見されていた。近くの茂みに、ほかの部分の骨が少々散らばっていたのを学生たちが見つけた。くわえて、腐敗した衣服と子どもが使用するサイズらしきキャンバス地のバックパックの断片をコールの班が掘りだしていた。

骨は両脇にロープの把手がついた四角い木製の箱に収められ、斜面を降ろされた。昼食時までに、法人類学者が検屍局で三箱分の骨を検分していた。衣服は大部分が腐敗し識別不能で、バックパックは口を開けないまま、ロス市警《LAPD》の科学捜査課のラボに運ばれ、同じように精査の対象とされた。

金属探知器でグリッドに沿って走査すると、一枚だけコインが見つかった。一九七五年に鋳造された二十五セントが骨と同じ深さ、左骨盤からおよそ五センチ離れた位置から見つかったのだ。おそらく二十五セントはズボンの左脇ポケットに入っていたもので、ズボンは死体の組織とともに腐敗したものと考えられた。このコインがボッシュに、死亡時期を特定する決め手のひとつをあたえてくれた。コインが死体とともに埋められたという仮定が正しければ、一九七五年以前に起こった死であるはずがない。

事件現場で作業をしている小隊が食事をできるように、パトロール隊が建設現場用のランチワゴン二台をロータリーに呼ぶ手配をしていた。昼食が遅くなり、メンバーは空腹だった。一台は温かい食事を提供し、もう一台はサンドイッチを提供した。ボッシュはサンドイッチの列の最後尾にジュリア・ブレイシャーと並んだ。列の進みはのろかったが、ボッシュは気にならなかった。もっぱら、斜面の捜査のことや署のお偉がたの噂話をブレイシャーとして過ごした。それはおたがいを知るための会話だった。ボッシュはブレイシャーに惹かれており、新人として、また女性としての署での経験を彼女が語るのを聞けば聞くほど、ますます強く魅了された。ブレイシャーの仕事に対する興奮と畏敬の念と皮肉がないまぜになった感情を、職についた当初の自分が感じていたことをボッシュはありありと思いだした。

ランチワゴンの注文窓におよそ六人目まで近づいたとき、ワゴンのなかにいるだれかが学生のひとりに捜査に関する質問をしているのが聞こえた。

「骨は別々の人間のものなのかい？」

「わからないんだ。おれたちは骨を探している、それだけだから」

ボッシュは質問をした男の顔をまじまじと見た。

「バラバラ死体なのか？」

「なんとも言えないな」

ボッシュはブレイシャーといた場所から離れ、ワゴンの裏手に歩いていった。開いている裏のドアを覗きこむと、エプロンをつけた三人の男が車内で働いていた。もしくは働いているように見えた。三人はボッシュに観察されていることに気づかなかった。二名はサンドイッチをつくり、注文を受けていた。中央の男が学生に質問をした男で、注文窓の下にある調理台で手を動かしていた。男はなにもこしらえていなかったが、ワゴンの外からはあたかもサンドイッチをつくっているように見えていた。ボッシュが観察していると、右手の男がサンドイッチを半分にスライスし、紙皿に載せて中央の男のほうへ滑らせた。中央の男は注文をした学生に窓ごしにサンドイッチを手渡した。

二名の本物のサンドイッチ作りがエプロンの下にジーンズとTシャツを着ているのに対し、中央の男は折り返しのあるスラックスとボタンダウンのシャツを着ていることにボッシュは気づいた。男のスラックスの尻ポケットから突きでているのは、手帳だった。薄く細長い種類の、記者が使用するものだ。

ボッシュはドアに首を突っこみ、なかを見まわした。ドア横の棚に、丸めたスポーツジャケットがあった。それをつかみ、ドアから離れた。ジャケットのポケットを探ると、首からさげるチェーンがついたLAPD発行の記者通行許可証があった。中央のサンドイッチ作りの写真があった。ヴィクター・フライズという名の、ニュータイムズの記者だった。

ドアの横でジャケットをもったまま、ボッシュはワゴンの外側をノックした。三人が揃ってボッシュのほうに振りむくと、ボッシュはフライズに合図した。記者が自分の胸を指さし、〝え、ぼくですか？〟という顔つきをすると、ボッシュはうなずいた。フライズがドアのところまで来てかがんだ。

「はい？」

ボッシュは手を伸ばすとフライズのエプロンの胸あて上部をつかみ、ワゴンから引きずり降ろした。フライズは足から着地したが、転ばずにいようとして二、三歩、たたらを踏んだ。フライズが抗議しようと振り返ったところをめがけて、ボッシュは丸めたジャケットを相手の胸にたたきつけた。

二名のパトロール警官――パトロールはいつでも最初に食べるのだ――が手近のごみ箱に紙皿を捨てていた。ボッシュはふたりに来るよう身振りで示した。

「こいつを封鎖箇所まで連れて行け。またバリケードを越えるところを見たら、逮捕しろ」

両警官がフライズの腕をつかみ、バリケードのほうへと道をさっさと歩きはじめた。フライズが抗議をはじめ、顔をコークの缶よろしく赤くしたが、警官たちは腕以外のすべてを無視して、フライズがほかのレポーターたちのまえで恥をかかされる場面へ行進をつづけた。

ボッシュはちらりとそちらを見やったのち、尻ポケットから先ほどの記者通行許可証を取りだし、ごみ箱に捨てた。

ボッシュは列のブレイシャーのところへもどった。もうまえには、皿を受け取っている学生二名がいるだけだった。

「いったいなにがあったの？」ブレイシャーが訊いた。

「保健条例違反だ。やつは手を洗っていなかった」

ブレイシャーが笑い声をあげはじめた。

「本気だよ。おれに関するかぎり法は法だ」

「たいへん、あなたがゴキブリかなにかを見て、営業停止にさせないうちにサンドイッチが手に入ればいいけれど」

「心配はいらない。ゴキブリなら、たったいま放りだしてきた」

十分後、ワゴンの持ち主に事件現場へ記者をひそかにもぐりこませたことで説教をしてから、ボッシュは、ブレイシャーをともない、特別役務班がロータリーに組み立てたピクニックテーブルのひとつで、サンドイッチと飲み物の昼食にした。このテーブルは捜査チーム用に確保されている席だったが、ボッシュは気にせずブレイシャーを座らせた。エドガーがコールと発掘チーム員のひとりと座っていた。ボッシュはブレイシャーを知らない者たちに紹介し、この事件の第一通報を受け、昨夜ボッシュを手伝った警官だと説明した。

「それで、きみのボスはどこに？」ボッシュはコールに訊ねた。

「ああ、あのひとはもう食べた。きっと自分のインタビュー場面かなにかをビデオにおさめに行ったんじゃないの」

ボッシュはにやりとしてうなずいた。

「二皿目をもらいにいくかな」エドガーがそう言ってベンチをまたぐと、皿をもって去っていった。

ボッシュはBLTサンドにかぶりつき、その味を嚙みしめた。腹ぺこだった。休憩のあいだは食べて休むことしかしないつもりだったが、発掘に関するしょっぱなの推論を話してもいいかとコールに訊ねられた。

ボッシュは口いっぱいに頰ばっていた。サンドイッチを飲みこむと、パートナーがもどってくるまで待つよう頼んだ。そして骨の状態や、埋めた穴が浅かったことで、動物が遺体を掘り起こし、骨を――おそらく何年にもわたって――散らかすことになったと、コールが信じていることなど、一般的な話をした。

「すべての骨を回収することはできないわ」コールが言った。「全部にはほど遠いはず。すぐに、費用対効果が期待できない地点にやってくる」

エドガーがフライドチキンのおかわりの皿を手にもどってきた。ボッシュがコールにうなずくと、彼女はテーブルの左手に置いていた手帳を見下ろした。

「忘れないでほしいのは、穴の深さとその場所の地形。これが鍵になるわ。この男の子がだれで、その身になにが起こったのかをあきらかにする役割を担うことになるはず」

「男の子？」ボッシュが訊ねた。

「骨盤の幅と下着のウエストバンド」

コールは次のように説明した――腐食し分解した衣服にゴムのウエストバンドが含まれており、埋められた際に死体が身につけていた下着で残ったのがその部分だけだった。遺体の腐敗液が衣服の劣化につながったのだ。しかし、ゴムのウエストバンドは大部分が損なわれておらず、男性用の下着にあるもののように見えるという。

「わかった」ボッシュは言った。「穴の深さのことを話していたようだが」

「ええ。あたしたちが発見したとき、骨盤部分と脊椎下部は整然とした位置にあったと考えられる。それに穴はせいぜい十五センチから三十センチの深さだった様子なの。これほど浅い穴が表わしているのは、急いでいること、焦り、計画不足を暗示する数多くの事柄よ。でも――」コールが指を一本あげた。「その同じ証拠、つまり、穴の場所が――かなり奥まったところにあるとても行きづらい場所よ——反対のことを表わしている。念入りな計画を示している。だから、ここで一種の矛盾が存在する。埋めた場所は行き着くのがとても困難なところなので選ばれたように見えるのに、埋めた方法は焦燥と怒りをあらわにしている。埋めた人間は文字通りざっと表土と松葉をかぶせただけ。こういうことを指摘したからと言って、あなたがたがこの悪党をつかまえるのに役立つとは思っていないけれど、あたしの目に映っているものを見てほしいのよ。この矛盾を」

ボッシュはうなずいた。

「いい情報だ。心に入れておくよ」

「よかった。もうひとつの矛盾は——さらにささいなものだけど——バックパック。死体といっしょに埋めたのは失敗ね。肉体はキャンバス地よりずっと速い速度で腐敗する。だから、あなたたちがバックパックかその中身から身元を突き止めることができたら、この悪党がやらかした失敗ということになるわけ。これもまた、念入りな計画のなかにある計画不足。切れ者の刑事さんたちだもの、こうした全部の謎を解いてくれるわね」

コールがボッシュに笑いかけ、それからまた手帳を見つめていちばん上のページをめくりあげ、その下を見た。

「そのくらい。ほかは全部現場で話したわ。上はとても順調に進んでいる。きょうじゅうに、第一の墓穴の作業が済むでしょう。明日はべつのグリッドでサンプリングするわ。でも、明日いっぱいでやらないとだめでしょうね。さっき話したように、すべてを集めるつもりはないけれど、やるべきことをやるために必要なだけは集めないと」

ボッシュはふいにヴィクター・フライズがランチワゴンで学生に放った質問を思いだし、あの記者のほうが、自分よりも先を考えているかもしれないと気づいた。

「サンプリング？　あそこに埋められているのは一体だけじゃないと思っているのか？」

コールは首を左右に振った。

「それを示唆する手がかりはなにもない。ただ、たしかめておかないと。サンプリングをおこない、気体測定器を地中に入れるわ。お決まりの手順よ。可能性としては——とくに浅い穴を考えると——これは一体だけの事件でしょうけど、確認しないと。できるだけ確実に」

ボッシュはうなずいた。サンドイッチをあらかた食べ終えていてよかった。なぜなら、急に空腹ではなくなったからだ。複数の犠牲者を捜査するなどという見こみには意気阻喪させられる。ボッシュはテーブルのほかの者たちを見た。

「いまの話はこのテーブルだけの秘密だ。さきほど、シリアル・キラーを求めてかぎまわっている記者をひとりとっつかまえた。マスコミの大騒ぎはごめんだ。いくら連中に、ここでやっていることはお決まりの手順で、ただの確認作業だといっても、トップニュースになるからな。いいな？」

ブレイシャーを含めた全員がうなずいた。ボッシュがさらに話をつづけようとしたそのとき、なにかを叩く大きな音がした。ロータリーの反対側にある特別役務班のトレイラーに設置された簡易トイレの列から聞こえた。だれかが電話ボックスサイズの個室のひとつに入っており、薄いアルミニウムのドアを叩いている。つづいて、激しく叩く音にまぎれ、女性の声が聞こえた。ボッシュはだれの声か気づき、やにわにテーブルを立った。

ボッシュはロータリーを走って横切り、トレイラーの荷台のステップにたどり着いた。どの個室が音を立てているのかすばやくあたりをつけ、ドアのまえに行った。輸送中にトイレを固定させるために使用する外からの掛け金が留め金にかけてあり、はずれないようにフライドチキンの骨がはさまれていた。

「待て、待て」ボッシュは叫んだ。

ボッシュは骨を引き抜こうとしたが、油でぬるぬるして、つかむとすべった。ドアを叩きながら叫ぶ声はつづいた。ボッシュはなにか道具がないかとあたりを見まわしたが、なにも見つからなかった。ついにボッシュはホルスターから拳銃を取りだし、安全装置をたしかめてから、つねに銃身が下向きの角度になるように注意を払ったうえで、グリップで骨を掛け金から叩き落とした。

やっと骨がはずれると、ボッシュは銃をしまい、掛け金をつかんで開けた。ドアが外に向かって勢いよくひらき、テレサ・コラソンが突進してきた。あやうくボッシュを突き倒しそうな勢いだった。ボッシュはコラソンをつかんでバランスを取ろうとしたが、コラソンは荒々しくボッシュを押しのけた。

「あなたがやったのね！」

「なんだって？　いや、おれじゃない！　おれはずっと向こうのテーブルに――」

「だれの仕業か突き止めてやる！」

ボッシュは声を低くした。野営地のだれもがおそらくふたりを見ている。道の向こうには記者連中もいる。

「いいか、テレサ、落ち着け。ジョークじゃないか、だろ？　だれがやったにしろ、ジョークのつもりだったんだ。おれはきみが狭い場所を好きじゃないのは知っているが、みんなは知らなかったんだ。だれかがこの現場の緊張感を少しばかり和らげたくて、たまたまきみが——」

「ねたんでいるからよ、そうだわ」

「は？」

「わたしの地位、わたしが成し遂げたことを」

ボッシュは辟易した。

「好きに言うがいい」

コラソンがステップへ歩きだしたかと思うと、いきなり振り返ってボッシュのところにもどってきた。

「わたしは帰るわ、ご満足？」

ボッシュは首を左右に振った。

「満足かだって。それはこの捜査とはなんの関係もないだろう。おれは捜査を指揮しようとしているだけだ。きみが本当のことを知りたければ言うが、きみときみのカメラマンが気を散らさないでくれたら、助けにはなるだろう」

「では、願いがかなったわね。あなたは電話番号を知っているでしょ。ゆうべわたしにかけてきた番号だけど」

ボッシュはうなずいた。「ああ。それがなにか——」

「燃やして」

コラソンはステップをおりると、怒りもあらわにカメラマンに指を曲げて合図し、公用車のほうへ向かった。ボッシュはコラソンが走り去るのを見ていた。

ピクニックテーブルへもどるとブレイシャーとエドガーだけが残っていた。パートナーは二皿目のフライドチキンを骨になるまで食べ尽くしていた。満足げな笑みを浮かべて座っている。

ボッシュは掛け金から叩き落としてきたチキンの骨を、エドガーの皿に落とした。

「じつにうまくいったな」ボッシュは言った。

ボッシュはエドガーにおまえがやったことはわかっていると告げる目つきをした。だが、エドガーはなにもあきらかにしなかった。

「うぬぼれが強くなればなるほど、それに気づきにくくなるんだよな」エドガーが言った。

「カメラマンはあの様子を少しでも写してくれたかな?」

「なあ、コラソンを味方にしておいたほうがよかったろうに」ボッシュは言った。「少しがまんして、必要なときにこちらの側についてくれるように」

エドガーは皿を手にすると、大柄な身体のために苦労して横にずれ、ピクニックテーブルから立ちあがった。

「じゃ、また上でな」エドガーが言った。

ボッシュはブレイシャーを見た。彼女は不審の面もちでいた。

「あのひとがやったと言いたいの？」

ボッシュは答えなかった。

7

骨の街の作業は二日間しかつづかなかった。コールが予言したように、骨の大半はアカシアの木立の下にあり、初日の終わりまでに回収された。近くの茂みで見つかったほかの骨は散らばっており、餌をあさる動物によって何度となく掘り返されたことを示唆していた。翌金曜日に捜索隊と発掘隊はふたたびグリッドの四角をさらに広げたが、骨はもう発見されなかった。斜面を初日とはべつの学生たちが一日かけて捜索し、もっとも大きなグリッドの四角をさらに広げたが、骨はもう発見されなかった。グリッドの残りの四角すべてで気体測定器調査とサンプリングをおこなったが、骨はまったく見つからず、さらなる死体がアカシアの木立の下に埋まっていることを示唆するものもないとわかった。

コールは骨格の六十パーセントが収集されたと見積もった。コールの勧めとテレサ・コラソンの承認により、金曜日の夕刻に発掘調査のいま以上の拡張は一時中止することになった。ボッシュは異議を唱えなかった。多大なる労力に対して乏しい見返りしかない事実に直面していることはわかっていたので、専門家の意見にしたがった。捜査と骨の特定の進行具合を不安に思ってもいた――この二日間、ボッシュとエドガーがもっぱらワンダーランド・アヴェニューで働き、証拠品の収集の監督と近隣の聞きこみをして、事件の初期報告書を書きあげるあいだに、本来の仕事は大幅に滞っていた。いずれも必要な仕事ではあったが、ボッシュは先に進みたかった。

土曜の朝、ボッシュとエドガーは検屍局のロビーで落ち合い、UCLAの嘱託で法人類学者のドクター・ウィリアム・ゴラーと約束している旨、受付に告げた。

「A解剖室でおふたりをお待ちです」受付が確認の電話をしてから言った。「場所はおわかりですね？」

ボッシュはうなずき、ロックが解除されたゲートをエドガーと通った。エレベーターで地下にくだり、降りたとたんに解剖フロアの臭いに迎えられた。世の中にふたつとない、薬品臭さと腐敗臭がまざった臭い。エドガーはただちに壁のディスペンサーから紙製の呼吸マスクを取ってつけた。ボッシュはその手間をかけなかった。

「冗談ぬきでつけたほうがいいぞ、ハリー」廊下を歩きながらエドガーが言った。「すべての臭いは粒子の集まりだと知ってるか？」

ボッシュはエドガーを見た。

「教えてくれてありがとう、ジェリー」

解剖室のひとつからストレッチャーが押しだされたので、ふたりは廊下で立ち止まらなければならなかった。ビニールに包まれた死体が載っていた。

「ハリー、死体と〈タコ・ベル〉のブリトーが同じ包みかただって気がついていたか？」

ボッシュはストレッチャーを押している男性に会釈した。

「だからおれはブリトーを食べないんだ」

「そうかい?」

ボッシュはそれ以上なにも言わずに廊下を進んだ。

A解剖室はテレサ・コラソンが検屍局長としての管理業務を離れ、じっさいに解剖をおこなうめったにない機会のためにとっておかれている部屋だった。この事件には当初直接出向いたほど関心があったことから、コラソンはゴラーに自分の解剖室を使うよう許可を出していたようだ。コラソン自身は簡易トイレの一件以降、ワンダーランド・アヴェニューの事件現場にもどってこなかった。

ボッシュとエドガーが解剖室の両びらき扉を開けたところ、ブルージーンズとアロハシャツの男に迎えられた。

「ビルと呼んでくれ」ゴラーは言った。「長い二日間だったろうね」

「まったくだ」エドガーが答えた。

ゴラーは同情するようにうなずいた。黒い髪に黒い瞳、気さくな態度の五十がらみの男だった。身振りで示された部屋の中央にある解剖台には、アカシアの木立の下から収集された骨がステンレススチールの表面に並べられていた。

「さて、こちらでおこなわれてきたことを説明させてもらおう」ゴラーは言った。「現場チームが証拠を収集し、わたしはここでひとつひとつを検分し、X線撮影の作業をし、この難問をどうにか解こうと試みてきた」

ボッシュはステンレススチールの解剖台に近づいた。骨がしかるべき場所に配置され、不完全な骨格の形になっていた。欠けていることがもっとも目につくのは、左腕と左脚、そして下あごの骨だった。浅い穴に埋められ、かなり以前に動物に持っていかれて遠くへばらまかれたものと考えられる。

それぞれの骨に印がつけられていた。大きめの骨にはラベル、小さめの骨には紐つきのタグだった。印の表記はコールが発掘の初日に引いたグリッドにしたがってつけられた、各骨の発見場所を表わす符号だった。

「骨はひとがどう生き、どう死んだかを雄弁に語ってくれる」ゴラーが重苦しい口調で語った。「児童虐待の場合、骨は嘘をつかない。骨がわれわれの最終的な証拠になるんだ」

振り返ったボッシュは、ゴラーの瞳が黒ではないことに気づいた。じっさいは青なのだが、ひどく落ちくぼんだ眼窩のせいで暗く見え、どこかしら取り憑かれたような感じを思わせた。ゴラーの視線はボッシュを通り過ぎて、解剖台に載った骨に注がれていた。次の瞬間、われに返ると、ゴラーはボッシュを見た。

「まず、発掘された遺物からは、ごくわずかのことしかわかっていないと言っておこう」ゴラーは言った。「しかし、これだけははっきり言っておこう——数多くの事例を調べてきたが、こいつには圧倒された。この骨を見てメモを取っているうち、ノートがにじんでいた。わたしは泣いていたんだよ。泣いていたのに、最初はそれに気づきもしなかった」

広げられた骨にふたたび注いだゴラーの視線には、優しさと憐れみの感情がこもっていた。ボッシュは法人類学者がかつて生きてそこにいた人間を見ているとわかった。

「こいつはひどいよ、諸君。じつにひどい」

「では、わかったことを教えてください。われわれが外に出て職務を果たせるように」そう言ったボッシュの声には、祈りをささやくような響きがあった。

ゴラーはうなずき、近くのカウンターにあったらせん綴じのノートに手を伸ばした。

「よろしい」ゴラーは言った。「基本的なことからはじめよう。すでにきみたちが知っていることもあるだろうが、とにかく調査結果をすべて話していきたい。それでよければだが」

「それで結構です」ボッシュは言った。

「よし。ではははじめよう。ここにあるのは若年の白色人種男性の骨だ。マレシュの発達基準指数に照らし合わせると、およそ十歳程度の年齢にあたる。しかしながら、このあとすぐに検討していくが、この子は永年にわたる冷酷な肉体的虐待の犠牲者だった。組織学的に見ると、たえまない虐待の被害者はいわゆる成長妨害をしばしば受けるんだ。この虐待に関わる遅延が、年齢推定を湾曲させる働きをする。実際よりも下の年齢に見える骨格であることが多い。つまりわたしが言いたいのは、この少年は十歳に見えるが、おそらく十二歳か十三歳だろうということだ」

ボッシュはエドガーを見やった。胸のまえできつく腕組みをして立っている。どんな話がつづくか承知しており、それに対して心構えをしているようだった。ボッシュは上着のポケットから手帳を取りだし、速記法でメモを取りはじめた。

「死亡時期」ゴラーが言った。「これは厄介だ。この点に関しては、X線検査はおよそ正確とはいいがたい。例のコインに一九七五年はじめの刻印がある。あれが役に立つ。概算では、この子はどこかの地中に二十年から二十五年ほどいたと思う。この見積もりには自信があり、これから説明するが、ある外科手術の痕跡も概算を裏づけてくれる」

「では、こいつは、二十年から二十五年まえの十歳から十三歳までの子ども殺しというわけか」エドガーがいらだちをにじませた声でまとめた。

「これでは幅が広くて絞りきれないことはわかっているんだ、刑事」ゴラーが言った。「しかし現時点では、科学がそちらに提供できるのはそこまでなんだよ」

「あなたのせいじゃないですよ、先生」

ボッシュはすべてを書き留めた。概算の幅が広くとも、やはり捜査対象の期間を決めるためにきわめて重要な話だった。ゴラーの概算によれば、死亡時期は七〇年代後半から八〇年代前半になる。その時期のローレル・キャニオンについてふと考えた。そこだけ異文化の世界のような粗野で自由奔放な地域だった。ボヘミアンがいて、上流階級もいて、そこにコカインの売人や客、ポルノ業界の人間や、ドラッグでぼろぼろになったロックンロールの快楽主義者たちがたいていの通りに住んでいた。子ども殺しもその寄せ集めの一部になりえただろうか？

「死因」ゴラーが言った。「いや、死因については最後にしよう。四肢と胴体からはじめ、この少年がみじかい人生のなかでどのようなことに耐えていたか、きみたちにわかってもらいたい」

ゴラーはボッシュと一瞬目を合わせてから骨に視線をもどした。ボッシュが深く呼吸をすると、折れた肋骨に鋭い痛みが走った。あの斜面で小さな骨を何本も目にした瞬間から抱いていた恐れが、いま現実のものになろうとしている。こうなるのだと最初から本能的にわかっていた。掘り返された土から恐怖の物語が現われるのだ。

ボッシュはボールペンをしっかりと紙に押しつけながら手帳に走り書きをはじめ、ゴラーが先をつづけた。

「まずはじめに、ここにあるのはおそらく六十パーセントの骨だけだ」ゴラーは言った。「だがそれでも、骨格に激しい外傷とたえまない虐待の証拠があることに議論の余地はない。きみたちに法人類学の専門知識がどの程度あるか知らないが、これから話すことの多くが初耳ではないかと思う。基本を話しておこう。骨は自然治癒するんだ、諸君。そして再生した骨を調べることによって、虐待の履歴を証明することができる。ここにある骨には異なる治癒段階にある複数の病変がある。古い骨折と新しい骨折があるんだ。四肢のうちここには二組しかないが、その両方に複数の外傷の事実がある。要するに、この少年は人生のかなりの期間を、治癒するか傷つけられるかして過ごしていた」

ボッシュは手帳を見下ろしてボールペンを両手できつく握りしめた。手は白くなっていた。

「月曜日までに書面にした報告書がわたしから行くはずだが、ここで数が知りたければ教えよう。四十四ヵ所。さまざまな治癒段階にあり、明確に個別の外傷だと示す箇所だ。なおかつ、これは骨だけの話なんだ。臓器や筋組織にくわえられたはずの傷は勘定に入っていない。しかし、この少年が来る日も来る日も、ひどい苦痛を味わいながら生きていたことは疑いようがない」

　ボッシュは手帳に傷の数を書き留めた。意味のない仕草のように思えた。

「第一に、わたしが分類した怪我は骨膜下《サブペリオステアル》病変によって骨に認められるものだ」ゴラーが言った。「これらの病変は外傷か出血のあった部分の表面下に生じる、新しい骨の薄い層を指す」

「サブペリ――綴りは？」ボッシュは訊ねた。

「ここで必要かね？　報告書に書くが」

　ボッシュはうなずいた。

「これを見てほしい」ゴラーは言った。

　ゴラーが壁に取り付けられているX線ライトボックスのまえに行き、ぱちりと照明をつけた。ボックスにはすでに写真が留められていた。長く薄い骨のレントゲン写真だった。ゴラーが骨の幹に沿って指を走らせ、かすかな色の差を指摘した。

「これは回収されたフィーマーだ」ゴラーが言った。「大腿骨《フィーマー》だ。ここにある線、この色が変わるところだが、これが病変のひとつなんだ。これはこの箇所――少年の大腿骨が、死の数週間まえにかなり強く殴打されたことを意味している。激しい一撃だ。骨は折れなかったが、損傷を受けた。この種類の怪我はまちがいなく体表に痣をつくったはずで、少年の歩行にも支障をきたしただろう。つまりわたしが言いたいのは、そんなことが気づかれなかったはずはないということだ」

ボッシュは近づいてレントゲン写真をしげしげとながめた。エドガーはさがったままだった。ボッシュが見終わると、ゴラーはレントゲン写真をはずし別の三枚をセットした。ライトボックス一面が覆われた。

「さらに、ここにある二組の四肢双方に骨膜の剪断がある。これは骨の表面がもぎ取られるもので、児童虐待の事例においてはおもに、四肢が成人の手、またはほかの道具によって激しく殴打されたときに見られるんだ。ここにある骨の恢復形態は、いま話したたぐいの外傷が、繰り返し何年にもわたってこの子にあたえられたことを示している」

ゴラーは言葉を切って覚え書きを見ると、解剖台の骨にちらりと視線を走らせた。上腕骨を取りあげてかかげながら、メモを参照して口をひらいた。ボッシュはゴラーが手袋をはめていないことに気づいた。

「上膊骨」ゴラーは言った。「右上膊骨は異なる二カ所で治癒した骨折を示している。傷は長軸方向についている。このことから骨折が強い力によって腕をねじられて起こったものとわかる。少年にそうしたことが一度あり、その後また起こったんだ」

ゴラーは骨をもどし、前腕の骨のひとつを取りあげた。

「尺骨《しゃっこつ》は治癒した短軸方向の骨折を示している。この傷は骨の形にわずかな逸脱を生じさせている。これは骨折後に骨がそのまま治癒するにまかされたからだ」

「固定されなかったってことか」エドガーが訊いた。「医者にも緊急救命センターにも連れて行かれなかったと？」

「そのとおり。この種類の怪我は一般的には不慮の事故によるもので、毎日のようにどのERでも手当てされるものだが、身を守ろうとしての骨折の可能性もある。攻撃をふせごうと腕をあげると、前腕に垂直に打撃を受ける。骨折が生じる。この怪我に対して医療的処置がほどこされた兆候が見られないことから、わたしの推測では、これは事故による怪我ではなく虐待行為の一部だと思う」

ゴラーがそっと骨をもとの場所にもどし、解剖台に身を乗りだして胸郭を見下ろした。肋骨の多くは分離しており、解剖台にばらばらに横たえられていた。

「胸郭」ゴラーは言った。「さまざまな治癒段階にある二ダース近くの骨折。第十二肋骨の治癒した骨折は、少年がわずか二、三歳のときのものとわたしは信じている。第九肋骨には、死亡時期からほんの数週間まえに受けた外傷だと示す仮骨《かこつ》が見られる。胸郭の骨折はおもに先端近くで癒合している。これは乳児の場合、激しく揺さぶられたことを示す。もう少し年齢があがった子どもの場合は、通常背中を殴打されたことを示すものだ」

ボッシュはまさにいま自分が感じている痛みのことを思った。肋骨に負った怪我のために、安眠することがどれだけ困難か。永年この痛みとともに生きていた幼い少年のことを思った。

「顔を洗ってきます」ふいにボッシュは言った。「話をつづけていてください」

ボッシュはドアに向かって歩きだし、手帳とボールペンをエドガーの手に押しつけた。廊下を右に折れた。解剖室のフロアの配置も、つぎに廊下を折れたところにトイレがあることも知っていた。

ボッシュはトイレに入り、すぐさま空の個室に向かった。吐き気を覚えており、待ちかまえたが、なにも起こらなかった。しばらくすると、吐き気は消えた。

個室を出たとたんに、廊下に面したドアがひらき、テレサ・コラソンのカメラマンが入ってきた。ふたりは一瞬警戒してたがいを見つめ合った。

「出ていけ」ボッシュは言った。「あとにしろ」

カメラマンは黙って背を向け、出ていった。

ボッシュは洗面台に歩み寄り、鏡に映った自分を見た。顔が紅潮していた。身をかがめ、両手で冷たい水をすくい顔と目元を浸した。浸礼と第二の機会について考えた。再生の。ふたたび顔が見えるまで顔をあげた。

なんとしてでも、こいつをつかまえてやる。

声に出して言ってしまいそうになった。

ボッシュがA解剖室にもどると、ふたりの目がボッシュに向けられた。エドガーから手帳とボールペンを受けとると、だいじょうぶかとゴラーに訊ねられた。

「ええ、平気です」ボッシュは言った。

「もし少しでもきみの助けになるならだが」ゴラーは言った。「わたしは世界中のあらゆる事例を見てきた。チリ、コソボ、世界貿易センターですら。そのなかでも、この事例は……」

ゴラーは首を横に振った。

「理解しがたい」ゴラーはつづけた。「おそらく少年はこの世を去ってよかったのだと思わざるを得ない事例のひとつだ。つまり、神と、この世よりよき世界があると信じているならばだが」

ボッシュはカウンターに近づき、ディスペンサーからペーパータオルを引きだした。もういちど顔をぬぐいはじめた。

「では、もし信じていなかったら？」

ゴラーがボッシュのほうに歩み寄った。

「うむ、それだよ。だから神を信じるべきなんだ」ゴラーは言った。「この少年がこの世からより高い場所に、どこかよりよい場所に行かなかったとしたら……われわれはみな途方にくれるしかない」

「世界貿易センターで骨を拾うあいだ、そう考えて役に立ったんですか？」

そのようなきついことを口走って、ボッシュはすぐさま後悔した。しかし、ゴラーは動じないようだった。ボッシュに謝るいとまも与えず口をひらいた。

「ああ、役に立った」ゴラーは言った。「あれほど多数の死者が出た恐怖心にも、不公平な状況にも、わたしの信念は揺るがなかった。むしろ多くの点で強まったよ。信念があればこそ、あの状況を乗り越えられたんだ」

ボッシュはうなずき、ペダル開閉式のごみ箱にペーパータオルを放りこんだ。ペダルから足を離すと、響き渡る大きな音を立てて蓋が閉まった。

「死因はなんですか？」ボッシュは事件に話をもどして訊ねた。

「話をはしょるとしようかね、刑事」ゴラーは言った。「すべての怪我は、説明済みのものも、まだのものも、報告書にあらましを載せよう」

ゴラーは解剖台へもどり、頭蓋骨を手にした。片手で胸に引き寄せて抱えながらボッシュのほうへもってきた。

「頭蓋骨はひどい——おそらくそれが捜査にはいい点になるだろうが」ゴラーは言った。

「頭蓋骨は種々の治癒段階を示す異なる三つの頭蓋骨折を提示している。これが最初のものだ」

ゴラーが頭蓋骨の裏面下方の部分を指さした。

「この骨折は小さく、そして治癒している。損傷が完全に癒合していることがわかるだろう。さて、次の怪我はより大きく、右頭頂部から前頭部に広がっている。この怪我は外科手術が必要で、おそらくそれは硬膜下血腫に対するものだっただろう」

ゴラーが怪我の部分を指でざっとなぞっていき、頭蓋骨前方の最上部分に円を描いた。つづいて小さくなめらかな五つの穴を指さした。頭蓋骨に円形になってつながっている。

「これはトレフィンの跡だ。トレフィンとは医療鋸のことで、外科手術で頭蓋骨を開けるため、あるいは脳の腫れによる圧力を軽減するために使用されるんだ。この場合はおそらく血腫による腫れだったのだろう。さて、骨折そのものと外科手術の傷跡が、病変にまたがる橋の初期形成を示している。新しい骨だ。この怪我とそれにつづく外科手術は少年の死のおよそ六ヵ月まえに起こったようだな」

「それは死を招いた怪我じゃないのですか?」ボッシュは訊ねた。

「ちがう。これだ」

ゴラーが頭蓋骨をもう一度裏返し、あらたな骨折を見せた。その傷は頭蓋骨の左裏面下部にあった。

「細かなクモの巣状の骨折で橋も癒合もない。この怪我は死亡時に起こったものだ。骨折の細かさは、かなり硬い物体で途方もない力をこめた殴打の印だ。おそらく野球バット、あるいは同様のものだ」

ボッシュはうなずき、頭蓋骨をじっと見下ろした。ゴラーが裏返していたので、ぽっかり空いた目がボッシュを見つめていた。

「頭にはほかにも怪我があるが、死に至る性質のものではない。鼻骨と頬骨突起《きょうこつ》が外傷につづくあたらしい骨の形成を示している」

ゴラーが解剖台にもどり、そっと頭蓋骨を降ろした。

「刑事諸君、要約の必要はないと思うが、つまりは、何者かがこの少年を定期的にこっぴどく殴りつづけていたのだよ。とうとう、それが限度を超えてしまった。すべて報告書に書こう」

ゴラーは解剖台から振り返って、ボッシュたちを見た。

「これだけの傷の中にかすかな光がある。きみたちの助けになるような」

「外科手術」ボッシュは言った。

「そのとおり。開頭手術はとても大きな手術だからね。どこかに記録があるだろう。手術は一度ではなかったはずだ。切り取った頭蓋骨は術後に金属製のクリップで元どおりに留めるのだが、頭蓋骨のどこにもそのクリップが見あたらない。おそらく二度目の手術で取り外したのだろう。やはり、こちらも記録が残っているだろう。この外科手術の跡は骨の年代特定にも役立つ。トレフィンの穴は現在の標準からは大きすぎる。八〇年代なかばには、器具はこれよりずっと進化していた。より洗練されて。穿孔はより小さくなった。これがきみたちの役に立てばいいが」

ボッシュはうなずいた。「歯はどうです？　なにかありませんか」

「下顎骨は見つかっていない」ゴラーが言った。「ここにある上顎の歯には歯科治療の跡が一切見られない。ところが、生前に虫歯があった兆候がある。これ自体が手がかりだ。この少年が社会的分類の下の階級にいたことを示していると思う。この子は歯科医にかからなかった」

エドガーがマスクを首までひき降ろした。痛々しい表情をしていた。

「この子どもが血腫で入院したとき、どんな仕打ちを受けているか、なぜ医者たちに話さなかったんだろう？　教師には、友人には？」

「きみはわたしと同じくらいその答えをよく知っているだろう、刑事」ゴラーは言った。「子どもというものは親に依存している。親を恐れ、親を愛し、失いたくないと思っている。ときには、なぜ助けを呼ばなかったのか説明がつかないこともある」

「これだけの骨折やらなんやらがあって？　なぜ医者はこれに気づいて、なにか手を打たなかったんです？」

「それがわたしの仕事の皮肉なところだ。わたしには過去と悲劇がこれほどはっきりと見える。だが、生きている患者ではそれほど明確ではないこともあるんだよ。両親が少年の怪我についてもっともらしい説明をつけた場合、どんな理由で医者が腕や脚や胸のレントゲン写真を撮る？　理由などない。そうやって悪夢は気づかれないままになる」

釈然とせずにエドガーが首を左右に振り、解剖室の奥の角へ歩いていった。

「ほかになにかありますか、ドクター？」ボッシュは訊ねた。

ゴラーはメモを確認し、そこで腕組みをした。

「科学的側面からはこれで終わりだよ――報告書を届ける。純然たる個人的側面では、きみらがこれをやった人物を見つけることを願っている。どうしても同等のむくいを受けさせるべきだ。いや、それ以上のむくいを」

ボッシュはうなずいた。

「つかまえてやりますよ」エドガーが言った。「それは心配しないでください」

ボッシュとエドガーは検屍局を出て、ボッシュの車に乗りこんだ。しばらく、ただじっと腰を降ろしていただけのボッシュだったが、ようやくエンジンをかけた。そこでとうとうハンドルに手の付け根を叩きつけた。衝撃が怪我した側の胸に走った。

「これでドクターみたいに神が信じられるかって、なあ」エドガーが言った。「エイリアンを信じるほうがましだ。大気圏からきたリトル・グリーンマンのほうを」

ボッシュはエドガーのほうを見た。エドガーは右の窓に頭をもたせかけて、車の床を見下ろしていた。

「どうして？」

「人間なら自分の子どもにあんなことはできっこないからだ。宇宙船が降りてきて、あの子を誘拐し、あれだけのことをやったにちがいない。それしか説明がつかん」

「ああ、それをチェックリストに載せられたらどんなにいいだろうな、ジェリー。そうしたら、おれたちは帰宅できる」

ボッシュはギアをドライブに入れた。

「一杯飲む必要がある」

ボッシュは駐車場から車を出した。

「おれはちがうね」エドガーが言った。「うちの坊主に会って、気分が晴れるまでぎゅっと抱きしめてやりたいよ」

ふたりはパーカーセンターに到着するまで口をひらくことはなかった。

8

ボッシュとエドガーはエレベーターで五階にあがり、ＳＩＤのラボに行った。そこでこの白骨事件の担当となった主席犯罪学者のアントワーヌ・ジェスパーと会う約束をしていた。ジェスパーがセキュリティ・フェンスのところでふたりを出迎え、なかに招いた。ジェスパーは若い黒人男性で、グレーの瞳となめらかな肌をしていた。はおった白衣の裾をたえず揺らしながら大股で歩き、ずっと腕を動かしていた。

「こっちだ」ジェスパーが言った。「たいしてわかったことはないが、成果はすべて知らせるよ」

ジェスパーがふたりを連れてメイン・ラボを突っ切った。そこではごくわずかの犯罪学者だけが仕事をしていた。次に入った乾燥室は広々としたサーモスタットつきの部屋で、事件の衣服そのほかの有形証拠を、ステンレススチールの乾燥台に広げ検査するためのスペースだった。腐敗臭において検屍局の解剖フロアと張り合える唯一の場所だ。

ボッシュたちは二台の乾燥台に案内された。ボッシュが見ると、口の開いたバックパックと土とカビで黒ずんだ衣類数片があった。また、ビニールのサンドイッチ袋もあり、正体不明の腐った黒いかたまりがつまっていた。

「水と泥がバックパックに入っていたんだ」ジェスパーは言った。「何度も濾過していったようだ」

ジェスパーが白衣のポケットからペンを取りだし、伸ばして指示棒にした。それを使って話す箇所を指し示すのに利用した。

「そのままの姿で預かったバックパックには、衣類が三組と、おそらくサンドイッチか、なにかの食べ物だったものが収納されていた。さらに特定すると、Tシャツが三枚、下着が三枚、靴下が三組。それに、食べ物。封筒も一通。封筒の残骸といったほうがいいかもしれないな。ここには置いてない。文書担当のところに行っている。でも、期待しないほうがいいな。あれはサンドイッチよりひどいことになっていた——これがサンドイッチだとしてね」

ボッシュはうなずいた。手帳にバックパックの内容物のリストをこしらえる。

「身元を特定できるものは？」ボッシュは訊ねた。

ジェスパーはかぶりを振った。

「身元を特定できるものは衣服にも、バックパックのなかにもなかったんだ」ジェスパーは言った。「でも、注目すべき点がふたつ。まず、このTシャツにブランドの名前がついていること。〈ソリッド・サーフ〉だ。胸元を横切るようについてる。いまは読めないが、ブラックライトをあてて見つけた。役に立つかもしれないし、立たないかもしれないが。〈ソリッド・サーフ〉という用語になじみがなければ教えるよ、スケートボード関連だ」

「なるほど」ボッシュは言った。

「次はバックパックのたれ蓋部分」

ジェスパーはたれ蓋の上に指示棒をかざした。

「ここを少しきれいにしたら、こいつが現われた」

ボッシュは乾燥台に身を乗りだして、見下ろした。バックパックは青いキャンバス地でできていた。たれ蓋にはっきりと異なる色で、中央にBの字が大きく書いてあった。

「バックパックにはかつて粘着性のものが貼られていたようだ」ジェスパーは言った。「いまは消失している。埋められるまえとあと、どちらになくなったのか、はっきりわからないがね。ぼくの推測ではまえだ。はがされたように見えるから」

ボッシュは乾燥台から下がり、手帳に数行書きつけた。そこでジェスパーのほうを見た。

「なるほど、アントワーヌ、いい証拠だ。ほかには？」

「ここには、もうないね」

「では文書を見にいこう」

ジェスパーがふたたび先頭に立ってメイン・ラボを抜け、ドアロックを解除するのに暗証番号の入力が必要なサブ・ラボに入った。

文書ラボにはデスクが二列並んでおり、すべて空だった。どのデスクにも水平置きのライトボックスと回転軸にはめた拡大鏡があった。ジェスパーは二列目の中央のデスクへ向かった。デスクのネームプレートにはベルナデット・フォニエと書かれていた。ボッシュはその女性を知っていた。以前、自殺の書き置きが偽造された際にいっしょに仕事をしたことがある。いい仕事をする女性だ。

ジェスパーがデスク中央に置かれていたビニールの証拠袋を取りあげた。袋の口を開け、プラスチックの閲覧用保護ケースをふたつ取りだした。片方には黒カビに覆われた茶色の開封済み封筒が収まっていた。もう片方には劣化した長方形の紙が収まっていた。折り目に沿って三つにちぎれ、腐食とカビのために著しく変色していた。

「濡れるとこうなるんだ」ジェスパーは言った。「ベルニが封筒を開け、手紙をわけるのにまる一日かかった。ご覧のように、折り目でちぎれている。手紙の内容がこの先わかるかどうかとなると、見通しは明るくないね」

ボッシュはライトボックスの照明をつけ、プラスチックの保護ケースを置いた。拡大鏡をぐるりとその上にまわし、封筒とそこに入っていた手紙をしげしげとながめた。どちらの文書も読める部分がまったくなかった。ひとつ気づいたことは、封筒に消印がないように見えることだった。

「くそ」ボッシュは言った。

ボッシュは保護ケースをひっくり返して見つめつづけた。エドガーが明白なことをわざわざ確認するかのように隣りにやってきた。

「読めたらよかったのにな」エドガーは言った。

「ベルニは次にどんな手を打つだろう？」ボッシュはジェスパーに訊ねた。

「そうだな、おそらく染色とべつのライトを試すだろう。インクに反応して字が読めるものを探す。でも、昨日の様子じゃ、あまり楽観的じゃなかったな。繰り返しになるが、ぼくもこの件にはろくに希望は持てないと考えてる」

ボッシュはうなずき、照明を消した。

9

ハリウッド署の裏口近くに、両脇に砂を盛った大きな灰皿があるベンチが置かれていた。ここは仕事をはなれたり休憩したりする際の無線信号にちなみ、〝コード7〟と呼ばれていた。土曜の夜の午後十一時十五分に、ボッシュだけがコード7のベンチを占領していた。喫煙はしていなかったが、吸いたいと思った。ボッシュは待っていた。ベンチは署の裏口の頭上についた照明でほの暗く照らされ、合同市庁舎の裏手にハリウッド署と消防署が共有している駐車場を見ることができた。

三時から十一時勤務のパトロール警官チームが次々ともどってくると、制服を着替え、シャワーを浴びて、仕事を切りあげようと署に入っていった。もしその余裕があればだが。ボッシュは手にしたマグライトを見下ろし、先端のキャップを親指でなぞり、ジュリア・ブレイシャーがバッジの番号を彫ったあとに触れた。

ボッシュは懐中電灯をもちあげ、手のなかで軽く弾ませて重みを感じた。少年を殺害した武器についてゴラーが言ったことが脳裏をかすめた。懐中電灯も候補に入れていいかもしれない。

一台のパトカーが駐車場に入り、車庫の横に停止した。ボッシュが姿を認めた警官はジュリア・ブレイシャーのパートナーのエッジウッドで、助手席側から姿を見せると、車の速度測定装置をかかえて署に向かった。ボッシュは待ったまま観察していたが、ふいに自分の計画に自信が持てなくなり、計画を放棄して姿を見られずに署に入れるだろうかと考えた。行動にうつす決心がつくより早く、ブレイシャーが運転席側から降りて、署の入り口に向かった。うつむいて歩いており、長い一日に飽き飽きして疲れ切った者の姿勢だった。ボッシュはその気持ちがわかった。それになにか不都合があったのではないかとも思った。ささいなことだが、エッジウッドがすでに署に入り、ブレイシャーをあとに残したのは、なにかがおかしい。ブレイシャーは新人だから、エッジウッドが教育係だった。エッジウッドのほうが五歳は若くてもだ。たぶん年齢と性別のために、たんにぎくしゃくしているだけだろう。あるいは、なにかほかの理由があるのかもしれないが。

ブレイシャーはベンチのボッシュに気づかなかった。署の入り口に行き着く寸前にボッシュは声をかけた。

「ヘイ、バックシートの反吐を洗い忘れてるぞ」

ブレイシャーは歩きつづけながら振り返り、そこで声をかけてきたのがボッシュだと気づいた。立ち止まり、ベンチのほうへやってくる。

「持ってきたものがある」ボッシュは言った。

ボッシュは懐中電灯を差しだした。ブレイシャーはくたびれた顔でほほ笑み、懐中電灯を受けとった。

「ありがとう、ハリー。ここで待っていなくても――」

「待ちたかったんだ」

一瞬、ぎこちない沈黙が流れた。

「今夜は例の事件で働いていたの？」ブレイシャーが訊ねた。

「そんなところだ。書類仕事をはじめた。それにけさ早く、一種の検屍に立ち会った。あれを検屍と呼べるならな」

「ひどいものだったのね。顔を見ればわかるわ」

ボッシュはうなずいた。妙な感じがした。こちらは座りつづけ、ブレイシャーは立ったままだった。

「見たところ、そっちもきつい一日だったんだな」

「みんなそうじゃない？」

ボッシュが返事をするまえに、シャワーを浴びて私服になった警官がふたり、署から現われると、それぞれの個人の車へ向かった。

「元気だせよ、ジュリア」ひとりが声をかけた。「あっちで会おう」

「わかったわ、キコ」ブレイシャーは返事をした。

ふたたびボッシュのほうを向いたブレイシャーの顔に笑みが浮かんでいた。

「同じシフトの何人かで〈ボードナーの店〉に集まるの」ブレイシャーは言った。「いっしょに来ない？」

「うーん……」

「いいわ。飲めばあなたも気が晴れるんじゃないかと思っただけだから」

「晴れると思う。おれには酒が必要だ。じつを言うと、だからここできみを待っていた。ただ、酒場でみんなといっしょになって飲みたい気分かと言われると、どうかな」

「あら、じゃあ、どうしようと考えていたの？」

ボッシュは腕時計を確認した。十一時三十分になっていた。

「きみがロッカールームでどのくらい時間をかけるかによるが、きっと〈ムッソー&フランク〉のマティーニのラストオーダーに間に合うだろう」

ブレイシャーの顔に笑みが広がった。

「あの店はお気に入りなのよ。十五分ちょうだい」

ブレイシャーはボッシュの返事を待たずに署の入り口へ向かった。

「ここで待ってる」ボッシュはブレイシャーの背中に声をかけた。

10

〈ムッソー&フランクズ・グリル〉はハリウッドに棲息する者に——高名な者にも悪名高い者にも——マティーニを一世紀にわたって提供しつづけている場所だった。表の部屋は赤い革張りのボックス席と静かな会話だけの場所で、そのなかを赤い腰丈の上着をきこなした老齢のウエイターたちがゆったりと動いていた。奥の部屋には長いカウンターがあり、たいていの夜は立ち飲み専用で、ウエイターたちの父親と言ってもおかしくない高齢のバーテンダーたちの注意を惹こうと、常連客が張り合っていた。ボッシュとブレイシャーがカウンター席にやってくると、客ふたりが帰ろうとして、ちょうどスツールを降りた。ボッシュたちはすばやく近づいて、その目当ての席に黒服のアーティストタイプのふたりより先についた。ボッシュに気づいたバーテンダーがやってくると、ふたりともオリーブの漬け汁をほんの少し入れたダーティー・ウォッカ・マティーニを注文した。

ボッシュはブレイシャーといっしょにいてすでにくつろいだ気分になっていた。先日までの二日間に、事件現場のピクニックテーブルで昼食をともにしており、斜面の捜索のあいだもブレイシャーがボッシュの視界から遠くはなれることはなかった。〈ムッソー〉までボッシュの車に乗り合わせてきたが、車中でももう三回目か四回目のデートという雰囲気だった。ふたりはハリウッド署や、ボッシュが話しても構わないと思う事件についてのささいな事柄などのよもやま話をした。バーテンダーがマティーニのグラスにサイドカーのカラフェを添えてふたりのまえに置くころには、ボッシュは骨も血液も野球バットもしばらく忘れる準備ができていた。

グラスを軽やかに合わせると、ブレイシャーが言った。「人生に」

「ああ」ボッシュは言った。「明日も乗り越えられるように」

「ぎりぎりでもいいから」

いまこそ、なにを悩んでいるのかブレイシャーに訊くときだった。向こうが話したくなかったら、無理強いをするつもりはない。

「さっき駐車場できみがキコと呼んだ男だが、なぜ『元気だせよ』と言ったんだ？」

ブレイシャーは少々肩を落とし、最初は返事をしなかった。

「話したくないのなら――」

「いえ、そうじゃないの。考えたくもないと言うほうがあたっているわ」

「その気持ちはわかる。訊いたのは忘れてくれ」

「いえ、いいの。パートナーがあたしについて報告をあげるつもりらしく、あたしは見習い期間中だから無事では済みそうにないのよ」

「なにをやらかしたと報告されるんだ？」

「管を横切ったの」

それは業界用語で、仲間の警官が構えたショットガン、もしくはほかの銃の銃身のまえを歩いたという意味だった。

「なにがあった？　その、きみが話してもいいんなら」

ブレイシャーは肩をすくめた。ふたりともマティーニを呷った。

「家庭内のもめごとで出動だったの——家庭内のもめごとなんかきらい——男が浴室に銃を持って閉じこもったの。男は銃を自分か妻かあたしたちか、だれに使うつもりなのかわからなかった。あたしたちは応援が来るのを待ち、そしていざ踏みこむことになった」

ブレイシャーはさらに酒を飲んだ。ボッシュはブレイシャーをじっと見た。心の動揺がはっきり瞳に表われていた。

「エッジウッドがショットガンを構えた。キコがドアを蹴る役。キコのパートナーのフェンネルとあたしがドアに。そして行動に移した。キコは大柄よ。ひと蹴りでドアを蹴り開けたわ。フェンネルとあたしがなかに入った。男はベッドで酔いつぶれていた。なんの問題もないようだったけれど、エッジウッドはあたしに大問題があるといったの。あたしが管を横切ったと」

「横切ったのか？」

「そうは思わない。でも、あたしが横切ったとしたら、フェンネルだって横切ったはずよ。なのに、あいつはフェンネルにはなにも言わなかった」

「きみはルーキーだ。見習い期間中の」

「そうよ、そしてその事実にうんざりしてきたところ。それはたしかだわ。つまりね、あなたはどうやって乗り切ったの、ハリー？　こうしていまあなたは重要な仕事についている。あたしの仕事は昼も夜もただ無線を追いかけ、カスみたいな事件のあいだを飛びまわるだけ。家が燃えているのをつばで消そうとしているようなものよ。あたしたちの仕事ではなんの改善もできないし、なによりも、あたしにはいばり散らす勘違い男がついていて、こっちがへマをやらかしたと、ことあるごとにとがめられてるのよ」

　ボッシュにはブレイシャーが感じていることがわかった。どの制服警官も通る道だ。毎日汚水だめを苦労して歩いていると、じきにあたり一面が汚水だめのように思えてくる。底なしの地獄だ。それゆえ、自分は二度とパトロールの仕事にはもどれない、とボッシュは感じていた。パトロールは弾丸が開けた穴にバンドエイドを貼るのも同然の仕事だった。

「こんなものじゃないと思っていたのかい？　きみがアカデミーにいたころには」

「どう思っていたかなんて、わからないわ。とにかく、自分が重要なことをしていると思えるようになるまで、耐えられるかどうかわからないの」

「きみならできるさ。最初の二年はきつい。だが、がむしゃらに進むと、そのうち長期的な視野で見られるようになる。戦いを選び、正しい道を選べるようになる。きっとうまくやれるよ」

　確信があってブレイシャーを鼓舞する話をしているのではなかった。ボッシュは自分自身と自分の選択についてたえず逡巡しながらこれまで生きてきた。ブレイシャーにやり通せと話す自分は少しまちがったことを言っているような気がした。

「ほかのことを話しましょうよ」

「ああ、けっこうだ」

ボッシュはマティーニを呷り、会話をどうやってべつの方向に導こうかと考えた。グラスを置き、ブレイシャーのほうを向いて、ほほ笑みかけた。

「で、きみはアンデスを徒歩旅行しながら自分に言い聞かせたんだっけ？『ええい、警官になりたいーっ』って」

ブレイシャーは声をあげて笑った。さきほどのやりとりの鬱陶しさを振り払っているようだった。

「そんなんじゃないわ。それにアンデスに行ったことなんかないのよ」

「そうか、ではバッジをつけるまえの裕福で満ち足りた生活はどんなだったんだ？　世界じゅうを旅していたと言ったね？」

「南アメリカには行かなかったわ」

「アンデスはそこにあるのか？　フロリダにあるものとばかり思っていたよ」

ブレイシャーはまた声をあげて笑い、ボッシュはうまく話題を変えることができてほっとした。ブレイシャーが笑ったときに見える歯が好ましかった。少しだけゆがんでおり、ある意味では、そのおかげで完璧な歯になっていた。

「じゃあ、まじめに訊こう。きみはどんな仕事をしていたんだ？」

ブレイシャーがスツールをまわすとふたりは真横にならぶ格好になり、カウンターの奥、色のついたボトルが並んだ背後にある壁の鏡に映るたがいを見つめ合った。

「一時期、あたしは弁護士だったの——刑事弁護士ではないから、興奮しないでね。民事よ。それから弁護士なんか最低だと気づいて、仕事を辞め、旅をはじめたの。働きながら旅したわ。イタリアのヴェニスでは陶器を焼いたわ。スイスのアルプスではしばらく馬に乗ってガイドをやった。ハワイでは日帰り観光船で料理を。いろいろなことをして、ただ世界をたくさん見てきたのよ——アンデス以外のね。それからもどってきた」

「LAに？」

「生まれ育った場所よ。あなたは？」

「同じだ。クイーン・オブ・エンジェルズ病院生まれ」

「シダーズ・サイナイ病院」

ブレイシャーがグラスをかかげ、ふたりは乾杯をした。

「数少なく、誇り高く、勇敢な者に（海兵隊徴兵キャンペーンのキャッチフレーズ）」

ボッシュはマティーニを飲み干し、サイドカーの中身を注いだ。ブレイシャーよりピッチが早かったが、気にしていなかった。ゆったりした気分だった。さまざまな問題をしばらく忘れるのはいいことだった。事件と直接関係のない人物と過ごすのはいいことだった。

「シダーズで生まれたって？」ボッシュは訊ねた。「どこで育った」

「笑わないで。ベルエアよ」

「ベルエアだぁ？　だれかさんのパパは娘が警察に入ってあまりうれしくないんじゃないか？」

「その娘がある日でていった法律事務所がパパのもので、それから二年のあいだ音沙汰がなかったらなおさらね」

ボッシュはほほ笑んでグラスを掲げた。ブレイシャーがグラスを合わせた。

「勇敢な娘に」

ふたりがグラスを降ろしてから、ブレイシャーは言った。「質問はもうやめましょう」

「わかった」ボッシュは答えた。「じゃあ、なにをする？」

「あたしをうちに連れて行って、ハリー。あなたの家に」

ボッシュは一瞬口ごもり、ブレイシャーの輝く青い瞳を見た。ふたりの仲は稲妻のように速く進み、口あたりのよいアルコールを流しこむことでさらに加速されていた。だが、警官同士では得てしてこのようになるものだった。自分たちが閉ざされた社会の一部だと感じ、本能によって生き、日々の糧《かて》を得る仕事で命を落とすこともあると知りながら毎日出勤する者同士のあいだでは。

「わかった」ようやくボッシュは言った。「ちょうど同じことを考えていたところだ」

ボッシュは体を寄せ、相手のくちびるにキスをした。

11

　ジュリア・ブレイシャーは立ったままボッシュの家のリビングで、ステレオ横のラックに収納されたCDをながめていた。

「わたしもジャズが好き」

　ボッシュはキッチンにいた。ブレイシャーの言葉を聞いてほほ笑んだ。シェーカーから二杯のマティーニを注ぎ終わると、リビングにやってきてブレイシャーにグラスを手渡した。

「だれが好きなんだい？」

「うーん、最近はビル・エヴァンスね」

　ボッシュはうなずき、ラックへ近づくと《カインド・オブ・ブルー》を抜きだした。ステレオにセットする。

「ビルとマイルスだ」ボッシュは言った。「コルトレーンやほか何人かはさておくとして、最高の一枚だ」

　音楽が流れはじめるとボッシュはマティーニのグラスを手にした。そこにブレイシャーが近づき、グラス同士を軽く合わせた。ふたりは飲むよりも、もっぱらキスをかわしあった。

ブレイシャーがキスの途中で笑いだした。

「どうした？」ボッシュが訊いた。

「べつに。ただ、向こう見ずなことをしてる気がして。それにうれしいし」

「ああ、おれもだ」

「あなたが懐中電灯を渡すからよ」

ボッシュは首をひねった。

「どういうことだい？」

「だって、懐中電灯は男根そっくりじゃない」

ボッシュの顔に浮かんだ表情を見て、ふたたびブレイシャーは笑いだし、床に酒をこぼした。

ことのあと、ジュリア・ブレイシャーがベッドでうつぶせになっていると、その腰のくびれに彫られた燃える太陽のタトゥーの輪郭をなぞりながら、ボッシュは考えた。この女性は自分にとってとてもつきあいやすく、なおかつ見知らぬ存在だ、と。ジュリアのことはなにも知らないも同然だった。このタトゥーのように、どの角度から見ても驚きがあるようだった。

「なにを考えているの？」ジュリアが訊いた。

「なにも。こいつをきみの背中に彫ることになった男のことを、なんとなく想像していただけだ。それが自分だったらよかったと考えているんだろうな」

「どうして？」

「その男の一部が、いつもきみといっしょにいることになるから」

ジュリアが横むきになり、胸と笑顔をあらわにした。編みこみをほどいた髪が肩に落ちかかっていた。ボッシュはそれも好きだった。ジュリアが手を伸ばしてボッシュを引きよせ、長いキスをした。そしてこう言った。「そんなぐっとくる言葉をいわれたのはひさしぶりよ」

ボッシュはジュリアの枕に自分の頭を載せた。香水とセックスと汗の甘い香りがした。

「壁になにも飾っていないのね」ジュリアは言った。「写真のことだけど」

ボッシュは肩をすくめた。

ジュリアが身体のむきを変え、ボッシュに背を向けた。ボッシュはジュリアの腕の下から手を入れると片方のふくらみをてのひらで覆い、背中を自分に引き寄せた。

「朝までいられるかい？」ボッシュは訊ねた。

「そうね……どこにいるのかと、夫がふしぎがるでしょうけど、電話をすればいいわ」

ボッシュは凍りついた。すると、ジュリアは笑いだした。

「悪い冗談はよしてくれ」

「だって、あたしに相手がいるかなんて訊かなかったでしょう」

「きみもおれに訊かなかった」

「あなたは一目瞭然よ。孤独な刑事タイプ」そこで低い男の声をまねた。『事実だけを話してください、奥さん（刑事ドラマ《ドラグネット》の主役のセリフ）。ご婦人がたとじゃれる暇はないんだ。殺しがおれの仕事でしてね。おれにはやるべき仕事があり、そして――』」

ボッシュは親指でジュリアの脇腹の肋骨がごつごつしたあたりをなでた。ジュリアは笑って言葉を切った。

「最初に懐中電灯を貸してくれたのは、きみじゃないか」ボッシュは言った。「相手がいる女はそんなことしないと思ったんだよ」

「じゃあ、タフガイさん、あたしも教えてあげる。あなたのトランクにマグライトがあるのを見たのよ。あなたが覆いをかけるまえにボックスに見えた。それでも、だれもだましていないというのね」

ボッシュはうろたえてもうひとつの枕へ転がった。顔が赤くなってきたのがわかる。両手で顔を隠した。

「なんてこった……おれはミスター・一目瞭然か」

ジュリアがボッシュに覆いかぶさり、顔の両手をどけた。あごにキスをする。

「素敵だなと思ったの。おかげでいい日になったし、楽しみができた気がしたもの」

ジュリアはボッシュの両手を裏返して、手の甲を横切る傷跡を見た。古い傷で、もうそれほど目立つものではなかった。

「ねえ、これはなんなの？」

「ただの傷跡だ」

「それはわかる。なんの傷？」

「タトゥーがあったんだ。それをとった。むかしの話だ」

「どうしてとったの？」

「陸軍に入隊したときに、とらされた」

ジュリアは笑いだした。

「へえ、なんて彫っていたの？　陸軍のバカヤローとか？」

「いや、そんなのじゃない」

「じゃあ、なんて？　ねえ、知りたいわ」

「片方の手にはH‐O‐L‐D《ホールド》、もう片方にF‐A‐S‐T《ファースト》と彫っていた」

「ホールド・ファースト？　ホールド・ファーストってどういう意味？」

「うむ、話せば長くなる……」

「時間はあるわ。夫は気にしないわよ」

ジュリアはほほ笑んだ。

「お願い。知りたいの」

「たいしたことじゃない。子どものころに、何度か家出したんだが、一度サンペドロまでいったんだ。漁港のあたりまで。漁師やマグロ漁船の男たち、そこの連中の多くが両手にその彫り物をしていたんだよ。ホールド・ファースト（しっかりしがみつけ）。そこでひとりに意味を訊ねてみると、それが漁師のモットー、哲学のようなものだと教えてくれた。船で海に出て何週間も沖にいると、波が大きくなってきて、おそろしいことになる。とにかくつかんで、しっかり握ってないとならないそうだ」

ボッシュは両手を拳にして、かかげた。

「命にしがみつけ《ホールド・ファースト》……ありったけの力をこめて」

「それであなたはタトゥーをいれたのね。何歳だったの？」

「さあ、十六ぐらいだったかな」

ボッシュはうなずいてから、笑顔になった。

「当時おれが知らなかったのは、あのマグロ漁船の男たちがその話を海軍の連中から仕入れたことだった。おれはその一年後、両手に〝ホールド・ファースト〟と入れて陸軍に殴りこみすることになって、まっさきに軍曹から言われたことは、こいつをとるように、だったよ。部下の手にイカ野郎（海軍）のタトゥーを入れさせておくつもりはなかったらしい」

ジュリアがボッシュの両手を握り、しげしげと手の甲を見た。

「レーザーでとったのじゃなさそうね」

ボッシュはかぶりを振った。

「あのころ、まだレーザーはなかった」

「では、どうやってとったの？」

「おれの軍曹、名前はローサー（皮はぎ人の意味あり）だったが、やつはおれを兵舎から連れだし、事務棟の裏へ行かせた。煉瓦壁があった。その壁をおれに殴らせた。拳の山がひとつ残らず切れるまで。およそ一週間後に全部かさぶたになると、また同じことをやらされた」

「なんてことを。野蛮だわ」

「いや、それが軍隊というものさ」

ボッシュは思いだしてほほ笑んだ。話にするとひどいが、実際はそこまで悪い思い出ではなかった。両手を見下ろした。音楽が止まり、ボッシュは立ちあがって裸で家のなかを歩いていきCDを交換した。ボッシュが寝室にもどってくると、ジュリアはだれの曲なのか気づいた。

「クリフォード・ブラウン？」

ボッシュはうなずいてベッドに近づいた。これほどジャズのことを知っている女性と知り合いになるのは、はじめてのような気がした。

「そこに立っていて」

「え？」

「あなたを見せてちょうだい。ほかの傷のことを話して」

寝室は浴室の明かりで照らされるだけで薄暗かったが、ボッシュは自分が裸だと強く意識した。体型のくずれはなかったが、ジュリアより十五歳以上、年上だった。ジュリアはこんな年上の男とつきあったことがあるのだろうか。

「ハリー、あなたはすばらしいわ。ほんと、わくわくもの。ほかの傷はどうしたの？」

ボッシュは左腰の皮膚が太いロープ状になった部分にふれた。

「これか？　こいつはナイフだ」

「どこでついた傷？」

「トンネルで」

「それから肩のは？」

「弾丸」

「どこで？」

ボッシュはほほ笑んだ。

「トンネル」

「うわ、もうトンネルに近寄らないで」

「心がけるよ」

ボッシュはベッドに入り、シーツを引きあげた。ジュリアがボッシュの肩に触れ、親指を厚みのある傷跡に走らせた。

「ちょうど骨のところね」ジュリアは言った。

「ああ、ついていた。障害は残らなかった。冬と雨降りにはうずくが、それだけさ」

「どんな感じがするの？　撃たれることだけど」

ボッシュは肩をすくめた。

「とてつもなく痛み、それからなにも感じなくなる《ナーム》気がする」

「恢復にどのくらいかかった？」

「三ヵ月ほどだ」

「恩給をもらって負傷引退はしなかったの？」

「申し出はあった。断わった」

「どうして？」

「さあ。きっとおれはこの仕事が好きなんだな。それにこの仕事にしがみついていれば、いつの日か、おれの傷という傷にうっとりしてくれる、この美しく若い警官に会えると思っていたんだ」

ジュリアがボッシュの肋骨をこづき、痛みにボッシュは顔をしかめた。

「あら、かわいそうに」ジュリアがからかうような声で言った。

「ほんとに痛いんだ」

ジュリアはボッシュの肩にあるタトゥーに触った。

「これはなんのつもりなの、ラリったミッキー・マウス？」

「いい線いってるな。トンネルネズミ（工作兵）だ」

ジュリアの顔からおもしろがっている様子がすっかり消えた。

「どうかしたのか？」

「あなたはヴェトナムにいたのね」情報を考え合わせ、ジュリアは言った。「あたしもあのトンネルに入ったことがある」

「どういう意味だい？」

「旅の途中で。ヴェトナムで六週間過ごしたの。あのトンネルは、いまでは観光名所のようになっているのよ。お金を払うと、トンネルに降りていける。トンネルはさぞかし……あそこでやらなくてはならなかったことは、さぞかし恐ろしいことだったにちがいないわ」

「恐怖はあとから増した。あとで考えるとな」

「ロープでつながり、行き先をコントロールされるようになっていたのよね。でも、本当はだれもあなたたちを見守ってはいない。あたしはロープの下を進んで、さらに奥へ行った。トンネルはまっ暗だったわ、ハリー」

ボッシュはジュリアの瞳をじっと見つめた。

「では、きみはあれを見たのか」ボッシュは静かに訊ねた。「迷い光《ロスト・ライト》を」

ジュリアが一瞬目を合わせてからうなずいた。

「見たわ。目が暗闇に慣れると、そこに光があった。ほんのかすかな光だった。けれど、道を見つけるには充分だった」

「迷い光だ。おれたちはそれを迷い光と呼んでいた。どこから照ってくるのかけっしてわからなかった。だが、たしかにトンネルに射していた。暗闇にただよう煙のように。なかにはあれは光ではなく、あの戦争で死んだ者たちすべての霊だというやつもいた。両方の側のな」

それからはもうふたりともしゃべらなかった。抱きしめ合っていると、すぐにジュリアは眠りに落ちた。

ボッシュは三時間以上も事件のことを考えていなかったことに気づいた。最初は罪悪感を覚えたがすぐにその気持ちは消え、まもなくボッシュも眠りについた。トンネルを移動している夢を見た。しかし、ボッシュは這っていなかった。水中にいるようで、迷宮を抜けるウナギのように移動していた。行き止まりにたどりつくと、少年がトンネルの壁のカーブに背中をつけて座っていた。膝を立てて引きよせ、顔は下に向け、組んだ腕にうずめていた。

「いっしょにおいで」ボッシュは声をかけた。

少年が腕の上からちらりと目をのぞかせ、ボッシュを見あげた。空気の泡がひとつ、少年の口からこぼれた。少年の視線はボッシュを通りこした。まるでなにかがボッシュの背後から来ているかのように。ボッシュは振り返ったが、背後にはトンネルの暗闇があるだけだった。

振り返ると、少年の姿は消えていた。

12

日曜日の昼近くにボッシュはジュリアをハリウッド署まで送っていった。ジュリアは車を署に置いており、送っていけば、ボッシュは事件の作業にふたたび取りかかることができる。ジュリアは日曜日と月曜日はいつも非番にしていた。ふたりは夜にヴェニスのジュリアの家で会い、夕食をともにすることにした。ボッシュがジュリアの車の隣りで彼女を降ろしたとき、駐車場にはほかの警官たちもいた。ボッシュには、自分たちが夜をともにしたらしいと噂がすぐに広まることがわかった。

「すまない」ボッシュは言った。「ゆうべ、もっとよく考えるべきだった」

「あたしは本当に気にしていないわ、ハリー。今夜会いましょう」

「あの、ほら、気をつけたほうがいいぞ。警官ってやつは残酷になることができるからな」

ジュリアは顔をしかめた。

「ああ、警察の残忍性ね。ええ、聞いたことがあるわ」

「真剣な話だ。それに規則違反でもある。おれのほうがだ。三級刑事だからな。管理職級なんだ」

「そう、ではそれはあなたの問題ね。今夜会いましょう。楽しみにしてる」

ジュリアは車を降り、ドアを閉めた。ボッシュは自分に割り当てられた駐車スペースに車を入れ、いましがたおのれの人生に招いてしまったかもしれない、面倒な事態のことを考えないように努めながら、刑事部に入っていった。

刑事部屋に人の姿はなく、これはボッシュが願っていたことだった。ひとりで事件について考える時間がほしかった。まだ書類仕事も数多く残っていたが、ここで振り返り、骨の発見から積みあげられてきたすべての証拠と情報を考えたくもあった。

まず着手すべきことは、なすべき作業をリストにすることだった。殺人調書――事件に関連したすべての報告書を収納した青いバインダー――これを完成させなければならない。市内の病院における脳外科手術の医療記録を要求する捜査令状を取らないといけない。ワンダーランド・アヴェニューの事件現場近辺に暮らす住民すべてに対し、お決まりのチェックをコンピュータでやる必要もある。また、丘の骨についてメディアが記事にしたことで、次々と集まった通報すべてに目を通し、犠牲者に合致しそうな失踪人と家出人の届けを収集しはじめる必要もある。

ひとりでやれば一日ではすむわけがないとわかっていたが、エドガーに休みをやるという決意を貫くことにした。パートナーは十三歳の少年の父親で、昨日のゴラーの報告にかなり動揺していたため、ボッシュは休ませてやりたかった。これからの日々は長く、気持ちをたえずささくれだたせることになりそうだった。

リストを作成し終えるとすぐに抽斗からカップを取りだし、コーヒーを飲もうと当直室へ向かった。小銭がなく五ドル札しかなかったが、釣り銭を取らずにコーヒー貯金のバスケットに五ドル入れた。きょう一日で五ドル分は優に飲むことになるだろう。

「ああいうのをどう言うのか知ってるか？」ボッシュがカップを満たしていると、だれかがうしろで言った。

ボッシュは振り返った。当直巡査部長のマンキウィッツだった。

「なんのことを？」

「会社の波止場で魚を釣ることさ」

「知らないな。なんて言うんだ？」

「おれも知らないんだよ。だからあんたに訊いたんだ」

マンキウィッツがほほ笑み、カップを温めようとコーヒーマシーンのまえに移動した。では、すでに噂が広まりだしているわけだ。ゴシップと中傷は——男と女の話ならばなおさら——八月の山火事が斜面をあっというまに覆いつくすように、署内を駆けめぐる。

「そうか、どう言えばいいのかわかったら教えてくれ」ボッシュはそう言って、当直室のドアへと歩きはじめた。「知っていると都合がいいだろうからな」

「そうしよう。ああ、それからな、ハリー」

ボッシュは振り返り、マンキウィッツのさらなる当てこすりに備えた。

「なんだ？」

「のらくらするのはやめて、事件に専念しろよ。うちの連中に通報の処理ばかりさせるのは、いいかげんうんざりだ」

マンキウィッツの声には冗談めいた響きがあった。ユーモアと当てこすりのなかには、情報を寄せてくる電話のためにマンキウィッツの部下たちがデスクにしばられていることへのまっとうな苦情が含まれていた。

「ああ、わかってるよ。めぼしい通報はあったか？」

「おれにはなんとも言えないが、あんたはこつこつと報告に目を通し、捜査の手管を使ってそれを決めんとな」

「手管？」

「ああ、手管《ワイル》だ。ロードランナー＆ワイリー《ワイル・E》・コヨーテのワイル。ああ、それから今朝のCNNはネタがなかったらしく、あの事件を取りあげていたぞ——いい映像だったよ、即席の階段にいるあんたら勇ましい連中と、骨入りの小さな箱だ。そうそう、ついに長距離電話までかかってくるようになったぞ。今朝のところはカンザス州トピーカに、ロードアイランド州プロヴィデンスだ。あんたが解決するまで電話は鳴りやまないぜ、ハリー。この件じゃ、おれたちみんなあんたを頼りにしてるんだよ」

やはり、ほほ笑み——そしてメッセージ——が話していることの裏にあった。

「わかったよ、持てるだけの手管を使おう。約束する、マンク」

「それを期待してるのさ」

殺人課テーブルにもどるとボッシュはコーヒーに口をつけ、事件の詳細を頭に浮かべた。異例な点、矛盾点があった。場所選択と遺体を埋めた方法とに、キャシー・コールが気づいた相反する点がある。しかし、それよりもゴラーが導いた結論が、問題点リストにさらに多くをつけくわえていた。ゴラーはこれを児童虐待事件だと見ている。しかしながら、衣服がつまったバックパックは犠牲者である少年が家出人だった可能性を示唆している。

ボッシュは昨日SIDのラボから署にもどってエドガーにこの話をしていた。エドガーはボッシュほど矛盾点だとは確信が持てないようで、たぶん少年は両親による虐待を受け、それにくわえて肉親ではない犯人に殺されたのではないかという仮説を話した。虐待の被害者の多くが家出をしても、結局べつの形の虐待関係に引きこまれるだけだと正しい指摘をエドガーはした。ボッシュはその仮説がもっともなことはわかったが、自分がその道筋をたどらないように心した。ゴラーが長々としゃべった筋書きよりも気がめいる話だからだ。

直通電話が鳴り、エドガーかビレッツ警部補が様子をうかがおうとしてきたのだろうと予想してボッシュは受話器を取った。ジョッシュ・マイヤーというLAタイムズの記者からの電話だった。ろくすっぽ知らない相手で、直通電話の番号を教えていないことはたしかだった。しかしながら、むっとしたことは口調に表わさなかった。この記者に、警察はトピーカやプロヴィデンスまでも手がかりを追っていると告げたい誘惑に駆られたが、広報による金曜日のブリーフィング以来、捜査にあらたな進展はないと告げるだけにとどめた。

電話を切ると一杯目のコーヒーを飲み干し、仕事にもどった。ボッシュが捜査でもっとも苦手とするのはコンピュータの作業だ。可能なときはいつでもパートナーたちにまかせる。それでコンピュータの作業はリストの最後にまわすことにし、当直室からまわってきた山積みの通報記録にざっと目を通しはじめた。

金曜日に目を通していたが、それからさらに三ダースほど記録が増えていた。現時点では役に立つような、または追うだけの価値がある情報を含んだものは皆無だった。いずれも姿を消した人物の親か肉親か友人からだった。そのだれもが永遠に途方に暮れ、それぞれの人生における心悩まされてならぬ謎にある種の結末を求めていた。

ボッシュはふと思いつき、椅子をくるりとまわして古いIBMのセレクトリック・タイプライターの一台に向かった。用紙をさしこみ、四つの質問を打った。

●失踪中とされているかたが姿を消すまでの数カ月に、いかなる種類であれ外科手術を受けられたかどうかご存じですか？
●受けられている場合、治療を受けた病院はどこですか？
●どんな症状でしたか？
●医師の名前は？

ボッシュは用紙を抜いて当直室へ持っていった。マンキウィッツに渡し、これを質問のひな形として使い、骨に関する通報者の全員に訊ねるようにと言った。

「手管としてはこれで充分か？」ボッシュは訊いた。

「いいや、だが手はじめにはなる」

当直室にいるあいだに、ボッシュはプラスチックのカップを取ってコーヒーで満たしてから、刑事部にもどり、自分のカップに中身を移し替えた。この数日間の通報者全員に連絡を取るため人手を借りたいと、月曜日にビレッツ警部補に頼むようメモを書いた。そこでジュリアのことを思いだした。月曜日が非番のため、必要とされたら志願してくれるだろう。しかし、ボッシュはすぐさまその考えを放棄した。月曜日にはふたりの関係が署内全員の知るところとなり、ジュリアを捜査に参加させればいっそう状況が悪化するだろう。

次に捜査令状に着手した。殺人課の仕事では、捜査の流れで医療記録が必要になることはよくあった。多くの場合、こうした記録は開業医や歯科医から取り寄せられる。もっとも、病院がまれであるわけではない。ボッシュは病院への捜査令状のひな形だけでなく、ロサンジェルス地区にある二十九の病院すべてと、それぞれの病院のために法的手続きを扱う弁護士のリストもファイルに保存していた。こうした書類を手近においていたので、一時間少々で二十九の捜査令状を作成できた。令状が要求するものは、一九七五年から一九八五年のあいだに、トレフィン・ドリルの使用をともなう脳外科手術を受けた十六歳以下のすべての男性患者の記録だった。

令状をプリントアウトすると、ブリーフケースにしまった。通常は週末の場合、捜査令状を判事の自宅へファクスで送り承認とサインをもらうのだが、日曜日の午後に二十九枚の令状を判事にファクスすることは、まず歓迎されないだろう。また、どちらにしても病院の弁護士が日曜日に働くはずがない。ボッシュの思惑は、月曜日の朝一番に判事のもとへ令状を持ちこみ、つぎにエドガーと手分けして、各病院に手渡ししてまわろうというものだった。そうすることによって弁護士に直接会い、ことの緊急性を訴えることができる。もっとも、たとえ思惑どおりに進んだとしても、週のなかばか、後半にならないと、病院から記録が届きだしはしないだろう。

ボッシュはつぎに一日ごとの捜査内容概要と、同じくゴラーからの法人類学的情報の総括をタイプライターで打った。できあがった書類を殺人調書に綴じ、つづいてバックパックに関するＳＩＤの所見を記述した証拠品の報告書を仕上げた。

仕事をやり終えると、ボッシュは背もたれに寄りかかり、バックパックから発見された読めない手紙のことを考えた。文書班が多少なりともあの手紙を解読できるとは当てにしていなかった。事件の謎に永久に包まれたさらなる謎になるだろう。二杯目のコーヒーの残りを一気に飲み、殺人調書をひらいて事件現場のスケッチ図表の写しが出てくるまでページをくった。図表をこまかく見るとバックパックが発見されたのは、元々死体があったと推定される場所としてコールが印をつけた場所のすぐ隣りだと気づいた。

それがいったいどんな意味を持つのか定かではなかったが、ボッシュは本能的に悟った。いま自分が事件について抱いているいくつかの疑問を第一に考えつづければ、あらたなる証拠と詳細を集めつづけることができる、と。これらの疑問がすべてをふるいにかける網になる。

報告書を殺人調書にもどし、捜査員行動記録——小さな枠がついた時系列の行動記録——を最新版にしてようやく書類仕事の更新を終えた。そして殺人調書をブリーフケースにしまった。

ボッシュはコーヒーカップをトイレの洗面台へ運んで洗った。それからカップを抽斗にもどすと、ブリーフケースを手に、裏口から車へ向かった。

13

　ロサンジェルス市警察本部であるパーカーセンターの地下は、近年に市警が報告を受けた事件すべての記録保管所となっている。九〇年代なかばまで、記録は書類で八年間保存されたのち、それから永久保存用にマイクロフィッシュに変換されていた。現在市警は永久保存用にコンピュータを使用し、さらにさかのぼって古いファイルをデジタル・ストレージバンクに移しているところだった。しかし、処理には時間がかかっており、八〇年代後半以前へは進んでいなかった。

　ボッシュは午後一時に保管所の受付カウンターに到着した。〈フィリップス・オリジナル〉のコーヒー容器ふたつ、ローストビーフ・サンドふたつが入った紙袋をたずさえていた。ボッシュは係員を見てほほ笑んだ。

「信じる信じないは勝手だが、失踪届のマイクロフィッシュを見ないとならないんだ。一九七五年から八五年までの」

　係員は地下にいるため血色が悪い年配の男で、口笛を吹いてこう言った。「気をつけろ、クリスティーン、連中がきたぞ」

ボッシュはほほ笑んでうなずいたが、係員がなにを話しているのかわからなかった。カウンターの奥にはほかにだれもいないようだった。

「いいニュースは連中が仲違いしていることだな」係員は言った。「つまりだな、わしはそいつはいいニュースだと思うんだよ。成人、青少年、どっちを探すのかね？」

「青少年を」

「じゃあ、そいつは少々急いでやらんとね」

「どうも」

「礼にはおよばん」

係員はカウンターから姿を消し、ボッシュは待った。四分で係員はボッシュが依頼した年のマイクロフィッシュ・シートが収まった小さな封筒を十枚持ってきた。もっともその束は十センチの厚みはありそうだった。

ボッシュはマイクロフィッシュ・リーダー&プリンタ機に歩み寄り、サンドイッチひとつとコーヒー二杯を取りだすと、残りのサンドイッチを持ってカウンターへもどった。係員は最初断わったが、ボッシュがこれは〈フィリップス〉のだと言うと、サンドイッチを受けとった。

ボッシュは機器までもどってマイクロフィッシュの閲覧をはじめ、最初に一九八五年をじりじりとしたペースで読み進めた。被害者の年齢層にあう、若い男性の失踪と家出の記録を探していた。機械に慣れてくると、すばやく報告書を動かせるようになった。まずはじめに、失踪人が帰ってきたか、あるいは居場所がわかったかを示す〝打ち切り〟のスタンプをざっと見ていった。スタンプがついていなければ、ボッシュの目は直ちに記入フォームの年齢と性別の枠に飛んだ。骨事件の被害者のプロフィールに合えば要約を読み、機械のフォトコピーのボタンを押し、もちだせるようにコピーを取った。

マイクロフィッシュには、ロサンジェルスに来たと考えられる人々を捜す外部機関が、LAPDに渡した失踪人報告書の記録も含まれていた。作業のスピードがあがったにもかかわらず、要請した十年ぶんの記録すべてに目を通すのに三時間以上かかった。作業を終えたとき、機械横のトレイに三百以上の報告書のコピーが入っていた。にもかかわらず、自分の苦労が時間をかけただけの価値あるものなのか、そうでないのかさっぱりわからなかった。

ボッシュは目元をこすり、目頭をもみほぐした。機械の画面を見つめつづけ、親の苦悩と子どもたちの不安に関する話を次々と読んだことで頭痛がしていた。顔をあげ、自分がサンドイッチを食べていなかったことに気づいた。

マイクロフィッシュの封筒の束を係員にもどし、ハリウッド署に車でもどるよりも、パーカーセンターでコンピュータ作業をすることに決めた。パーカーセンターからなら、十号線に乗り、ヴェニスへ飛ばしてジュリア・ブレイシャーの家での夕食に行ける。そのほうが楽だろう。

強盗殺人課の刑事部屋には、テレビのまえに座ってフットボールの試合を観戦している待機任務の刑事ふたりがいるだけだった。そのひとりはボッシュの元パートナーのキズミン・

ライダーだった。もうひとりは知らない顔だった。ライダーはボッシュに気づき、ほほ笑みながら立ちあがった。

「ハリー、ここでなにをしてるの？」ライダーが訊いた。

「仕事だよ。コンピュータを使いたいんだが、構わないか？」

「例の骨の事件？」

ボッシュはうなずいた。

「ニュースで聞いたわ。ハリー、こっちはパートナーのリック・ソーントンよ」

ボッシュは握手をして自己紹介をした。

「おれはライダーのおかげで腕っこきに見えるようにしてもらったが、あんたもいい目を見させてもらうといいな」

ソーントンがただうなずきほほ笑んだ。ライダーは照れた顔をしていた。

「こっちのデスクまで来て」ライダーが言った。「わたしのコンピュータを使えばいい」

ライダーが場所を示し、自分の椅子にボッシュを座らせた。

「ここで暇にしているだけなのよ。なにも起こらないの。フットボールが好きですらないんだから」

「事件日照りをこぼすなよ。だれかにそう言われなかったのか？」

「言われたわよ、むかしのパートナーに。そのひとがまともなことを言ったのはそれだけだったわ」

「だろうね」

「なにか手を貸しましょうか？」

「名前を検索するだけだから——ありきたりの作業さ」

ボッシュはブリーフケースを開け、殺人調書を取りだした。近隣の聞きこみのあいだに話を聞いたワンダーランド・アヴェニューの住民すべての名前、住所、出生地をリストにしたページをひらく。捜査では捜査員が出会った人物すべての名前を管理することが慣例であり、そうすべき責任もあった。

「コーヒーでもどう？」ライダーが訊ねた。

「いや、結構だ。ありがとう、キズ」

ボッシュは部屋の反対側で背を向けているソーントンのほうにあごをしゃくった。

「どんな調子だ？」

ライダーが肩をすくめた。

「ごくたまに、わたしに本物の刑事の仕事をさせてくれるわ」ライダーが小声で言った。

「そうか、いつでもハリウッド署にもどってきていいぞ」ボッシュはほほ笑みながらやはり小声で言った。

ボッシュは全米犯罪索引ネットワークに入るコマンドを打ちはじめた。すぐさまライダーがあきれた声を発した。

「ハリー、まだ二本指で打っているのね」

「これしかできないんだ、キズ。この方法で三十年近くやってきた。いきなり十本指で打つ方法を習得するとでも思うか？　おれはいまだにスペイン語も流暢に話せないし、ダンスも踊れない。きみが異動してからまだ一年なんだぞ」

「いいからどいて、恐竜さん。わたしにやらせて。一晩じゅうここにいることになるわよ」

ボッシュは両手を挙げて降参のポーズをし、立ちあがった。ライダーが腰を降ろし、キーボードを叩きはじめた。ライダーのうしろでボッシュはこっそりほほ笑んだ。

「むかしみたいだな」ボッシュは言った。

「言われなくてもわかってるわよ。つまらない仕事の担当はいつもわたし。それから、にたにたするのはやめなさいよ」

ライダーは顔をあげずに打ちこみをつづけていた。十本の指がキーボード上でとけあって見える。ボッシュはかしこまって見つめていた。

「おい、きみにやってもらおうとたくらんでいたわけじゃないぞ。ここにいるとは知らなかったんだから」

「そうよね、トム・ソーヤーが、塀にペンキ塗りをしなくちゃならないことを知らなかったのと同じね」

「え？」

「気にしないで。例の新入りの話を聞かせてよ」

ボッシュは度肝を抜かれた。

「え？」

「それしか言えないの？　聞こえたでしょう。新人よ、あなたがその……会ってる」

「一体どうして、もうそれを知ってるんだ？」

「わたしは情報収集にすぐれた能力をもってるの。それにハリウッド署にまだ情報源がいるしね」

ボッシュはライダーの仕切りから出て首を横に振った。

「ねえ、お相手はいいひとなの？　わたしが知りたかったのはそれだけよ。詮索したくはないわ」

ボッシュは仕切りにもどってきた。

「ああ、感じのいい相手だ。まだよく知らないんだ。彼女とおれのことは、きみのほうがこのおれより詳しいようだ」

「今夜は夕食をいっしょにするんでしょ？」

「ああ、いっしょに夕食を取るつもりだ」

「ねえ、ハリー？」

ライダーの声からおかしみがいっさい消えた。

「え？」

「どんぴしゃりがヒットしたわよ」

ボッシュはまえかがみになり、コンピュータの画面を見た。その情報を頭にしみこませるとこう言った。

「今夜の夕食はお流れになりそうだ」

14

ボッシュはその家のまえで車を止めると、暗くなった窓とポーチをしげしげと観察した。

「思うに」エドガーが言った。「こいつは家にいやしないぜ。たぶん、ばっくれてやがる」

エドガーはボッシュに腹を立てていた。自宅にいるところを呼びだされたからだ。エドガーの考えでは、骨は二十年のあいだ土に埋まっていたのだから、男と話すのを月曜日の朝まで待ってなにか害があるのかということだった。しかし、ボッシュはエドガーが来なくてもひとりで行くと言った。

エドガーは来た。

「いや、やつは家にいる」ボッシュは言った。

「なんでわかる？」

「とにかくわかるんだ」

ボッシュは腕時計を見て、時間と住所を小さな手帳に書き留めた。そのときふいに、自分たちがいまいる家は、最初の通報があった夜に窓の向こうでカーテンが閉まったのを見た家だと気がついた。

「行こう」ボッシュは言った。「やつとはおまえが最初に話しているから、相手するのはまかせる。おれはここぞというときに、話に割って入る」

　ふたりは車を降り、ドライブウェイを歩いて家に向かった。ふたりが訪ねようとしている男はニコラス・トレントといい、骨が発見された斜面から道をへだてて二軒先にある家で一人暮らしをしていた。トレントは五十七歳だ。近隣住民に対する最初の聞きこみの際、バーバンクのスタジオのセット・デコレーターだとエドガーに話していた。独身で子どもはいなかった。斜面の骨のことはなにも知らないし、有効な手がかりも、話もいっさい提供することができなかった。

　エドガーが玄関ドアを強くノックして、ふたりは返答を待った。

「トレントさん、警察です」エドガーは声をはりあげた。「エドガー刑事です。出てきてください」

　エドガーがもう一度ドアを叩こうと拳をあげたとき、ポーチの照明がついた。つづいてドアがひらくと、頭をそりあげた白人男性が暗がりのなかに立っていた。ポーチの照明が男の顔をさっと照らした。

「トレントさん？　エドガー刑事です。こっちはパートナーのボッシュ刑事。あなたにもう少しお訊きしたいことがあるんです。よろしいでしょうか？」

　ボッシュは会釈したが、手は差しださなかった。トレントが無言でいると、エドガーがドアに手をあて押し開けて、判断を迫った。

「入ってもよろしいですね？」エドガーがすでに戸口を半分越えて訊ねた。

「いや、よくない」トレントがすばやく言った。

エドガーは動きを止め、とまどった表情を浮かべた。

「トレントさん、少しばかり追加で訊ねたいことがあるだけなんですよ」

「なるほどね、だが、そんなのは嘘っぱちじゃないか！」

「どういうことですか？」

「ここでなにが起ころうとしているのか、みんなわかっているじゃないか。わたしはあらかじめ弁護士と話をしている。あんたのやってることは、そう、ただの演技だ。しかも、ひどい大根役者だ」

ボッシュは〝お菓子をくれないといたずらするぞ《トリック・オア・トリート》〟式の策略ではどうにもならないとわかった。近づいてエドガーの腕をつかみ、引きもどした。エドガーが戸口から退くとすぐにボッシュはトレントに目をやった。

「トレントさん、わたしたちがもどってくると思われていたなら、こちらに過去を探り当てられることはご承知でしょう。なぜ最初のときにエドガー刑事に話されなかったんです？そうなされば、おたがい時間の節約になったんですが。そうはならずにあなたは疑われることになりましたよ。それはおわかりですね？」

「過去は過去だからだ。それで話をもちださなかった。過去は埋めた。そのまま放っておいてくれ」

「だめだな、過去に埋められた骨があるときは」エドガーが非難する口調で言った。

ボッシュは振り返り、エドガーに少しはやりかたを考えろと伝える視線を送った。

「ほらな」トレントが言った。「だからわたしは言ってやるのさ、〝失せろ〟ってな。あんたたちに話すことはなにもない。なにもだ。骨のことなんぞ、なにも知らん」

「トレントさん、あなたは九歳の少年に性的いたずらをしたことがある」ボッシュは言った。

「それは一九六六年のことでわたしは罰を受けた。厳しくな。あれは過去の話でそれ以来わたしは非の打ち所がない市民だった。丘の骨とはなんの関係もない」

ボッシュは一拍間を開けてから、口調をよりおだやかにして、静かに口を開いた。「それが本当ならば、われわれをなかに通して、質問させてください。こちらであなたが無実だと決めるのが早ければ早いほど、ほかの可能性の検討に早くうつれます。ですが、ひとつわかっていただかなくてはならないことがあります。幼い少年の骨が、一九六六年に幼い少年に性的いたずらをした人物の家から百メートル足らずの場所で見つかったんです。その人物が事件以降どのような市民でいたかに興味はなく、とにかく質問をする必要があるんです。なにがあろうと質問はします。こちらに選択の余地はないんです。いますぐあなたのお宅で質問をするか、あるいは、外でテレビ局のカメラがずらりと待ちかまえるなか、弁護士をともないうちの署で質問するか、それはあなたの選択次第です」

ボッシュは口を閉じた。トレントは怯えた目でボッシュを見た。

「では、こちらの事情はご理解いただけましたね、トレントさん？　それにこちらもたしかにあなたのご事情は理解できます。よろこんで迅速かつ慎重に進めたいのですが、あなたの協力なしには無理なんですよ」

トレントがいま自分がどう行動しようが、これまでの生活が危機にさらされ、おそらく永遠に変わってしまったとわかっているかのように首を横に振った。ついにトレントはあとずさり、ボッシュとエドガーに入るよう合図をした。

裸足のトレントはゆったりした黒い短パン姿で、むだ毛のない象牙色の細い足を見せていた。流れるようなラインのシルクシャツを痩せた上体に身につけている。急な角度のついた梯子そっくりの体つきとでも言おうか。トレントはカウチの中央に座った。ボッシュとエドガーは向かいの革張りのゆったりした安楽椅子にそれぞれ腰を降ろした。ボッシュは話の主導役をつづけることにした。エドガーの玄関先でのやりかたが気に入らなかった。

「慎重を期すために、憲法に定められた権利について読みあげます」ボッシュは言った。「それから権利放棄の書類にサインをもらいます。これはわれわれだけでなく、あなたも守るものです。また、話の内容がねじ曲げられることのないように、この会話を録音します。あなたのほうでテープのコピーが必要ならば、手配します」

トレントが肩をすくめ、ボッシュはそれを気乗りしないが承知した証と受けとった。書類にサインをもらうとブリーフケースに滑りこませ、小型テープレコーダーを取りだした。録音ボタンを押すと同席している者の名前そして日時を確認し、エドガーにふたたび話の主導役になるよう、うなずいてみせた。いまはトレントの返答よりも、トレント自身とその周囲を観察するほうが重要になりそうだと考えたからだった。

「トレントさん、この家に住んでどのくらいになりますか？」

「一九八四年から」

　そこでトレントは吹きだした。

「なにがおかしいんです？」エドガーが訊ねた。

「一九八四。わからないのか？　ジョージ・オーウェルを読んだことは？　ビッグ・ブラザーを知らないのか？」

　トレントはボッシュとエドガーがビッグ・ブラザーの代理人であるかのような身振りをした。エドガーには意味がわからなかったらしく、事情聴取をつづけた。

「賃貸、持ち家、どちらです？」

「持ち家だ。ああ、最初は賃貸だったが、八七年に大家から購入した」

「なるほど。あなたは映画産業でセット・デザイナーをしている」

「セット・デコレーターだ。別物だ」

「どんなちがいが？」

「デザイナーはセットの構成を考え、組み立ての監督をする。そのあとで、デコレーターが加わり、細かなところを決める。登場人物のちょっとした個性演出。つまり、その人物の身のまわり品や道具を揃える。そんなことだ」

「どのくらいその仕事をしてますか？」

「二十六年間」

「丘にあの少年を埋めましたか？」

トレントが憤慨して立ちあがった。

「断じてちがう。あの丘に足を踏み入れたこともない。それにあんたらは大きな過ちをおかしている。あの哀れな魂を本当に殺した者が、まだそのあたりをうろついているのに、わたしに無駄な時間を使っていてはな」

ボッシュは椅子に座ったまま身を乗りだした。

「座ってください、トレントさん」ボッシュは言った。

トレントが強固に否定した態度に、トレントは無実か、さもなければこの仕事をしてきて出会った最高の役者のひとりか、どちらかだとボッシュの勘は告げた。トレントはゆっくりとカウチに腰を降ろした。

「あなたは頭の切れるひとだ」ボッシュは割りこむことにした。「われわれのねらいを正確に把握している。こっちはあなたを逮捕するか、あるいは放免するかです。じつに単純なことです。ですから、協力してもらえませんか？　はぐらかさずに、どうやったらわれわれはあなたを放免できるのか話してください」

トレントが両手を広げて掲げた。

「どうやったらなど、わかるものか！　あの事件のことなどなにも知らないんだ。なにも知らないのに、どうやったら協力できる」

「まあ、すぐにできるところでは、家のなかを見せてくださるというのはいかがです？　あなたと気心が知れるようになれば、トレントさん、たぶんあなたの側から物事を見ることができるようになるでしょう。けれども、いまは……申しましたように、あなたの記録を見つけたうえに、通りの向こうで骨が見つかったとあっては」

ボッシュは二本の手を掲げ、記録と骨のふたつを手に握っている身振りをした。

「わたしの見るところでは、状況はあまりかんばしくないようです」

トレントが立ちあがり、片手を家の奥のほうへ突きだしてみせた。

「わかった！　好きにするがいい。気が済むまで見てまわってもらおう。なにも見つかりゃしないさ、わたしはいっさい関わっていないんだから。いっさいいな！」

ボッシュはエドガーを見てうなずいた。ボッシュが室内を調べているあいだ、トレントをこの場に留めておけという合図だった。

「ありがとうございます、トレントさん」ボッシュはそう言って立ちあがった。

家の奥へ通じる廊下に出たところで、骨が発見された丘で変わったものを見たことがないかとエドガーがトレントに訊ねているのが聞こえた。

「わたしが覚えているのは、子どもたちがよく遊んでいたことだけで――」

トレントは口をつぐんだ。どうやら、子どもを話題にすると疑いが増すばかりだと気づいたらしい。ボッシュはすばやく振り返り、レコーダーの赤い録音ランプがついていることを確認した。

「あなたはそこの森で子どもたちが遊んでいるのを見るのが好きだったんですか、トレントさん？」エドガーが訊ねた。

ボッシュは廊下にとどまり、姿を隠していたが、トレントの返答に耳を傾けた。

「いや、子どもたちが森に入ったら姿は見えない。車で通りかかったり、犬を散歩させたりしたおりは——うちの犬が生きていたころだが——子どもらが丘を登っていくのが見えたよ。向かいの女の子たち。隣りのフォスターの子どもたち。ここいらの子どもたちみんなだ。あそこは市有地で——この近所で開発されていない土地はあそこだけだ。だから、子どもたちはあそこで遊ぶんだ。年上の子らがあの土地で煙草を吸っていると考える者もいて、丘一面が火事になるんじゃないかと心配している近所の者もいたよ」

「どのくらいまえの話です？」

「最初にわたしが越してきたころだな。わたしは関わり合いにならなかった。当時のこのへんの住民が対処していた」

ボッシュは廊下を歩いていった。小さな家で、ボッシュ自身の家と比べてもさほど広くなかった。廊下の突きあたりに、三つのドアが連なっていた。右と左が寝室で、中央がシーツ収納庫だ。まず収納庫を調べたが変わったものはなにも見つからず、つぎに右手の寝室へ移った。そこはトレントの寝室だった。整頓が行き届いていたが、対になったタンスとベッドテーブルの上は種々の小物で散らかっていた。カメラのまえでセットをリアルに見せるために、トレントが仕事で使用しているのだろう。

ボッシュはクロゼットを覗いた。上段の棚にシューズボックスが何個かあった。蓋を開けかけて、なかにすり減った古い靴が入っていることがわかった。どうやらトレントは新しい靴を買うと古い靴はボックスに入れて棚上げにする趣味があるらしい。これもまた、トレントの仕事用在庫の一部になるのだろう。ボックスのひとつを開けると、ワークブーツが入っていた。靴底の一部に固くかたまった泥がついていることに気づいた。骨が発見された場所の黒い土を思いだす。あのサンプルは採取済みだ。

ブーツをボックスにもどし、捜査令状を取ることを心に留めた。いまの捜査はただざっと見ているだけのものだった。トレントに関してつぎの段階に進むとしたら、トレントはれっきとした被疑者になる。そのときは捜査令状を持ってここにもどり、文字通り家じゅうをひっかきまわし、骨とトレントを結びつける証拠を探すことになる。ワークブーツからはじめるといいかもしれない。トレントは丘へ行ったことなどないとしゃべったことをすでに録音されている。もし靴底の泥が発掘現場の土壌サンプルと一致すれば、トレントが嘘をついたとわかる。容疑者とのせめぎあいでもっとも肝心なのは、話を動かぬものにすることだった。そうしておいて、捜査員は嘘を探す。

クロゼットには、はっきりとした注意を惹かれるものはほかになにもなかった。寝室内も隣接した浴室も同じだった。ボッシュはもちろん、もしトレントが犯人だとしたら永年にわたって痕跡を隠してきたことはわかっていた。さらにこの三日間がトレントにはあったはずだ——エドガーが初動捜査で付近住民の聞きこみをしてから——痕跡がないか再度確認し、備えるために。

もうひとつの寝室はオフィスと仕事用の倉庫室として使用されていた。壁には、トレントの仕事とおぼしき額縁入りの映画広告のポスターがかかっていた。いくつかはテレビで見たことがあったが、ボッシュが映画を見るために映画館に足を運ぶことはめったになかった。額のひとつに、《ケープの技》という映画のポスターがあることに気づいた。数年まえにボッシュはその映画のプロデューサー殺害事件を捜査した。あのあと、この映画のポスターはハリウッドのアンダーグランドでコレクターズ・アイテムになったと聞いた。

家の奥を見終えると、ボッシュはキッチンのドアから車庫へ出た。二台分の区画があり、ひとつにはトレントのミニヴァンがあった。もうひとつの区画には、家の各部屋に適合する印がついた箱が積みあげてあった。最初ボッシュは、越してきて二十年近くになるというのにトレントがまだ荷ほどきを終えていないと考え仰天した。それから、箱は仕事関連のもので、セットのデコレーションの際に使用されるのだと気づいた。

あたりを見まわすと、壁一面にハンティングの獲物の首がかけてあった。黒いビー玉のような目がボッシュをじっと見ていた。ぞくりとする感覚が背筋を駆け下りていった。物心ついたときから、この手のものを見るのはいやだった。なぜなのか理由は定かではなかった。

さらに数分を車庫で過ごした。主に、積まれたなかから〝九歳〜十二歳の少年の部屋〟と書かれた箱を調べて過ごした。箱のなかには玩具や飛行機のプラモデル、スケートボード、フットボールが入っていた。スケートボードを取りだしてしばらくためつすがめつし、そのあいだバックパックに入っていた〈ソリッド・サーフ〉のロゴつきTシャツのことを考えていた。ややあって、スケートボードを段ボール箱にもどし、封をした。車庫には横にもドアがあり、そのドアは裏庭に行く小道につながっていた。たいらな地面のほとんどをプールが占め、その奥が庭、そして木が密集した険しい斜面につながっていた。多くを見るには暗すぎた。外の様子を調べるには、日中でないとだめだな、と判断する。

調べはじめて二十分ほど経ったのち、ボッシュは手ぶらでリビングにもどった。トレントが期待に満ちた目でボッシュのほうを見上げた。

「満足かい？」

「いまのところ満足ですよ、トレントさん。ご協力に感謝――」

「ほらな。絶対に終わらないんだ。いまのところ満足ですよ、ときた。あんたらは絶対に放免してくれないんだ。つまり、もしわたしがヤクの売人か銀行強盗だったら、わたしの罪は消え、あんたらはわたしをほうっておいてくれるはずだ。なのに四十年近くもまえに少年に触っただけで、生涯有罪なのさ」

「あんたはその子を触るだけじゃすまなかったんじゃないかな」エドガーは言った。「こっちで記録を調べればわかる。気にしないでくれ」

トレントは顔を両手に埋めて、協力するんじゃなかった、というようなことをつぶやいた。ボッシュがエドガーに目をやると、エドガーはうなずき、もう終わったから帰ろうとうなずいた。ボッシュは近づき、レコーダーを回収した。上着の胸ポケットに滑りこませたが、録音はやめなかった。昨年の事件で貴重な教訓を学んだのだ——事情聴取が終わったと安心して、取り調べを受けた人間がもっとも重要で有益なことを口にすることがある。

「トレントさん、ご協力をありがとうございました。これで失礼します。ですが、また明日お話しする必要があるかもしれません。明日はお仕事ですか？」

「おい、勘弁してくれよ、仕事先に電話しないでくれ！　仕事を失うわけにはいかないのに、あんたらが電話してきたらぶちこわしになってしまう。そっちのせいですべてがぶちこわしになってしまうんだ」

トレントはボッシュにポケットベルの番号を告げた。ボッシュは番号を書き留め、玄関に向かった。エドガーを振り返る。

「旅行についての話をしたか？　どこかに出かける予定がおありじゃないよな？」

エドガーがトレントのほうを向いた。

「トレントさん、映画の仕事をしてるから、どんなセリフが出てくるか、おわかりですね？　町を離れるときは、われわれに連絡してください。そうしないと、あなたを探さなくてはならなくなる……そんな状況はぜひとも避けたいんじゃないですか？」

トレントは視線を前方のどこかずっと遠くに合わせて、抑揚を欠いた単調な調子でしゃべった。

「どこかに行くつもりはまったくない。さあ、帰ってくれ。早くひとりにしてくれ」

ふたりの刑事が家から出ると、うしろでトレントがドアをたたきつけて閉めた。ドライブウェイがはじまるところにブーゲンビリアの大きな茂みが満開になっていた。その茂みのそばに近づくまで、茂みのせいで通りの左側の視界は遮られていた。

輝く光がとつぜん現われ、ボッシュの顔に射した。カメラマンをしたがえた記者がこちらに接近していた。目が慣れてくるまで、ほんの少しのあいだ、目が見えなかった。

「どうも、刑事さん。ジュディ・サーティン、四チャンネルの報道局のものです。白骨事件になにか進展がありましたか？」

「ノー・コメント」エドガーが吠えるように言った。「ノー・コメント、それにそのライトをさっさと消せ」

ボッシュはようやくまばゆいライトのなかで記者を見ることができた。テレビに出ているのを、そして先日の道路封鎖のところに集まったなかにも見た顔だった。また、〝ノー・コメント〟はこの状況から逃れるうまい手ではないと気づいた。疑いを拡散させ、マスコミをトレントに近づけないようにさせておかねばならない。

「いや」ボッシュは言った。「進展はない。ただ決まった手順を踏んでいるだけだ」

サーティンは手にしていたマイクをボッシュの顔のまえに突きつけた。

「なぜまたこの近辺に来られたんですか？」

「近隣住民への通常の聞きこみ捜査の落ち穂拾いをしているだけだ。この家の住民とは話せていなかったから。ちょうど終わったよ。それだけだ」

ボッシュはうんざりした口調で話した。記者が本気にしてくれればいいのだが。

「あいにく」ボッシュはつづけて言った。「今夜は大ニュースはなしだ」

「そうですか、この家の住民、またはこの近隣の住民は協力的でしたか？」

「みなさんとても協力的だったが、こと捜査の進展に関してはなかなかむずかしいだろう。骨が埋められた当時は、住民の多くがまだここに住んでもいなかった。だからむずかしいところだよ」

ボッシュはトレントの家を示した。

「たとえばここに住んでいる男性だ。一九八七年以降にこの家を買ったとわかったところだが、そのころにはすでに骨が埋められていたことは確実なんだ」

「では捜査は振りだしにもどるのですね？」

「そんなところだ。話せるのは本当にそれだけなんだ。失礼する」

ボッシュは記者を押しのけ自分の車に向かった。少し間をおいて、サーテインがカメラマンを連れずに車のドアまで追いかけてきた。

「刑事さん、お名前をうかがわせてください」

ボッシュは札入れをひらき、名刺を取りだした。ハリウッド署の代表電話番号が入ったものだ。それを記者に渡し、失礼するとふたたび言った。

「ねえ、どんなことでも話せることがあったら、オフレコってことよ、あなたの身元は秘密にするわ」サーテインが言った。「ね、こんなふうにカメラなしでいいし、条件はなんでものむわ」

「いや、なにもない」ボッシュはそう言いながらドアを開けた。「おやすみ」

車のドアが閉まったとたん、エドガーは悪態をついた。

「なんだってあの女は、おれたちがここにいると知ってたんだ？」

「きっと近所のたれこみだ」ボッシュは言った。「あの記者は発掘の二日間というもの、ずっとここにいた。あの女は有名人だ。住民たちに愛想よくする。友だちになる。それにおれたちが乗っているのはサツの車じゃないか。記者会見を招集したも同然だ」

ボッシュは刑事の仕事を白黒に塗った車でやろうとするまぬけぶりについて考えた。街でより多くの警官が目につくよう考案された計画に基づき、ロス市警は各署の刑事たちに非常灯を屋根に乗せず、ただ目につきやすくした白黒の車を割り当てていた。

記者とカメラマンがトレントの家のドアへ近づいていった。

「あの女、やつと話すつもりだぜ」エドガーが言った。

ボッシュはすぐさまブリーフケースに手を入れて携帯電話を取りだした。トレントの家の番号にかけ、ドアを開けないように伝えようとしたそのときに、このあたりで携帯電話は使えないことに気づいた。

「くそっ」ボッシュは毒づいた。

「どのみち、手遅れだ」エドガーが言った。「やつがうまくやることを祈ろう」

トレントが玄関口にいるところが見えた。カメラの白いライトを全身にたっぷり浴びている。言葉少なになにか言うと、手ではらいのける仕草をしてドアを閉めた。

「いいぞ」エドガーが言った。

ボッシュはエンジンをかけ車の向きを変えると、渓谷を引き返し、署に向かった。

「で、つぎはどうする?」エドガーが訊ねた。

「やつの前科記録を引きだす必要があるな。どんな内容かたしかめるんだ」

「そいつをまっさきにやろう」

「いや。おれはまっさきに病院へ捜査令状を配りたい。トレントがおれたちの犯人像にあてはまっても、あてはまらなくても、トレントと結びつけるには少年の身元をつかむことが必要だからな。八時にヴァン・ナイスの裁判所で落ち合おう。判事のサインをもらってから、令状を分け合う」

ボッシュがヴァン・ナイス裁判所を選んだのは、エドガーがその近くに住んでいるからで、午前中に令状が判事によって承認されたら、裁判所で別れて令状配りをはじめられるからだった。

「トレントの家の令状はどうする?」エドガーが言った。「見てまわったときに、なにかあったか?」

「べつにない。車庫の段ボール箱にスケートボードが入っていた。ほら、仕事で使うものらしい。セットに置くためのものだな。そいつを見たとき、被害者のTシャツのことを思いだしていたよ。それに靴底に泥がついたワークブーツがあった。泥が丘のサンプルと一致するかもしれん。だが、この先捜索してもろくなものは出てこないだろう。やつは堅気で二十年も通してきたんだ。ひょっとして、やつが犯人だとしてもな」

「犯人だと思わないのか」

ボッシュはかぶりを振った。

「時期的な問題がある。八四年では遅いよ。おれたちが見ている範囲のいちばん外れだ」

「七五年から八五年までが範囲じゃなかったのか？」

「そうだ。おおまかに言えばな。だが、ゴラーの話を聞いただろう——二十年から二十五年まえだ。近いほうは八〇年代初期だ。八四年は八〇年代初期だとは言えない」

「いや、やつは死体のために、あの家に越したのかもしれんぞ。引っ越し以前に、すでにあの子を埋めていて、そばにいたくてこのあたりに引っ越した。つまりだな、ハリー、こういう手合いは胸くそ悪くなる連中だってことさ」

ボッシュはうなずいた。

「それはそのとおりだ。だがあの男から、そんな気配は感じられなかった。おれはあいつの言うことを信じた」

「ハリー、あんたの超能力がはずれたことはまえにもあったよな？」

「そりゃ、そうだが……」

「おれはやつだと思うね。やつが犯人だ。聞いただろう、〝わたしが少年に触っただけで〟とぬかしやがったことを。おそらくやつにとっちゃ、九歳児に男色行為をやることは手を伸ばして触る程度のことなんだろう」

エドガーは懲罰的な意見の持ち主になっていたが、ボッシュはエドガーの意見に与《くみ》するつもりはなかった。なんといってもエドガーは父親だ。ボッシュはそうではない。

「記録を入手して見てみよう。保管所に行き、逆引きも調べないといかん。当時あの通りに住んでいた者を調べないと」

逆引きというのは住民を名前ではなく住所別に載せている電話帳だ。年ごとの電話帳は記録保管所にまとめて保存されている。その電話帳で、刑事たちが少年の死亡時期だと見ている一九七五年から一九八五年の期間にあの通りに住んでいた者がわかるはずだった。

「そいつはえらく楽しい作業になりそうだな」エドガーが言った。

「ああ、そうとも」ボッシュは言った。「待ちきれないよ」

ふたりは残りの道のりを黙って車を走らせた。ボッシュは憂鬱になっていた。ここまでの捜査の自分の指揮ぶりに失望していた。骨は水曜日に発見され、完全な捜査は木曜日に始まった。名前の照会——捜査の基本部分——は日曜日以前に終わらせておくべきだった。この遅れによって、トレントにアドバンテージをあたえた。トレントはこちらの質問を予期し、準備する三日間を得たのだ。弁護士と事前の打ち合わせまでしていた。鏡を見て、反応と表情まで練習していたかもしれない。ボッシュは自分の内なる嘘発見器が告げたことはわかっていた。しかし、いい役者ならば嘘発見器に勝てることもわかっていた。

15

　ボッシュは裏のポーチでビールを飲み、引き戸を開けたままにしてステレオにかかっているクリフォード・ブラウンが聴こえるようにしていた。五十年近くまえに、このトランペット奏者はほんの数枚のレコードを残し、自動車事故で亡くなった。ボッシュは失われたすべての音楽に思いを馳せた。地中の幼い骨と失われたものに思いを馳せた。そして自分自身と自分が失ったものに思いを馳せた。どういう具合か、ジャズとビールと事件について感じている陰鬱さが頭のなかで混ざり合っていた。神経がささくれ立って、まるで目のまえにあるものが見えていないような気分だった。刑事にとって、こうした感覚はとにかくこのうえもなくいやなものだった。

　午後十一時に室内に入り、音楽を消して四チャンネルのニュースを見られるようにした。ジュディ・サーテインのレポートは、最初のコマーシャルから三つ目の話題だった。キャスターが言った。「ローレル・キャニオンの白骨事件にあらたな進展がありました。現場からジュディ・サーテインがお伝えします」

「なんだと」ボッシュはその前フリの響きが気に入らず、声を漏らした。

画面はワンダーランド・アヴェニューにいるサーテインの生中継映像に切り替わった。人家のまえに立っている。トレントの家だった。

「ローレル・キャニオンのワンダーランド・アヴェニューからです。四日まえに犬が持ちかえった骨が、当局によって人間のものだと断定されました。犬が見つけたことがきっかけとなり、幼い少年のものである骨がさらに発見されました。捜査員によると、二十年以上まえに殺害され埋められたものだそうです」

ボッシュの電話が鳴りはじめた。TV鑑賞用の椅子の肘掛けから身を乗りだし、受話器を取った。

「待ってくれ」ボッシュはそう言い、受話器を横に置いてニュースを見た。

サーテインがつづけた。「今夜、事件の捜査責任者がこの近辺にふたたびやってきて、少年が埋められた場所から百メートルと離れていない場所に暮らすある住民と話をしました。その住民とはニコラス・トレント、五十七歳のハリウッドのセット・デコレーターです」

画面がその夜サーテインからの質問を受けるボッシュの録画映像に切り替わった。だが、映像の埋め草として使用され、レポートをつづけるサーテインの声が上にかぶせられた。

「捜査員たちはトレントに対する訊問へのコメントを拒否しましたが、四チャンネルの調べでは――」

ボッシュはどっかりと椅子に座り、身構えた。

「――トレントはかつて幼い少年への性的いたずらで有罪となっています」

音声がそこで先ほどの路上でのインタビューに代わり、ボッシュの声がこう言った。「話せるのは本当にそれだけなんだ」

次は録画映像にぱっと切り替わり、戸口に立つトレントがカメラに向かって手を払い、ドアを閉めていた。

「トレントは事件への関わりについてのコメントを拒否しました。しかし、ふだんは静かな丘の住民たちはトレントの過去を知り、動揺を隠しきれません」

レポートは隣人へのインタビューの録画映像に変わった。ヴィクター・アルリックだった。ボッシュはTVのリモコンの消音ボタンを押し、受話器を取った。エドガーだった。

「このクソを見てるか？」エドガーが訊ねた。

「ああ」

「おれたちがクソみたいに見える。おれたちがしゃべったように見える。おまえがしゃべったことから、文脈を無視して引用されているぞ、ハリー。おれたちはこのせいで、ひどいめにあいそうだ」

「なあ、おまえはこの記者にしゃべらなかったよな？」

「ハリー、おまえはおれが漏らしたとでも思って――」

「いや、そうじゃない。確認しているだけだ。おまえはしゃべらなかったな？」

「もちろんだ」

「そして、おれもしゃべってない。さあて、おれたちはこの責任を問われるだろうが、どちらもおれたちのせいじゃないことがはっきりした」

「ああ、ほかに知ってるのはだれだ？　トレントがしゃべったとは考えにくいよな。およそ百万人の人間に、やつが子どもに性的虐待をしたやつだと知られたんだから」

ボッシュは気づいた。ほかに知っているのはキズだ。コンピュータの作業で記録を見ている。あとはボッシュが夕食に行けない理由を話したジュリア・ブレイシャーだけだ。ふいに、ワンダーランド・アヴェニューのバリケードのところに立っているサーティンの姿が頭によみがえった。ジュリアは斜面の捜索と発掘の両日で手を貸すと申しでた。なんらかの形でサーティンとつながっていた可能性はおおいにあり得る。ジュリアがこの記者の情報源、タレコミ屋なのか？

「タレコミがあったとは限らない」ボッシュはエドガーに言った。「この記者はトレントの名前さえ知っていれば充分だったはずだ。コンピュータで調べてくれる警官の知り合いがいるのかもしれない。あるいは性犯罪者CDで調べたのかもしれない。公開された記録だからな。ちょっと待ってくれ」

キャッチホンが入った。切り替えるとそれはビレッツ警部補だった。もうひとつの通話を切るあいだ待つように頼んだ。ボッシュはカチリと切り替えた。

「ジェリー、ブレッツ（弾丸）だ。あとで電話する」

「まだわたしだけど」ビレッツが言った。

「あっ、すみません。待ってください」

ボッシュがふたたび試すと今度は切り替わった。おまえも知っておくべきことをビレッツが話したら、すぐに電話するから、とエドガーに告げた。

「電話しなかったら、計画続行だ」ボッシュはつけたした。「八時にヴァン・ナイスだからな」

ボッシュはビレッツの回線に切り替えた。

「ブレッツですって」警部補が言った。「あなたたち、わたしをそう呼んでいるの？」

「は？」

「ブ、ブ、ブレッツと言ったでしょう。わたしをエドガーだと思っていたとき、わたしのことをブレッツと呼んだわ」

「いまさっきですか？」

「ええ、いまさっき」

「さあ。なんの話かさっぱり。おれが回線を切り替えたときってことですか――」

「いいわ、気にしないで。四チャンネルを見たと思うけれど？」

「ええ、見ました。そして警部補に報告できることは、漏洩源はおれでもないし、エドガーでもないってことです。あの記者はおれたちがあそこに行くという情報を得ていたんです。そしておれたちは〝ノー・コメント〟方式で通しましたよ。いったいどうやって、やつの過去を知ったのか――」

「ハリー、あなたは〝ノー・コメント〟方式で通してなかったわ。カメラに映ったあなたの口は動いていた。それにあなたがこう言うのを聞いたけれど。〝話せるのは本当にそれだけなんだ〟と。あなたが〝それだけなんだ〟と言ったのなら、なにか記者にあたえた情報があるということよ」

ボッシュは首を横に振った。話し相手には見えないのはわかっていたものの。

「おれはなにも、漏らしてません。ああやって、おれなりにごまかしたんです。近隣住民への通常の聞きこみを終えようとしているだけで、トレントとはまだ話したことがないからと言ったんです」

「それは本当なの？」

「じっさいはそうじゃありませんが、あの男が児童に性的虐待をした男だから、家を訪れたと話すつもりはありませんでしたからね。いいですか、おれたちが向こうにいたとき、この記者はトレントのことは知らなかったんですよ。もし知っていたとしたら、おれに質問してきたでしょうからね。あとで知ったんですよ。で、どうやって知ったかはわかりません。ちょうどそれをジェリーと話していたところだったんです」

一瞬間が空いてから、ビレッツは話をつづけた。

「そう、あなたたちは相談するなら明日やったほうがいいでしょう。書式で釈明を提出してもらいますから。それを上に送ります。四チャンネルのニュースが終わりもしないうちに、ルヴァレー警部から連絡があったのよ。すでにアーヴィング副本部長から連絡があったと言っていたわ」

「はい、はい、いつものことですね。まさに食物連鎖だ」

「いいこと、市民の前科記録をリークすることは市警の方針に反するのよ。その市民が捜査の対象かそうでないかにかかわらず。あなたがちゃんと納得いく説明ができるように願うだけだわ。言うまでもないでしょうけれど、市警にはあなたに噛みついてやろうと、あなたが失敗するのを待ちかまえている人たちがいるんだから」

「いいですか、情報漏洩を軽く考えようとしているつもりはないんです。まちがっているし、よくないことです。ただ、いまおれがやろうとしているのは、殺人事件を解決することです。警部補、それなのにいまおれは、乗り越えなくちゃならない大きな障害をまた抱えたんですよ。それはいつものことです。いつも行く手をさえぎる障害物が放りこまれるんだ」

「では、次はもっと注意深くなることね」

「なんに注意深くしろと？　おれがどんな悪いことをしたんです。手がかりが示すままに、事件を追っているだけですよ」

ボッシュはいらだちと怒りを爆発させたことをすぐに後悔した。ボッシュが自滅することを待っている市警の人間のなかに、ビレッツが含まれていないことは確実なのに。ビレッツはたんなるメッセンジャーだった。同時にこの怒りが、自分自身に向けられたものであることに気づいた。なぜならば、ビレッツの言うとおりだとわかっているからだ。違うやりかたでサーテインを扱うべきだったのだ。

「あの、すみません」ボッシュは平坦な低い声で言った。「あの事件のせいなんですよ。ついむきになってしまう」

「理解できるわ」ビレッツが同じようにおだやかな口調で答えた。「それから事件と言えば、正確なところ、どうなっているの？　このトレントの件は、初耳よ。あらたな情報があれば、つねに知らせてくれるものと思っていたのだけれど」

「すべて、きょう、あきらかになったことなんです。遅い時間に。朝になったら報告するつもりでした。四チャンネルがおれをどんな目に遭わせるか知らなかったんです。それにルヴァレーやアーヴィングをどんな目に遭わせるかも」

「いまは連中のことは放っておきましょう。トレントのことを話してちょうだい」

16

真夜中をかなりまわってから、ボッシュはヴェニスに着いた。運河近くの細い通りには駐車スペースがなかった。駐める場所を探して十分ほど走りまわり、ヴェニス大通りにある図書館横の駐車場に入れることにして、徒歩で引き返した。

夢を抱いてロサンジェルスに引きよせられた者すべてが映画をつくったわけではない。ヴェニスはアボット・キニーという男が一世紀まえに見た夢だった。ハリウッドと映画産業が鼓動を搏《う》つか搏たないかという時期に、キニーは太平洋沿いの湿地帯にやってきた。キニーが思い描いたのは、運河を張り巡らせアーチ橋を渡し、街の中心にイタリア風の建築物が建った場所だった。文化と芸術のまなびやになるだろう。キニーはそこをアメリカのヴェニスと呼ぶつもりだった。

しかし、ロサンジェルスにやってくる夢追い人の多くと同じく、キニーの幻想がそのまま共有されることも、理解されることもなかった。投資家と土地調査員の大半は冷ややかで、もっと現実的な計画に自分たちの金を注ぎこんでヴェニスを造成した。アメリカのヴェニスは〝キニーの愚行〟と呼ばれた。

しかし、一世紀を経た現在、運河と水面に映るアーチ橋の多くはいまだその姿を保っているが、投資家と土地調査員と不吉を予言した者とその造成計画は、はるかむかしに時の流れに押し流されていた。キニーの愚行のほうが長つづきしていると考えると、ボッシュは愉快だった。

ボッシュは何年も運河に来たことがなかったが、ヴェトナムから帰還したあと、短い間、海外で知り合った三人の男たちとここのバンガロー式住宅で暮らしたことがあった。あれから何十年と経つうちに、バンガローの多くは消え去り、二階建てや三階建ての百万ドル級のモダンな家々に取って代わられていた。

ジュリア・ブレイシャーはハウランド運河とイースタン運河が交差する角の家に住んでいた。新しい建築物のひとつだろうとボッシュは予想していた。おそらく法律事務所で稼いだ金で購入したか、それどころか新築したのかもしれない。しかし、その住所にたどりつくと、予想はまちがっていたことがわかった。ジュリアの家は白い下見板造りの小さなバンガローで、二本の運河の交差点を見渡せる仕切りのないポーチが前面についていた。

家の窓の奥で灯りがついていた。遅い時間だが、それほど遅くはない。ジュリアは三時から十一時のシフトで働いているのだから、深夜二時まえに眠りにつく習慣はなさそうだった。

ボッシュはポーチに近づいたが、ドアをノックするまえにためらった。先刻の疑念が頭に忍びこんでくるまでは、ジュリアと、ふたりのはじまったばかりの関係に対してよい感情しか抱いていなかった。いまは慎重にならざるを得ないとわかっていた。よこしまなことなどなにもないのかもしれない。ここで失敗するとすべてをぶちこわしにするかもしれなかった。

ようやくボッシュは腕を持ちあげてノックした。ジュリアがすぐにドアを開けた。

「ノックするのか、それとも一晩じゅうそこに立ってるつもりなのかと思ってたところよ」

「おれがここに立っているのを知っていたのか？」

「ポーチは古いの。きしむのよ。音が聞こえたわ」

「その、ここまで来てから、時間が遅すぎると思ったんだ。先に電話をすればよかった」

「いいから入って。なにか不都合でもあるの？」

ボッシュは家に足を踏み入れ、あたりを見まわした。質問には答えなかった。

リビングははっきりと浜辺の香りがした。竹とラタンの家具と、部屋の片隅に立てかけたサーフボードの立てる香りだ。ドア横のウォールラックにかかっているジュリアのポリスベルトとホルスターだけがこの場所にそぐわない。そんなふうに目につくところに出しておくのは新人のミスだったが、ジュリアが自分のあらたな仕事の選択を誇りにし、警官の世界以外にいる友人たちにそれを印象づけたいのだろうとボッシュは想像した。

「座って」ジュリアが言った。「ワインを開けてあるの。一杯いかが？」

ボッシュはつかのま考えを巡らせた。一時間まえに飲んでいるビールにさらにワインを混ぜると、明日、集中力が必要だとわかっているのに頭痛を起こすことになるだろうか。

「赤よ」

「ああ、では少しだけもらおう」

「明日、しゃきっとしておくため？」

「まあね」

ジュリアがキッチンへ行き、ボッシュはカウチに腰を降ろした。部屋を見まわすと、長くとがったあごをもつ剝製の魚が白煉瓦の暖炉の上にかけてあった。魚はあざやかなブルーから徐々に黒味を帯びており、下側に白と黄色の線が入っていた。剝製の魚は、野生動物の剝製の頭ほどには気に障らなかったが、それでもつねにこちらを見つめている魚の目は好きではなかった。

「きみがこいつを釣ったのかい？」ボッシュは呼びかけた。

「ええ。バハ・カリフォルニアのカボでね。釣りあげるのに三時間半かかったわ」

ジュリアは二個のワイングラスを手にして現われた。

「五十ポンドテストラインでよ。一苦労だった」

「なんという魚だい？」

「ブラックマーリン」

ジュリアは魚に向かってグラスを掲げ、つぎにボッシュに向けてグラスを掲げた。

「しがみつけ《ホールド・ファースト》」

ボッシュはジュリアを見た。

「あたしのあたらしい乾杯のセリフ」ジュリアは言った。「しがみつけ。すべてにあてはまる言葉でしょ」

ジュリアはボッシュのそばの椅子に座った。そのうしろにサーフボードがあった。白地に虹のボーダーがエッジに沿って走ったデザインだった。ショートボードだ。

「で、きみはワイルドな波にも乗るんだな」

ジュリアがすばやくボードを振り返ってからボッシュに視線をもどし、ほほ笑んだ。

「がんばってるわ。ハワイで覚えたのよ」

「ジョン・バロウズを知ってるかい?」

ジュリアは首を横に振った。

「ハワイにはサーファーがたくさんいるわ。どのビーチでサーフィンをしてるひとなの?」

「いや、ここの男だよ。警官なんだ。パシフィック署の殺人課にいる。ビーチ近くの遊歩道沿いに住んでいるんだ。ここからそう遠くない場所に。波乗りをする男で、ボードにはこう書いてあるんだ。〝守り、波に乗るために〟(市警標語〝守り、奉仕するために〟のもじり)」

ジュリアが声をあげて笑った。

「それはいいわね。気に入ったわ。あたしのボードにも書かなくちゃ」

ボッシュはうなずいた。

「ジョン・バロウズ、ふーん。そのひとを探さなきゃ」

ジュリアはからかっていることがにじみ出る口調で言った。

ボッシュはほほ笑んだ。「でも、探さないかもしれない」

ボッシュはこんなふうにジュリアにからかわれるのが気に入った。とても気分がいいのだが、それだけに自分がここにいる理由を考えるといっそう複雑な思いがした。ワイングラスに視線を落とす。

「丸一日、釣りに出かけていたのに、なにも引っかかってこなかった」ボッシュは言った。「マイクロフィッシュにかかりきりだったんだ」

「今夜ニュースであなたを見たわ」ジュリアが言った。「あの男に圧力をかけようとしているの？　子どもにいたずらをしたあの男に？」

ボッシュはワインに口をつけて考える時間を稼いだ。ジュリアが話のきっかけをつくってくれた。あとはボッシュが慎重を期しながら進めなくてはならない。

「どういう意味かな？」ボッシュは訊いた。

「そうね、男に前科があることをあの記者に教えたでしょう。きっとあなたは、なにかをたくらんでいるにちがいないと思ったのよ。男に注目を集めさせて。それで男になにかしゃべらせようとしてるんじゃないかと。リスクがあるように思ったけれど」

「どうして？」

「そうね、まず第一に、記者を信用するのはどんなときでもリスクがあるものよ。弁護士時代に裏切られた経験からわかっているわ。そして第二に……第二に、人ってものは秘密が秘密じゃなくなったときにどんな反応をするか、わかりはしないから」

ボッシュはつかのまジュリアを見据え、そこでかぶりを振った。

「おれは記者に教えていない」ボッシュは言った。「ほかのだれかが教えた」

ボッシュはなにか読みとれないかとジュリアの瞳を直視した。

「厄介なことになりそうなんだ」ボッシュはいい足した。

ジュリアが驚いて眉をあげた。やはりなにも読みとれない。

「なぜ？　あなたが記者に情報を教えていないならば、どうして厄介なことが……」

ジュリアは口をつぐんだ。相手が推量をはたらかせたのをボッシュは悟った。ジュリアの瞳が失望で満たされた。

「ああ、ハリー……」

ボッシュはなかったことにしようとした。

「どうした？　心配しないでいい。おれはだいじょうぶだよ」

「あたしじゃないわよ、ハリー。それでここに来たのね。あたしがタレコミ屋あるいは漏洩源、とにかくあなたがそんなふうに呼んでいるものかどうか、たしかめにきたのね？」

ジュリアがふいにワイングラスをコーヒーテーブルに置いた。赤ワインが波立ち、グラスの縁を越えてテーブルへこぼれた。拭こうともしない。衝突を避けようとしても無駄だとボッシュは悟った。おれがぶちこわしにしたのだ。

「ほら、知っていたのは四人だけで……」

「そしてあたしが四人のうちのひとりだった。だから、あなたはうちに来て、あたしかどうか探りだそうと考えた」

ジュリアは返答を待った。結局、ボッシュはうなずくしかなかった。

「あたしじゃありません。あなたはもう帰ったほうがいいわね」

ボッシュはうなずき、グラスを置いた。腰を起こす。

「なあ、すまない。おれがぶちこわしにした。こう考えたんだ。その、きみとおれのあいだにいざこざを起こさないですむいちばんいい方法は……」

ボッシュは両手で途方に暮れた仕草をすると、ドアのほうへ向かった。

「それとなく探ろうとすることだと」ボッシュは言葉をつづけた。「いざこざを起こしたくなかっただけなんだ。だが、おれは確かめないわけにはいかなかった。きみがおれの立場だったら、同じように考えるはずだ」

ボッシュはドアを開け、ジュリアを振り返った。

「すまなかった、ジュリア。ワインをごちそうさま」

ハリーは背を向け、立ち去ろうとした。

「ハリー」

ボッシュは振り返った。ジュリアがやってきて手を伸ばし、上着の襟の折り返しを両手でつかんだ。ゆっくりボッシュを引きよせ、それから押し返した。スローモーションで容疑者を乱暴に扱っているようだった。頭が働いて結論に達すると、ジュリアの視線がボッシュの胸に落ちた。

ジュリアはボッシュを揺さぶるのはやめたが、ジャケットを握った手は離さなかった。

「あたしは乗り越えてみせる」ジュリアが言った。「たぶん」

ジュリアはボッシュの瞳を見あげ、引きよせた。くちびるに長く激しいキスをすると、そこで押し返した。ジュリアは手を離した。

「そう願うわ。明日電話して」

ボッシュはうなずき、外へ出た。ジュリアはドアを閉めた。

ボッシュはポーチから運河ぞいの遊歩道へと歩いた。家々の照明が水面に反射していた。月あかりだけを浴びたアーチ橋が、二十メートルほど向こうで運河に渡されていた。その完璧な影が運河に映っている。ボッシュは振り返り、ふたたびステップをのぼってポーチへ行った。またしても、ドアのまえでためらっていると、すぐにジュリアがドアを開けた。

「ポーチはきしむのよ。覚えてる？」

ボッシュはうなずき、ジュリアが言葉を待った。どう言えばいいのか、なにを言いたいのか、ボッシュには判然としていなかった。やがて、とにかくしゃべりはじめた。

「むかし、ゆうべ話題にしていた例のトンネルに潜っていたときの話だ。おれはある男にばったりでくわした。ヴェトコンだった。黒いヴェトコン服、脂ぎった顔。その刹那、おれたちはたがいに見つめあった。本能に支配されていたんだろうな。おれたちは同時に銃を構え、発砲した。まったく同時だった。それから、それぞれやってきた方向に必死で逃げだした。ふたりとも心底おびえて、暗闇のなかで悲鳴をあげていた」

ボッシュは言葉を切り、そのときのことを思い浮かべていた。思いだしているというよりも、じっさいに見ているような気がした。

「とにかく、おれはやつに撃たれたにちがいないと思った。直射同然で、近すぎて撃ちそこなうわけがなかった。自分の銃は暴発したか、詰まるかなにかしたと思った。反動の手応えがおかしかったから。地上に出て、まずやったことは、自分の身体を調べることだった。どこにも出血がない、どこにも痛みがない。おれは服をすべて脱ぎ捨てて、身体をくまなく調べたよ。異常なしだった。ヴェトコンは撃ちそこなったんだ。直射だったのに、やつはどうしたことか失敗したんだ」

ジュリアはドアの戸口を越え、ポーチの照明の下にある表の外壁にもたれた。なにも言わないので、ボッシュはつづけた。

「とにかく、詰まっているかどうか四五口径を調べてみたところ、なぜ撃たれなかったのかわかった。ヴェトコンの弾丸が銃の銃身のなかにあったんだよ。おれの銃のなかに。おれたちはたがいに銃を向けあい、やつの銃弾がおれの銃の銃身にまっすぐ飛びこんできたんだ。そんなことが起こる確率はどのくらいだろう？　百万分の一か？　十億分の一か？」

ボッシュはしゃべりながら、からっぽの手で銃のまねをしてジュリアに向けていた。手は自分の胸からまっすぐ伸ばしていた。トンネルに潜ったあの日、弾丸はボッシュの心臓を射抜くはずだった。

「今夜きみと過ごせて、おれがどんなに幸運だったか、ただそれをきみに知ってもらいたかったんだ」

ボッシュはうなずき、踵を返すと、ステップを降りていった。

17

死亡事件捜査は無数の行き止まり、障害、とてつもない量の無駄な時間と努力をともなう追跡作業だ。ボッシュは刑事としての日々の経験からそれはわかっていたが、ふたたび思い知らされることになった。月曜日の正午近くに殺人課テーブルにやってくると、この午前中の時間と努力がほぼ無駄になりそうな雲行きなのに、まあたらしい障害が待ち受けていた。

殺人課は刑事部の奥の一部を占め、三人ひと組の三つのチームで構成されている。どのチームも三人の刑事のデスクをつけてテーブルをつくっている。ふたつは向かい合わせに、その脇の片側に残りのひとつをつけている。ボッシュのテーブルには、キズ・ライダーが去って以来あいたままになっている左手のデスクに、ビジネススーツを着た若い女がいた。黒い髪とさらに黒い瞳をしている。堅いウォールナット材をはがせそうなほど鋭い瞳で、その瞳は刑事部屋を歩いてくるボッシュにずっと向けられていた。

「なにか用かい？」ボッシュはテーブルにたどり着くと訊いた。

「ハリー・ボッシュ？」

「おれだ」

「内務監査課《IAD》のキャロル・ブラッドリー刑事です。あなたから供述を取る必要があります」

ボッシュはあたりを見まわした。刑事部屋には数人がいて、忙しいふりをしながらこっそりこちらをうかがっていた。

「なんの供述を？」

「アーヴィング副本部長からうちの課に依頼がきて、ニコラス・トレントの前科記録が不適切にメディアにもらされたかどうか判断しろと」

ボッシュはまだ腰を降ろしていなかった。両手を椅子の背もたれに置き、椅子のうしろに立っていた。ボッシュは首を横に振った。

「不適切にもらされたと考えてまったく差し支えないだろう」

「では、わたしはだれがやったか見つけだす必要があります」

ボッシュはうなずいた。

「おれは捜査をやろうとしているのに、どいつもこいつも気にしているのは——」

「いいかしら、あなたがくだらないと思っているのはわかります。それに、わたしもくだらないと思っているかもしれません。でも、命令ですから。だから取調室に移って、あなたの話を録音しましょう。長くはかかりません。それからまた捜査を続ければいいじゃないですか」

ボッシュはブリーフケースをテーブルに載せて開けた。テープレコーダーを取りだした。

午前中いっぱいかけて地元の病院に捜査令状を届けるあいだに思いだしたことがあった。

「テープといえば、取調室に移って、まずこれを聞いてくれないか。昨晩録音したものだ。これでおれが関与しているという疑いはたちまち消えるはずだ」

IADの刑事はためらいがちにレコーダーを手にした。ボッシュが三つ並んだ取調室に通じる廊下を指さした。

「それでもあなたの供述を――」

「わかってる。そのテープを聞いてくれ。それから話そう」

「あなたのパートナーもいっしょに」

「そろそろ来るはずだ」

ブラッドリーがレコーダーを手に廊下を歩いていった。ボッシュはようやく腰を降ろした。ほかの刑事たちを見ても仕方ないので、無視した。

まだ正午にもならなかったが、疲れ切っていた。ヴァン・ナイス裁判所で医療記録の捜査令状にサインをもらうために判事を待ち、それから市内を運転してまわり、十九の異なる病院の法務担当部署にその令状を届けることに午前中を費やしていた。エドガーは令状のうち十通を取ってひとりで仕事に出た。配達先がボッシュより少ないため、ダウンタウンへ出かけ、ニコラス・トレントの前科記録を引きだし、逆引き電話帳と土地登記簿でワンダーランド・アヴェニューを調べることになっていた。

ボッシュは電話伝言の山と受付からまわってきた最新通報の束が自分を待っていることに気づいた。まず、伝言のほうから目を通した。十二の伝言のうち九つは記者からで、昨夜報じられ、今朝も再放送された四チャンネルのトレントに対するレポートへの追加情報を、一様にほしがっていることがはっきりしていた。残りの三つはトレントの弁護士のエドワード・モートンからだった。午前八時から午前九時三十分までに三度電話をよこしていた。

モートンと面識はなかったが、トレントの前科が報道機関に伝わったことについて苦情を訴えるために電話していることは予想できた。ふだんボッシュは弁護士に折り返しの電話をかけるのに急いだりはしない。だが、早く対決を終わらせてしまい、モートンに事件の捜査員から情報が漏れたのではないと保証することが最善だと心を決めた。モートンがこちらの話を少しでも信じるかどうか疑わしかったものの、受話器を取り、電話をかけた。秘書からモートンは審理にでかけたあとだが、すぐにもどるはずだと告げられた。ボッシュは弁護士からの電話を待っていると伝えた。

電話を切り、記者の電話番号が記されたピンク色の紙片を席の隣りにあるごみ箱に捨てた。通報に目を通しはじめると、タイプ打ちして昨日の朝マンキウィッツに渡した質問を、当直警官が通報者に訊ねるようになっていることに気づいた。

十一番目の報告で直撃弾にでくわした。シーラ・ドラクロワという名の女性が午前八時四十一分に電話をして、今朝の四チャンネルのニュースを見たと話していた。弟のアーサー・ドラクロワがロサンジェルスで一九八〇年に姿を消した。当時十二歳でそれ以後の消息はつかめていないという。

手術に関する問いに、この女性は弟が失踪する数カ月まえにスケートボードの転倒事故で怪我をしたと答えていた。脳にダメージを受け、入院と脳神経手術が必要だった。治療内容の詳細は覚えていなかったが、病院がクイーン・オブ・エンジェルズだったことはたしかだという。弟を診た医師たちの名はどれも思いだせていない。シーラ・ドラクロワの住所と電話番号を除けば、報告書にある情報はそれですべてだった。

ボッシュは報告書の〝スケートボード〟という言葉を丸でかこんだ。ブリーフケースを開け、ビル・ゴラーにもらった名刺を取りだした。最初の番号にかけると、UCLAにあるゴラーの研究所の留守番電話が応答した。二番目の番号にかけると、ウエストウッド・ヴィレッジで昼食中のゴラーが電話に出た。

「簡単な質問があるんです。例の頭蓋骨に外科的手術が必要となった怪我ですが」

「血腫だな」

「それです。スケートボードの転倒事故で起こりえますか？」

沈黙が流れた。ボッシュはゴラーに考えさせた。刑事部屋の一般回線で電話を受けた事務員が殺人課テーブルまでやってくると、ボッシュにピース・サインを突きだした。ボッシュは通話口を覆った。

「だれからだ？」

「キズ・ライダー」

「待つように言ってくれ」

ボッシュは通話口から手を離した。

「先生、そこにおられますか？」

「いるよ、少々考えていたんだ。可能性はある。頭をどこにぶつけたかによる。だが、ただ地面に転んだだけでは、ありそうにないな。骨折のパターンが細かく、あれは小さな範囲の面積でなにかとじかに接触したことを示している。また、骨折箇所が頭蓋上部だ。後頭部じゃない。通常の転倒事故ならば、後頭部と関連してくるんだがね」

風をはらんで膨らんでいた帆が萎んでいく気がした。被害者の身元を突き止めたと考えていたのに。

「特定の人物について話しているのかね？」ゴラーが訊ねた。

「ええ、情報が寄せられて」

「レントゲン写真や、オペの記録があるだろうか？」

「集めてみます」

「では、見て比較してみたいな」

「集めたらすぐに。ほかの怪我についてはどうでしょう？　スケートボードの転倒の可能性はありませんか？」

「もちろん、いくつかはその可能性がある」ゴラーは言った。「だが、全部がそうだとは言えないよ。肋骨、ねじられての骨折——それに、幼児期のごく初期にさかのぼる怪我はちがうね、刑事。スケートボードに乗る三歳児はめったにいないだろうが」

ボッシュはうなずき、ほかに質問することがないか考えようとした。

「刑事さん、虐待の事例においては、報告された怪我の原因と、実際の原因が同じでないことがしばしばあることは知ってるかね？」

「そう理解しています。あの子を緊急救命センターに連れて行ったのがだれにしろ、自分が懐中電灯かなにかで殴ったとわざわざ話すわけがない」

「そうだ。作り話が出たんだろう。当の子どももそうだと言いはった」

「スケートボードの事故だと」

「ありえるね」

「わかりました、先生。もう切ります。レントゲン写真は入手しだい届けます。ありがとうございました」

ボッシュは電話の二番のボタンを押した。

「キズか？」

「ハリー、ハイ。どうしてる？」

「忙しいよ。どうした」

「滅入ってるのよ、ハリー。ヘマをやらかしたみたい」

ボッシュは椅子にもたれかかった。キズだとは思ってもいなかった。

「四チャンネルか」

「ええ。あたし、その……昨日あなたがパーカーセンターから出ていったあとにね、あたしのパートナーがフットボールの試合を見るのをやめて、あなたがなんの用で来たのかと訊いたの。だから教えたわ。あたしはまだ信頼関係をつくろうとしているところなの。ハリー、わかるでしょ。あなたのために名前を検索してヒットがあったと話した。住民のひとりに児童への性的いたずらの前科があったと。あたしが話したのはそれだけなのよ、ハリー。誓うわ」

ボッシュは重苦しい息を吐いた。じっさいのところ、気分はましになっていた。ライダーに対する勘はまったく狂っていなかった。彼女は漏洩源ではなかった。ライダーは信用して当然の相手を信用しただけだった。

「キズ、いまこっちに、その件でおれと話そうとしているIADを待たせてあるんだ。ソーントンが四チャンネルに漏らしたとどうしてわかる?」

「今朝出勤の仕度をしている最中に、そのニュースをテレビで見たの。ソーントンはあの記者と知り合いなのよ。サーテイン。ソーントンとあたしは数ヵ月まえにある事件を担当してたの——ウエストサイドの保険金殺人を。メディアの関心を集めて、ソーントンがオフレコでサーテインに情報を流していたわ。あのふたりがいっしょのところを見た。昨日、あたしが検索でヒットしたことを話したあとに、あいつ、トイレに行かなくてはと言ったの。スポーツ欄のページを手にして廊下を歩いていった。でも、トイレには行かなかったのよ。呼びだしがかかったので、あたしはトイレへ向かい、ドアを叩いて、お呼びがかかったわよと言ったの。返事はなかった。べつに深く考えていなかったわ、きょうのニュースを見るまでは。いまは最初からトイレに行かなかったんだと思ってる。電話で記者に連絡するために、べつのオフィスかロビーに行ったのよ」

「ふむ、それでかなり説明がつくな」

「本当にごめんなさい、ハリー。あのテレビニュースではあなたがいかにも悪いことをしたように見えるわ。あたし、IADに話をする」

「それはちょっと待ってくれ、キズ。いまのところは。きみにIADと話してもらう必要があるときは知らせるから。だけど、どうするつもりだ、きみのほうは？」

「あたらしいパートナーと組む。あいつとは働けないわ」

「気をつけろよ。パートナーを次々と代えるようになると、あっというまにひとりきりになってしまうぞ」

「信用できない最低野郎といっしょにいるより、ひとりで働いたほうがましよ」

「そりゃそうだが」

「あなたはどう？　オファーはまだ有効かしら？」

「おれはきみが信用できる最低野郎だろうか？」

「はぐらかさないでよ」

「オファーは有効だ。きみがするべきことはただひとつ――」

「あ、ハリー、切るわ。あいつが来た」

「ああ、じゃあな」

ボッシュは電話を切り、あごをなでさすりながら、ソーントンをどうするか考えた。キャロル・ブラッドリーにキズの話をすることはできる。だが、話をしてもうまくいかない余地がまだたっぷり残っている。確信できるまでは、安心してＩＡＤに話をもっていくことなどできない。実際、ＩＡＤになにかを訴えるという考えに胸くそが悪くなったが、いまこの瞬間にもだれかがこちらの捜査を妨害しているのだ。

捜査妨害こそ、ボッシュが看過できないことだった。

数分後にボッシュは計画をまとめ、腕時計をたしかめた。正午十分まえ。キズ・ライダーに自分から電話をかけた。

「ハリーだ。やつはそこにいるのか？」

「ええ、なぜ？」

「おれの言うことを繰り返すんだ、興奮気味の声で。『やったのね、ハリー。すごいわ！あの子はだれだったの？』」

「やったのね、ハリー。すごいわ！　あの子はだれだったの？」

「よし、次はおれの話を聞いているふりをするんだ。まだだ。まだ。さて、こう言うんだ。『どうやって十歳の子がニューオーリンズからここまで来たの？』」

「どうやって十歳の子がニューオーリンズからここまで来たの？」

「完璧だ。電話を切り、なにもしゃべるな。もしソーントンに訊ねられたら、おれたちが歯科治療記録から子どもの身元を割りだしたというんだ。ニューオーリンズ出身の十歳の家出少年で、最後に目撃されたのは一九七五年。両親は現在飛行機でこちらに向かっているところで、本部長がきょうの四時に記者会見をひらく予定だと」

「わかったわ、ハリー。がんばって」

「きみもな」

ボッシュは電話を切り、顔をあげた。エドガーがテーブルの向こうに立っていた。会話の最後の部分を聞き、目を丸くしていた。

「いや、ぜんぶ嘘っぱちだ」ボッシュは言った。「タレコミ野郎をはめてやるんだ。それにあの記者を」

「タレコミ？　どいつがタレコミ屋なんだ？」

「キズのあたらしいパートナーだ。おれたちの考えではな」

がっくりした様子でエドガーは椅子に腰を落とし、なにも言わずにうなずいた。

「ところで、骨の身元が割れたかもしれない」ボッシュは言った。

ボッシュはアーサー・ドラクロワに関する通報内容と、それにつづくビル・ゴラーとの会話の中身をエドガーに話した。

「一九八〇年？　それじゃトレントの仕業じゃない。おれは逆引きと土地登記簿を調べた。あの男は八四年まであの通りにいなかった。本人がゆうべ言ったように」

「どうもあいつはおれたちが追っている男じゃないようだ」

ボッシュはふたたびスケートボードのことを考えていた。直感を改めるほどの材料にはならない。

「四チャンネルにそう言ってやれよ」

ボッシュの電話が鳴った。ライダーだった。

「あいつ、またトイレに行ったわ」

「記者会見のことを話したのか」

「ぜんぶ話したわよ。やつぎばやに質問するのよ、あのまぬけ」

「そうか、やつが四時の記者会見でだれもが知るところとなると知らせれば、あの記者は正午のニュースでスクープするだろう。見物だな」

「また状況を知らせて」

ボッシュは電話を切り、腕時計を見た。まだ数分ある。エドガーのほうを向いた。

「ところで、ＩＡＤが奥の一室にいるんだ。おれたちは取り調べを受ける」

エドガーは口をあんぐりと開けた。たいていの警官と同じように、エドガーは内務監査課に憤慨していた。まっとうで正直な仕事をしていても、ＩＡＤはどんなささいなことでも利用して警官たちを調査の対象にするからだ。国税庁《ＩＲＳ》のようなもので、ＩＲＳの差出人住所が封筒の隅にある手紙を見ただけで、身がすくむに充分だ。

「落ち着け。四チャンネルの件だ。五分とかからず無罪放免さ。いっしょに来いよ」

ふたりはビレッツ警部補のオフィスに行った。そこには台に載った小型テレビがある。警部補はデスクで書類仕事をしていた。

「四チャンネルの正午のニュースをチェックしていいですか？」

「どうぞ。ルヴァレー警部とアーヴィング副本部長も同じように見ているでしょうね」

番組は朝靄のなか、サンタモニカ・フリーウェイで発生した十六台の玉突き事故の報道ではじまった。重大なニュースではなかったが——死者が出ていなかった——映像的によかったので、番組の最初に流されたようだ。しかし〝犬の骨〟事件が第二位に浮上していた。ジュディ・サーテインがまたもやスクープを報告するとニュースキャスターが案内した。

番組は四チャンネルの報道局でデスクについているサーテインの映像に切り替わった。

「四チャンネルが得た情報では、ローレル・キャニオンで見つかった白骨がニューオーリンズの十歳の家出少年のものと確認されたそうです」

ボッシュはエドガーを見て、つぎにビレッツに視線を向けた。ビレッツは驚きの表情で椅子から半分腰を浮かせていた。ボッシュは少し待つように片手で合図した。

「二十五年以上まえに失踪届を出していた両親が警察と話をするために、ロサンジェルスに向かっている途中です。遺骨の身元は歯科治療記録から割りだされました。本日このあとに、警察本部長が記者会見をひらき、少年の身元を公表し、捜査について報告する予定になっています。昨夜四チャンネルがお伝えしたように、警察の捜査の焦点は——」

ボッシュはテレビを消した。

「ハリー、ジェリー、どういうことなの？」ビレッツがすぐに訊ねた。

「みんな嘘っぱちですよ。タレコミ屋を罠にはめたんです」

「だれなの？」

「キズのあたらしいパートナーで、リック・ソーントンという男です」

ボッシュは先ほどライダーが説明した話を繰り返した。つぎに、でっちあげたばかりの嘘の概略を話した。

「IADの刑事はどこに？」

「取調室のひとつに。ゆうべのおれと記者の会話を録音したテープを聞いているところです」

「テープですって。なぜわたしにゆうべその話をしなかったの？」

「ゆうべは忘れていて」

「わかったわ、ここから先はわたしが対処します。あなたの感触では、この件に関してキズはシロね？」

ボッシュはうなずいた。

「なんでも話せるぐらいパートナーを信頼するのは当然ですよ。この男は受けとった信頼を四チャンネルに渡したんです。見返りになにを受けとっているのか知りませんが、そんなことはどうだっていい。やつはおれの事件のじゃまをしてやがるんですよ」

「もういいから、ハリー。わたしが対処すると言ったはずよ。捜査にもどって。なにかわたしに報告することは？」

「一件、被害者かもしれない少年が浮かびました。あ、こいつは本物です。きょうはこの線を追います」

「トレントのほうはどうなっているの？」

「情報の少年が骨の主かどうか確認できるまで、それはおいておきます。もし確認が取れたら、時期が一致しません。少年が行方不明になったのは一九八〇年です。トレントがあの場所に越してきたのは、その四年後でした」

「おやまあ。それなのに、トレントの過去の秘密をほじくりだしてテレビで流した。最後にパトロールから聞いたところによると、マスコミがトレントの家のドライブウェイで張っているそうよ」

ボッシュはうなずいた。

「ソーントンを叱ってください」ボッシュは言った。

「ええ、そのつもり」

ビレッツがデスクにつき、受話器を取りあげた。それをきっかけにボッシュたちは部屋を出た。殺人課テーブルにもどる途中、ボッシュはエドガーにトレントの有罪判決のファイルを引きだせたかどうか訊ねた。

「ああ、手に入れた。根拠の薄弱な事件だったよ。おそらくいまじゃ、地区検事《DA》は起訴もしないだろう」

ふたりがテーブルのそれぞれの席につくと、ボッシュはトレントの弁護士からの電話を受け損なったことがわかった。電話に手を伸ばしたが、エドガーの報告が終わるまで待つことにした。

「この男はサンタモニカで小学校の教師をしていた。で、トイレの仕切りで小便をしている九歳児のペニスを握っている現場をべつの教師に見られた。トレントはその子どもがいつも床を汚しているから、どこを狙えばいいか教えていたと話した。どうなったかというと、子どもの話はそこらじゅうに広まったが、トレントの話を裏づけるものじゃなかった。それに両親が、自分ところの子どもは四歳までにどこを狙えばいいかぐらいわかっていたと言ったんだ。トレントは有罪になり、二年プラス保護観察期間一年をくらった。ウェイサイドのカウンティ刑務所で十五カ月服役している」

ボッシュはその話を反芻した。片手は相変わらず受話器に置いたままだった。

「いまの話と、死ぬまで子どもを野球バットで殴るのとは、あいだにかなり飛躍があるな」

「ああ、ハリー。おれはやっぱり、おまえの超能力が正しいんじゃないかと思いはじめてる」

「そうならいいがな」

ボッシュは受話器を取りあげ、トレントの弁護士、エドワード・モートンの電話番号にかけた。弁護士の携帯電話へ転送となった。弁護士は昼食に向かう途中だった。

「もしもし」

「刑事のボッシュですが」

「ああ、ボッシュくん。あの男がどこにいるか知りたいんだがね」

「だれのことです？」

「ふざけるのはやめたまえ、刑事。カウンティのどの留置所にも電話をしたんだ。わたしの依頼人と話をしたい。いますぐに」

「ニコラス・トレントのことを話しているようですね。職場にはかけたんですか？」

「自宅と職場、返事なしだ。ポケットベルも。きみらが留めているのなら、ニコラスには弁護士を呼ぶ権利がある。わたしには居場所を知る権利がある。いいかね、この件でわたしをごまかそうとしたら、すぐさま判事の元へ行くからな。そしてマスコミにも」

「あなたの客を留置してはいませんよ、弁護士さん。ゆうべから会っていない」

「ああ、ニコラスはきみらが帰ってから電話をよこした。ニュースを見てからもう一度。きみらはあの男を傷つけた――恥を知るんだな」

非難されボッシュの頬はかっと燃えたが、反論はしなかった。ボッシュ個人に非がないとしても、ロス市警には非がある。いまのところは弾丸を受けておこう。

「逃亡したと思いますか、ミスター・モートン？」

「無実なのになぜ逃げるんだ」

「さあ、どうでしょう。O・Jに訊いてください」

ふいに恐ろしい考えがボッシュのはらわたを直撃した。受話器を耳に押しつけたまま立ちあがった。

「いまどちらです、ミスター・モートン？」

「サンセット大通りを西へ向かっているが。〈ブックスープ〉の近くだ」

「Uターンして引き返してください。トレントの家で落ち合いましょう」

「昼食会があるんだ。きみの言うとおりにするつもりは――」

「トレントの家で会いましょう。こっちはもう、出ますから」

ボッシュは受話器をもどし、エドガーに行くぞと伝えた。道々説明するつもりだった。

18

ニコラス・トレントの家のまえの路上で、テレビ記者たちが小さな集団をつくっていた。ボッシュは二チャンネルのヴァンの後方に駐車し、エドガーとともに車を降りた。エドワード・モートンの顔は知らなかったが、集団のなかに弁護士らしい人物は見あたらなかった。この仕事について二十五年以上にもなると、弁護士と記者を見分けることのできる正確無比な本能が身についていた。記者たちに聞かれるまえにボッシュは車の屋根ごしにエドガーに話しかけた。

「なかに入ることになったら、裏にまわるぞ――観客はいらない」

「了解」

ふたりがドライブウェイへ歩いていくと、すぐさま取材班にかこまれ、カメラを向けられ、答えられることのない質問を投げかけられた。四チャンネルのジュディ・サーティンは記者たちのなかにいなかった。

「トレント逮捕のためにいらしたんですか？」

「ニューオーリンズから来た少年について、なにかお願いします」

「記者会見はどうなってるんですか。広報は記者会見のことなど知らないと言ってますよ」

「トレントは容疑者なんですか、そうじゃないんですか？」

ボッシュは記者たちのなかを通り抜け、トレントの家のドライブウェイに立つと、ふいに振り返り、カメラのほうを見た。考えをまとめているかのように、ボッシュは一瞬ためらってみせた。じっさいには、記者たちに、集中し、準備する時間を与えていたのだった。ひとりとして、これを聞き逃してもらいたくない。

「記者会見の予定などありません」ボッシュは言った。「白骨死体の身元は、まだまったくわかっていません。昨夜この家に住む男性が事情聴取を受けましたが、この付近の住民も、それはみなさん同じです。本件の捜査において、この男性が容疑者と呼ばれたことなど、一瞬たりともありません。何者かによって報道機関にリークされ、担当捜査員にいっさい確認することなく報道された情報は、まったくの誤りであり、進行中の捜査に悪影響を及ぼしています。以上。ここで言えるのはそれだけです。報告すべき事実に基づいた正確な情報がわかれば、広報を通してお知らせしますから」

ボッシュは背を向け、エドガーとドライブウェイを家へ向かった。記者たちがさらに質問を投げかけてきたが、ボッシュは耳を傾けるそぶりすら見せなかった。

玄関先でエドガーがするどくノックし、トレントに呼びかけ、警察だと告げた。しばらくしてふたたびノックをし、同じことを言った。ふたりはさらに待ったが、なんの返答もなかった。

「裏口にまわるか？」エドガーが訊いた。

「ああ、それか車庫の横手にドアがあったぞ」

ふたりはドライブウェイを突っ切り、家の横手に向かった。記者たちがさらに質問を叫んだ。答えられることのない質問を投げかけることに慣れきってしまい、質問を投げかけるのはあたりまえ、答えられることがないとわかっているのもあたりまえになったのだろうか。飼い主が出勤してからもずっと裏庭で吠えつづける犬のように。

ふたりは車庫の横手のドアを通りすぎた。ボッシュがドアノブに鍵錠がひとつだけだと覚えていた記憶は正しかった。そのまま裏庭を歩きつづけた。キッチンのドアはデッドボルトつきでドアノブには鍵錠がひとつあった。引き戸もあり、そちらは簡単にひらきそうだった。しかし、エドガーが引き戸に近づき、ガラスごしに室内のスライドレールを見下ろすと、外から開けられることを防ぐために木製の棒がかまされていた。

「こいつは無理だ、ハリー」エドガーが言った。

ボッシュはピッキングセットが入った小さなポーチをポケットに入れていた。キッチンのドアのデッドボルトとは取り組みたくなかった。

「車庫のほうにしよう、だがひょっとしたら……」

ボッシュはキッチンのドアに近づきノブをまわしてみた。鍵はかかっておらず、ドアが開いた。その瞬間、トレントが死んでいるのを見つけるだろうとボッシュはわかった。トレントは気の利いた自殺者だ。押しこむ必要がないようにドアを開けたままにしている自殺者。

「くそ」

エドガーがホルスターから銃を抜きながら近づいてきた。

「その必要はないだろう」ボッシュは言った。

室内に入り、キッチンを進んだ。

「トレントさん?」エドガーが叫んだ。「警察です! 警察が家に入りました! いらっしゃいますか、トレントさん?」

「表はまかす」ボッシュは言った。

二手に分かれ、ボッシュはみじかい廊下を家の奥の寝室へと向かった。主寝室についた浴室のシャワールームにトレントがいた。針金ハンガーをふたつ使用して輪にし、シャワーの軸部分に取りつけていた。そしてタイル壁に対して身体を倒し、針金に体重をかけてみずから窒息死していた。昨夜と同じ服装だった。素足はフロアタイルについていた。トレントが自殺を考え直したことを示唆するものはまったくなかった。ぶらさがっての首つりではないので、いつでも死ぬのをやめることはできたはずだ。トレントはそうしなかった。検屍局の人間にまかせるべきだろうが、口から膨張している舌の黒ずみから見て、死亡して十二時間は経過しているようだった。つまり、死亡したのは日付が変わってまもない時刻近く、四チャンネルが最初にトレントの隠された過去を世間に知らせ、この男を白骨事件の容疑者だとレッテルを貼ってからそう経っていない時刻ということになる。

「ハリー?」

ボッシュは飛びあがりそうになった。振り返ってエドガーを見た。

「脅かすなよ。なんだ？」

エドガーが死体を見つめながら話した。

「コーヒーテーブルに三枚の遺書が残ってる」

ボッシュはシャワールームを出ると、エドガーを押しのけた。リビングに向かいながらポケットからラテックスの手袋を取りだし、息を吹きこんでゴムをふくらませてから音を立ててはめた。

「ぜんぶ読んだのか？」

「ああ、あの子を殺《や》っちゃいないと書いてる。警察と記者が自分を破滅させ、もう生きていけないから自殺する。そんなことを。ほかに妙なことも書いてあった」

ボッシュはリビングに足を踏み入れた。エドガーが数歩あとにつづいた。コーヒーテーブルに手書きの紙が三枚並べてあった。ボッシュは紙のまえのカウチに腰を降ろした。

「このとおりに置いてあったのか？」

「ああ。おれは触ってない」

ボッシュは読みはじめた。予想していたのは、トレントの最期の言葉は丘で見つかった少年殺害を否定するとりとめのないもので、ふりかかった嫌疑を晴らそうとする怒りを含んだものだろうということだった。

さあ、みんなわかっただろ！　おまえらがわたしを破滅させた、**殺したんだ**。血はおまえらについている、わたしにじゃない！　わたしはやってない、やってない、ちがう、ちがう、**ちがう**！　だれかを傷つけたことなど一度もない。一度も、一度も、一度もだ。この地上の生き物を殺めたりしない。わたしは子どもが好きだ。**好きだ**!!!　そうさ、わたしを傷つけたのはおまえらのほうだ。おまえらだ。だが、おまえらが情け容赦なく引き起こしたこの苦しみとともに生きていくことは、わたしにはできない。できない。

繰り返しが多く、紙とペンをもってじっくり腰をすえて、考えを書き記したというよりは、まるで即興で酷評を書きつらねたようだった。二枚目の中央にはかこみがあり、なかには〝責任のある連中〟と題された下に書かれた名前があった。リストはジュディ・サーテインにはじまり、四チャンネルの夜のニュースのキャスターがいて、ボッシュとエドガーが挙げられ、ボッシュの知らない名前が三つあった。カルヴァン・スタンボ、マックス・レブナー、そしてアリシア・フェルザー。

「スタンボは警官、レブナーは地区検事だ。最初の事件のときの」エドガーが言った。「六〇年代の」

ボッシュはうなずいた。

「フェルザーは？」

「そいつは知らん」

遺書が書かれたとおぼしきペンがテーブルの三枚目の隣りにあった。ボッシュは触らなかった。トレントの指紋を調べさせるつもりだったからだ。

読みつづけるうちに、どの紙にも最後にトレントのサインがしてあることに気づいた。三枚目の終わりに、トレントは容易には理解しがたい奇妙な要請を記していた。

ただひとつ気がかりなのは、わたしの子どもたちのことだ。これからだれがわたしの子どもたちの面倒をみるのだ？　食べ物と衣服が必要だ。わたしにはいくらか金がある。金はあの子たちのものになる。わたしの持ち物はなんでもだ。これはわたしによって署名された最新の遺言書である。金は子どもたちに与えること。手続きはモートンにさせること。わたしに文句を言うな、子どもたちのためにやってくれ。

「トレントの子どもたちだと？」ボッシュは疑問を口にした。

「ああ、わかってるさ」エドガーが言った。「へんな話だ」

「ここでなにをしている？　ニコラスはどこだ？」

ボッシュとエドガーはリビングとキッチンをつなぐ通路を見た。スーツ姿の背の低い男がそこに立っていた。弁護士のモートンにちがいない。ボッシュは立ちあがった。

「亡くなりました。自殺のようです」

「どこで？」

「主寝室の浴室ですが、あなたに見せ――」

モートンはすでに姿を消し、浴室に向かっていた。ボッシュは声をかけた。

「なににも触らないでください」

あとを追い、確認するようにとボッシュはエドガーにうなずいてみせた。腰を降ろし、ふたたび紙を見る。自殺しか残された道はないと決意し、三枚もの遺書を書きあげるのにどれだけの時間がかかったのだろう。これほど長い自殺遺書に出会ったことはなかった。

モートンがエドガーをすぐうしろにしたがえてリビングにもどってきた。顔に血の気はなく、視線は床に落とされたままだった。

「そっちへは行かないように言おうとしたんですよ」ボッシュは言った。

弁護士は顔を起こし、ボッシュをにらみつけた。怒りに満ちており、それでモートンの顔にいくらか赤みがもどってきたようだった。

「諸君はこれで満足か？　みごとにニコラスを破滅させたぞ。ひとの秘密をハゲタカどもにあたえ、ハゲタカどもはそれを放送した。その結果がこれだ」

モートンが浴室の方向を手で示した。

「モートンさん、あなたは誤った情報を信じておられますが、本質的にはそのとおりのことが起こりました。じっさい、わたしがどれほどあなたの考えに同意していることか、驚かれるでしょうね」

「ニコラスが死んでしまったあとで、そう口にするのはいともたやすいことだろうさ。それが遺書か？　遺書を残したのか？」

ボッシュは立ち上がり、三枚の紙のまえのカウチに座るよう身振りで示した。

「紙に触れないように」

モートンは腰かけ、老眼鏡をひらいて遺書にじっくり目を通しはじめた。

ボッシュはエドガーのほうに歩み寄り、低い声で言った。「キッチンの電話で署に連絡する」

エドガーがうなずいた。

「広報に扱わせたほうがいい。こいつは派手な騒ぎになるだろうからな」

「ああ」

ボッシュがキッチンの壁かけ電話を手にすると、リダイアル・ボタンがあることに気づいた。そのボタンを押して待った。返答した声はモートンのものだった。留守番電話だった。モートンの声は、留守にしているのでメッセージを残すようにと言った。

ボッシュはビレッツ警部補の直通電話にかけた。すぐに警部補が出た。どうやら食べ物を口に入れている最中らしい。

「あの、食事中に知らせたいことじゃないんですが、いまおれたちはトレントの家にいます。トレントは自殺した模様です」

長いこと沈黙が流れてから、警部補はボッシュにそれはたしかかと訊ねた。

「死亡したことはたしかで、自殺したことはこのうえもなくたしかです。針金ハンガーをシャワーにひっかけて首をくくったんです。ここに三枚の遺書があります。白骨事件との関わりをいっさい否定しています。自分の死を四チャンネルと警察――とくにおれとエドガーのせいにしています。連絡するのは、警部補が最初です」

「とにかくこれはあなたたちのせいでは――」

「いいんです、警部補。赦しは必要ありません。こっちでおれはどうしたらいいですか？」

「通常の通報事件と同じことをやって。わたしからアーヴィング副本部長のオフィスに連絡して、起こったことを知らせます。大騒ぎになるわね」

「ええ。広報へはどうします？　まえの路上にはすでに記者たちがわさわさいるんですが」

「わたしから連絡するわ」

「ソーントンのほうは、なにか手を打ちました？」

「もう進行中よ。ＩＡＤの女性刑事、ブラッドリーが進めています。こんな展開になって、ソーントンは仕事から放りだされるだけでなく、責任を取るようになんらかの告訴もされるかもしれないわね」

ボッシュはうなずいた。ソーントンには当然の報いだ。ボッシュは自分が考案した罠について、後悔などまったくしていなかった。

「わかりました。では、おれたちはこっちにいます。当分は」

「骨との接点が見つかったら、どんなものでもいいから知らせてちょうだい」

ボッシュは靴底に泥がついたブーツとスケートボードのことを思い浮かべた。

「そうします」ボッシュは言った。

ボッシュは通話を切り、すぐに検屍局とSIDに電話をした。

リビングでモートンが遺書を読み終えた。

「モートンさん、最後にトレントさんと話したのはいつですか？」ボッシュは訊ねた。

「ゆうべだ。四チャンネルのニュースのあとで自宅に電話してきた。ニュースを見た上司が電話してきたそうだ」

ボッシュはうなずいた。それで最後の通話先の説明がつく。

「その上司の名前がわかりますか？」

モートンがテーブルにある中央の紙を指さした。

「リストにしっかり載っている。アリシア・フェルザーだ。トレントに辞職を要求したそうだ。あのスタジオは子ども向けの映画を撮っている。セットにトレントと子どもをいっしょにいさせることはできないと。わかるか？　マスコミにニコラスの前科を漏らすことで、この男は破滅した。きみらが無頓着にこの男の存在を——」

「質問させてください、モートンさん。怒りは外に出て、記者連中に話すときのためにとっておけばいいでしょう。きっと話をするはずだ。この最後の紙に書いてあるのはなんです？　子どもたちについて触れています。自分の子どもたち、と。どういう意味ですか？」

「さっぱりわからん。これを書いているあいだ、あきらかに取り乱していたようだ。なんの意味もないのだろう」

ボッシュは立ったままで、弁護士をじっと見つめていた。

「なぜトレントはゆうべあなたに電話したんでしょう？」

「きみがなぜかと訊くのかね。きみがここに来て、次にニュースで話が広まり、上司がそれを見て、自分を首にしたがっていると、わたしに話すためだよ」

「トレントは丘に少年を埋めたかどうか言いましたか？」

モートンがありったけの憤りを集めた表情をした。

「自分はなんの関係もないとはっきり言ったよ。過去のあやまち、はるかむかしのあやまちのために、虐げられていると信じていたね。その点、ニコラスは正しかったと思う」

ボッシュはうなずいた。

「わかりました、モートンさん。もうお引き取りいただいて結構です」

「なにを言っとる？　わたしはこのまま——」

「この家は事件現場になりました。あなたの依頼人の死が、本人の手によるものだと確認、あるいは否定する捜査をおこないます。もうあなたは歓迎されていないんですよ。ジェリー？」

エドガーがカウチに歩み寄り、モートンに立ちあがるよう、手で合図した。

「さあ。ここから出ていき、テレビに顔を出す時間ですよ。商売に役立つんじゃないですか？」

モートンが立ち上がり、むっとして出ていった。ボッシュは表に面した窓に近づき、カーテンを五センチほどめくってみた。家の横手に現われたモートンがドライブウェイに入ると、すぐに記者の一団の中央へ歩いていき、腹立たしげにしゃべりはじめた。話の内容は聞こえなかった。その必要はなかった。

エドガーが部屋にもどってくると、当直室に連絡して、人混みを規制するためパトカーをワンダーランド・アヴェニューへよこすよう伝えてくれと頼んだ。マスコミの連中はウイルスが勝手に自己増殖するように刻一刻と大きく、貪欲になりはじめている予感がした。

19

遺体運びだしにつづく家宅捜索で、ニコラス・トレントの子どもたちが見つかった。昨夜ボッシュが調べなかったリビングの小型デスクの抽斗二個いっぱいに、ファイルや写真、経済状況報告書があり、そのなかに使用済み小切手を入れたぶあつい銀行の封筒が七通含まれていた。トレントは子どもたちに食料と衣類をあたえるいくつもの慈善団体に、毎月少額を送りつづけていたのだ。アパラチア山脈から、ブラジルの熱帯雨林やコソボまで、トレントは永年にわたって小切手を送りつづけていた。十二ドルを超える額の小切手は一枚もなかった。トレントが援助していたと思われる子どもたちの写真と、ちょっとした手書きのメモが何十枚も見つかった。

ボッシュは深夜テレビで慈善を訴える公共活動広告を何度も目にしてきた。そのたびに、うさんくさいと思っていた。数ドルでひとりの子どもを飢えから守り、衣服を身につけることができるかどうかではなく、数ドルが本当に子どもたちに渡るかどうかをだ。トレントがデスクの抽斗にしまっていた写真は、寄付をした者全員に送られた写真と同じではなかろうか。子どもっぽい字でありがとうと書かれたメモは偽物ではなかろうか。

「ふう」エドガーがデスクの中身をこまかに改めながら言った。「この男は、罪の償いでもしていたようだな。有り金全部こんな団体に送ってさ」

「ああ、なんの罪の償いだろう？」

「おれたちにわかる日はこないさ」

エドガーが二番目の寝室の捜索にもどった。ボッシュはデスクの天板に並べた写真をしげしげとながめた。少年少女の写真。十歳以上の者はいないようだが、推し量るのはむずかしかった。一様に戦争と飢饉と無関心をくぐり抜けてきたであろう子ども特有の、虚ろでおとなびた目をしていたからだ。ボッシュは幼い白人少年の写真を手に取り、裏返した。少年はコソボ紛争の最中に孤児となったと書かれていた。迫撃弾の爆発で少年は負傷し、両親は死亡した。名前はミロス・フィドールで十歳だった。

ボッシュは十一歳で孤児になった。写真の少年の目を覗きこむと、自分の瞳がそこにあった。

午後四時にボッシュたちはトレントの家を封鎖し、押収した三箱分の品物を車へ運んだ。広報から、この日の出来事に関する情報はすべてパーカーセンターを通じて伝えられると発表されたにもかかわらず、少数だが記者団が午後中ずっと外に居残っていた。

記者たちが質問をしながら近づいてきたが、ボッシュは捜査についてコメントすることは許されていないとすばやく口にした。トランクに箱をしまい、車を出して、本部に向かった。そこでアーヴィン・アーヴィング副本部長が会議を招集していた。

ボッシュは落ち着かない気分で運転していた。不安だったのは、トレントの自殺が――自殺にちがいないと確信を持っていた――少年の死に関する捜査の今後を、ねじ曲げることになったからだった。ボッシュがやりたいのは、少年の身元を突き止め、通報の報告書にあった手がかりを追いかけることだというのに、半日を費やしてトレントの身のまわり品を調べていたのだ。

「どうした、ハリー？」エドガーが途中で訊ねた。

「なにが？」

「わからんが。ずっとむっつりしてるじゃないか。まあ、もともとそういう性格なのは知ってるが、いつもはそれほど顔に出さないだろう？」

エドガーがにやりとしたが、ボッシュのほうから同じ反応は引きだせなかった。

「ただ、いろいろ考えているだけだ。おれたちが捜査のやりかたをちがえていれば、あの男はきょうも生きていたかもしれない」

「おいおい、ハリー。おれたちが訊問しなかったらといいたいのか。どうしようもなかった。おれたちは仕事をやり、物事はそうなるべき道をたどった。おれたちにできたことなんか、ないだろう。もし責任があるやつがいるとすれば、それはソーントンで、やつはそれだけの責任を取らされることになる。だが、余計なことかもしれんが、どっちにしてもトレントのような人間はいないほうが世界はましになる。おれの良心に曇りはない。ぴかぴかだ」

「よかったな」

ボッシュはエドガーを日曜日に休ませた自分の判断について考えた。もし休みにしなければ、関係者の名をコンピュータで検索したのはエドガーだっただろう。それならば、キズ・ライダーを巻きこむこともなく、情報がソーントンに渡ることなどなかった。

ボッシュはため息をついた。なにもかもがドミノ理論に基づいて動いているようだ。もし、そうしていれば、もし、そうしていれば、もし、そうしていれば。

「あの男について、どんな勘が働く?」ボッシュはエドガーに訊いた。

「つまり、やつが丘の少年を殺ったかどうかということか?」

ボッシュはうなずいた。

「わからん」エドガーは言った。「ラボが泥をどう説明するか、姉がスケートボードをどう説明するかを待たんとな」

ボッシュはなにも言わなかった。だが、ラボの報告に頼って捜査の方向を決めることにはつねに不安を感じていた。

「あんたはどうなんだ、ハリー?」

ボッシュはトレントが面倒を見ていると考えていたあの子どもたちの写真を思い浮かべた。改悛のおこない。贖いのチャンス。

「おれたちはむだ骨を折ってるだけだと思う」ボッシュは答えた。「あの男は犯人じゃない」

20

アーヴィン・アーヴィング副本部長は、パーカーセンターの六階にある広々としたオフィスのデスクについていた。同じように室内には、グレイス・ビレッツ警部補、ボッシュとエドガー、そして広報のセルジオ・メディーナという事務官が腰を降ろしていた。アーヴィングの秘書官でサイモントンという女性警部補が、必要とされる場合に備えてドアを開けたままのオフィスの戸口に立っていた。

アーヴィングのデスクはガラス天板だった。その上には、なにか書かれた二枚の紙しか載っていなかった。その内容は、アーヴィングのデスクから向かって左手の位置にいるボッシュからは読めなかった。

「では」アーヴィングが切りだした。「トレント氏についてわかっている事実はなんだ？　われわれには、児童虐待の前科がある小児性愛者だとわかっている。殺害された子どもが埋められた場所のすぐ近くに住んでいたことがわかっている。さらに捜査員によって事情聴取を受け、先の二点が話題にされた夜に自殺を図ったことがわかっている」

アーヴィングはデスクの紙を手にして、内容を部屋にいる者と分かち合うことなくじっと見つめた。ようやく、再度口をひらいた。

「ここにプレスリリースがある。いまの三つの事実を記し、つづいて『トレント氏は現在進めている捜査の被疑者です。自宅近くで埋められていた犠牲者の死に関して責任があるかどうかの決定は、鑑識の仕事と続行される捜査次第です』とある」

アーヴィングは無言でプレスリリースを見つめてから、やっとデスクに置いた。

「手際よく簡潔にまとまっている。だが、この事件に対するメディアの強い要望を鎮める役には立たないだろう。あるいは、市警がさらなる困難な状況を回避するだけの役にも立たない」

ボッシュは咳払いをした。アーヴィングは最初それを無視するかに見えたが、刑事たちのほうを見ることなく口をひらいた。

「なにかね、ボッシュ刑事？」

「はい、現状に満足なされていないようですが。問題は、そのプレスリリースに書かれていることが、まさしくわれわれの置かれている立場だということです。トレントが丘の少年を殺したと言いたいですよ。あの男が殺った、とわたしにはわかっていると言いたいです。けれども、そう言い切るにはほど遠く、それにどちらかといえば、反対の結論にたどりつくのではないかと考えています」

「なにを根拠に？」アーヴィングが語気鋭く問いかけた。

この会議の目的とするところがあきらかになってきた。アーヴィングのデスクにある二枚目の紙は、副本部長が発表したいほうのプレスリリースなのだろう。おそらく、すべてがトレントの責任とされ、自殺したのは、罪があばかれることを知ったからだというのだろう。そうすれば、市警は情報を漏らしたソーントンをマスコミに追及されずに静かに市警から放りだすことができる。内密の情報が刑事のひとりから漏れ、それが無実の男を自殺に追いこんだ可能性が高いと知られる恥からも市警を救ってくれる。また、丘で発見された少年の捜査も終了できることになる。

ボッシュはこの部屋に座っているだれもが、この種類の事件の解決には困難を極めることを承知しているとわかっていた。事件はマスコミの注目をますます集めるようになっていたが、ここにきてトレントの自殺が出口を提供してくれた。容疑は死亡した小児性愛者にかぶせることができ、市警は捜査を切りあげ、つぎの事件に取り組むことができる——できれば、解決する望みがまだ多そうな事件に。

理解はできたが、ボッシュは、受けいれることはできなかった。おれは骨をこの目で見ている。ゴラーが骨に残った怪我について長々とした話を聞いている。あの解剖室で人殺しを見つけだし、事件を解決すると誓った。市警方針と体面の維持の都合など二の次だった。ボッシュは上着のポケットに手を入れ、手帳を取りだした。角を折り曲げた箇所をひらき、ページ全体を精読しているように見つめた。だが、そのページには解剖室で土曜日に書いたたった一行のメモがあるだけだった。

〝四十四の異なる外傷のしるし〟

アーヴィングがふたたびしゃべりはじめるまで、ボッシュの視線は自分が書いた数字に注がれていた。

「ボッシュ刑事？ わたしはこう訊いたのだがね、『なにを根拠に』と」

ボッシュは顔をあげ、手帳を閉じた。

「時間的な問題に基づいてです。トレントがあの近辺に越してきたのは、少年が地中に埋められたあとだと考えられます。それに骨の分析にも基づいています。この子どもは長い期間にわたり肉体的虐待を受けていました――幼児だったころからです。それでは犯人像がトレントに一致しません」

「時間的な問題と、骨の分析結果は、絶対的なものではない」アーヴィングは言った。「たとえどんな分析結果が出ようと、可能性はあるのだ――どれほどわずかでも――ニコラス・トレントが本件の犯人だったという」

「かなりわずかな可能性ですね」

「きょうのトレントの家の捜索はどうだったのだ？」

「靴底に乾いた泥がついたワークブーツを押収しました。骨が見つかった土壌のサンプルと比較されます。ただ、決定的な証拠にはなりません。たとえ一致しても、トレントが自宅の裏手を歩きまわって泥をつけた可能性がありますから。地質的に見て、あの一帯は同じ堆積物で構成されているでしょうから」

「ほかになにかないのか？」

「たいしてありません。スケートボードを押収しました」

「スケートボード？」

ボッシュは自殺のために追跡調査する時間がもてなかった通報について説明した。しゃべりながら、トレントの所有物に含まれていたスケートボードが丘の骨に結びつく可能性にアーヴィングが勢いこんでくるのがわかった。

「それをきみの優先事項にしたまえ」アーヴィングは言った。「そいつをつきとめてくれ。つきとめたらただちにわたしに知らせるように」

ボッシュはうなずくだけだった。

「わかりました」ビレッツが口をはさんだ。

アーヴィングが口を閉じ、デスクにある二枚の紙を見つめた。ついにまだ読みあげていなかった紙——ボッシュが恣意的なプレスリリースだと推測したもの——を取りあげデスクに背を向けた。その紙をシュレッダーに滑りこませると、シュレッダーが甲高い音を大きくたてて書類を裁断した。アーヴィングはふたたびデスクのほうを向き、残っている書類を手に取った。

「メディーナ事務官、これをプレスに流してくれないかね」

アーヴィングが書類をメディーナに差しだすと、メディーナは立ちあがり書類を受けとった。アーヴィングが腕時計に目をやった。

「六時のニュースにちょうど間に合う」アーヴィングは言った。

「副本部長」メディーナが言った。

「ああ」

「あの、四チャンネルの誤報道について多くの問い合わせがきています。説明すべきでは――」

「いかなる内部調査に関しても、コメントすることは方針に反すると言いたまえ。また、市警は報道機関へ内密の情報を漏らすことを黙認も大目に見ることもしないとつけ足してもいい。以上だ、メディーナ事務官」

メディーナにはまだ訊ねたいことがあった様子だが、わきまえていた。うなずき、オフィスをあとにした。

アーヴィングが秘書官にうなずいてみせると、秘書官はオフィスのドアを閉めて自分は外の控室に残った。副本部長はそこで顔の向きをかえ、ビレッツからエドガー、そしてボッシュへと視線を移動させた。

「われわれは微妙な状況に置かれている」アーヴィングが言った。「どのように進めるか、よくわかっているな?」

「はい」ビレッツとエドガーが声を合わせていった。

ボッシュはなにも言わなかった。アーヴィングがボッシュを見た。

「刑事、なにか言いたいことがあるのかね？」

ボッシュはつかのま頭を働かせてから答えた。

「おれはただ、あの少年を殺して穴に埋めたやつを見つけだすつもりだと、言いたいだけです。それがトレントならば、けっこうでしょう。それでいい。けれども、トレントでないのなら、捜査をつづけます」

アーヴィングがデスクにあるなにかに目をやった。毛髪かミクロに近い粒子のように小さなもの。ボッシュには見えないもの。アーヴィングがそれを二本指でつまみ、背後のごみ箱に捨てた。シュレッダーの上で指先をもみあわせている。ボッシュはそれを見て、この仕草は直接自分に向けられた脅しの一種なのだろうかといぶかった。

「すべての事件が解決されるとはかぎらないのだ。刑事、すべての事件が解決されうるものではないのだ」アーヴィングは言った。「ある時点で、より切迫した事件に移ることが、われわれの職務では要求されることもある」

「締め切りを切られるんですか？」

「いや、刑事。きみの言うことは理解できると言っているのだ。ただ、わたしの言うことも理解してほしいだけだ」

「ソーントンはどうなるんです？」

「内部調査中だ。ここできみと話し合うことはできん」

ボッシュはいらだってかぶりを振った。

「気をつけたまえ、ボッシュ刑事」アーヴィングがそっけなく言った。「きみには多大なる忍耐を示してきた。この事件でも、以前の事件でも」

「ソーントンがやったことが、この事件を窮地に追いこんだんですよ。あいつは当然──」

「もしソーントンに責任があれば、しかるべく扱われるだろう。だが、ソーントンは無から有をつくりだしたのではないことを覚えておくように。リークするには情報が必要だった。内部調査は進行中だ」

ボッシュはアーヴィングを見つめた。相手の伝えたいことは、はっきりしていた。キズ・ライダーがソーントンの道連れにされるかもしれないというのだ。ボッシュがアーヴィングの足並みに合わせなければ。

「理解してくれたな、刑事？」

「理解しました。はっきりと」

21

エドガーをハリウッド署に送ってからヴェニスに向かうまえに、ボッシュは車のトランクからスケートボードを収納した証拠箱を取りだし、パーカーセンター内部のSIDのラボに運んだ。受付でアントワーヌ・ジェスパーを呼びだしてもらった。待っているあいだに、スケートボードをじっくりながめた。積層合板でできているらしい。ラッカー塗装仕上げで図案がいくつか描かれ、もっとも目につくのはボードの表中央に位置する髑髏のマークだった。

ジェスパーがカウンターにやってくると、ボッシュは証拠箱を差しだした。

「製造元と、製造時期、販売場所を知りたい」ボッシュは言った。「最優先で。この事件には、六階から重圧がかかったんだ」

「むずかしいことはない。このマークならいますぐ答えられるよ。これはボニーのボードだ。もうボードは製造していない。ボニーは事業を売却して、引っ越しをしたんだ。たぶん、ハワイだな」

「どうしてそんなに詳しいんだ？」

「ぼくは子どものころボーダーで、こいつがほしかったが、それだけの金がなかったからさ。

なんて皮肉だろうな、だろ？」

「どんな点が」

「骨《ボニー》のボードと事件。ほら、どちらも骨だ」

ボッシュはうなずいた。

「どんなことでもだ。どんなことでも、わかった点を明日までに知らせてくれ」

「まあ、やってみるよ。約束はできな――」

「明日だ、アントワーヌ。六階のお達しだぞ、わかるな？　明日、話をしよう」

ジェスパーはうなずいた。

「午前中いっぱいかかってもいいだろう、少なくとも」

「ああ、午前中いっぱい使ってくれ。例の手紙のほうだが、進展は？」

ジェスパーがかぶりを振った。

「まだなにも。ベルニが染色をやってみたが、なにも出てこなかった。あれはなにもあてにしないほうがいいと思うよ、ハリー」

「わかった、アントワーヌ」

ボッシュは箱をかかえたジェスパーを残して出ていった。

ハリウッド署への帰り道はエドガーに運転させ、ブリーフケースから通報書類を引っぱりだして携帯電話でシーラ・ドラクロワに連絡した。すぐさま応答があり、ボッシュは自己紹介をして、シーラの通報が自分にまわってきたのだと告げた。

「アーサーだったのでしょうか？」相手は差し迫った声で言った。「まだわからないのです。それで電話をさしあげているんです」

「ああ」

「わたしとパートナーが明日の午前中にそちらへおじゃましまして、アーサーさんの件でお話し し、いろいろお訊きしてもよろしいでしょうか？　遺体がそちらの弟さんのものかどうか判断するのに、そのほうがいいと思うのですが」

「わかります。ええ。それがよろしければ、ここにいらっしゃってください」

「お宅はどちらでしょう？」

「ああ。わたしの家です。ミラクル・マイルのウィルシャー大通りを入ったところです」

ボッシュは通報書類に書かれた住所に目をやった。

「オレンジ・グローヴ・アヴェニューですね」

「ええ、そうです」

「八時三十分では早いでしょうか？」

「それで結構です、刑事さん。わたしでお役に立てるならぜひそうしたいんです。あのようなことをしておいて、あの男があそこでずっと暮らしていたかと思うといてもたってもいられなくて。被害者がわたしの弟ではないとしても」

トレントは骨の事件についてはまったくの無実だろうと伝えたところで、なにもならない。テレビで目にしたことをそっくりそのまま信じる人々はあまりにも多い。

かわりにボッシュは自分の携帯電話の番号を伝え、明朝なにか予定が入って、八時三十分では都合が悪くなれば連絡してください、と言った。

「都合が悪くなんかなるものですか」相手はそう言った。「役に立ちたいんです。あれがアーサーでしたら、それを知りたい。心のなかでは、そうであってくれたらいいと思っている部分もあるんです。それでけりがつくので。けれども、べつの部分では、ほかのひとだったらいいと思っているんです。そうすれば弟がどこか別の場所にいると考えていられる。たぶん、いまは自分の家庭を持っているんだろうって」

「わかります」ボッシュは言った。「明日うかがいます」

22

ヴェニスへの道のりは過酷なドライブとなり、三十分以上遅れて到着した。また、この遅れには、駐車スペースを探しまわり、結局は挫折して図書館の駐車場にもどったことも関係していた。遅れてもジュリア・ブレイシャーはまったく意に介さずに、キッチンで料理をこしらえる仕上げの段階に入っていた。ジュリアは、ボッシュにステレオのところまで行ってなにか音楽をかけ、コーヒーテーブルの上ですでに開いているワインを自分でグラスに注ぐようにと言った。ボッシュに近づいて触れたりキスしたりすることはなかったが、ジュリアの態度はどこから見ても温かいものだった。うまくいっているようだとボッシュは思った。たぶん昨夜やらかしたヘマは過去のものにできたのだろう。

ビル・エヴァンス・トリオがニューヨークのヴィレッジ・ヴァンガードで演《や》ったライヴCDを選んだ。自宅にもこのCDがあり、ディナーにはうってつけだとわかっていた。赤ワインをグラスに注ぎ、なにげなくリビングを歩きまわってジュリアが飾っているものを見た。

白煉瓦の暖炉のマントルピースには、ゆうべ見る機会がなかった小型の写真立てがところ狭しと並んでいた。台に載せられ、ほかの写真立てより目立つように飾られているものもある。全部が全部、人物写真ではなかった。数枚は旅で訪れたとおぼしき場所の写真だった。空中に煙を立ちのぼらせ、勢いよく火砕流を噴きだす活火山のグランドショット。大きく開けた口とギザギザの歯の鮫の水中写真。海の殺し屋はいまにもカメラ――そしてだれであろうがカメラのこちら側にいる者――に向けて飛びつこうとしているかに見えた。その写真の端には撮影者――おそらくジュリアだろう――を守るケージの鉄の棒が見えた。

ジュリアがどこか、おそらくオーストラリアの内陸部で、アボリジニの男性ふたりにはさまれて立っている写真があった。また数枚の写真では、すぐにどこと言いあてることのできない異国風の場所や野趣あふれるさまざまな地域で、仲間のバックパッカーらしき者たちと写っていた。ジュリアが被写体となっている写真には、ただの一枚も彼女がカメラを見ているものがなかった。つねに視線は遠くか、いっしょにポーズをとっているほかの者に向けられていた。

マントルピースのもっとも奥に、ほかの写真に隠れるようにして、かなり若いころのジュリア・ブレイシャーがやや年配の男と撮った写真が小型の金縁の写真立てに収められていた。ボッシュはずらっと並んでいる写真の奥へ手を伸ばし、もっとよく見えるようにその写真を持ちあげた。ふたりはレストランかおそらく結婚披露宴の場で腰を降ろしていた。ジュリアは胸元が深くあいたベージュのローブデコルテを着ている。男はタキシード姿だった。

「ねえ、このひとは日本では神なのよ」ジュリアがキッチンから呼びかけた。

ボッシュは写真立てをもとの場所にもどし、キッチンへ歩いていった。ジュリアの髪はおろされており、ボッシュはどの髪型がもっとも好きか決めることができなかった。

「ビル・エヴァンスが？」

「ええ。ビルの音楽専門のラジオチャンネルがいくつもあるように思えるくらい」

「さては、日本でも暮らしたことがあるんだな」

「二カ月ほど。わくわくさせられる場所よ」

どうやらジュリアはチキンとアスパラガスを入れたリゾットをつくっているようだった。

「おいしそうな香りだ」

「ありがとう。おいしいといいけど」

「で、きみは自分がなにから逃げていたんだと思う？」

ジュリアがガスコンロの料理から顔を起こした。手にはかきまぜ用のスプーンをしっかりもっている。

「なに？」

「これだけの旅のことさ。パパの法律事務所をあとにして、鮫と泳ぎ、火山に飛びこんで。原因はおやじさん、それともおやじさんが経営していた法律事務所だったのか？」

「反対に、あたしがなにかを求めていったと思うひともいるわ」

「タキシードの男か？」

「ハリー、銃をはずして。バッジはドアのところに残してきて。家でまで刑事でいるのはやめて。あたしはいつもそうしているの」

「すまん」

ジュリアがガスコンロでの作業にもどり、ボッシュはその背後に近づいた。両手をジュリアの肩に載せ、背骨のくぼみを親指で押していった。ジュリアはなすがままになっていた。すぐにジュリアの筋肉がほぐれてくるのがわかった。カウンターのジュリアのワイングラスが空になっていた。

「ワインを取ってこよう」

ボッシュは自分のグラスとボトルを手にもどってきた。ジュリアのグラスにワインを注ぐと、ジュリアがグラスをもちあげ、ボッシュのグラスに軽く合わせた。

「なにかに向かう、なにかから逃れる、どちらにしても走りつづけるだけ」ジュリアが言った。「走りつづけるだけよ」

「〝しがみつけ〟はどうなった？」

「それもあるわ」

「許しと和解に」

ふたりはふたたび乾杯をした。ボッシュはジュリアの背後にまわり、ふたたび肩をもみはじめた。

「ねえ、あなたが帰ってから、ゆうべは一晩中あなたの話を考えていたの」

「おれの話？」

「銃弾とトンネルについて」

「それで？」

　ジュリアは肩をすくめた。

「べつに。とにかく驚きだったわ、それだけよ」

「あの日以来、おれは暗闇のなかに降りても恐怖を感じなくなった。ただ、切り抜けられるとわかったんだ。理由は説明できないが、とにかくわかったんだ。もちろんばかばかしいことさ、そんな保証などないのだから——あのときのあの場所であろうと、ほかのどこであろうと。弾丸の一件で、おれはなんというか、向こうみずになった」

　ボッシュはつかのま両手を掲げてそのままにした。

「向こうみずになりすぎるのはいいことじゃない」ボッシュは言った。「あまり管のまえを横切っていると、じきに火傷《やけど》する」

「んー。講義をしてるの、ハリー？　今度はあたしの指導教官になりたいのかしら？」

「いや。おれは入り口に銃とバッジを置いてきたんだぞ、忘れたのかい」

「なら、いいわ」

　ボッシュが肩に手を置いたままの状態で、ジュリアが振り返りボッシュにキスをした。そしておもむろに、歩きはじめた。

「ねえ、リゾットのいいところは、好きなだけオーブンに入れておけるところよ」

　ボッシュはほほ笑んだ。

　しばらくして、ふたりが愛を交わしたあとにボッシュはベッドから起きあがり、リビングへ歩いていった。

「どこへ行くの？」ジュリアがうしろから声をかけた。

ボッシュが答えずにいると、ジュリアはオーブンの火をつけるように大声で言った。ボッシュは金縁の写真立てを手にもどってきた。ベッドに入り、ベッドサイド・テーブルの照明をつけた。ワット数の低い電球に厚いランプシェードがかぶさった照明だ。寝室にはやはり影が落ちかかっていた。

「ハリー、なにをしているの？」ボッシュが心の奥底近くを踏みつけていることを警告する声でジュリアが言った。「オーブンの火をつけてくれた？」

「ああ、百八十度に設定して。この男のことを聞かせてくれ」

「どうして？」

「ただ知りたいだけだ」

「個人的な話なのよ」

「わかっている。でも話せるだろう？」

ジュリアが写真を奪いとろうとしたが、ボッシュは手の届かないところにやった。

「こいつなのか？　こいつがきみの心を傷つけて走らせたのか？」

「ハリー。あなたはバッジを取ったと思ったけど」

「取ったよ。それに服も、すべて」

ジュリアはほほ笑んだ。

「なにも話すつもりはありません」

ジュリアが背中を向け、枕に頭をぽんと載せた。ボッシュは写真をベッドサイド・テーブルに置き、ジュリアの隣りにもぐりこんだ。シーツの下で腕をジュリアにまわし、きつく引きよせた。

「なあ、また傷の見せっこをしたいのかい？　おれは二度同じ女に傷つけられたことがある。それからこれも聞かせてあげよう。おれは長いことその女性の写真をリビングの棚に飾ったままにしておいた。そして新年の日にもう充分だと心を決めた。写真を片づけたよ。そんなときに、呼びだしを受けてきみと出会った」

ジュリアはボッシュを見つめた。わずかに視線をさまよわせ、ボッシュの顔になにかを、おそらく少しでも欺瞞があるかどうかを見つけようとしているようだ。

「そうよ」ジュリアがついに言った。「このひとがあたしの心を傷つけたの。これでいい？」

「いや、よくない。このむっつりスケベはだれなんだ？」

ジュリアが笑いはじめた。

「ハリー、あなたは傷だらけの鎧に身を包んだあたしの騎士よ、そうでしょう？」

ジュリアが身体を起こして座ると、胸からシーツが落ちた。胸のまえでジュリアが腕組みをした。

「このひとも法律事務所にいたの。あたしは夢中になって――エレベーター・シャフトをまっさかさまって感じに。それから……向こうが終わりだと決めた。そしてあたしを裏切ることにして、父に秘密の話をしゃべったのよ」

「どんなことを？」

ジュリアが首を横に振った。

「あたしが二度と男には言わないと決めたこと」

「この写真はどこで撮ったんだ？」

「ああ、事務所のパーティ——たしか新年の晩餐会じゃなかったかしら。覚えてないけれど。パーティが多かったから」

ボッシュはジュリアに背を向けられ角度をつける姿勢になっていた。顔を近づけ背中にキスをした。タトゥーのすぐ上に。

「そのひとがいるから、もう事務所にいられなかったの。だからやめた。あたしは旅がしたいと言ったわ。父は中年の危機だと思ったようね。三十歳になったところだったから。そう思わせておいたわ。けれど、あたしは自分がやりたいと宣言したことを、やらなくちゃならなくなった——旅を。まずオーストラリアに行ったわ。そこが考えつけた最高に遠い場所だったの」

ボッシュは自分も身体を起こし、枕ふたつを背中のうしろに押しこんだ。つぎにジュリアの背中を自分の胸に引きよせた。頭のてっぺんにキスをして、そのまま顔を相手の髪に埋めた。

「事務所ではかなり稼いでいたわ」ジュリアは言った。「だからお金の心配をする必要はなかった。ただ旅をつづけたのよ。どこへでも好きなところへ、そして気が向けば、アルバイトをしながら。四年近く家にはもどらなかった。そしてもどったときに、アカデミーに入ったの。遊歩道沿いを歩いていると、ヴェニスの小さな地域サービス事務所が目に入った。なかに入ってパンフレットを手にしたのよ。それからは早かったわ」

「きみの過去から、一時の衝動に流されやすく、向こうみずな決断を下しがちな性格がかいまみられるな。どうやって審査に通ったんだい？」

ジュリアがそっとボッシュの脇腹を肘でつつくと、肋骨から痛みが急激に広がった。ボッシュは身体を固くした。

「まあ、ハリー、ごめんなさい。忘れていたわ」

「ああ、そうだろうとも」

ジュリアは笑い声をあげた。

「あなたたち古株はみんな、市警がここ数年、いわゆる成熟した女性見習い警官不足に悩んでいるのは知ってるわね？　市警のするどいテストステロンたちの角を丸くするために」

ジュリアは腰をボッシュの股間に押しつけて揺らし、言わんとするところを強調した。

「それから、テストステロンと言えば」ジュリアは言った。「きょうはお偉い弾丸頭のチーフとどんな話をしたのか聞かせてもらってないわ」

ボッシュはうめき声をあげたが、返事はしなかった。

「あのね」と、ジュリア。「アーヴィングがある日うちのクラスにきて演説したの。バッジを携帯することにともなう倫理的な義務について。そしてあの場に座っていた者はみな、アーヴィングは六階で一年間の日数よりも多くの裏取引をたぶんしているだろうとわかっていた。あの男は典型的な始末屋《フィクサー》よ。講堂に充満している皮肉な空気はナイフでカットできるかと思えたぐらいだったわ」

ジュリアが使った〝皮肉〟という言葉でボッシュの脳裏に、アントワーヌ・ジェスパーが丘で発見された骨と、スケートボードに描かれた骨を対《つい》にしてしゃべったことがよみがえった。捜査が一時休止してくつろいでいるあいだに、事件が蝕まれはじめていると考え、ボッシュは身体を緊張させた。

ジュリアはその緊張を感じ取った。

「どうしたの？」

「なんでもない」

「急に緊張したじゃない」

「事件のことを考えたせいかな」

ジュリアが一瞬口をつぐんだ。

「びっくりさせられるわね」ふいにジュリアが言った。「これだけ長いこと、あそこに埋まっていたのに、あの骨が地中から現われるなんて。幽霊かなにかみたい」

「骨の街だからな。すべての骨は姿を現わす時を待っているんだ」

ボッシュは口ごもった。

「いまは、アーヴィングや骨や事件、なんについても話したくない」

「じゃあ、なにがしたいの？」

ボッシュは答えなかった。ジュリアは顔をボッシュのほうに向けると、ボッシュを引きずりおろしはじめた。ボッシュは枕からずり下がり、まっすぐあおむけになった。

「するどい角を丸くしてくれる、成熟した女ふたたびっていうのはどうかしら？」

ボッシュはほほ笑まずにはいられなかった。

23

ボッシュは夜明けまえに車を走らせていた。ジュリア・ブレイシャーをベッドに寝かせたまま彼女の家をあとにし、まず〈アボッツ・ハビット〉に立ち寄って、コーヒーで目を覚ましてから、帰宅の途についた。ヴェニスはまるでゴーストタウンで、朝靄が巻き毛のように重なって道を横切っていった。だがハリウッドに近づくにつれて路上の車のライトが増殖していき、骨の街は二十四時間眠らない都会だとあらためて思い知らされた。

うちに着くとシャワーを浴びて服を着がえた。そしてふたたび車に乗りこみ、ハリウッド署へ向かった。午前七時三十分に到着する。驚いたことに、かなりの刑事たちがすでに出勤しており、書類仕事と事件に追われていた。エドガーはそのなかにいなかった。ボッシュはブリーフケースを降ろし、コーヒーを淹れ、ドーナツを差し入れした市民がいないかたしかめてみようと当直室へ向かった。ほぼ毎日のように、警察署にドーナツを差し入れする信念を守りつづける律儀な市民がいた。この仕事の困難さを知っている、あるいは少なくとも理解している者たちがまだ残っていると言えなくもない。日々どの署でも警官たちはバッジをつけ職務を果たそうとしているが、管轄地区の住民は警察を理解せず、とくに好いてもおらず、多くの例では公然と見下している。それをひと箱のドーナツがどれほど帳消しにしてくれるか驚くべきことだ、とボッシュはつねづね思っていた。

ボッシュはカップにコーヒーを注ぎ、バスケットに一ドルを入れた。カウンターの箱からシュガー・ドーナツをひとつ取ったが、箱の中身はパトロールの連中にあらかたもっていかれていた。無理もない。ファーマーズ・マーケットにある〈ボブのドーナツ〉のものだ。ボッシュはマンキウィッツがデスクについているのに気づいた。太い眉をくっきりとV字型に寄せて、配置表らしきものを凝視している。

「よう、マンク。通報書類から極上の手がかりを引き当てたみたいだ。ぜひ知らせておきたかった」

マンキウィッツは顔を起こすことなく答えた。

「そうかい。うちの連中がいつその件から解放されるか教えてくれよ。これから二、三日はデスクのやつが足りなくなりそうなんだ」

つまり、マンキウィッツは人員配置をいじっているのだ。パトカーに乗る制服が足りなくなると——休暇、法廷出席、病欠などで——当直巡査部長は決まってデスクからひとを追いだし、車に乗せた。

「わかった」

刑事部屋にもどってくると、まだエドガーの姿は殺人課テーブルになかった。ボッシュはタイプライターの隣りにコーヒーとドーナツを置き、共有ファイルの抽斗から捜査令状用紙を一部取りだした。つづく十五分間は、すでにクイーン・オブ・エンジェルズ病院の医療記録保管者あてに届けた捜査令状の補遺をタイプ打ちした。およそ一九七五年から一九八五年のアーサー・ドラクロワの医療に関するすべての記録を要求するものだ。

打ち終えると用紙をファクスにセットし、前日に病院あての捜査令状すべてにサインをしてくれたジョン・A・ホーントン判事のオフィスへ送った。また、判事あてにメモもくわえた。この医療記録が白骨死体の身元特定に役立つとおおいに信じられ、それゆえ捜査の焦点がすばやく合わせられる可能性があるため、補遺用紙を極力早く精読するよう訴えた。

ボッシュは席にもどり、パーカーセンターの記録保管所でマイクロフィッシュをコピーして集めた失踪届の束を抽斗から取りだした。すばやく目を通しはじめ、失踪人の名前が書かれた枠だけを一瞥していった。十分で終わった。束にはアーサー・ドラクロワの失踪届はなかった。これが意味するところはわからなかったが、少年の姉に訊ねることにした。

八時になり、ボッシュは少年の姉を訪問する準備ができた。だが、まだエドガーが現われない。ドーナツの残りを食べ、エドガーをもう十分だけ待ち、それでも来なかったら、ひとりででかけようと考えた。エドガーとは十年以上仕事をしているが、時間にルーズな点がいまだに癇にさわった。夕食に遅れるのはよしとしよう。だが、捜査に遅れるとなると話はちがう。エドガーの遅刻は殺人課刑事としての使命に対する責任の欠如だとボッシュはいつも感じていた。

直通電話が鳴り、ボッシュはぶっきらぼうなしゃがれ声で応えた。遅れる、とエドガーが言い訳するのを予想して。だが、エドガーではなかった。ジュリア・ブレイシャーだった。

「で、あなたは女をあっさりベッドに置いてきぼりにするのね、ふうん」

ボッシュはほほ笑み、エドガーに対するいらだちはたちまち消えていった。

「きょうは忙しい日なんだ」ボッシュは言った。「でかけないとならなかった」

「わかっているけれど、さようならぐらい、言えたでしょうに」

エドガーが刑事部屋にやってくるのが目に入った。あの男がコーヒーとドーナツとスポーツ欄の儀式をはじめるまえにでかけたい。

「なら、いまさようならと言おう。それでいいだろう？　ちょっと取りこんでいて、もう行かないとならない」

「ハリー……」

「なんだい？」

「あたしとの仲を終わらせるつもりかと思ったの」

「そうじゃない、だがもう切らないと。な、点呼のまえに寄ってくれ、いいかい。そのころにはもどっているはずだ」

「わかったわ。またね」

電話を切って立ちあがったところで、ちょうどエドガーが殺人課テーブルにやってきて折りたたんだスポーツ欄を席に置いた。

「準備はいいか？」

「ああ、ちょっとコーヒーを取ってこようかと……」

「行くぞ。ご婦人を待たせたくない。それにコーヒーなら向こうで用意してくれるだろう」

廊下へ向かいながらボッシュはファクスの受信トレイをたしかめた。捜査令状補遺はホーントン判事によってサインされ送り返されていた。

「忙しいんだぞ」ボッシュは車へ歩きながら令状をエドガーに見せて言った。「いいか？早く来れば、仕事がさばけるんだ」

「なにが言いたいんだよ。おれに皮肉か？」

「言ったとおりの意味だよ、たぶん」

「おれはただコーヒーを飲みたいだけだぜ」

24

シーラ・ドラクロワは市内のミラクル・マイルと呼ばれる地域に住んでいた。ウィルシャー大通りの南側で、近隣のハンコック・パークの標準にはとても及ばなかったが、気持ちよく手入れされた戸建てやメゾネット式住宅が並び、個性を主張する奥ゆかしいアレンジが加えられていた。

ドラクロワの家はボザール様式ふうのメゾネット式住宅の二階だった。ドラクロワは親しげな態度で刑事たちを家に招き入れたが、最初の質問としてエドガーがコーヒーについて訊くと、それは自分の宗教に反すると答えた。ドラクロワは紅茶を出すと申し出て、エドガーはしぶしぶ受けいれた。ボッシュは断わった。コーヒーを御法度にするとは、どんな宗教だろうといぶかりながら。

ふたりの刑事はリビングで腰を降ろし、ドラクロワがエドガーの紅茶をキッチンで淹れた。キッチンから話しかけてくると、自分には一時間しかなく、それから出勤だと言った。

「お仕事はなにをされてるんです？」ドラクロワが温かい紅茶を淹れ、ティーバッグのタグが横にぶらさがったマグを手にやってくると、ボッシュはそう訊ねた。ドラクロワはエドガーの横のサイドテーブルへ、コースターを敷いてマグを置いた。上背がある女性だ。少々太り気味で、ブロンドのショートヘアだった。化粧が濃すぎるとボッシュは思った。

「キャスティング・エージェントです」ドラクロワがカウチに腰を降ろしながら言った。

「たいていはインディペンデント系の映画で、たまにテレビ映画を。今週はちょうど刑事ドラマのキャストを手配しているところなんですよ」

ボッシュはエドガーが紅茶に口をつけ、顔をしかめる様子を観察した。エドガーは次にティーバッグのタグが見えるようにマグを持った。

「ブレンドです」ドラクロワが言った。「ストロベリーとダージリンの。お気に召して？」

エドガーがマグをコースターに置いた。

「なかなかのお味で」

「ミズ・ドラクロワ。娯楽産業で働いてらっしゃるならば、ひょっとしてニコラス・トレントに会われたことはないですか？」

「お願い、シーラと呼んでください。ええと、そのニコラス・トレントという名前ですね。聞き覚えがあるようだけど、どこで聞いたか思いだせないわ。俳優かキャスティング・エージェントですか？」

「どちらもちがいます。ワンダーランド・アヴェニューに住んでいた男です。セット・デザイナーでした——いえ、セット・デコレーターでした」

「まあ、テレビのあのひとね。自殺した男。では、聞き覚えがあってもふしぎじゃないわ」

「では仕事で会ったことはないと？」

「ええ、ありません」

「なるほど。訊くべきじゃなかったようだ。順序がちがう。あなたの弟さんのことからはじめましょう。アーサーについて話してください。拝見できる写真はないですか？」

「あります」シーラはそう言って立ちあがり、ボッシュの椅子の背後へまわった。「弟です」

シーラはボッシュが自分の背後にあることを気づいていなかった腰高のキャビネットへ向かった。上部にはジュリア・ブレイシャーのマントルピースの写真と同じように、多くの写真立てが飾ってあった。ひとつを選び、椅子のまえへまわってくるとボッシュに手渡した。写真立てには少年と少女が階段に腰を降ろしている写真が入っていた。さきほどこの家のドアをノックするまえにあがってきた階段だった。少年は少女よりかなり小さかった。ふたりともカメラに向かってほほ笑んでいるが、それは笑いなさいと言われた子どもがする笑顔だった——歯はたっぷり見えているが、本来の笑いにつきものの、口角があがった口元ではない。

ボッシュは写真をエドガーに手渡し、すでにカウチにもどっているシーラを見た。

「この階段は……この家で写したものですね？」

「ええ、ここでわたしたちは育ったの」

「弟さんが姿を消したのも、ここから？」

「ええ」

「なんでもいい、この家に弟さんの身のまわり品がまだ残っていませんか?」

シーラが悲しげにほほ笑み、かぶりを振った。

「いいえ、すべてなくなったわ。あの子のものは、教会の慈善バザーに寄付したの。ずっと以前に」

「どの教会に」

「ウィルシャー自然教会に」

ボッシュはただうなずいた。

「そこがコーヒーを飲ませない教会なんですね?」エドガーが訊いた。

「カフェインはいっさいだめなのよ」

エドガーが写真立てを紅茶の横に置いた。

「ほかに弟さんの写真がないだろうか?」ボッシュは訊ねた。

「もちろんありますよ。古い写真を箱に入れてます」

「それを見せてもらえませんか? その、話をしながら」

シーラは眉を寄せ、腑に落ちない顔をした。

「シーラ」ボッシュは言った。「遺骨といっしょに衣類も少々見つかっている。写真を見せてもらい、どれか一致する衣類がないかどうか確認したいんだ。捜査の役に立つから」

シーラはうなずいた。

「わかりました。じゃあ、すぐにもどってきます。廊下の物入れに行くだけですから」

「手伝おうか？」

「いえ、なんとかだいじょうぶ」

シーラが姿を消してしばらくすると、エドガーがボッシュのほうに身体を近づけてささやいた。「この自然教会の茶は小便水みたいな味がするぜ」

ボッシュがささやき返した。「どうして小便水がその味だとわかるんだ？」

エドガーが困惑して目を見開き、一本とられたことに気づいた。受け答えできないうちに、シーラ・ドラクロワが古いシューズボックスを持って部屋にもどってきた。コーヒーテーブルに箱を置き、蓋を取った。ばらばらの写真で満杯だった。

「なんの順にもなってないけれど、弟はたくさんの写真に写っているはずです」

ボッシュがエドガーにうなずくと、エドガーは箱に手を入れ、最初の写真をひとつかみ取った。

「パートナーがこの写真を調べているあいだ、わたしに弟さんの話をしていただきたい。いつ失踪したかも」

シーラはうなずき、考えをまとめてから話しはじめた。

「五月四日。一九八〇年だったわ。学校からもどらなかったの。それだけ。ただ、それだけなのよ。あの子は家出したのだと思ったわ。遺骨といっしょに服が見つかったとおっしゃいましたね。ええ、父が弟の抽斗を調べて、アーサーは服をもちだしていると言ったわ。それで家出したと思ったの」

ボッシュは上着のポケットから取りだしておいた手帳にメモを取った。

「弟さんはその数カ月まえにスケートボードで怪我をされていたとか」

「ええ、頭を打って手術しなくちゃならなくて」

「失踪時、弟さんはスケートボードをもちだしましたか？」

シーラは長いこと考えこんでいた。

「ずいぶん前のことだから……わかっているのは、あのスケートボードが弟の大のお気に入りだったことだけ。だからもっていったかもしれないわ。でも覚えているのは服のことだけ。服が何着かなくなっていると父が気づいて」

「あなたは弟さんの失踪を警察に届けました？」

「あのときわたしは十六歳だったから、なにもしてないわ。でも父が警察と話をしたから。きっと出ているはずです」

「アーサー失踪の届けが見つからなくてね。失踪届を出したのはたしかなのだろうか？」

「父といっしょに警察署まで車で行ったわ」

「ウィルシャー署へ？」

「そうだと思うけれど、はっきりとは」

「シーラ、お父さんはどこにおられます？　まだご存命で？」

「生きてます。ヴァレー地区に住んでいます。でも、最近は具合がよくなくて」

「ヴァレーのどちらに」

「ヴァン・ナイス。マンチェスター・トレイラーパークに」

ボッシュがいまの情報を書き留めるあいだ沈黙が流れた。マンチェスター・トレイラーパークには以前の捜査で行ったことがあった。快適に暮らせる場所ではない。

「父はお酒を飲むの……」

ボッシュはシーラを見た。

「アーサーのことがあって以来……」

ボッシュはわかった印にうなずいた。エドガーが身を乗りだして一枚の写真をボッシュに手渡した。黄ばんだ3×5サイズの写真だった。少年が両腕をあげてバランスを保ちながら、スケートボードで歩道を滑っていた。写真の角度からは、スケートボードで見えるのは真横ぐらいのものだった。このボードが髑髏の図案がついたものかどうかはわからなかった。

「これじゃよく見えない」ボッシュは写真をエドガーに返そうとした。

「いや、服のほう——シャツ」

ボッシュはふたたび写真を見た。エドガーの指摘は正しかった。写真の少年は胸に〈ソリッド・サーフ〉とプリントされたグレーのTシャツを着ていた。

ボッシュは写真をシーラに見せた。

「こちらが弟さんですね？」

シーラが身を乗りだして写真を見た。

「ええ、たしかに」

「弟さんが着ているTシャツだが、お父さんが消えていることを見つけたTシャツかどうか、覚えてます？」

シーラは首を横に振った。

「思いだせないわ。ずっとむかしのことで――ただ弟がこのTシャツをとても好きだったことしか思いだせない」

ボッシュはうなずき、写真をエドガーに返した。レントゲン写真と骨の照合から得られるほど手堅い確証のたぐいではないが、それでも小さな印をもうひとつ追加できる。白骨死体の身元がもうじき特定できそうだとますます確信が深まった。エドガーはシーラから借りるつもりでいる写真の束に先ほどの一枚を入れた。

ボッシュは腕時計を見て、シーラに視線をもどした。

「お母さんはどちらに？」

シーラがすぐさま首を左右に振った。

「さあ。アーサーが失踪するずっと以前にいなくなったのよ」

「亡くなったということ？」

「人生がつらくなったとたんに、バスに乗り、出ていったということ。その、アーサーはむずかしい子だったの、最初から。とても手がかかり、それが母の重荷になって。しばらくすると、母は耐えられなくなったの。ある夜、ドラッグストアに薬を買いにいき、それっきりもどらなかった。わたしたちの枕の下に、小さな書き置きがそれぞれあったわ」

ボッシュは手帳に視線を落とした。この話を聞きながらシーラ・ドラクロワを見ているのはむずかしかった。

「それはあなたがいくつのとき？　弟さんは？」

「わたしは六歳。だからアーティは二歳だったことになるわね」

ボッシュはうなずいた。

「お母さんの書き置きを保管してます？」

「いいえ。そんな必要なかったから。母がわたしたちを愛しているけれど、残っていっしょにいてくれるほどじゃなかったことを、わざわざ思いださせるものは要らなかったわ」

「アーサーはどうだろう。保管していたんだろうか？」

「そうね、弟はまだ二歳だったので、父があの子のために保管していたわ。大きくなってから弟に渡したの。あの子は取っておいたかもしれないけれど、どうかしら。弟は母のことをよく覚えていなかったので、どんな様子だったのかいつも知りたがっていたわ。母のことをよく訊かれたものよ。母の写真は一枚もないの。父がぜんぶ捨てたので、弟は思いだしようがなかった」

「お母さんがその後どうされたか知りませんか？　まだご健在なんだろうか？」

「さっぱりわからないわ。それに正直言うと、母が生きていようが死んでいようが構わないの」

「お母さんの名前は?」

「クリスティーン・ドーセット・ドラクロワ。ドーセットが旧姓です」

「誕生日か社会保障番号がわからないだろうか?」

シーラは首を横に振った。

「あなたの出生証明書は手近にありますか?」

「証明書入れのどこかにあるわ。見てきましょう」

シーラ・ドラクロワは立ちあがろうとした。

「いや、待ってほしい。それは最後に探すことにしよう。話をつづけたい」

「わかりました」

「ええと、お母さんが出ていかれてから、お父さんは再婚された?」

「いいえ、一度も。いまもひとり暮らし」

「恋人や、家に泊まっていくような相手はいなかった?」

シーラはまるで魂が抜けたような目でボッシュを見た。

「いいえ」ドラクロワは言った。「ひとりも」

ボッシュは相手にとってもっと楽な部分に話題を変えることにした。

「弟さんが通われたのはどこの学校だろう?」

「最後はブレズリンへ通っていました」

ボッシュはなにも言わなかった。まず学校名を書きつけ、次にその下へ大文字の〝B〟を書いた。文字を丸でかこみ、バックパックのことを考えた。シーラは、みずから話をつづけた。

「問題のある少年たち向けの私立学校。父はお金を出して弟をあの学校にやったの。ピコ近くのクレッセント・ハイツのはずれにあります。まだそこにあるわ」

「どうして弟さんはそこへ？　つまり、なぜ問題児だと見なされていたのだろう？」

「喧嘩をしていろいろな学校を追いだされてばかりいたから」

「喧嘩？」エドガーが言った。

「そうなんです」

エドガーは取りわけた写真のいちばん上にある一枚を手にして、じっと目をこらした。

「この子は煙のように軽く見えるがなあ。この子が喧嘩をふっかけるほうだって？」

「たいていは。ひとと仲良くするのがだめだったので。あの子がやりたいのは、スケートボードに乗ることだけ。きょうびの基準なら、注意欠陥障害かそれに近いものだと診断されたでしょうね。弟はいつも、ひとりでいたがっていたの」

「弟さんは喧嘩で怪我をすることがありましたか？」ボッシュが訊いた。

「たまに。たいてい青あざを作る程度で」

「骨折は？」

「覚えているかぎりではありません。たんなる子ども同士の喧嘩ですから」

ボッシュは動揺を覚えた。いま得ようとしている情報は、自分たちに多くの異なる方向を示すことになりそうだ。この聞きこみで一本のはっきりした道が現われるものと期待していたのだが。

「お父さんが弟さんの部屋の抽斗を調べ、服がなくなっているのに気づかれたんですね？」

「そうです。多くはなかったわ。二、三枚で」

「とくにこれがなくなっていたという心当たりは？」

シーラはかぶりを振った。

「思いだせません」

「なにに服を入れたのだろう？　スーツケースかなにかに？」

「スクールバッグじゃなかったかしら。教科書を取りだして、代わりになかに服を入れて」

「どんなバッグだったか覚えているかい？」

「いいえ。ただのバックパック。ブレズリンでは全員が同じバッグを使わなくてはならなかったの。いまでもピコを歩いていく子どもたちが同じバックパックをしょっているのを見かけるわ。うしろに〝B〟の文字がついたバックパックを」

ボッシュはエドガーを一瞥し、おもむろにシーラに視線をもどした。

「スケートボードの話にもどろうか。弟さんがもっていったのはたしかかな」

シーラがしばらく口ごもって考えてから、ゆっくりとうなずいた。

「ええ、もっていったのはまちがいないわ」

ボッシュは事情聴取を切りあげ、身元特定に集中するという判断を下した。骨がアーサー

・ドラクロワのものだと確認できしだい、姉のもとにもどってくればいい。骨の負傷に関するゴラーの見解を思い浮かべた。長期にわたる虐待。校庭での喧嘩とスケートボードであれだけの怪我を負うことがあり得るのか。虐待の話題をもちだす必要があるのはわかっていたが、いまは適切な時期ではないという気がした。それに娘に手の内を見せて、娘から父親に話が伝わることも望まなかった。いったんここを去り、事件に関してよりたしかな感触を得、確固たる捜査プランを描けてから、もどってくることにしたい。

「なるほど、手早くまとめにかかろう、シーラ。質問をあと二つ、三つだけ。アーサーには友だちがいただろうか。親友か、だれか信用している者が？」

シーラは首を横に振った。

「とりたてていなかったわ。たいていひとりだったから」

ボッシュはうなずき手帳を閉じようとしたが、シーラが言葉をつづけた。

「そうそう、いっしょにスケートボードに乗っていた子ならいたわ。ジョニー・ストークスという子。ピコの近所の子だったわね。アーサーより大柄で少々年上でしたけど、ふたりはブレズリンで同じクラスだったの。父はあの子が絶対にマリファナを吸っていると言っていた。だから、わたしたちはアーサーがジョニーとつきあうのは歓迎していなかった」

「〝わたしたち〟というのはお父さんとあなたのことですね？」

「ええ、父です。そのことで怒っていたわ」

「アーサーが失踪してから、あなたがたのどちらかがジョニー・ストークスと話をしただろうか？」

「ええ、弟が帰宅しなかった夜に父がジョニー・ストークスに電話を。でも、アーティには会わなかったと言われたの。翌日、父が学校へ弟のことを訊ねにいき、そこでもジョニーにアーティのことを話したと言っていたわ」

「それでジョニーはなんと？」

「弟には会わなかったと」

ボッシュは手帳にその友人の名を書きつけ、アンダーラインを引いた。

「ほかに思いつく友だちはいないかな？」

「いいえ、とくに思いつかないわ」

「お父さんの名前は？」

「サミュエルです。父に話を訊くつもりなの？」

「そうなるでしょう」

シーラの視線が膝の上で握りしめた両手に落ちた。

「われわれがお父さんと話すと問題でも？」

「そういうわけでは。ただ具合がよくないので。もしあの骨がアーサーのものだとわかったら……父は永遠に知らないほうがいいのじゃないかと考えていたので」

「お父さんと話をする際は気をつけよう。ただ、身元がほぼまちがいないものになるまでは、話に行くことはないから」

「でも、あなたたちが父と話せば、父はきっとわかるわ」

「それは避けられないことだよ、シーラ」

エドガーがボッシュにさらに写真を手渡した。アーサーがどことなく見憶えのある背の高いブロンドの男と並んで立っていた。ボッシュは写真をシーラに見せた。

「こちらがお父さんかい？」

「ええ、そう」

「見憶えがあるな。このひとは以前――」

「父は俳優です。いえ、でしたと言うべきね。六〇年代にテレビ番組にいくつか出演して、その後は映画の端役に少しだけ」

「食べていくには充分ではなかった？」

「ええ、父はいつもべつの仕事をしないとならなかった。わたしたちが生きていくために」

ボッシュはうなずいて写真をエドガーに返そうとしたが、シーラがコーヒーテーブルの上に手を伸ばし、その写真を取った。

「これは手放したくありません。父の写真はそれほど多くないの」

「結構ですよ」ボッシュは言った。「では、出生証明書を探しにいきましょうか？」

「わたしが見てきます。おふたりはこのままで」

シーラが立ちあがり、ふたたび部屋から出ていった。エドガーがその機会に、聴取のあいだ取りわけておいたほかの写真を何枚かボッシュに見せた。

た。

「この子だぞ、ハリー」エドガーがささやいた。「まちがいない」

エドガーが見せた写真は、アーサー・ドラクロワが通学の準備をしたところで撮られたものらしかった。髪の毛をこぎれいにとかし、紺のブレザーとネクタイ姿だった。ボッシュは少年の瞳を見つめた。ニコラス・トレントの家で見つけたコソボの少年の写真を彷彿とさせた。一キロ先を見つめている瞳だ。

「あったわ」

シーラ・ドラクロワが封筒を手にリビングにもどってくると、黄ばんだ書類をひらいた。ボッシュはちらりと目をやって、名前、生年月日、両親の社会保障番号を書き写した。

「どうも」ボッシュは言った。「あなたとアーサーのご両親は同じだね？」

「もちろんです」

「わかりました、シーラ。ありがとう。これで失礼します。なにかはっきりしたことがわかれば、すぐに連絡しますよ」

ボッシュが立ち上がると、エドガーも立ち上がった。

「この写真をお借りしていいですね？」エドガーが訊ねた。「あなたの元にちゃんともどるよう気をつけますから」

「ええ、そちらで必要であればどうぞ」

玄関に向かい、シーラがドアを開けた。まだ戸口に立っているあいだに、ボッシュはシーラに最後の質問をぶつけた。

「シーラ、ずっとここで暮らしているんだね？」

相手はうなずいた。

「生まれてからずっと。弟がもどってきたときのために、ここに住んでいるの。あの子がどこからスタートを切ったらいいかわからずに、ここにもどってきたときのために」

シーラはほほ笑んだが、ユーモアを分かち合う笑みではいっさいなかった。ボッシュはうなずき、エドガーにつづいて外に出た。

25

ボッシュは博物館のチケット売り場へ歩いていき、窓の奥に腰かけている女性に自分の名前を告げ、法人類学研究室のウィリアム・ゴラー博士と約束があると告げた。女性は受話器を取り、電話をかけた。数分後、その女性は結婚指輪で窓ガラスを軽く叩き、近くの警備員の注意を引きつけた。警備員がやってくると、女性はボッシュを研究室まで案内するよう指示した。ボッシュは入場料を払わずにすんだ。

警備員は無言だった。ふたりはほの暗い照明の館内を進んでいき、マンモスの展示や狼の頭蓋骨の壁を通り過ぎた。ボッシュが博物館に足を踏み入れるのははじめてだったが、〈ラ・ブレア・タールピット〉には、子どものころの校外授業でしばしば訪れていた。そのあとになって、タールの沼だった地中から次々と発見された化石を収容し、展示するために、博物館が建てられたのだ。アーサー・ドラクロワの医療記録を受けとったボッシュがゴラーの携帯電話に連絡すると、法人類学者はすでにべつの事件で作業をはじめており、翌日までダウンタウンの検屍局には行けない状況だった。待てない、とボッシュは言った。ゴラーはワンダーランド事件のレントゲン写真と証拠写真のコピーが手元にあると言い、ボッシュが自分のところへ寄ることができるならば、比較をして見解を非公式に話せると答えた。

ボッシュは妥協することにしてタールピットへ向かった。いっぽうエドガーはハリウッド署に残り、アーサーとシーラ・ドラクロワの母親、同じくアーサーの友人であるジョニー・ストークスの居場所をつきとめられるかどうかコンピュータで調べていた。

ボッシュはゴラーが手がけている新しい事件について興味を抱いていた。タールピットは古代の黒い穴で、動物が何世紀もまえにそこで死を迎えた場所だった。冷酷な連鎖反応のなかで、動物が瘴気にとらえられてほかの動物の餌食となり、今度はその動物が瘴気につかまりしだいに倒れていった。ある種の自然の平衡状態によって、現在そうした動物の骨が黒いタールからふたたび姿を現わし、現代の人類によって研究のために収集されている。これほどのことがロサンジェルスでもっとも混雑する通りのすぐ隣りでおこなわれ、圧倒的な時の変遷をいやがおうにも思いださせていた。

ボッシュはドアを二回通って研究室へ入った。そこはおおぜいの人間がひしめきあい、骨が特定され、分類され、時代を測定され、洗浄されていた。骨を収めた箱が、たいらな面のいたるところに置かれているようだ。白衣を着た六人がそれぞれの持ち場で働き、骨を洗浄し、検分していた。

ゴラーだけが白衣を着用していなかった。きょうもアロハシャツ姿で、きょうはオウムの模様がついていた。作業をしているのはもっとも奥まったところにあるテーブルだった。ボッシュが近づいていくと、ゴラーがまえにしている作業台には木製の骨収納箱が二個あった。

箱のひとつの中身は頭蓋骨だった。

「ボッシュ刑事、元気かね？」

「なんとかやってます。これはなんです？」

「これはだな、わたしが確信をもって言えるところでは、人間の頭蓋骨だよ。これをはじめとする人骨が二日まえに、この博物館に場所をあけるためじっさいは三十年まえに掘られたアスファルトから収集されてね。公表するまえに、調べてほしいと頼まれたのだよ」

「どういうことでしょう。それは……その、古いやつなんですか、それとも……三十年まえの骨なんですか？」

「ああ、かなり古いものだよ。放射性炭素測定法によると九千年まえのものなんだ」

ボッシュはうなずいた。もうひとつの箱に収まった頭蓋骨と骨はマホガニーのように見えた。

「見てみたまえ」ゴラーがその箱から頭蓋骨を取りだした。

ゴラーは頭蓋骨をくるりとまわして裏側がボッシュに見えるようにして、頭蓋骨の頭頂付近にある星形の骨折の周囲を指でなぞった。

「見覚えがあるだろう？」

「鈍器による骨折？」

「まさしく。きみの事件のものとよく似ている。きみに教えておこうと思ってね」

ゴラーは頭蓋骨を木製の箱にそっともどした。

「なにを教えるんです？」

「物事はたいして変わっていないことを。この女性は――これが女性だとはわかっている――九千年まえに殺害された。死体はおそらく犯罪を隠滅するためにタール池に投げこまれたのだろう。人間の性《さが》というものは変わらないのだよ」

ボッシュは頭蓋骨を見つめた。

「最初の犠牲者じゃない」

ボッシュは下からゴラーを見上げた。

「一九一四年に骨が――より完璧な骨格なんだ――やはりタール池から発見されている。べつの女性のものだった。この頭蓋骨と同じ箇所に、同じ星形の骨折があった。骨は放射性炭素測定法により九千年まえのものとわかった。今度の女性と同じ時間枠だ」

ゴラーは箱の頭蓋骨のほうへあごをしゃくった。

「それで、なにを言いたいんです、先生？　九千年まえにシリアル・キラーがいたと？」

「それを知るのは不可能だよ、ボッシュ刑事。骨しかないのだから」

ボッシュはふたたび頭蓋骨を見下ろした。ジュリア・ブレイシャーがボッシュの仕事について言ったことを思いだした。ボッシュが世界から悪を取り除いていると。ジュリアが知らないのは、ボッシュが知りすぎている事実だった。真の悪を世界から取り除くことはけっしてできない。せいぜい、深淵の暗い水のなかへ水漏れするバケツを両手で抱えて果敢に飛びこんでいるといったところだ。

「だがきみの頭にはべつのことがあるらしいな」ゴラーが口をひらいてボッシュの考えごとを中断した。「病院の記録を持ってきたかね?」

ボッシュはブリーフケースを作業台に載せてひらいた。ゴラーにファイルを手渡す。そこでシーラ・ドラクロワから借りてきた写真の束をポケットから取りだした。

「これが役に立つかどうかわかりませんが」ボッシュは言った。「これがその子なんです」

ゴラーが写真を手にした。ざっと目を通していき、ブレザーとネクタイ姿のアーサー・ドラクロワがポーズを取ったクローズアップ写真で手を止めた。バックパックがひじ掛けにかけてある椅子まで歩いていく。

ゴラーは自分のファイルを取りだして作業台にもどってきた。ファイルをひらき、ワンダーランド・アヴェニューで発見された頭蓋骨の8×10サイズの写真を取りだした。ゴラーはアーサー・ドラクロワと頭蓋骨の写真を並べてもち、しばらくしげしげと見ていた。

やがてゴラーは言った。「頬骨《きょうこつ》と眉弓《びきゅう》の形が似ているようだ」

「おれは法人類学者じゃないんですよ、先生」

ゴラーは写真を作業台に置いた。そして指先で少年の左眉をなぞり、つづいて下まぶたへ向かって指を走らせた。

「眼窩の外側と眉の隆起」ゴラーは言った。「それが発掘された標本では、標準よりも広い。この少年の写真を見ると、われわれが注目している標本と顔面の構造が同じラインをかたどっていることがわかる」

ボッシュはうなずいた。

「レントゲン写真を見よう」ゴラーは言った。「ライトボックスがうしろにある」

ゴラーはファイルを集め、ボッシュをべつの作業台に案内した。表面にライトボックスがつくりつけてあった。ゴラーは病院のファイルをひらき、レントゲン写真を取りだすと患者の病歴を読みだした。

ボッシュはすでに病歴を読んでいた。病院は少年が一九八〇年二月十一日の午後五時四十分に緊急救命センターへ運ばれたと記録していた。少年の父親によると、スケートボードで転倒し頭を打ったのちに、ぼんやりして反応が鈍い状態で見つかったという。脳の腫れによって起きた頭蓋内の圧力を下げるために、神経外科医が手術をした。少年は術後観察のために十日間入院し、それから父親に引き取られた。二週間のちに再入院し、先の神経手術後に頭蓋骨を閉じるため使用されたクリップの除去手術を受けた。

少年のファイルには、父親、あるいはほかの何者かによって虐待されていると申し立てた報告はまったくあがっていなかった。最初の手術後に恢復するあいだ、少年は病院でソーシャルワーカーによる所定の聞き取りをされていた。ソーシャルワーカーの報告は半ページにも満たなかった。少年はスケートボードをしているときに自分で怪我をしたと言ったと書かれていた。補足の質問や児童保護局、あるいは警察へ連絡されていることはなかった。

書類に目を通し終えたゴラーは首を横に振った。

「どうしたんです？」

「なにもない。そこが問題なんだ。なんの捜査もされなかった。少年の言葉を額面どおりに受けとっている。おそらく事情聴取のあいだ、父親が同じ部屋ですぐ隣りに腰かけていたのだろう。真実を語ることがこの子にとってどれだけむずかしかったかわかるかね。それでその場しのぎの怪我の手当てだけして、少年を傷つけている人間のもとへそのまま送り返した」

「あの、先生。少々先走っていますよ。まず身元を特定しましょう。もしここでわかるのなら。そのあとでだれがこの子を傷つけていたか、推理しましょう」

「よかろう。これはきみの事件だ。わたしはただこうした例を何度となく見てきたから」

ゴラーは書類を置き、レントゲン写真を手にした。ゴラーは困ったような笑みを浮かべていた。ボッシュが自分と同じ速さで同じ結論に飛びつかなかったためにゴラーはじれったく思ったらしい。

ゴラーは二枚のレントゲン写真をライトボックスに置いた。つぎに自分のファイルに手を伸ばし、ワンダーランドの頭蓋骨を撮影したレントゲン写真を取りだした。ライトボックスの照明をひねってつけると、三枚のレントゲン写真が輝いた。ゴラーは自分のファイルから取りだしたレントゲン写真を指さした。

「これは頭蓋骨の内部を見るために、わたしが撮したレントゲン写真だ。だが、いまここで比較するために利用できる。明日、検屍局へもどったら、頭蓋骨そのものと比較するよ」

ゴラーはライトボックスに身をかがめ、近くの棚に保管された小さな接眼レンズに手を伸ばした。片端を目にあて、もう片端を一枚のレントゲン写真に押しあてた。しばらくしてもう一枚の病院のレントゲン写真に移り、接眼レンズを頭蓋骨の同じ位置に押しつけた。何度もいきつもどりつして、比較を重ねた。

比較を終えると、ゴラーは背筋を伸ばして隣りの作業台にもたれ、腕組みをした。

「クイーン・オブ・エンジェルズは政府補助病院だった。資金繰りはいつも苦しかった。この子の頭部写真を二枚以上撮るべきだったのに。もし撮っていてくれたら、ほかの骨折も見えただろうにな」

「そうですね。でも、撮ってくれなかった」

「ああ、撮ってくれなかった。だが病院で撮られた写真と、こちらの写真に基づいて、くぼみ、骨折パターン、また、鱗状縫合にいくつかの類似点を見いだすことができる。疑いようがない」

まだライトボックスで輝いているレントゲン写真をゴラーは手で示した。

「アーサー・ドラクロワを紹介しよう」

ボッシュはうなずいた。

「よし」

ゴラーはライトボックスへ歩み寄り、レントゲン写真を集めだした。

「どのくらい確信がありますか?」

「いま言ったように、まちがいない。明日ダウンタウンへ行ったら頭蓋骨を見てみよう。だがいまここで断言できる。これはあの子だ。同一人物だよ」

「では、おれたちが犯人をつかまえて、これをもとに裁判にかけても、番狂わせはなしですね」

ゴラーがボッシュを見た。

「番狂わせはなしだ。今回の発見に疑問をはさむことなどできない。知ってのように、疑問が存在するのは負傷の解釈だ。この少年を調べると、じつにまちがったことがおこなわれているのがわかった。わたしは証言するよ。喜んで。だが、きみがもってきたこの公式の記録がある」

ゴラーは病院の記録が入ったひらいたファイルをそっけなく指し示した。

「負傷原因はスケートボードと書かれてある。そこが争点になるだろう」

ボッシュはうなずいた。ゴラーは二枚のレントゲン写真をファイルにもどして閉じた。それをボッシュはブリーフケースにもどした。

「では、ドクター、お時間を割いてくださりありがとうございました。たぶん――」

「ボッシュ刑事」

「はい？」

「先日きみは、われわれがおこなっていることに信念を抱く必要性についてわたしが言及すると、とても居心地が悪そうだった。つまり、きみは話題を変えたな」

「話をして楽しい話題というわけじゃありません」

「きみの仕事というものは、健全なる志をもつことがなにより重要だと思っていたよ」

「どうでしょう。おれのパートナーは、悪事のすべてを宇宙の果てからやってきたエイリアンのせいにしたがります。それも健全だと思いますよ」

「きみは質問をはぐらかそうとしている」

ボッシュはいらだちを感じはじめ、その感情はすぐに怒りへ変化した。

「質問とはなんですか、先生？　どうしてそれほどおれのことや、おれが信じたり信じてないことを気になされるんです？」

「それがわたしにとって大事なことだからだよ。わたしは骨を研究している。ライフワークだ。そして、血と筋肉と骨だけではすまないなにかがあると信じるようになった。われわれを統合しているものがあるんだ。わたしの身体のなかにはある。レントゲン写真には決して見えないものが、わたしをまとめて先へ進ませてくれるものが。だから、わたしが信念を抱えている場所に空白を抱えている者に出会うと、それが心配になるのだよ」

ボッシュは長いことゴラーを見ていた。

「あなたはおれを誤解しています。おれには信念も使命感もあります。制服《ブルー》の宗教とでもなんでも、好きなように呼んでください。それはこの事件をとにかくうやむやにすることはできないという信念です。この骨は理由があって地中からでてきたという思い。おれに見つけてもらい、おれになにかをしてもらうために地面からでてきたという思い。それこそが、おれを統合して、先へ進ませてくれるものです。そして、そいつはどんなレントゲン写真にも現われはしません。これでいいですか？」

ボッシュはゴラーを見つめて、返事を待った。しかし法人類学者はなにも言わなかった。

「もう行きます、ドクター」ボッシュは言った。「ご協力ありがとうございました。いろんなことをはっきりさせていただきました」

ボッシュは黒い骨にかこまれたゴラーを残して立ち去った。この街はその骨の上に築かれたのだった。

26

ボッシュが刑事部屋にもどると、エドガーは殺人課テーブルの自分の席にいなかった。

「ハリー？」

ボッシュが顔を起こすと、ビレッツ警部補が自分専用のオフィスの戸口に立っていた。窓ガラスごしに、エドガーがデスクのまえに座っているのが見えた。ボッシュはブリーフケースを降ろし、そちらへ向かった。

「なにかあったんですか？」ボッシュはビレッツのオフィスに入りながら訊ねた。

「いいえ、それはこっちの質問よ」ビレッツはドアを閉めながら答えた。「身元の確認はできたの？」

ビレッツがデスクの向こうにまわって腰を降ろすと、ボッシュはエドガーの隣りの椅子に座った。

「ええ、身元がわかりました。アーサー・ドラクロワ。一九八〇年五月四日に失踪」

「検屍官はたしかだと？」

「検屍局の骨担当者が、まちがいないと断言しました」

「こちらの推定死亡時期とどの程度近いの？」

「ごく近いです。骨担当はこっちになにも情報がないうちから、頭蓋骨の致命傷は、子どもがそのまえに受けた頭蓋骨損傷と手術から、三ヵ月ほどたったあとの傷だと話していました。本日、手術の記録を入手しました。一九八〇年二月十一日、クイーン・オブ・エンジェルズ病院です。三ヵ月を足すと、ほぼ同じぐらいです――姉によると、アーサー・ドラクロワは五月四日に失踪していますから。要するに、アーサー・ドラクロワが亡くなって四年してからニコラス・トレントがあの場所に引っ越してきたということです。これでトレントは無実ということになります」

ビレッツはしぶしぶうなずいた。

「その件で、アーヴィングのオフィスと広報のオフィスから今日一日やいのやいのとせっつかれていたのよ」ビレッツが言った。「あのひとたちは気に入らないでしょうね、これを電話で知らせたら」

「お気の毒ですが」ボッシュは言った。「捜査でふるいにかけた結果がこれですから」

「わかったわ、では、トレントはあの界隈に一九八〇年までいなかった。その時期にトレントがどこにいたかまだつかめていないの？」

ボッシュは息を吐きだして、かぶりを振った。

「警部補が調べさせなかったんでしょう、ちがいますか。おれたちは子どもに集中しなければならなかった」

「わたしが調べさせなかったのは、上がそうさせなかったからよ。アーヴィングは今朝、自分で電話してきたわ。口にはしなくても、言いたいことははっきりしていた。もし、刑事が情報をマスコミにリークして、市民のあざけりの的にさせたせいで無実の男性が自殺したとわかれば、また市警に青あざが増える。この十年にたっぷり恥をかいてきたじゃないかと」

ボッシュは少しもおもしろく思っていない様子でほほ笑んだ。

「まるでアーヴィングが話しているみたいですよ、警部補。とてもお上手だ」

言ってはいけないことだった。警部補を傷つけたことがわかった。

「ああ、そう、たぶんわたしがアーヴィングのように話すのは、今回は賛成しているからね。うちの市警はスキャンダルを重ねてばかりいる。そのあたりにいる多くの善良な警官のように、わたしだってうんざりしているのよ」

「そりゃよかった。おれもですから。でも、解答はおれたちのニーズに合うよう曲げていいもんじゃないでしょう。これは殺人事件なんです」

「わかっているわよ、ハリー。なにかを曲げろと言ってるんじゃありません。確信をもってからと言ってるの」

「おれたちは確信してます。おれは確信してます」

長いこと沈黙が流れ、だれもがたがいの視線を避けていた。

「キズのほうはどうなってます？」エドガーがようやく訊ねた。

ボッシュは鼻で笑った。

「アーヴィングはキズにはなにもしないさ」ボッシュは言った。「キズをどうにかしたら、ますます自分の評判が悪くなることはわかってるだろう。くわえて、キズは三階で最高の刑事だからな」

「あなたはいつも確信をもっているのね、ハリー」ビレッツが言った。「うらやましいこと」

「ええと、この件には確信があります」

ボッシュは立ち上がった。

「捜査にもどりたいんですが。やるべきことがあるんですよ」

「ぜんぶ知ってるわ。ジェリーが話してくれたところよ。でも、座って、もう一分だけこの話をしましょう、いい？」

ボッシュはふたたび腰を降ろした。

「あなたがいまなんの遠慮会釈もなく話したようには、わたしはアーヴィングに話せません」ビレッツは言った。「こうしようと思っているの。副本部長には身元とあらゆることについて最新情報を知らせます。その線であなたは事件を追っていると言うつもり。それからトレントの背景捜査にＩＡＤを動員させるようにうながすわ。言いかえれば、もし副本部長が身元確認の状況に納得しないままならば、ＩＡＤでもだれでも使って、トレントの背景を調べさせて、一九八〇年にどこにいたか調べればいい」

ボッシュはビレッツをじっと見ているだけで、その計画に承認も不承認も示さなかった。

「もう行っていいですか？」

「ええ、どうぞ」

殺人課テーブルにもどり、腰を降ろすと、エドガーがボッシュに訊いた――トレントが丘に骨があることを知って、あの場所に引っ越したかもしれないという説になぜ触れなかったのか、と。

「どうしてって、おまえのアブナイ説はあまりにもこじつけめいているから、当面このテーブルから外には出ないからだ。もしその説がアーヴィングの耳に入ってみろ、次の瞬間、プレスリリースに掲載され、公式の話ということになる。さあ、コンピュータでなにか見つけたのか、それともだめだったのか？」

「ああ、見つけたぞ」

「なにを？」

「まずは、サミュエル・ドラクロワの住所がマンチェスター・トレイラーパークであることを確認した。だから、おれたちが会いたくなったら、親父さんはそこにいる。この十年間で酒酔い運転《DUI》が二度。目下のところ制限付き免許証で運転してる。社会保障番号を照会してみると、ヒットしたよ――市の職員だ」

ボッシュの顔に驚きが浮かんだ。

「なんの仕事だ？」

「トレイラーパークのすぐ隣りにある市営ゴルフコースの練習場でパートタイムの仕事をし

ている。公園・娯楽施設管理局に電話した――こちらの身分を明かさずにな。ドラクロワはカートを運転してゴルフボールを回収しているんだ。ほら、場内で集めてるだろ。場内に出てると練習場の客がこぞってボールをあてようとする係員。トレイラーパークから通い、一日に二度やってるらしい」

「なるほど」

「次、クリスティーン・ドーセット・ドラクロワ。シーラの出生証明書にあった母親の名だ。社会保障番号を調べると、現在はクリスティーン・ドーセット・ウォーターズで登録されていた。住所はパームスプリングスになっている。新規まき直しのためにそこへ行ったにちがいないな。新しい名前、新しい人生ってやつか」

ボッシュはうなずいた。

「離婚の記録を引きだしたか？」

「ああ。七三年にサミュエル・ドラクロワとの離婚を法廷に訴えている。男の子はそのとき五歳だな。精神的および肉体的虐待を訴えている。どんな虐待だったか詳しい内容は含まれていない。裁判にはならなかったから、詳細も表に出てこなかったんだな」

「父親は争わなかったのか？」

「和解したようだな。父親は子どもふたりの親権を手に入れ、争わなかった。あとくされなし。ファイルは十二ページの厚さだった。おれは十二センチの厚さのファイルを見たことだってあるぞ。たとえば、おれ自身の離婚裁判のやつとか」

「アーサーが五歳だったとしたら……あの負傷のいくつかはそのまえについているな。ゴラーの意見にしたがえば」

エドガーは首を横に振った。

「抜粋によると、結婚生活はその三年まえに終わっており、ふたりは別居していたとある。つまり母親が家出したのは少年が二歳ぐらいのときだ――シーラが言ったように。ハリー、おまえはいつもならガイ者を名前じゃ呼ばないのに」

「ああ、だからなんだ？」

「ただ指摘しただけさ」

「それはどうも。ファイルにはほかになにかあったか？」

「そのぐらいだ。入り用ならコピーがあるぜ」

「わかった。スケートボードの友人のほうはどうだ？」

「こっちもわかった。まだ生きている、まだ地元にいる。だが問題がある。いつものデータバンクで検索したら、LAには三人のジョン・ストークスがいた。それもぴったりの年齢層に。ふたりはヴァレー地区在住、両者とも前科なし。三番目のが有力だ。軽微窃盗、車両窃盗、押しこみ、不法占拠で複数の逮捕歴があり、年少にいりびたりだ。五年まえにとうとうやり直しのチャンスを使い果たし、コルコラン州立刑務所に送られてニッケルは鉄になった。そこで二年半を務めて仮釈放になった」

「観察官と話は？　ストークスはまだ保護観察中なのか？」

「ああ、保護観察官とは話をした。いや、ストークスは自由だ。二カ月まえに観察期間を終了してる。居場所はわからんそうだ」

「くそ」

「ああ、だが観察官に対象者経歴を見せてもらった。ストークスが育ったのはおもにミッドウィルシャーとあった。いくつもの里親の家を出たり入ったり。トラブルを出たり入ったり。おれたちが探してるのはこいつだよ」

「まだLAにいると観察官は考えてるのか？」

「ああ、そう考えてる。あとはこいつを見つけだすだけだ。わかっている最後の住所には、すでにパトロールを行かせた――観察期間が終了したとたんに引っ越してるんだ」

「じゃあ、発見は時間の問題だな。みごとだ」

エドガーはうなずいた。

「コンピュータで照会しないと」ボッシュは言った。「手はじめに――」

「もう済んでる」エドガーは言った。「点呼時の呼びかけもタイプ打ちし、マンキウィッツへしばらくまえに渡した。点呼のたびに読ませると約束させたぞ。サンバイザーにつける写真もたんまり作らせてる」

「よし」

ボッシュは感心した。ストークスの写真を全パトカーのサンバイザーに留めておくなど、ふだんのエドガーならわざわざやりはしない余計な手間であった。

「こいつをつかまえようぜ、ハリー。つかまえたからってどこまで役立つかわからんが、とにかくつかまえよう」

「重要証人の可能性がある。もしアーサーが——いや、ガイ者が——父親に殴られていることをストークスに話していれば、手がかりになる」

ボッシュは腕時計を見た。午後二時近く。たえず作業を進め、たえず捜査の焦点を絞り、急ぎたかった。ボッシュにとって、もっとも耐え難いのは待つことだった。ラボの結果にしても、ほかの刑事の動きにしても、待っているあいだがもっとも心乱されるときだった。

「今夜の予定は？」ボッシュはエドガーに訊いた。

「今夜か？　べつになにも」

「今夜は子どもと会う日か？」

「いや、それは木曜日だ。なぜだ？」

「スプリングスへ行こうと思っている」

「いまからか」

「ああ。前妻と話をする」

エドガーが腕時計をたしかめた。ボッシュには、いますぐ発《た》ったとしても、遅くなるまでもどってこられないのはわかっていた。

「いいんだぞ。おれはひとりで行っても構わない。住所を教えてくれれば」

「いや、いっしょに行くぜ」

「いいのか？　無理することはない。おれはただ、なにかが起こるのをじっと待っているのがいやなだけだからな」

「ああ、ハリー、それはわかってるさ」

エドガーが立ち上がり、椅子の背もたれから上着を取った。

「じゃあ、ブレッツにそう言ってくる」ボッシュは言った。

27

パームスプリングスへいたる砂漠をなかば越えるまで、どちらも口をひらかなかった。

「ハリー」エドガーが言った。「あんた、ちっともしゃべらないな」

「わかってる」ボッシュは言った。

パートナーとしてふたりがつねに身につけているのは、長い沈黙を共有する能力だった。エドガーが沈黙をやぶる必要があると感じたときは、話し合いたいことがあるのがつねだとボッシュにはわかっていた。

「どうした、J・エドガー？」

「べつに」

「事件のことか？」

「ちがうって、なにもない。おれはクールさ」

「なら、いいさ」

車は風力発電地帯を通り過ぎた。風はやんでいた。一枚の羽根もまわっていなかった。

「おまえの両親はいっしょに暮らしてたか？」ボッシュは訊いた。

「ああ、ずっとな」エドガーはそう言ってから、声をあげて笑った。「いっしょにいたくないと、たまには思ったこともあるだろうが、ああ、じっとがまんしてたよ。そういうもんだろうな。強者のみが生き延びる」

ボッシュはうなずいた。エドガーもボッシュも離婚していたが、ふたりとも失敗した結婚について話すことはまずなかった。

「ハリー、あんたとあのブーツの噂を聞いたぜ。噂は広まってきてるぞ」

ボッシュはうなずいた。エドガーがもちだしたい話題とはこれだったのだ。市警の新人はしばしば〝ブーツ〟と呼ばれる。用語の起源はあやふやだ。ある一派は新兵訓練所《ブーツ・キャンプ》を指すといい、べつの一派は、ファシスト帝国の新しいブーツだと、新人を皮肉って呼んでいるのだといった。

「おれが言いたいのは、なあ、そいつは気をつけろってことだけだ。あんたは上司の立場になるんだからな」

「ああ、わかってる。なんとか手を考えだすよ」

「おれが見聞きしたところでは、火中の栗を拾うだけの価値はある女だそうだな。だが、それでも慎重にやらんと」

ボッシュはなんの返事もしなかった。数分後にふたりはパームスプリングスまであと十五キロと書かれた道路標識を通り過ぎた。日が落ちようとしていた。ボッシュは暗くなるまえにクリスティーン・ウォーターズが住む家のドアをノックしたいと切に願っていた。

「ハリー、この件ではあんたが話の主導役だぞ。向こうについたらさ?」

「ああ、やるよ。おまえは憤慨した刑事役をやればいい」

「それは簡単だな」

ロサンジェルスとパームスプリングスの市境を超えると、ガソリンスタンドで地図を買い、町中をずっと走ってフランク・シナトラ大通りを見つけ、大通りを山の方角へと走った。ボッシュは〈マウンテンゲート・エステート〉という場所の詰め所で車を停めた。地図によると、クリスティーン・ウォーターズが住んでいる通りはマウンテンゲート内にあった。

制服姿の雇われ警備員が詰め所から現われた。ふたりが乗っているスリックバックをじろじろ見て、笑みを浮かべた。

「あんたたち、少々遠出をしてきたようだな」警備員は言った。

ボッシュはうなずき、愛想よく笑顔をつくろうとした。だが、口にすっぱいものをふくんだような顔になっただけだった。

「そんなところだ」ボッシュは言った。

「なんの用事だい?」

「クリスティーン・ウォーターズと話をする。ディープ・ウォーターズ・ドライブの二十三番地」

「ミセス・ウォーターズはあんたらが来ることを知ってるのかな?」

「いや。彼女が超能力者か、あんたがそう伝えないかぎり」

「それがおれの仕事だよ。ちょっと待ってくれ」

警備員は詰め所へもどり、受話器を取った。

「クリスティーン・ドラクロワはみごとにのしあがったようだな」エドガーが言った。

ふたりのいる場所から、フロントガラスごしに何軒か家が見えている。どの家も広々として、みじかく刈りこまれた芝生はタッチフットボールができそうなほど広かった。

警備員が詰め所から出てくると、両手をスリックバックの窓枠に載せてボッシュのほうにかがんで顔を覗きこんだ。

「どんな用か知りたがってるぞ」

「それは家で直接話し合おうと伝えてくれ。個人的に。裁判所命令があると伝えてくれ」

警備員は〝好きにしろよ〟と肩をすくめ、詰め所のなかへもどり、電話でしばらく話していた。電話を切ると、ゲートがゆっくりとひらきはじめた。警備員はドアを開けはなした戸口に立ち、ボッシュたちに手で合図した。だが、最後にひとこと言わずにはいられないようだった。

「タフガイ気取りはきっとLAじゃずいぶん有効なんだろうよ。だが、ここ砂漠じゃただの――」

ボッシュは最後まで聞かなかった。ゲートを通過しながら窓をあげた。

ディープ・ウォーターズ・ドライブは造成地のもっとも奥にあった。この通りの家はマウンテンゲートの入り口近くに建った家よりも二百万ドルほど金がかかっているようだった。

「砂漠の道に深水通り《ディープ・ウォーターズ・ドライブ》と名付けるなんて、どんなやつなんだろうな？」エドガーが不思議がった。

「たぶん、ウォーターズという名前のやつだろ」

ようやくエドガーに合点がいったようだった。

「うへっ。そう思うか？　ということは、クリスティーンはまじにのしあがったってことだな」

エドガーがクリスティーン・ウォーターズの住所として探しだしたところは、現代スペイン風デザインの邸宅で、〈マウンテンゲート・エステート〉終端の袋小路の突きあたりに鎮座していた。ここはまちがいなく造成地の一等地だった。この邸宅は造成地のほかの家すべてを見下ろすだけでなく、周囲のゴルフコースも一望できる高台に位置していた。

地所には専用のゲートつきドライブウェイがあったが、門はひらかれていた。いつも開け放たれているのか、それともボッシュたちのために、あらかじめ開けられたのか、とボッシュはいぶかった。

「こいつはおもしろくなりそうだ」エドガーがそう言い、ふたりはインターロッキング舗装の敷石でできた駐車広場に車を入れた。

「覚えておけよ」ボッシュは言った。「ひとは住所を変えることはできるが、人間そのものを変えることはできない」

「そうだ。殺人課基礎講座だな」

ふたりは車を降りて、観音びらきの大きな玄関ドアに通じるポルチコへ歩いた。ドアはふたりがたどり着くより早く、白黒のお仕着せ姿のメイドによって開けられた。スペイン語なまりが強い英語で、メイドはふたりにミセス・ウォーターズがリビングで待っている旨、告げた。

リビングは小さめの大聖堂ほどのサイズと雰囲気で、八メートル近い天井高とむきだしの梁があった。東に面した壁の高い位置に大きなステンドグラスの窓が三枚あり、日の出、庭、新月を描いた三部作になっていた。向かいの壁には引き戸が六枚ならび、ゴルフコースのグリーンを見渡せた。室内ではソファ類をはっきりと二組のグループに分けてあり、まるで二組の異なる集まりを同時に催すことを目的としているようだった。

手前のグループにあるクリーム色のカウチの中央にひとりの女性が腰かけており、ブロンドできつい顔をしていた。薄いブルーの瞳で、部屋に入ってきてその大きさに啞然としている男たちを追った。

「ミセス・ウォーターズ?」ボッシュが訊いた。「わたしはボッシュ刑事、こっちはエドガー刑事です。ロサンジェルス市警から参りました」

ボッシュが手を差しだすと女性は手を取ったが、握りはしなかった。ただ一瞬手をつかんだだけで、エドガーが伸ばした手をすぐさま取った。ボッシュには出生証明書から目のまえの相手が五十六歳だと知っていた。だが十歳近く若く見える。なめらかな日焼けした顔、それは現代医療技術の驚異の証だ。

「おかけになって」ウォーターズ夫人は言った。「うちのまえにあの車が停まっているのが、どれほど決まり悪いことか、口ではとても言い表わせないくらいです。ロス市警にとっては、〝目立たぬよう用心するのは、勇気の大半〟じゃないんですね」

ボッシュはほほ笑んだ。

「じつを言うと、ミセス・ウォーターズ、わたしたちもあの車には同じように決まり悪い思いをしているんですよ。けれども、上司が運転しろと言うので、あれを運転しているわけです」

「どういったご用件なのかしら。ゲートの警備員が言うには、裁判所命令があるとか。見せてくださらないこと？」

ボッシュはゴールドの象眼模様がついた黒いコーヒーテーブルをはさんでウォーターズ夫人のカウチの真向かいに腰かけた。

「いや、きっと警備員はわたしの言葉を聞きちがえたんですね」ボッシュは言った。「こちらは裁判所命令を取ることもできると言ったんです。もしあなたが面会を拒否されれば」

「もちろん警備員が聞きまちがえたのでしょうね」ウォーターズ夫人は答えた。ボッシュの話をまったく信じていないと刑事たちに知らせる口調だった。

「ご主人のことをお訊ねしなければなりません」

「うちの主人は五年まえに亡くなりました。それに、めったにロサンジェルスには行きませんでした。主人がロス市警と関わるようなことなど――」

「あなたの最初のご主人ですよ、ミセス・ウォーターズ。サミュエル・ドラクロワです。同じく、あなたのお子さんがたについてもお話ししなければなりません」

警戒の色がたちまち夫人の目に浮かんだ。

「わたし……わたしは何年も会っていませんし、しゃべってもいません。三十年近く」

「それは息子さんのために薬を買いにでかけ、帰宅するのを忘れたとき以来ってことですか？」エドガーが訊ねた。

女性は横面をひっぱたかれたようにエドガーを見た。ボッシュはエドガーが夫人に憤慨してみせるときは、もう少々洗練された方法を使ってくれることを願っていたのだが。

「だれから聞いたのです？」

「ミセス・ウォーターズ」ボッシュは言った。「まずわたしに質問をさせてください。それからあなたの質問にお答えしますから」

「どういうことか理解できませんわ。どうやってわたしを見つけたのですか。あなたたちはなにをしているの？　どうしてここにいるのよ？」

夫人の声は質問を重ねるごとに感情的になっていった。三十年まえに追いやった人生が、とつぜん細心の注意を払って整えたいまの人生に侵入してきたのだ。

「わたしたちは殺人課の刑事なのです。あなたのご主人が関わっているかもしれない事件を捜査しています。わたしたちは——」

「あのひとはわたしの主人ではありません。離婚したんですよ、二十五年まえに。少なくともそのくらいになります。ばかげているわ、ここにやってきて、わたしがもう知りもしない、いいえ、生きていることさえ知らなかった男のことを訊ねるなんて。お帰りになって。お引き取りください」

　夫人は立ちあがり、ふたりが入ってきた方向を手で指し示した。

　ボッシュはエドガーを一瞥してから女性に視線をもどした。怒りによって、彫刻のような顔の日焼けがまだらになっていた。でこぼこが現われつつあった。整形手術を物語っている。

「ミセス・ウォーターズ、お座りなさい」ボッシュは厳しい声で言った。「落ち着いて」

「落ち着けですって。あなた、わたしがだれか知っているの？　夫がこの場所を造ったんですよ。宅地、ゴルフコース、なにもかもを。あなたがたは、こんなふうにここへ入ってくることさえできないはず。わたしが受話器を手に取れば、警察本部長をすぐに電話に出すことが——」

「息子さんが亡くなったんです、奥さん」エドガーが言い放った。「あなたが三十年まえに置いてきた子ですよ。だから腰を降ろして、質問させてください」

　真下から足を蹴りあげられたように、夫人はカウチへどさりと腰を降ろした。口を開け、そして閉じた。もはや視線はふたりに向けられてはおらず、遠い記憶へ向けられていた。

「アーサー……」

「そのとおりです」エドガーが言った。「アーサーです。あなたが少なくとも名前を覚えていてうれしいですよ」

ボッシュたちはしばらく黙って夫人を観察した。これだけの歳月、これだけの距離が開いていても充分ではなかった。夫人はいまの知らせに傷ついた。ひどく傷ついた。ボッシュは以前におなじものを目にしたことがあった。過去は地中からふたたびもどってくる方法を持っている。つねに足元からやってくるのだ。

ボッシュはポケットから手帳を取りだし、空白のページをひらいた。そこに〝冷静に〟と書き、エドガーに手渡した。

「ジェリー、メモを取ってくれないか。ミセス・ウォーターズはおれたちに協力する気になられたはずだ」

ボッシュがしゃべると、クリスティーン・ウォーターズが憂鬱な白日夢から現実にひきもどされた。ボッシュのほうを見る。

「なにがあったんです？　まさかサムが？」

「わかりません。だからここにおじゃましたのです。アーサーさんはかなり以前に亡くなっています。遺体が見つかったのがつい先週なんです」

夫人がゆっくりと拳にした片手を口元へはこんだ。軽くくちびるにぶつけはじめた。

「どのくらいまえに？」

「息子さんは二十年まえに埋められました。娘さんの通報のおかげで身元をつかむことができました」

「シーラ」

あまりにも長いあいだその名を口にしていなかったため、まだ言えるかどうかたしかめる必要がありそうな口ぶりだった。

「ミセス・ウォーターズ、アーサーさんは一九八〇年に失踪しています。そのことはご存じでしたか？」

夫人はかぶりを振った。

「わたしがいなくなったあとです。その十年近くまえに出ていきました」

「ご家族とはまったく連絡を取られなかった？」

「あのときわたしは……」

夫人の言葉は途中で切れた。ボッシュはつづきを待った。

「ミセス・ウォーターズ？」

「あの子たちをいっしょに連れていくことはできませんでした。わたしは若く、耐えることができなかった……責任に。わたしは逃げたんです。認めます。逃げたんです。わたしは思ったのです、あの子たちにとってわたしからなんの連絡もないほうがいい、わたしのことを知らないほうがいい、と」

ボッシュはこの場では、自分が夫人の考えかたを理解し、賛成しているのが伝わるような仕草でうなずいた。じっさいには、理解も賛成もしていないことは、どうでもよかった。ボッシュ自身の母が、難しい状況で子どもを早くもちすぎて夫人と同じ困難に直面しても、子どもを手放さず守ったことはどうでもよかった。そのたくましさはボッシュの人生に大きな影響をおよぼしたのだが。

「出ていかれるときに手紙を書かれましたね？　お子さんたちに、ということですが」

「どうしてそれをご存じなんです？」

「シーラさんに聞きました。アーサーさんあての手紙になんと書かれました？」

「わたしはただ……ただ、おまえを愛しているし、いつもおまえのことを思っているけれど、いっしょにいることができない、と書きました。書いたことすべては思いだせません。重要なことなんでしょうか？」

ボッシュは肩をすくめた。

「どうでしょう。息子さんの遺体から手紙が一通出てきました。あなたの手紙かもしれません。腐敗しているのです。真実は永久にわからないでしょう。あなたが家を出られてから数年して訴えた離婚申し立てで、離婚の原因として肉体的虐待に言及されていましたね。その件をお話ししていただく必要があります。肉体的虐待とはどんなものだったのですか？」

夫人がふたたびかぶりを振った。今回は質問が迷惑であるか、おろかだと言いたげな軽蔑したしぐさだった。

「どう思われています？　サムはわたしに議論をふっかけることが好きでした。あのひとが酔っぱらうと、卵の殻の上を歩くようなものでした。どんなことでも爆発のきっかけになりました。赤ん坊が泣いた、シーラがやかましい声でしゃべった。すると、いつも攻撃の目標にされるのはわたしでした」

「サムはあなたを殴っていたのですか？」

「ええ、よく殴られたものです。あのひとは化け物になるんです。それがわたしが出ていかねばならない理由のひとつでした」

「だが、あなたは化け物のもとに子どもたちを置いてきた」エドガーが言った。

今度は、夫人は蹴られたような反応を示さなかった。射抜くようなまなざしで薄い色の目をエドガーにしっかりと向け、エドガーの怒りに満ちた目をそむけさせることに成功した。

「何様のつもりで人を裁くんです？　わたしは生き延びなければならなかったし、子どもたちを連れていくことはできなかった。連れていけば、だれも生き延びることはできなかったでしょう」

「子どもたちにはそれがわかっていたんでしょうね」エドガーは言った。

夫人はふたたび立ち上がった。

「これ以上あなたたちと話をするつもりはありません。帰り道はおわかりですね」

夫人はリビングの向こう端にあるアーチ形の戸口へ向かった。

「ミセス・ウォーターズ」ボッシュは言った。「いまお話しいただけないのなら、例の裁判所命令を取りますよ」

「結構よ」夫人が振り返らずに言った。「やりなさい。弁護士のひとりに対処させます」

「すると町の裁判所でおおやけの記録になりますね」

賭けだったが、ボッシュはそれで夫人を止めることができると考えた。パームスプリングスでの人生は、過去の秘密を完全に埋めた上に築いたものだろう。つまり、だれにも地下に降りてきてほしくないはずだ。世間の噂は、エドガーのように、夫人の行動と動機を厳しい目でながめることだろう。心の奥深くでは、夫人は自分自身を厳しい目で見ていたはずだ。これだけの年月を経ていても。

夫人はアーチ形の戸口で立ち止まり、心を鎮めてからカウチにもどってきた。ボッシュを見ながら言った。「わたしはあなたとだけお話しします。こちらには出ていってもらいたいですわ」

ボッシュは首を横に振った。

「こいつはわたしのパートナーです。これはわたしたちの事件なんですよ。この男は残ります、ミセス・ウォーターズ」

「それでもあなたがした質問にだけ答えますから」

「結構でしょう。座ってください」

夫人が腰を降ろした。今回はエドガーからもっとも遠く、ボッシュにもっとも近くなるカウチの端だった。

「息子さん殺しの犯人をつかまえるため、協力なさりたいでしょう。できるだけ早く済ませます」

夫人が一度うなずいた。

「元のご主人について話を聞かせてください」

「みじめな話を全部ですか？」それはレトリックを狙った問いかけだった。「みじかいヴァージョンをお話ししましょう。あのひととは演劇クラスで出会いました。わたしは十八でした。向こうは七歳年上で、すでにいくつか映画に出演したことがあり、そのうえ、とても、とてもハンサムだったのです。あっというまに彼の虜になりました。そしてわたしは妊娠した。まだ十九にもなっていませんでした」

ボッシュはエドガーがなにか書きとめているかどうかたしかめた。エドガーが視線に気づき、メモを取りはじめた。

「わたしたちは結婚し、シーラが生まれました。わたしは仕事をつづけませんでした。正直言って、それほど打ちこんではいなかったので。当時は自分のやるべきことは演技だと思いこんでいたんですが。容姿はよかったのですが、すぐにハリウッドの女たちはだれもが容姿のいいことに気づきました。家にいるのはちっとも苦ではなかったのです」

「当時ご主人の仕事はどうでしたか？」

「最初はとてもよかったのです。《第一歩兵連隊》で繰り返し、役をもらって。観たことありますか？」

ボッシュはうなずいた。それは第二次世界大戦を舞台にしたテレビドラマで、六〇年代のなかばから終わりにかけて放映されていた。その後、ヴェトナム戦争と、戦争一般に対する国民感情が視聴率を下げることになり、打ち切られた。このドラマは毎週ドイツ戦線を移動する陸軍小隊を追ったものだった。ボッシュは子どものころ、この番組が好きで、里親のもとにいても、保護施設にいても、いつも観ようと努めたものだ。

「サムはドイツ兵役のひとりでした。ブロンドの髪とアーリア人の容貌でしたから。番組最後の二年間に出演していました。わたしがちょうどアーサーを妊娠するまで」

夫人は沈黙で話に区切りをつけた。

「そこで番組はヴェトナムの愚かな戦争のために打ち切りになりました。打ち切られると、サムは仕事を見つけるのがむずかしかったのです。ドイツ兵役の印象が強くて。あのときから酒を本格的に飲みはじめたのですよ。そして、わたしを殴りはじめた。キャスティング・エージェントに通いどおしだったけれど、なんの役ももらえなかったんです。それから夜になると飲むようになり、わたしにあたるようになったのです」

「なぜあなたに？」

「妊娠したのはわたしだったから。最初はシーラを、つぎにアーサー。どちらも予定外の子で、すべてが相まってあのひとに重すぎるプレッシャーをかけることになって。だれでもいいから手近な人間にプレッシャーをわけたかったのですね」

「それであなたに暴行を加えた？」

「暴行？　その言葉はとても客観的に聞こえますね。でも、そうです、あのひとはわたしに暴行を加えました。何度も」

「お子さんが叩かれるのを見たことがありますか？」

訊ねなければならない肝心かなめの質問だった。ほかの質問はすべて見せかけのようなも

「アーサーをみごもっているとき、一度わたしは殴られました。お腹を。破水しました。出産予定日より六週間早くお産をすることになりました。アーサーは出生時の体重が二千グラムなかったのですよ」

夫人は言った。

「とくになかったです」

のだった。

ボッシュはつぎを待った。夫人は時間をあたえられればあたえられるほど、より多くのことを話しそうな調子でしゃべっている。ボッシュは夫人の背後にあるスライディングドア越しにゴルフコースを見やった。グリーン脇に深いガードバンカーがあった。赤いシャツと格子縞のズボンの男がバンカーに立ち、こちらから見えないボールに向けてクラブを激しく振った。砂がぱっと広がり、バンカーからグリーンへ舞いあがった。だが、ボールは舞いあがらなかった。

遠くで三名のゴルファーがグリーンの反対側で二台のカートから降りた。バンカーの縁がじゃまをして、ゴルファーたちから赤シャツの男は見えなかった。ボッシュが観察していると、赤シャツの男は見ている者がいないかとフェアウェイの左右をたしかめてから、手を伸ばしてボールをつかんだ。男は完璧にあてたショットなみのすばらしい曲線を描かせて、ボールをグリーンへ放った。そしてクラブを両手で握りバンカーを出た。グリップを固定したままで、いまショットしたばかりだと言いたげなポーズだった。

ようやくクリスティーン・ウォーターズがふたたび口をひらき、ボッシュは夫人に視線をもどした。

「アーサーは生まれたとき二千グラム程度しか体重がありませんでした。生まれた年はずっと小さいままで、かなり病気がちだったのです。わたしたち夫婦は話題にしませんでしたが、ふたりともサムのやったことが、あの子を傷つけたのだとわかっていたのです。あの子は健康な子どもじゃなかった」

「ご主人があなたのお腹を殴ったときの出来事をべつにすると、アーサーさんかシーラさんがご主人に殴られるのを見たことはないんですね？」

「シーラのお尻をぶったことはあったかもしれませんけど。よく覚えていません。あのひとが子どもを殴ったことは一度もありませんでした。だって、殴るのならわたしがそこにいましたから」

ボッシュは口にされない結論にうなずいた。いったん夫人が去ったあとはだれが攻撃目標になっただろう？　検屍台にならんだ骨とドクター・ゴラーが目録をつくったあれだけの負傷のことを思った。

「わたしの主――サムは逮捕されたのですか？」

ボッシュは夫人を見た。

「いいえ。まだ事実確認の段階です。息子さんの遺骨からわかったのは、永年にわたる肉体的虐待の過去があったことです。わたしたちはまだ、事実をはっきりさせようとしているだけですよ」

「それでシーラは？　あの子は……？」

「とくにシーラさんに訊ねることはしてません。いずれ、お訊きしますが。ミセス・ウォーターズ、ご主人が殴るときは、いつも手で？」

「物で殴るときもありました。一度、靴で蹴られたことがありました。床に押さえつけられ、蹴られたのです。それにブリーフケースを投げつけられたこともありました。わたしの脇腹にあたりました」

夫人は首を横に振った。

「どうされました？」

「べつに。ただ、そのブリーフケースが。あのひとがオーディションにかならずもっていったものなのです。あのひとが立派な役者でたくさんの予定がつまっているかのように。あのなかに入れていたのは、顔写真が数枚と酒壜だけだったのに」

苦々しさが夫人の声に表われていた。これほどの年月が流れたあとでさえ。

「病院や緊急救命センターに行かれたことはありますか？　どこかに虐待の確たる記録はありませんか？」

夫人は首を横に振った。

「病院に行かねばならないほど傷つけられたことはありません。アーサーが生まれたときはべつですが、あのときわたしは嘘をつきました。転んで破水したと。おわかりでしょう、刑事さん。世間に知られたいことではありませんもの」

ボッシュはうなずいた。

「家を出られたときですが、計画したことだったのですか？　それとも急に決めたことだったのですか？」

夫人はしばらく答えなかった。まず頭のなかのスクリーンで記憶を上映しているかのようだった。

「出ていくまえに子どもたちに手紙を書きました。バッグに入れておき、そのときを待っていたのです。家を出たあの夜、わたしは子どもたちの枕の下に手紙を入れ、バッグだけを持ち、着の身着のままで出ていきました。それに結婚のときに父がくれた車と。それだけでした。それで充分だったのですよ。あのひとには、アーサーに薬がいるからと告げました。あのひとは酔っぱらっていました。さっさと買ってこいと言いましたわ」

「そしてあなたは二度ともどらなかった」

「二度と。一年ほどして、パームスプリングスに越すまえでしたが、夜に家のまえを車で通りすぎたことがあります。灯りがついているのが見えました。わたしは車を止めませんでした」

ボッシュはうなずいた。ほかになにも質問を思いつけなかった。この女性の若いころの記憶がしっかりしたものであっても、思いだしている内容は最後に会ってから十年後の、元夫の殺人容疑に対する捜査の役に立ちそうにはなかった。そのことは最初からずっとボッシュにはわかっていたような気がする――夫人が捜査の重要な駒になることなどないだろう。わが子を捨て、自分が化け物だと信じている男の元に残すような女の人間性を自分は見極めたいだけだったのだろう。

「あの子はどんな様子ですか？」

夫人の質問でボッシュはすぐに現実へひきもどされた。

「わたしの娘は」

「そうですね、あなたのようなブロンドです。あなたより少々上背があり、体重もありますね。お子さんはなく、結婚もされていません」

「アーサーの葬儀はいつになるのでしょう？」

「わたしにはなんとも。検屍局に問い合わせていただかないとだめでしょうね。あるいは、シーラさんに問い合わせて予定を……」

ボッシュは口をつぐんだ。それぞれの人生に横たわる三十年の溝を埋める手伝いに関わることなどできない。

「これで質問は終わりです、ミセス・ウォーターズ。ご協力に感謝します」

「まったくだな」エドガーが口調にこめた皮肉はあきらかだった。

「はるばるいらしたのに、質問はほんの少しでしたのね」

「あなたがほんの少ししか答えなかったからでしょうな」エドガーは言った。

ふたりは扉へ歩いていき、夫人が数歩あとからついてきた。ポルチコの下に出ると、ボッシュはひらいた戸口に立っている女性を振り返った。一瞬目が合った。ボッシュはなにか言うべきことを考えようとした。けれども、かける言葉などなかった。夫人は扉を閉めた。

28

ボッシュたちがハリウッド署の駐車場に車を入れたのは午後十一時少しまえのことだった。事件を起訴にもちこめるだけの証拠という観点からは、ほとんど網にかかるもののない十六時間労働の一日だった。それでもやはりボッシュは満足していた。身元が判明しており、それこそが輪の中心だった。あらゆる事実がそこからあきらかになっていくだろう。

おやすみ、とエドガーは言い、署に入ることなくそのまま自分の車へ向かった。ボッシュは当直巡査部長になにかジョニー・ストークスについてわかったことがないか確認を取りたかった。また、伝言の確認もしたかったし、十一時まで残っていればシフトを終えるジュリア・ブレイシャーに会えることもわかっていた。ジュリアと話をしたかった。

署内は静かだった。深夜勤の警官たちが点呼に集まっていた。仕事を引き継ぎする当直巡査部長たちも同じようにそこにいた。ボッシュは廊下を刑事部へと向かった。照明は消えており、それは市警本部長事務局からの命令に違反することだった。本部長はパーカーセンターと各警察署の照明を消さないことを義務づけていた。本部長の目的は、市民に犯罪に対抗する戦いは決して眠らないと知らしめることだった。その結果、市内じゅうのからっぽの警察署で照明が毎晩煌々と輝くことになった。

ボッシュは殺人課テーブル上にならぶ照明のスイッチをひねった。山ほどのピンク色の電話メッセージメモがあり、目を通していったが、すべてが記者からか、ボッシュが未決にしているほかの事件に関係したものだった。記者のメッセージをごみ箱に捨て、ほかのメモは明日見ることにして抽斗にしまった。

デスクでは市警内速達便の封筒が二通ボッシュを待っていた。一通目にはゴラーのレポートが入っており、ボッシュはあとで読もうと脇にやった。二番目の封筒を取りあげると、SIDからだった。そういえば、アントワーヌ・ジェスパーにスケートボードについて連絡するのを忘れていた。

ひらこうとしたときに、その封筒とカレンダーマットのあいだに、折りたたんだ紙切れがはさまれていることに気づいた。まず紙切れをひらき、みじかいメッセージを読んだ。サインはしていなかったがジュリアからだとわかっていた。

どこにいるの、タフガイさん？

勤務に就くまえに刑事部屋へ寄るように言っておいたことを、すっかり忘れていた。ボッシュはメモを見てほほ笑んだが、忘れていたことで、ばつの悪い思いがした。それにエドガーからこの関係について注意するように戒められたことを一度ならず思いだしていた。

紙切れをふたたびたたみ、抽斗に入れた。自分がいま話題にしたいことにジュリアがどんな反応をするだろうかとあれこれ考えた。長時間の勤務でへとへとだったが、明日まで待ちたくなかった。

SIDからの市警内速達便の封筒には、ジェスパーからの証拠分析シートが一枚入っていた。ボッシュは報告書をすばやく読んだ。ジェスパーはスケートボードが〈ボーンヤード・ボード有限会社〉というハンティントン・ビーチの製造者によって製作されたと確認していた。あのモデルは〝ボニー・ボード〟と呼ばれるものだった。一九七八年の二月から一九八六年の六月までに手がけられた特殊なデザインで、デザインのバリエーションとして、ボードの鼻先をかすかに変更して作られていた。

ボード製造と事件発生の時期適合の示唆に興奮する暇もなく、ボッシュは報告書の最後の段落を読んでいた。それはいかなる合致も疑わしくするものだった。

トラック(車輪《ホイール》組み立て部品)は一九八四年初頭に〈ボーンヤード・ボード〉が使用したデザインのものである。グラファイトのホイールはまた、後年製造の品であることを表わしている。グラファイトのホイールは八〇年代なかばまでこの業界の標準ではなかった。しかしながらトラックとホイールは交換可能で、ボーダーたちによってしばしば交換され取り替えられているため、証拠品のスケートボード製造時期を正確に特定することは不可能である。くだんの追加証拠品は一九七八年二月から一九八六年六月のあいだに製造されたとしか判断できない。

ボッシュは報告書を元通りに市警内速達便の封筒へ滑りこませ、デスクに置いた。報告書は断言してはいないが、ボッシュにはジェスパーが概略を説明した事実がスケートボードはアーサー・ドラクロワのものではないほうを指していると思えた。ボッシュの考えでは、この報告書は少年の死に関してニコラス・トレントを巻きこむより、解放する方向を示唆していた。朝になったら自分の結論をタイプライターで報告書にまとめ、ビレッツ警部補に渡すつもりだった。それはアーヴィング副本部長のオフィスへの配達経路へまわされるだろう。

この方面の捜査終了を強調するかのように、署の裏口のドアがばたんとひらいた音が廊下にこだました。男たちの大声がつづき、だれもが夜のなかへ向かっていた。点呼が終わり、あらたな人員たちがパトロールにでていこうとしている。その声はおれたち対やつらの虚勢に満ちていた。

市警本部長の希望にもかかわらず、ボッシュは照明をぱちりと消し、廊下を当直室へと向かった。小さなオフィスには巡査部長が二名いた。レンコフがあがりで、レンショーが勤務をはじめたところだった。ふたりともボッシュがこれほど遅い時間に姿を見せたことに驚きを示したが、署でなにをしているのかと訊ねはしなかった。

「それで」ボッシュは言った。「おれの男についてなにか情報があるか。ジョニー・ストークスだが」

「まだなにもないな」レンコフが言った。「だが探している。点呼のたびに話に出して、パトカーに写真も貼り終わった。だから……」

「わかれば知らせてくれるんだな」

「わかれば知らせるよ」

レンショーもうなずいて同意を示した。

ボッシュはジュリア・ブレイシャーが勤務を終えたかどうか訊こうと思ったが、考え直した。礼を言い、廊下へもどった。会話がぎこちなかった。まるで巡査部長たちは、ボッシュが早く出ていくのが待ちきれないかのようだった。ボッシュは自分とジュリアの噂が広まっているからだと感じ取っていた。たぶんいまのふたりの巡査部長はジュリアが勤務を終えることを知っており、いっしょにいるジュリアとボッシュを目撃することを避けたかったのだろう。見てしまうと、役職づきとしてふたりは市警方針違反の証人となる。強制されることはほとんどないささいな規定だが、違反を目撃しながら無視しなければならないより、最初から見ないほうが立場的にずっといい。

ボッシュは裏口から出て駐車場を歩いていった。ジュリアが署のロッカールームにいるのか、まだパトロール中なのか、すでに帰宅しているのかさっぱりわからなかった。シフトとシフトのあいだは流動的だ。当直巡査部長が交代人員を送りだすまで、帰ることはできない。

ジュリアの車が駐車場にあり、行きちがいになっていないのがわかった。ボッシュはコード7のベンチに腰を降ろそうと署のほうへ引き返した。しかし、ベンチにたどり着いてみると、すでにジュリアがそこに座っていた。ロッカールームでシャワーを浴びたらしく、かすかに髪を濡らしている。色あせたブルージーンズとハイネックの長そでセーターを着ていた。

「あなたが署にいたと聞いたの」ジュリアが言った。「見てみると照明が消えていたので、会いそびれたと思ったのよ」

「照明のことは本部長には秘密だぞ」

ジュリアがほほ笑み、ボッシュは隣りに腰かけた。彼女にふれたかったが、そうしなかった。

「それにおれたちのことも」ボッシュは言った。

ジュリアはうなずいた。

「ええ。たくさんのひとが知ってるようね」

「ああ。その件で話をしたかった。一杯どうだい」

「もちろんいいわ」

「歩いて〈キャット&フィドル〉へ行こう。きょうはもう運転はたくさんだ」

そろって署内を通り抜け、正面ドアへ出るよりも、駐車場を抜け、建物のぐるりをまわりこむ遠まわりの道を選んだ。二ブロック歩いてサンセット大通りにたどり着くと、さらに二ブロック歩いてパブへ向かった。途中でボッシュはジュリアの勤務まえに刑事部屋で会えなかったことを詫び、パームスプリングスまで車で行ったことを説明した。移動中のジュリアは言葉少なく、ボッシュの説明にうなずくばかりだった。パブに到着して暖炉そばのボックス席へ腰をすべりこませるまで、当面の問題について話をすることはなかった。

ふたりともギネスのパイントを頼むと、ジュリアがテーブルの上で腕組みをしてボッシュを厳しい目で見つめた。

「さて、ハリー。飲み物は注文したわ。おごってくれるのは構わない。でも、言っておくけれど、もしあなたがただの友人になりたいというつもりなら、あたしは友人なら間に合ってる」

ボッシュはこらえきれず大きく顔をほころばせた。ジュリアのざっくばらんで率直なところがよかった。ボッシュは首を横に振りはじめた。

「ちがうよ。おれはきみの友人になりたくない、ジュリア。ちっとも」

テーブルの向こうに手を伸ばし、ジュリアの前腕を握りしめた。本能的にボッシュは店内をさっと見渡し、警察署の者が仕事のあとの一杯をやりながらそのあたりにいないことをたしかめてから、ジュリアに視線をもどした。

「おれの望みはきみといっしょにいることだ。いままでどおり」

「よかった。あたしもよ」

「だが、おれたちは気をつける必要がある。きみはまだ署に来て日が浅い。噂がどんなふうに広まるかおれはよく知ってる。だから、こいつはおれの責任だ。最初の夜にきみの車を署に置いておくなどとんでもなかった」

「まあ、ジョークがわからないひとはほうっておけばいいのよ」

「いや、そういうわけには――」

ボッシュはウェイトレスがギネスのロゴがついた小さな紙のコースターに、ビールを置くあいだ口を閉じた。

「そういうわけにはいかないんだ、ジュリア」ボッシュはふたたびふたりきりになると言った。「つきあいをつづけるなら、もっと注意する必要がある。人目につかないようにやらないとだめだ。ベンチで会うのも、メモを残すのも、そんなことはいっさいやめにしないと。もうこの店にも来ることはない。なぜなら警官たちがここに来るからだ。完全に人目につかないようにしなければ。署の外で会い、署の外で話をするんだ」

「あたしたちがスパイのカップルかなにかみたいに言うのね」

ボッシュはグラスを手に取り、ジュリアのグラスと軽く合わせてからビールを呷った。こんなに長い一日のあとでは、このうえなくうまかった。ふいにあくびを噛み殺さねばならなくなり、それはジュリアにもうつって同じことをさせていた。

「スパイ？　それに近いようなものだ。忘れているようだが、おれはこの署に二十五年以上いる。きみはまだブーツだ、ベイビー。おれには、きみが経験した逮捕の数より多くの敵が警察内にいる。そのなかには、おれをおとしめるためなら、どんな機会でも利用しようとする連中もいる。おれが自分の心配だけしているように聞こえるかもしれないが、もしおれをつかまえるためにルーキーを攻撃する必要があれば、連中はためらわずにやるだろう。誇張じゃない。やつらはためらわないぞ」

ジュリアが首をすくめ、左右を見た。

「わかったわ、ハリー——いえ、秘密捜査官0045」

ボッシュは笑って首を横に振った。

「そうか、そうか、きみはぜんぶジョークだと思っているな。はじめてIAD刑事のスーツを見るまで待ってるがいいよ。そのとき、大事なことがわかるさ」

「あら、ジョークだと思ってなんかいないわ。ただふざけただけよ」

ふたりはビールを飲み、ボッシュは姿勢をくずしてくつろごうとした。暖炉の熱が心地よかった。歩くあいだに身が引き締まるような寒さを味わっていた。ジュリアを見ると、ジュリアはボッシュの秘密を知っているような顔でほほ笑んでいた。

「なんだい？」

「べつに。ただ、あなたがとてもいきりたっているから」

「おれはきみを守ろうとしている、それだけだ。二十五年以上だから、おれにとってはたいしたことじゃない」

「それ、どういう意味なの？　その——〝二十五年以上〟——って聞いたことはあるけれど、手を出せない相手とでもいう意味なのかしら」

ボッシュは首を横に振った。

「手を出せない相手などいないさ。だが二十五年勤めると、年金等級のトップに達する。だからやめるのが二十五年だろうが三十五年だろうが、年金の額は同じだ。つまり、〝二十五年以上〟は、くそくらえというだけの余裕がいささかあるって意味だ。上のやることが気にいらなければ、いつでも辞表をだして、はい、さようなら、と言える。もう小切手と質草のために署にいるわけじゃないからだ」

ウェイトレスがテーブルにもどってきてポップコーンのバスケットを置いた。ジュリアがしばらく待ってから、グラスの縁にあごが届きそうなほどテーブルに身を乗りだした。

「じゃあ、あなたはなんのために署にいるの?」

ボッシュは肩をすくめ、グラスを見下ろした。

「職務、かな……えらぶったり、英雄を気取っているんじゃない。ただ、時折やってくる、この腐れきった世界をまともにするチャンスのために」

ボッシュは親指を使い霜のついたグラスにいたずら書きをした。グラスから目をはなすことなくしゃべりつづけた。

「たとえば、この事件だ……」

「詳しく聞かせて」

「おれたちが推理して結論を導きだすことができれば……あの子に起きたことに対し、わずかながら埋め合わせができるんじゃないか。わからないが、それはなにか意味が、本当に小さなことだが世界にとって意味があるんじゃないだろうか」

ボッシュはゴラーが今朝かかげてみせた頭蓋骨を思い浮かべた。九千年のあいだタールに埋まっていた殺人の被害者。骨の街。すべての骨が地中から掘り起こされるのを待っている。

なんのために？　もはや気にかける者などいないだろうに。

「どうなんだろうな」ボッシュは言った。「長い目で見ればなんの意味もないことかもしれない。自爆テロがニューヨークを襲い、三千人が朝のコーヒーも飲み終わらないうちに死んだ。ひと組の小さな骨が過去に埋められたことに、なんの意味があるんだろうか」

ジュリアが優しくほほ笑み、首を横に振った。

「哲学者みたいなことを言わないで、ハリー。大切なことは、それがあなたとってなにかの意味があるという点だわ。そして、あなたにとってなにかの意味があるのならば、できることを実行することが大切なのよ。世界にどんなことが起こっても、英雄を求める声はいつも存在するでしょう。いつの日かあたしも英雄になるチャンスがあればと思うわ」

「そうかもな」

ボッシュはうなずいたが、ジュリアの視線を避けたままだった。さらにグラスをいじった。

「むかしテレビでやっていたコマーシャルを覚えているかい。地面かどこかで腹ばいになった老婦人がこう言うんだ。『あたしゃ転んじゃったよ、起きあがれないんだよ』そして周囲がそれを笑い者にする」

「覚えてるわ。ヴェニスビーチでそうプリントしたTシャツが販売されてるの」

「ああ、それで……おれはそんなふうに感じることがある。つまり、勤続二十五年以上だ。ときどきヘマをやらかさずにそこまで勤めることなどできない。きみも転ぶよ、ジュリア。そして起きあがれないと感じることがある」

ボッシュは自分に言いきかせるようにうなずいた。

「だがツキに恵まれ捜査がうまく進むと、自分にこう言い聞かせるんだ――このためだ、と。とにかく感じるんだ。自分ができることはこれだと」

「それを贖いと言うのよ、ハリー。こんな歌詞があるじゃない、〝だれでもチャンスはほしいんだ〟って」

「そのようなものだな、ああ」

「そして、この事件があなたのチャンスなのね」

「ああ、そう思う。そうであってほしいよ」

「では、贖いに」

ジュリアが乾杯のためにグラスをかかげた。

「しがみつけ」ボッシュは言った。

ジュリアがボッシュのグラスにグラスをぶつけた。ビールが少しこぼれ、ほとんど空になったボッシュのグラスに入った。

「ごめんなさい。乾杯の練習をしなくちゃね」

「いいんだ。もう一杯ほしいと思っていたところだ」

ボッシュはグラスを飲み干した。テーブルにグラスをもどすと口元を手の甲でぬぐった。

「で、今夜はおれといっしょにうちに来るかい？」ボッシュは訊ねた。

ジュリアがかぶりを振った。

「いえ、あなたといっしょじゃないわ」

ボッシュは顔をしかめ、あからさまに誘ったことで怒らせたのかといぶかりはじめた。

「今夜はあなたについていいくのよ」ジュリアは言った。「忘れたの？　署に車を置いてはおけないわ。なにもかもがトップシークレット、内緒になるのよ。これからは目と目の合図だけ」

ボッシュはほほ笑んだ。ビールとジュリアの笑顔は自分にとって、まるで魔法だ。

「してやられたよ」

「まだ何度も挑戦するわよ」

29

ボッシュはビレッツ警部補のオフィスでのミーティングに遅れてやってきた。エドガーはめずらしいことにすでにそこに座っており、広報のメディーナも同様に座っていた。ビレッツが手にしていた鉛筆で席を指し、つぎに受話器を手にして番号を押した。

「ビレッツ警部補です」相手が出るとビレッツは言った。「チーフに全員そろったのではじめられると伝えて」

ボッシュはエドガーを見て、眉をあげた。副本部長はまだこの事件からまったく手を引いていない。

ビレッツは電話を切ると言った。「折り返し電話がきたら、チーフをスピーカーフォンに出しますから」

「聞くため、それとも話すためですか」ボッシュは訊ねた。

「わかるもんですか」

「待っているあいだにいいか」メディーナが言った。「きみたちが探しているちんぴらについて、何本か電話がかかりはじめている。ジョン・ストークスという男だったな。この男をどう扱ってほしい？　あらたな容疑者なのか？」

ボッシュはしまったと思った。点呼で配った警戒ビラに載せたことで、結果的にマスコミへ漏れることになったのだろう。これほど早く情報が漏れるとは予期していなかった。

「いや、そいつは容疑者なんかじゃない」ボッシュはメディーナに言った。「それに記者連中がトレントのときのように騒ぎたてれば、見つからなくなるぞ。ただ、話を聞きたいだけの相手なんだ。被害者の知人なんだよ。ずっと以前の」

「では、被害者の身元がわかったのだな？」

ボッシュが答える間もなく、電話が鳴った。ビレッツが受話器を取り、アーヴィング副本部長をスピーカーフォンに出した。

「チーフ、ここにはボッシュ刑事とエドガー刑事、それから広報のメディーナ事務官がいます」

「よろしい」アーヴィングの声が電話のスピーカーから轟いた。「どこまで進んでいる？」

ビレッツが電話のボタンを小刻みに押し、ボリュームを下げていった。

「ええと、ハリー。あなたから話をして」ビレッツが言った。

ボッシュは上着の内ポケットに手を入れ、手帳を取りだした。時間をかけた。アーヴィングがパーカーセンターのオフィスで、汚れひとつないガラスのデスクについて電話から声がするのを待っていると考えると愉快だった。今朝ジュリアと朝食を取りながらいっぱいに走り書きをしておいたページをひらいた。

「刑事、そこにいるのかね？」アーヴィングが言った。

「ああ、はい。ここにいますよ。ちょっとメモに目を通していました。ええとですね、重要事項は被害者のたしかな身元がわかったことです。少年の名はアーサー・ドラクロワ。ミラクル・マイル地区の自宅から、一九八〇年の五月四日に失踪しています。十二歳でした」

ボッシュは質問を予想していったん言葉を切った。メディーナが名前を書きとめていた。

「まだ身元を発表したものかどうか決めかねています」ボッシュは言った。

「それはなぜだ？」アーヴィングが訊ねた。「身元特定がたしかではないと言いたいのかね？」

「いえ、それはたしかです、チーフ。名前を発表したら、捜査の方向性を喧伝することになると言いたいのです」

「どういうことだ？」

「その、おれたちはニコラス・トレントが本件では無実だとかなり自信をもっています。それでほかに目を向けているところなんです。検屍は——骨に残った傷という意味ですが——永年にわたる児童虐待を示唆しています。幼児期にさかのぼるものです。母親は関係ないので、いま父親を調べています。まだ接触はしていません。紐をたぐっているところです。もしこっちが身元を発表したら、父親がそれを見て、おれたちが目をつけていると教えることになります」

「その男が子どもをあそこに埋めたのなら、すでに危ないとわかっているんじゃないかね？」

「多少は。ただ、こちらが確固たる身元を特定できなければ、自分に結びつけられないとわかっているでしょう。身元特定できていないことが、こいつを安全にしているんです。そしてこの男を調べるだけの時間を、おれたちにあたえてくれる」

「なるほど」アーヴィングが言った。

しばらく沈黙がつづいた。ボッシュはアーヴィングがまだなにか言うものと思っていた。だが、アーヴィングは無言だった。ボッシュはビレッツを見て、どうしますとジェスチャーで問いかけた。警部補は肩をすくめた。

「それでは……」ボッシュはしゃべりはじめた。「身元は発表しない、それでいいですね？」

沈黙。そののち――

「そうするのが賢明な手順だろうな」アーヴィングが言った。

メディーナが書きつけた手帳のページをやぶり、丸めて隅のごみ箱に放った。

「公表できることはなにかないのか？」アーヴィングが訊いた。

「あります」ボッシュはすぐに言った。「トレントの無実を公表するんです」

「否」アーヴィングがすかさず言った。「それは最後にやる。諸君が事件を解決したとき、そして解決できればだが、そのときに残りはすべて発表する」

ボッシュはエドガーを、つぎにビレッツを見た。

「チーフ」ボッシュは言った。「そうすると、事件に傷がつくかもしれません」

「どうして？」

「こいつは古い事件です。事件が古くなればなるほど、解決まで長くかかることになります。危険をおかすことはできません。表に出てトレントが無実だと言わなければ、現在つかまえようとしているこの男に抗弁の余地を与えます。トレントを指さして、こいつは児童にいたずらをした男だから、やったのはこいつだと言えるんですよ」

「だが、われわれがトレントの無実をいま発表しようがあとで発表しようが、この男はそうするだろうに」

ボッシュはうなずいた。

「そのとおりです。けれどもおれは、裁判で証言台に立つときの観点から考えています。トレントを調べあげ、すぐさま容疑者からはずしたと言いたいんです。どこぞの弁護士から、トレントをすぐに容疑者からはずしたのならば、なぜ発表を一週間も二週間も待ったのかと訊かれたくないんですよ。チーフ、それじゃおれたちがなにか隠していたように見えます。微妙な点ですが、印象に残りますよ。陪審員たちは警察を信用しない理由を探しているのが普通ですし、とりわけLAPDには——」

「もういい、刑事。きみの言いたいことはよくわかった。それでもわたしの決定は変わらない。トレントに関する発表はしない。今回はなし、捜査を先へ進められるだけの確実な容疑者が出てくるまでなしだ」

ボッシュが首を横に振り、座ったまま少々身体の力を抜いた。

「ほかになにか？」アーヴィングが言った。「二分で本部長とのブリーフィングなのだ」

ボッシュはビレッツを見て、ふたたび首を横に振った。わかちあうべき情報はほかになにもなかった。ビレッツが口をひらいた。

「チーフ、現時点の状況ではこのぐらいかと」

「父親にはいつ接触する予定だ、刑事諸君？」

ボッシュはエドガーにあごをしゃくった。

「あの、チーフ、エドガー刑事です。父親に接触するまえに、話を聞ける重要な証人をまだ捜しているところなんです。被害者の友人だった男です。少年がこうむっていた虐待について知っているものと考えています。きょうはそっちをやるつもりです。その男はこのハリウッドにいると信じられており、多くの人員を投入して行方を追っておりまして――」

「ああ、それで結構だよ、刑事。この会合については明朝また招集をかける」

「わかりました、チーフ」ビレッツが言った。「明日も九時三十分でよろしいですか？」

返事はなかった。アーヴィングはすでに電話を切っていた。

30

ボッシュとエドガーは午前中を報告書と殺人調書の更新、そして月曜日の朝に要請した記録探しをキャンセルするよう市内じゅうの病院に電話して費やした。しかし、正午にはボッシュは書類仕事をやるだけやり、でかけなければならないと告げた。

「どこに行きたいんだ？」エドガーが訊ねた。

「待っているのはあきあきだ」ボッシュは言った。「やつの様子を見にいこう」

ふたりはエドガーの私有車を使用した。それが白黒ではなく、車だめには覆面パトカーが一台も残っていなかったからだ。101号線をヴァレー地区に進み、405号線を北上してヴァン・ナイスで降りた。マンチェスター・トレイラーパークはヴィクトリー大通り近くのセプルヴェダ大通り沿いにある。いったん通り過ぎてから引き返し、車をトレイラーパークに入れた。

受付はなく、ただ黄色のストライプのスピードバンプがあるだけだった。パーク内の路は地所を一周しており、サム・ドラクロワのトレイラーハウスは敷地奥にあった。フリーウェイ横の六メートルの高さの防音壁にぴったりつけてある。この壁はフリーウェイのたえまない騒音を遮断するよう設計されている。しかし、壁は音を転送してトーンを変えているだけで、依然として騒音はそこにあった。

トレイラーハウスはシングルワイド幅で、ほぼすべての金属鋲の継ぎ目から錆のくずがアルミニウムの表面に浮き出ていた。日よけがついており、その下にピクニックテーブルとバーベキューグリルがあった。物干し綱が日よけの支柱の片方から、隣りのトレイラーハウスの隅へまっすぐに渡されていた。狭い庭の奥ほどに、屋外トイレほどの大きさのアルミニウム収納小屋が防音壁に押しつけられていた。

トレイラーハウスの窓とドアは閉まっていた。一台用の駐車スペースに車両はなかった。エドガーは時速十キロを保ち、車を走らせた。

「留守のようだな」

「ゴルフ練習場へ行ってみよう」ボッシュは言った。「この男が向こうにいたら、おまえ、バケツいっぱいのボールでもなんでも打てるぞ」

「練習はいつでも歓迎だぜ」

練習場に到着すると客はほとんどいなかったが、午前中は混んでいたようだった。練習場にはゴルフボールが散らばっている。奥行きが三百ヤードあり、トレイラーパークの裏手にあった同じ防音壁まで延びている。練習場の突きあたりには背の高い電柱のあいだにネットが垂直に取りつけてあり、遠くへ飛んだボールからフリーウェイのドライバーたちを保護していた。後部にボールを集める装置をつけた小型トラクターが突きあたりをゆっくりと横断していた。運転者は安全なように保護ケージに入っている。

ボッシュがしばらくひとりで観察していたところに、エドガーがバケツ半分のボールと車のトランクに積んでいた自分のゴルフバッグを持ってやってきた。

「あの男がそうだな?」エドガーが言った。

「ああ」

ボッシュはベンチのほうへ歩みより腰を降ろして、パートナーが人工芝の小さな四角からボールを打つのを見た。エドガーはネクタイをはずし、上着を脱いでいた。さほど場ちがいには見えない。エドガーから二つ、三つ隣りのグリーンの四角でボールを打っているのは、スーツのズボンとボタンダウンのシャツを着た男二名で、どう見てもオフィスの昼休みを利用してゴルフの腕の微調整をしていた。

エドガーはゴルフバッグを木製のスタンドに立てかけ、アイアンの一本を選んだ。ゴルフバッグから取りだしたグラヴをはめ、ウォームアップに数回クラブを振ってから、ボールを打ちはじめた。最初の数回はダフってゴロになり、エドガーを毒づかせた。それから多少空中を飛ぶようになり、エドガーはよろこんでいるようだった。

ボッシュはおもしろいと思った。これまでただの一度もゴルフをしたことはなく、多くの男たちを引きつける魅力も理解できなかったが、実をいえば刑事部屋の連中のほとんどは熱心なプレイヤーで、州を網羅する警察トーナメントのネットワークがあるほどだった。練習場でボールを打つことはあまり重視されないものでも、エドガーががんばる様子を見ていると楽しかった。

「あの男にショットをあてろよ」ボッシュはエドガーがウォームアップを完了し、準備ができたと思ってから指示した。

「ハリー」エドガーは言った。「あんたがプレイしないのはわかっているが、ニュースを教えてやるよ。ゴルフじゃ、ピン——その、フラッグをめざしてボールを打つものなんだ。ゴルフじゃ動く標的はないんだよ」

「じゃあ、元大統領たちはどうしていつもひとにあてるんだ」

「あの男たちにはそれが許されているからさ」

「みんなあのトラクターの男にあてようとすると言っただろう。打ってみろよ」

「まじめなゴルファーを除くだれでもだ」

だが、エドガーが身体を斜めに構えると、トラクターにあてるつもりだとボッシュにはわかった。トラクターは練習場の横断を終えるところで、Uターンをしてもどろうとしていた。ヤード数表示板から判断すると、トラクターは百五十ヤード先にいる。

エドガーがスイングしたが、ボールはまたもやゴロだった。

「ちっくしょう！　おい、ハリー。こんなことをしていると、おれのスコアがだいなしかもしれないぞ」

ボッシュは大声で笑いだした。

「なにを笑ってるんだよ？」

「ただのゲームじゃないか。もう一度打ってみろ」

「もうよせよ。ガキっぽいぜ」

「打てって」

エドガーはなにも言わなかった。ふたたび身体を斜めに構え、いまは練習場の中央にいるトラクターにねらいをつけた。スイングしてボールを叩くと、ボールは風を切る音を立てて中央に飛んでいったが、トラクターの頭上をたっぷり六メートルは超えた。

「ナイスショット」ボッシュは言った。「トラクターをねらっていたんじゃないなら」

エドガーがボッシュをにらんだが、なにも言わなかった。つづく五分間に立てつづけにトラクターめがけてボールを打ったが、十ヤード以内には届かなかった。ボッシュはなにも言わなかったが、エドガーのいらだちは募っていき、やがて振り返ると怒りながら言った。

「やってみたいか？」

ボッシュはあわてたふりをした。

「おや、まだあの男にあてようとしていたのか？　気づかなかったよ」

「もういい、行こうぜ」

「まだボールが半分残ってるぞ」

「どうでもいいよ。これでおれのスコアは一カ月ぶん後退するだろうよ」

「そんなもんで済むのか？」

エドガーは使用していたクラブを腹立ちまぎれにゴルフバッグに突っこみ、ボッシュを射撃手のような目でにらんだ。ボッシュは腹をかかえて笑いたいところを必死でこらえた。

「なあ、ジェリー、あの男を見てみたいんだよ。あと数回だけ打てないか？　もうすぐあいつは仕事を終えるようだが」

エドガーが練習場をみやった。トラクターは五十ヤードの表示近くを進んでいた。防音壁のあたりからはじめたと仮定すると、そろそろ仕事を終えるころだ。あらたなボールはたいして転がっていなかった――エドガーと二名のビジネスマンのボールだけで、奥まで引き返す理由にはならない。

エドガーが無言で気持ちを落ち着かせた。ウッドの一本を取りだし、人工芝のグリーンの四角にふたたび立った。美しい弧を描いたショットは防音壁すれすれまで運ばれた。

「タイガー・ウッズめ、おそれいったか」エドガーは言った。

つぎのショットはティーから三メートルの本物の芝に乗った。

「ちっ」

「じっさいにプレイするときは、あの人工芝から打つのか？」

「いや、ハリー、そうじゃない。こいつは練習だ」

「ああ、じゃあ、練習では実際のプレイ状況を再現しているわけじゃないんだ」

「そんなところだな」

トラクターが練習場を離れ、エドガーがボール代を支払った料金所の裏手にある小屋のほうへ向かった。ケージの扉がひらき、六十代はじめの男が降りてきた。ボール収集機からゴルフボールがつまったワイヤーメッシュのかごを取りだし、小屋のほうへ運びはじめる。ボボッシュは目立ちたくないのでボールを打ちつづけろとエドガーに言った。ボッシュは平然と料金所のほうへ歩いていき、さらにバケツ半分のボールに金を払った。その場所はトラクターを運転していた男から距離が六メートルもなかった。

サミュエル・ドラクロワだった。エドガーの手配ですでに見ていた運転免許証の写真から判断できた。かつてブロンド、青い瞳のアーリア人兵士を演じ、十八歳の少女を夢中にさせた男には、ハムサンドイッチなみの気品しか残っていなかった。まだブロンドだが、あきらかに酒の影響が見られ、頭のてっぺんがはげかかっている。日射しを浴びて白く輝く一日ぶんの無精ひげを生やしていた。鼻は年齢とアルコールのために膨らみ、サイズの合わないめがねのために締めつけられている。どこの軍でも兵役免除のチケットになるだろうビール腹を抱えている。

「二ドル五十セントです」

ボッシュはレジの奥にいる女性を見た。

「ボール代ですが」

「ああ、はい」

ボッシュは支払いをしてバケツの把手を握った。最後にちらりとドラクロワへ目をやると、ふいに向こうもボッシュを見やった。一瞬目が合い、ボッシュはなにげなく視線をそらし、エドガーのほうへもどった。そのとき携帯電話が鳴りはじめた。

バケツをエドガーにすばやく手渡し、尻ポケットから携帯電話を取りだす。当直巡査部長のマンキウィッツだった。

「おい、ボッシュ。なにをしている？」

「ちょっとボールを打ってるだけだが」

「そんなことだろうと思ったよ。おれたちがしゃかりきになって仕事をしてるのに、あんたらはさぼってんだからなあ」

「おれのお目当てを見つけたのか？」

「だと思う」

「場所は？」

「〈ワッシャテリア〉で働いている。あれだよ、チップと小銭を集めてな」

〈ワッシャテリア〉はラ・ブレアの洗車場だ。日雇いが掃除機をかけ、車を拭く。仕事の報酬のほとんどはチップと、捕まることなしに車から盗めるあらゆるものだった。

「見つけたのはだれだ」

「風紀取締課《ヴァイス》のコンビだ。八十パーセント確実だそうだ。連中にとっつかまえてほしいか、それともあんたが現場に来たいのか知りたがってる」

「じっとしてろと伝えてくれ。そっちに向かっていると。それから、なあ、マンク。おれたちはこの男は逃げ足が早いと考えている。逃げたときのために、余分にバックアップを用意してくれないか？」

「ううむ……」

沈黙が流れた。おそらくマンキウィッツは配置表をつぶさに見ているのだろう。

「おや、あんたはついていたよ。早めに勤務についた三時から十一時のコンビがいる。十五分で点呼が終わるはずだ。それで都合つくかな？」

「完璧だ。ラ・ブレアとサンセットの角にある〈チェッカーズ〉の駐車場で落ちあうよう伝えてくれ。風紀の二人もそこに来るよう言ってほしい」

ボッシュはエドガーに行くぞと合図した。

「ああ、ひとついいか？」マンキウィッツが言った。

「なんだ？」

「バックアップだが、ひとりはブレイシャーだ。問題でもあるかな？」

ボッシュは一瞬口をつぐんだ。マンキウィッツに別の人間を手配するよう言いたかったが、自分がそのような立場にないのはわかっていた。人員配置でもなんでも、ジュリアとの関係から口を出そうとすれば、公然と非難されることになり、ＩＡＤの内部調査対象になる可能性がある。

「いいや、なんの問題もない」

「なあ、ブレイシャーが青二才じゃなかったら、こんなことはさせないんだがな。いくつかミスってるから、あいつにはこの手の経験が必要なんだ」

「なんの問題もないと言っただろう」

31

エドガーの車のボンネットの上でジョニー・ストークス確保の計画を練った。風紀課の連中、エイマンとレイビーが〈ワッシャテリア〉の見取り図をレポート用紙に描き、ストークスが作業をしていたワックスがけコーナーの場所に丸をつけた。洗車場は三方をコンクリート壁とほかの建物にかこまれている。ラ・ブレア・アヴェニューに面した辺りは幅五十メートル近くあり、一メートル半の高さの飛沫防止壁がその幅を走り、洗車場の両端にある入り口と出口のレーンだけが開いていた。ストークスが逃げるようであれば、壁をよじのぼることもできるが、おそらく開いたレーンのどちらかへ走るだろう。

計画は単純だった。エイマンとレイビーが洗車場の入り口で張りこみ、ジュリア・ブレイシャーとパートナーのエッジウッドは出口に張りこむ。ボッシュとエドガーはエドガーの車に乗り、客を装いストークスに近づく。無線を現場用の周波数に替え、符丁《コード》を使用する。レッドはストークスがとんずらした、グリーンは騒動なしにストークスを確保の意味だ。

「頭に置いておくことがある」ボッシュは言った。「拭き、磨き、洗車、掃除機がけ、ここではどの担当もおそらくなにかから逃亡中だ——たとえそのなにかが移民局《ラ・ミグラ》にすぎないとしてもだ。だから問題なくストークスをつかまえることができても、ほかのやつが騒ぎを起こすかもしれない。洗車場に警官が現われるのは、劇場で火事だと叫ぶようなものだ。こちらのねらいがどいつかはっきりするまで、全員がちりぢりに走りだす」

みながうなずき、ボッシュはルーキーであるジュリアにするどい目を向けた。昨夜了解しあった計画どおり、ふたりは同僚以上の間柄ではないというようにいっさい態度に表わしていなかった。しかし、いまボッシュはこうした身柄確保がどれだけ状況の変わりやすいものか、とにかくジュリアに理解してほしかった。

「わかったか、ブーツ？」ボッシュは言った。

ジュリアがほほ笑んだ。

「ええ、わかりました」

「それならいい。さあ、集中しろ。行くぞ」

エッジウッドとパトカーに向かう途中も、まだジュリアの顔にはほほ笑みが残っているようだった。

ボッシュとエドガーはエドガーのレクサスに歩いていった。ボッシュはそばまできて、レクサスが洗車したてで、ワックスをかけたばかりに見えることに気づき、はたと立ち止まった。

「くそ」

「そう言われてもな、ハリー。おれは車の手入れをする男なんだ」

ボッシュはあたりを見まわした。ファーストフード・レストラン裏手のコンクリートのへこみに蓋の開いた大型ごみ容器《ダンプスター》があり、洗われたばかりだった。歩道に黒い水たまりができている。

「あの水たまりを二度ばかり走らせてこい」ボッシュは言った。「あの汚れを車につけてくるんだ」

「ハリー、あんなもんを自分の車につけるつもりはないぞ」

「洗車が必要なように見せないと、すぐにばれるぞ。おまえは自分で言ったじゃないか、この男は逃げ足が早いと。こいつに理由をあたえるのはやめようぜ」

「だが、じっさいに車を洗うわけじゃないだろ。ここであの汚れを車に飛ばしたら、ついたままになる」

「こうしよう、ジェリー。こいつをつかまえたら、エイマンとレイビーに連れて行かせる。そのあいだにおまえは車を洗えばいいじゃないか。金だっておれが払うから」

「ちぇっ」

「さあ、いいから水たまりを走ってこい。時間をむだにしてるぞ」

車をさんざん汚してから、ボッシュたちは黙って洗車場へ車を走らせた。到着すると、風紀課の車が洗車場入り口から数台ぶん先の路肩に寄せて停まっていた。洗車場をさらに一ブロック通り過ぎたところに、パトロール・チームが駐車車両の車線に停まっていた。ボッシュは無線機で話した。

「よし、全員準備はいいか？」

風紀の連中からは無線を二度カチリといわせる音で返答があった。ジュリアは声で返事をよこした。

「いつでもいいです」

「よし。行くぞ」

エドガーが洗車場に車を入れ、サービス車線へ運転していった。そこでは客たちが車を掃除機がけコーナーまで前進させ、洗車かワックスがけか、受けたいサービスを頼んでいた。ボッシュの視線はただちに作業員たちのなかを移動しはじめた。そろって同じオレンジ色のジャンプスーツと野球帽を身につけている。そのため確認作業が遅れたが、ボッシュはすぐに青いワックスがけのひさしを見つけ、ジョニー・ストークスを確認した。

「やつはあそこだ」ボッシュはエドガーに言った。「黒いBMWのところ」

ボッシュは自分たちが車を降りたとたんに、洗車場にいるほとんどの前科者に刑事だと見破られることがわかっていた。ボッシュが九十八パーセントの確率で前科者を見分けられるのと同じように、向こうもやはり刑事を見分けられる。すばやくストークスに近づかねばならない。

ボッシュはエドガーのほうを見た。

「いいか？」

「行くぜ」

ふたりは同時にドアを押し開けた。ボッシュは車を降り、ストークスのほうを向いた。二十メートル強はなれたところで背中をこちらにしている。かがみこみ、黒いBMWの車輪になにかをスプレーしているところだ。エドガーがだれかに掃除機をかけるのをやめ、すぐに後退するように言った。

ボッシュとエドガーが目標まで半分の距離を進んだときに、洗車場のほかの作業員たちに正体がばれた。ボッシュのどこか後方で叫ぶ声がした。「ファイブ・オー（サツだ）、ファイブ・オー、ファイブ・オー」

とたんに警戒してストークスが立ち上がり、振り返ろうとした。ボッシュは走りだした。ストークスまで五メートルを切ったところで、向こうに自分が標的だと気づかれた。最適な逃げ道は左手から洗車場の入り口を出るルートだったが、そこはBMWがふさいでいた。ストークスは右に動いたが、行き止まりだと気づき立ち止まるかに見えた。

「ちがう、ちがう！」ボッシュは声を張りあげた。「ただ話をしたいだけ、話をしたいだけだ」

ストークスがあきらかに身体の力を抜いた。ボッシュはまっすぐストークスめがけて走り、いっぽうエドガーは万が一この前科者が逃げようとしたときに備えて右にまわった。

ボッシュはペースを落とし、両手をひらいて近づいた。片手には無線を握っていた。

「LAPDだ。二、三、質問をしたいだけだ。それだけだ」

「なんについてだよ？」

「それは——」

いきなりストークスが腕をあげ、ボッシュの顔にタイヤ・クリーナーのスプレーをかけた。すかさず右に駆けだし、行き止まりの、洗車場奥の高い壁が隣りの三階建てアパートの横壁と接するあたりをめざすかに見えた。

ボッシュは本能的に両手を目元にあてた。エドガーがストークスに叫ぶ声、追跡をはじめ、コンクリートにこすれる靴音がした。ボッシュは目を開けることができなかった。無線に口をつけ、叫んだ。「レッド！　レッド！　レッドだ！　奥の隅に向かっている」

そこでボッシュは無線をコンクリートに向かって落としてしまい、靴を使って地面への激突を逃れさせた。上着の袖で燃える目元をぬぐった。ようやく一瞬だけ同時に目を開けることができた。BMWの後方近くに、蛇口につながり、とぐろを巻いたホースが目に止まった。なんとかそこまで歩き、水を出して、顔と目元に浴びせた。服がいくら濡れようと構わない。両眼は沸騰する湯に落としたかのように感じられた。

しばらくすると水のおかげで燃えるような感覚が和らぎ、ボッシュは水をだしっぱなしのままホースを投げ捨て、無線を取りにもどった。視界の端がぼやけていたが、動けるほどには見えた。腰を曲げて無線に手を伸ばすと、何人かのオレンジ色のジャンプスーツの作業員が笑っているのが聞こえた。

ボッシュは連中を無視した。無線のスイッチを入れると、ハリウッド署パトロール隊の周波数に合わせてしゃべった。

「ハリウッド班、警官が暴行被疑者を追跡している。ラ・ブレアとサンタモニカの角。被疑者は白人男性、年齢三十五、黒髪、オレンジ色のジャンプスーツ。被疑者はハリウッド〈ワッシャテリア〉近辺にいる」

洗車場の正確な住所は思いだせなかったが、気にしなかった。パトロールのどの警官でも場所はわかるはずだ。無線を市警のメイン通信周波数に切り替え、救護班に応答させ、また、負傷した警官の治療にあたらせるよう要請した。ボッシュは自分が目になにをかけられたのかまったくわかっていなかった。具合はよくなりはじめていたが、運を天にまかせて負傷を長びかせたくなかった。

最後にふたたび現場用の周波数へ切り替え、ほかの者に現在位置を訊ねた。エドガーだけが応答した。

「奥の隅に穴があった。やつはそこから横道に出た。洗車場の北側にある団地のひとつにいる」

「ほかの者はどこにいる？」

エドガーの返事がとぎれとぎれになった。無線の電波が届かない場所に移動しているのだ。

「あいつらは裏に……散らばった。たぶん……駐車場だ。おまえ……じょうぶか、ハリー？」

「なんとかだいじょうぶだろう。応援が向かっているところだ」

エドガーに聞こえたかどうかわからなかった。ボッシュはポケットに無線機を突っこみ、洗車場奥の隅へ駆けていき、ストークスが逃げた穴を見つけた。液体洗剤の五十五ガロン入りドラム缶を載せた二段重ねのパレット台車の裏で、コンクリート壁が壊れていた。向こう側の路地で車が壁にぶつかり、穴を開けたことがあるようだ。故意に開けられたのかそうでないのか、ここは洗車場で働くどの手配中の男にとっても有名な脱出口になっているのだろう。

ボッシュは四つんばいになり、壊れた壁から突きだした錆びた鉄筋に一瞬上着をひっかけながら通り抜けた。反対側に出ると、路地に立ちあがった。一ブロックにわたり、道の両側にアパートメントが並んでいた。

路地を四十メートル近く下ったところで、パトカーが斜めに停められていた。車内はからで、どちらのドアも開け放たれている。ダッシュボードの無線からメイン通信周波数の音がしていた。ずっと先、ブロックの終わりで風紀課の車が路地を横切る形で駐車していた。

ボッシュはなにかないかと目を光らせ、耳を澄ませながら、急いで路地をパトカーのほうへ向かった。パトカーにたどり着くと、ふたたび無線機を取りだして現場のだれかと連絡を取ろうとした。なんの応答もなかった。

パトカーが停まっているのは、路地の団地最大のアパートメント下へもぐる地下駐車場スロープのまえだった。エドガーが詳しく話したストークスの前科に、車両窃盗が含まれていたことを思いだし、ボッシュは駐車場ならストークスが有利だと瞬時に悟った。車を盗みさえすればいい。

ボッシュは駐車場のスロープを小走りで進み、暗闇に入った。

駐車場はだだっぴろく、地上の建物の形に沿ったもののようだった。駐車レーンが三つあり、さらに下の階へ通じるスロープがあった。人影はなかった。物音といえば、頭上のパイプから水がしたたる音だけだ。ボッシュは中央のレーンを足早に進み、ここではじめて銃を手にした。ストークスはすでにスプレー缶を武器として使用している。同じように駐車場で武器として使用できるものを見つけた可能性がないとは言えない。

移動しながら、駐まっている数少ない車両――だれもが仕事に出ているのだろう――に荒らされた形跡がないか調べた。なにも見つからなかった。口元に無線を運んだそのときに、駐車場の下の階でスロープのほうへ駆けてくる足音がした。すばやくスロープへと進み、下り、できるだけ自分のゴム製の靴底が音を立てないように気を配った。

下の階は自然光がほとんどおりてこないためにだいぶ暗くなっていた。傾斜が水平になるころには、ボッシュの目は暗がりに慣れた。だれの姿も見えなかったが、スロープの構造物が駐車場の半分を視界からさえぎっていた。スロープをまわっていこうとすると、ふいに緊張した高い声が反対側からした。ジュリア・ブレイシャーの声だった。

「そのまま！　そのまま！　動くな！」

ボッシュは声を頼りにスロープの折り返しへすばやく移動し、銃を構えた。手順からいけば、ここで声を出し、ほかの警官に自分の存在を知らせるべきだ。だが、もしジュリアがストークスと一対一でいるのならば、ここで声を出せば彼女の集中を切り、ストークスにふたたび逃亡するか、ジュリアに襲いかかる機会をあたえることになりかねない。

スロープの裏側を通り抜けていくと、十五メートルほど先の突きあたりの壁にいるふたりが見えた。ジュリアがストークスの身体を壁に押しつけ、手足を広げさせていた。片手でストークスの背中を押さえつけている。懐中電灯が右足の横に落ちており、その明かりがストークスが身体をつけている壁を照らしていた。

完璧だった。ボッシュは安堵感が身体にみなぎるのを感じ、たいして間もおかずに、それはジュリアが傷つかなかったという安堵だと悟った。かがみ気味だった姿勢をもとにもどし、銃を降ろしながらふたりに近づきはじめた。

ボッシュはふたりのまうしろにいた。ほんの数歩進んだころ、ジュリアが片手をストークスから放して後退し、左右に視線を走らせた。やるべきことではないと、すぐさまボッシュの目には映った。完全に手順からはずれたことだ。これではストークスがその気になれば、ふたたび逃亡を許してしまう。

そこですべてがスローモーションを見ているようになった。ボッシュはジュリアに声をかけようとしたが、いきなり駐車場はまばゆい明かりと、耳をつんざく銃声につつまれた。ジュリアが倒れた。ストークスは立ったままだった。轟音がコンクリートの建物にこだまし、音の出所をわかりにくくした。

銃はどこだ？　ボッシュに考えることができたのはそれだけだった。

銃を掲げ、戦闘態勢に腰をかがめた。顔を動かし発砲した銃を探そうとした。だがストークスが壁から振り向こうとしているのが見えた。そのときジュリアの腕が床から上がり、彼女の銃は振り返ろうとするストークスの身体に向けられていた。

ボッシュはストークスにグロックの狙いを定めた。

「動くな！」ボッシュは叫んだ。「動くな！　動くな！　動くな！」

すぐにボッシュはふたりのもとへ行った。

「撃たないでくれよ」ストークスが叫んだ。「撃つな！」

ボッシュはストークスから一秒たりとも視線をはずさなかった。ふたりとも頭に血がのぼり、落ち着く必要があったが、一度のまばたきでさえ致命的な失敗になりえるとわかっていた。

「伏せろ！　床に寝そべるんだ。いますぐ！」

ストークスが腹を床につけて両腕を身体に対して直角に広げた。ボッシュは幾度となくおこなってきた動作でストークスをまたいでから、背中にまわした手首にすばやく手錠をかけた。

そこでボッシュは銃をホルスターにしまい、ジュリアのほうを向いた。目は見ひらかれ、左右に動いていた。血が首に飛び散り、制服のシャツの前面をすでにぐっしょり濡らしていた。ボッシュはひざまずき、ジュリアのシャツを引き裂いた。やはりなかも大量の血であふれており、傷を見つけるのに少しの時間が必要だった。銃弾は左肩から入っていた。防弾チョッキのベルクロのショルダー・ストラップから三センチとはなれていない場所だった。

血がとめどなく傷口からあふれてきて、ジュリアの顔からあっというまに血の気が失われていった。くちびるが動いているが、声にはならなかった。ボッシュはなにかを探してあたりをみまわし、ストークスの尻ポケットに洗車用の雑巾が突き出ているのを見つけた。それをひっつかみ、傷口に押しあてた。ジュリアが痛みにうめいた。

「ジュリア、痛むだろうが出血を止めなきゃならん」

ボッシュは片手でネクタイをはずし、ジュリアの肩の下に入れてから先をまえにもってきた。雑巾を傷口からずらさずに押さえておくだけのきつさで結び目をつくった。

「よし、がんばれよ、ジュリア」

ボッシュは床から自分の無線をつかみとり、周波数のつまみをさっとメインの通信周波数に合わせた。

「中央通信センター《CDC》、警官が倒れた、ラ・ブレア・パーク団地の地下駐車場、ラ・ブレアとサンタモニカの角。救護班がただちに必要だ！　被疑者は確保。CDC、確認せよ」

果てしなくつづくかに思われた時が流れてから、CDCの交換手が応答し、ボッシュの通信は切断されていたので要請内容を繰り返すように言った。ボッシュはコールボタンを押して叫んだ。「さっき呼んだ救護班はどうなってる。警官が倒れている！」

ボッシュは現場用に切り替えた。

「エドガー、エッジウッド、おれたちは駐車場の下の階にいる。ブレイシャーが倒れた。ストークスはおれが押さえた。繰り返す、ブレイシャーが倒れた」

ボッシュは無線を切り、あらんかぎりの大声でエドガーの名を叫んだ。上着を脱いで丸めた。

「なあ、おれはやらなかった」ストークスが叫んだ。「おれはなにも知らな──」

「うるさい！　黙れ！」

ボッシュは上着をジュリアの頭の下に入れた。ジュリアは苦痛に歯をくいしばり、あごを突きだしていた。くちびるは白に近い色だった。

「救護班がここに向かっているぞ、ジュリア。こうなるまえにすでに呼んでいたんだ。おれはきっと超能力者かなにかだな。とにかくがんばれ、ジュリア。がんばるんだ」

ジュリアが口をひらいたが、ひどく苦労しているようだった。だがなにもしゃべらないうちに、ストークスがふたたび叫んだ。今度はヒステリーになりそうなほどの恐怖をにじませた声だった。

「おれはやらなかったんだよ。やつらにおれを殺させないでくれよ。おれがやったんじゃないって！」

ボッシュはストークスの上にかがみ、背中に体重をかけた。腰を曲げてストークスの耳元に直接大声でしゃべった。

「黙らないと、このおれがぶっ殺してやるぞ！」

ボッシュはふたたびジュリアに注意を向けた。目はまだひらいている。涙が頬を伝っている。

「ジュリア、もうすこしだ。きっとよくなるから」

ボッシュはジュリアの右手から銃を取り、床に置いた。ストークスから遠く離れた場所に。それから両手でジュリアの手を握った。

「なにがあったんだ？　いったいなにがあったんだ？」

ジュリアが口をひらいたが、ふたたび閉じた。スロープを駆け降りる足音がした。エドガーがボッシュの名を呼んでいる。

「こっちだ！」

すぐさまエドガーとエッジウッドのふたりが現われた。

「ジュリア！」エッジウッドが大声をあげた。「ああ、なんてことだ」

つゆほどのためらいも見せず、エッジウッドは一歩踏みだしストークスの脇腹に、きつい蹴りを入れた。

「このマザーファッカーが！」

エッジウッドがもう一度蹴ろうと構えたとき、ボッシュは叫んだ。

「よせ！　やめろ！　そいつから離れろ！」

エドガーがエッジウッドに飛びつき、ストークスから引きはなした。ストークスは蹴られた衝撃に傷ついた動物のような叫び声をあげていたが、いまは恐怖にぶつぶつとつぶやいたり呻いたりしていた。

「エッジウッドを連れてあがり、救護班をここへ降ろしてくれ」ボッシュはエドガーに言った。「ここじゃ無線が役に立たん」

エドガーたちは凍りついたように見えた。

「さあ！　行け！」

それが合図のように、サイレンの音が遠くから聞こえてきた。

「彼女を助けたいか？　じゃあ、連中を連れてこい！」

エドガーがエッジウッドを振り返らせ、ふたりはスロープを駆けあがっていった。

ボッシュはまたジュリアのほうを向いた。顔色は死の色に変わっていた。ショック状態におちいりつつあった。ボッシュは納得できなかった。肩の負傷だ。ふいに、自分は銃声を二発聞いただろうかと疑問が頭に浮かんだ。轟音とこだまが二発目の銃声を聞き分けられなくしたのか。

ボッシュはいま一度ジュリアの身体をたしかめたが、なにも見つからなかった。うつぶせにして背中の傷を調べることは、傷を広げはしないかと不安でやりたくなかった。だが、ジュリアの身体の下から流れる血などない。

「なあ、そのままふんばれ、ジュリア。きみならできる。聞こえるか。救護班がそこまで来ている。とにかく、そのままふんばれ」

ジュリアがまたもや口をひらいた。あごを突きだし、しゃべりはじめた。

「彼が……つかんだの……彼が手を伸ばして……」

ジュリアが歯を食いしばり、ボッシュの上着に載せた頭を左右に揺らした。ふたたびしゃべろうとした。

「まさか……わたしはそんなつもりじゃ……」

ボッシュはジュリアの顔に自分の顔を近づけ、声を落とし緊張したささやき声で話しかけた。

「しーっ、しーっ。しゃべるな。とにかく呼吸をつづけろ。集中しろ、ジュリア。しがみつけ。死ぬな。たのむ、死なないでくれ」

駐車場が騒音と振動で揺れた。次の瞬間、赤いライトがぱっと周囲の壁を照らし、救護班の車がボッシュたちの隣りについた。パトカーがその後方につづき、ほかの制服警官たち、そしてまたエイマンとレイビーがスロープを駆け降り、駐車場に殺到してきた。

「ああ、ちくしょう」ストークスがつぶやいた。「やめてくれ……」

最初の救護隊員がボッシュたちのところにきて最初にやったことは、ボッシュの肩に手を置きそっとうしろに押しやることだった。ボッシュは自分が状況をややこしくするだけだと気づき、進んでさがろうとした。ジュリアからはなれようとすると、相手の右手が突然ボッシュの前腕をつかみ、引きもどした。彼女の声は紙のように薄っぺらになっていた。

「ハリー、あのひとたちにやらせないで——」

救護隊員がジュリアの顔に酸素マスクをはめ、つづきの言葉は失われた。

「刑事、さがってください」救護隊員が断固として言った。

ボッシュは四つんばいであとずさりながら、手を伸ばしてジュリアの足首を一瞬握りしめた。

「ジュリア、きっとよくなる」

「ジュリアですね？」二人目の救護隊員が大きな用具ケースを手にしてジュリアの隣りにかがみながら言った。

「ジュリアだ」

「よし、ジュリア」救護隊員が言った。「わたしはエディ、こっちはチャーリーだ。ここで手当てをするよ。きみの仲間がいま言ったように、きみはよくなる。けど、少々手強いことになるかもしれない。助かりたいだろう、ジュリア。じゃあ、戦うんだ」

ジュリアがなにか言ったが、マスク越しであやふやな言葉になった。たった一言だったが、ボッシュはわかったと思った。〝なにも感じない《ナーム》〟。

救護隊員が処置を施しはじめ、エディと名乗ったほうがそのあいだずっとジュリアに話しかけていた。ボッシュは立ちあがり、ストークスに歩み寄った。立ちあがらせると、押しやって救助現場からはなれさせた。

「おれの肋骨は折れてるぜ」ストークスが文句を言った。「救護隊員が必要だ」

「聞け、ストークス。その件でしてやれることは皆無だ。だからとにかく黙ってろ」

二名の制服警官が近づいてきた。先日の夜に、〈ボードナーの店〉で会おうとジュリアに話しかけてきた二名だとボッシュは気づいた。ジュリアの友人。

「あなたのかわりに、こいつを署へ連行します」

ボッシュは躊躇せずにふたりの脇をすり抜け、ストークスを押した。

「いや。おれが連行する」

「OISのためにあなたは残らないとなりませんよ、ボッシュ刑事」

ふたりは正しかった。警官発砲事件班《OIS》がまもなく現場にやってくれば、ボッシュは第一証人として事情聴取を受けることになる。だが、厚い信頼をおけない者にストークスを渡すつもりはなかった。

ボッシュはライトのほうへ向かって、スロープをストークスに歩かせた。

「いいか、ストークス。おまえはまだ生きていたいか?」

年下の男から返事はなかった。ストークスは肋骨の負傷のために背中を丸めて歩いている。ボッシュはエッジウッドが蹴った位置を軽く叩いた。ストークスが大声で呻いた。

「聞いてるのか?」ボッシュは訊いた。「おまえは生きつづけたいか?」

「あたりまえだろ。おれは生きつづけたいよ」

「では、おれの話をきけ。おまえを取調室に入れるが、おれ以外のだれとも話をするな。わかったか?」

「わかったよ。ただ痛めつけられるのはごめんだぜ。おれはなにもやってない。なにが起こったかもわからない。あの女が壁のほうを向けと言ったから、言われたとおりにやった。神に誓っておれは――」

「黙れ!」ボッシュは命じた。

さらに警官たちがスロープを降りてくる。ボッシュはとにかくストークスを外に連れだしたかった。

日の光のなかに出ると、歩道にいるエドガーが携帯電話で話をしながら、もう片方の手で救急車に駐車場へ入るよう合図を出していた。ボッシュはエドガーのほうへストークスを押していった。近づくあいだにエドガーが電話を折りたたんだ。

「いま警部補と話したところだ。こっちに向かっている」

「よし。おまえの車はどこだ？」

「まだ洗車場だ」

「取ってこい。ストークスを署に連行するぞ」

「ハリー、おれたちはこの現場を離れることはできな――」

「エッジウッドがやったことを見ただろう。おれたちはこのろくでなしを安全な場所に連れていく必要がある。車を取ってこいよ。もし咎められたら、おれが責任を取るから」

「わかったよ」

エドガーが洗車場の方角へ走りだした。

アパートメントの角付近に電柱があった。ボッシュはストークスをそこへ連れていき、電柱に腕をまわさせて手錠をかけ直した。

「ここで待ってろ」ボッシュは言った。

ボッシュはそこであとずさり、髪をかきあげた。

「いったいあそこでなにがあったんだ？」

ストークスがどもりながらなにも悪いことはしていないと答えはじめるまで、ボッシュは自分が声に出してひとりごとを言っていたとは気づいていなかった。

「黙れ」ボッシュは言った。「おまえに訊いたんじゃない」

32

ボッシュとエドガーはストークスを刑事部屋に連れていき、取調室に通じるみじかい廊下を抜けた。三号室に収容し、テーブルの中央に固定されたスチールの輪に手錠でつないだ。

「あとでもどってくるからな」

「おい、あんた、おれをここに置いていかないでくれよ」ストークスが口をひらいた。「やつらがここにくるだろう、なあ」

「おれ以外はだれも入ってこない」ボッシュは言った。「いいからじっと座っていろ」

ボッシュたちは部屋を出て鍵をかけた。ボッシュは殺人課テーブルに向かった。刑事部屋には人ひとりいなかった。署の警官が倒れたら、全員が呼びだしに応える。これはブルーの宗教を守り通すことの一部だった。もし自分が倒れたら、全員に駆けつけてほしいと警官は思う。だから同じように呼びだしに応える。

ボッシュには煙草が必要だった。考える時間が必要で、答えが必要だった。ジュリアとその容態で頭はいっぱいだった。だが、それは自分の手を離れたことで、自分の思考を統制する最適な方法は、まだ自分の手にあるものに集中することだとわかっていた。

ＯＩＳのチームがあとを追ってボッシュとストークスの元にくるまでほとんど時間はないはずだ。ボッシュは受話器を取り、当直室にかけた。マンキウィッツが応えた。おそらく署に残っている最後の警官だろう。

「最新情報は？」ボッシュは訊ねた。「彼女の具合は？」

「わからん。悪いと聞いてる。あんたどこにいるんだ？」

「刑事部屋。やつをここに連れてきた」

「ハリー、あんたなにをしてる？　ＯＩＳがくってかかるぞ。現場に残るべきだった。あんたも男も」

「状況が悪化するのを心配したからとだけ言っておこう。なあ、ジュリアについてなにかわかったらすぐに知らせてくれ。いいな」

「ああ」

電話をいまにも切ろうとしたときに、ボッシュはあることを思いだした。

「それからマンク、聞いてくれ。おまえのところのエッジウッドが被疑者をこっぴどく蹴った。そのとき被疑者は手錠をかけられ床に伏せていた。きっと四、五本肋骨が折れているはずだ」

ボッシュは返事を待った。マンキウィッツはなにも言わなかった。

「あんたしだいだ。表沙汰にしてもいいし、あんたのやり方で処理してもらってもいい」

「おれが処理する」

「了解。いいか、なにかわかったらおれに知らせろよ」

ボッシュは電話を切り、エドガーを見た。ボッシュがエッジウッドの件を処理した方法に賛成してうなずいていた。

「ストークスはどうする？」エドガーが言った。「ハリー、あの駐車場でいったいなにがあったんだ？」

「はっきりしない。いいか、おれは取調室に行ってアーサー・ドラクロワのことを聞きだすつもりだ。OISがここにどなりこんで、やつを連れ去るまえにな。連中がここに来たら、できるだけ時間を稼いでくれ」

「ああ、それから今週の土曜日はリヴィエラでタイガー・ウッズのケツを蹴ってやるつもりだからな」

「ああ、わかってる」

奥の廊下を進み、三号室に入ろうとしたとたん、ボッシュはレコーダーをIADのブラッドリー刑事に貸したままになっていたことに気づいた。ストークスの話を録音したい。三号室のドアを通りすぎ、隣接する監視室に入った。三号室のビデオと補助のレコーダーをオンにしてから三号室へもどった。

ボッシュはストークスの向かいに腰を降ろした。自分より年下の男の目から生命力が抜けたように見える。一時間足らずまえにこの男はBMWにワックスをかけ、数ドルを稼いでいた。いまは刑務所にもどろうとしている――こいつがついているならば。水に落ちた警官の血はブルーの鮫を集める。逃亡しようとして、あるいは不可解にもこの部屋のようなところで首を吊った被疑者が数多くいる。あるいは、そのように記者たちには説明される。

「自分を大事にしろ」ボッシュは言った。「なんとしてでも落ち着き、ばかなまねをするな。おまえを殺そうとする連中に口実をあたえるな。おれの言うことがわかるか？」

ストークスがうなずいた。

ストークスのジャンプスーツの胸ポケットにマールボロのパッケージが見えた。ボッシュがテーブルのこちら側から手を伸ばすと、ストークスが身体をこわばらせた。

「力を抜け」

ボッシュは煙草のパッケージを取りだし、セロファンとのあいだに滑らせてあった紙マッチで一本に火をつけた。部屋の隅から小さなごみ箱をひっぱってくると椅子の横に置き、マッチを捨てた。

「おまえを傷つけたかったら、あの駐車場でやってる。煙草をどうもな」

ボッシュは煙草を味わった。最後に吸ってから二カ月は経っていた。

「おれにもくれねえか」ストークスが頼んだ。

「だめだ。おまえは煙草を吸うに値しない。クソにも値しない。だがおまえと少々取引してもいい」

ストークスが視線をあげてボッシュの目を見た。

「駐車場でおまえが肋骨にくらったちょっとした蹴りだがな。取引しよう。おまえがあれを忘れて俠気を見せてくれたら、おれも例のスプレーを顔に浴びせられたことを忘れてやる」

「おれの肋骨は折れてるんだぜ」

「おれの目はまだ痛むんだぜ。あれは業務用の洗浄薬品だ。それなら地区検事は警察官に対する暴行をあっというまに立証させ、コルコランで五年から十年ってことになる。コーク《コルコラン》のなかを覚えているだろう、うん？」

ボッシュは長い時間をかけてその意味をストークスの脳裏に染みこませた。

「さて、取引できるか？」

ストークスはうなずいたが、こう言った。「取引してどんなちがいがあるってんだ。やつら、おれが女を撃ったというぜ。おれは――」

「だが、おまえが撃っていないことはおれが知ってる」

ストークスの目に希望がおぼろげにもどってきた。

「そしておれは見たままを話すつもりだ」

「わかった」

ストークスの声はかろうじて聞き取れるくらい小さかった。

「では、最初からはじめよう。なぜ逃げた？」

ストークスが首を横に振った。

「なぜって、それがおれのやってることだからだよ。おれは逃げる。おれは前科者で、あんたはサツだ。おれは逃げるさ」

混乱し、慌てていたために、だれもストークスの身体をあらためた者がいないことにボッシュは気づいた。立ちあがるように言ったが、両手首をつながれているためにテーブルによりかかることしかストークスにはできなかった。ボッシュは背後にまわり、ポケットを調べはじめた。

「注射針を入れてるか？」

「いいや、針なんかねえよ」

「よし、ささりたくないからな。針にさされたら取引は全部なしだぞ」

ボッシュはくわえ煙草でポケットをあらためた。痛む目に煙がしみた。ボッシュが取りだしたのは、札入れ、鍵束、ひとつに丸められた全部で二十七ドルの現金だった。ストークスの本日のチップだ。ほかにはなにもなかった。かりにストークスがドラッグを密売目的か個人使用のために所有していたとしても、逃亡の途中で捨てていた。

「現場には警察犬がかりだされる」ボッシュは言った。「もしおまえが隠し持っていた麻薬を捨てたなら見つかるだろうし、その件でおれがしてやれることはなにもないからな」

「おれはなにも捨ててない。なにか見つかったなら、それはでっちあげだぜ」

「ふん。O・Jのようにか」

ボッシュはふたたび腰を降ろした。

「おれは最初になんと言った？　こう言ったじゃないか。『話をしたいだけだ』と。それはほんとのことだった。こんなことは……」

ボッシュは両手をさっと広げる仕草をした。

「おまえがすなおに聞きさえすれば、すべて避けられたことなんだ」

「警察はぜったいに話したがらねえよ。いつでも、それ以上のことをやりたがってるくせに」

ボッシュはうなずいた。前科者のストリートでの知識の正確さに驚いたことはなかった。

「アーサー・ドラクロワのことを話せ」

混乱してストークスがいぶかる目つきをした。

「なんだ？　だれだって？」

「アーサー・ドラクロワ。おまえのスケートボード仲間だ。ミラクル・マイル時代の。覚えているか？」

「おいおい、あれは――」

「ずっとむかしのことだ。わかっている。だから訊いているんだ」

「やつのなんについてだ。あいつはずっとむかしに姿を消したんだぜ」

「あの子のことを話せ。いつ姿を消したのか」

ストークスが手錠のかかった両手を見下ろし、ゆっくりと首を左右に振った。

「あれはずっとむかしのことだ。思いだせない」

「思いだしてみろ。どうしてあの子は消えた？」

「わかんねえよ。もうごたごたに耐えられなくなって家出したんだろう」

「家出するつもりだとおまえに話したのか？」

「いいや。やつはただいなくなったんだ。ある日、姿を消した。それから一度も会ってない」

「ごたごたとは？」

「なんだよそれ」

「もうごたごたに耐えられなくなって家出したんだろうと言ったじゃないか。そのごたごただ。なにを指している？」

「ああ、あいつの人生のごたごたひっくるめてすべてだよ」

「家でトラブルを抱えていたのか？」

ストークスが笑った。作り笑いでボッシュをばかにしている。

「『家でトラブルを抱えていたのか』だと？　そうじゃねえやつがいるみたいな口ぶりだな」

「彼は虐待を――肉体的な虐待を――家で受けていたのか？　という意味だ」

また笑い声。

「そうじゃねえやつがいるか？　おれのおやじなんか、なんについてもおれと話すよりぶつほうが多かったぜ。おれが十二のとき、まだ開けていない缶ビールを部屋の向こう側から投げつけてきたよ。おやじが食べたかったタコスをおれが食べたってだけの理由でさ。それでおれはおやじと引きはなされた」

「なるほど、それはたいへん悲しい話だが、いまはアーサー・ドラクロワの話をしているんだ。アーサーが父親に殴られていると話したことはないか?」

「話すまでもないだろ。痣を見た。あいつは思いだせるかぎりいつも、目のまわりに青痣をつくってた」

「それはスケートボードの怪我だった。転んでばかりいたから」

ストークスがかぶりを振った。

「ばか言えよ。アーティは最高だった。あいつはスケボーばっかりやっていた。あれだけうまいのに、怪我なんかするもんか」

ボッシュの足は床にぴたりとついていた。とつぜん靴底を伝う振動を感じた。刑事部屋にひとがやってきたのだ。手を伸ばし、ドアノブのボタンを押してロックした。

「アーサーが入院したことを覚えているか? 頭に怪我をした。スケートボードの怪我だと話していたか?」

ストークスは眉をよせてうつむいた。ボッシュは直結する記憶を呼び覚ましたようだ。それがわかった。

「剃った頭にファスナーみたいな縫い目があったのを覚えてる。あいつがなんて言ったかは覚えてな——」

だれかが外からドアを開けようとし、つづいて荒々しくドアを叩いた。くぐもった声が聞こえてきた。

「ボッシュ刑事、OISのギルモア警部補だ。ドアを開けろ」

ストークスが急に身体を後退させ、瞳は焦りの色で満たされた。

「やめてくれ！　連中をなかに入れな――」

「黙れ！」

ボッシュはテーブルに身を乗りだし、ストークスの襟首をつかみ引きよせた。

「おれの言うことを聞け、重要な話だ」

またノックの音がした。

「アーサーが父親に痛めつけられていると話したことはないと言うんだな」

「なあ、あんた、いまおれのことを助けてくれよ。そうしたらなんでもあんたの言ってほしいことを言うからさ。な？　やつの親父はくそったれだった。アーティが、箒かなんかで親父に叩かれていたと言ってほしいなら、そう話す。野球のバットがいいか？　いいぜ、そう言うから――」

「おまえに話してほしいのは絶対の真実だけだ。アーサーは話したことがあるのかないのか？」

ドアが開いた。受付の抽斗から鍵をもってきたようだ。スーツ姿の二名が入ってきた。ギルモアと、もうひとりのOIS刑事はボッシュが顔を知らない男だった。

「よし、終わりだ」ギルモアが告げた。「ボッシュ、いったいおまえはどういうつもりなんだ」

「アーサーは話したのか？」ボッシュはストークスに訊いた。

もうひとりのＯＩＳ刑事がポケットから鍵束を取りだし、ストークスの手首の手錠をはずしはじめた。

「おれはなにもやってない」ストークスが主張しだした。「おれはなにも――」

「アーサーは話したことがあるのか？」ボッシュは叫んだ。

「こいつをここから出せ」ギルモアがもうひとりの刑事にがなり立てた。「別の部屋に入れろ」

刑事が文字通りストークスを椅子から持ちあげ、なかば抱えるように、なかば押すようにして部屋から出した。ボッシュの手錠はテーブルに残っていた。それをぼんやりとながめながらストークスから聞きだした返答を考え、なにもかもが行き止まりになったと知り、胸にずしりとした重みを感じた。ストークスは事件になにも新しい情報をくわえなかった。ジュリアが撃たれ、それなのになんの見返りもない。

ボッシュがようやくギルモアを見あげると、ギルモアはドアを閉め、ボッシュに顔を向けた。

「なあ、さっきも言ったが、いったいおまえはどういうつもりでこんなことをしたんだ、ボッシュ？」

33

ギルモアが指で鉛筆をいじり、消しゴムでテーブルを小刻みに叩いていた。ボッシュは鉛筆でメモを取る刑事を信用したことはなかった。だが、それこそが警官発砲事件班がやっていることだ。話と事実をつくりあげ、市警が市民に対して公表したい構図に合うようにする。それが鉛筆班だ。正しくやるということは、しばしば鉛筆と消しゴムを使用することを意味し、金輪際テープレコーダーを使用することはない。

「ではもう一度訊くぞ」ギルモアが言った。「もう一度話してくれ。ブレイシャー巡査はどうした?」

ボッシュの視線はギルモアを通り過ぎた。ボッシュは取調室の被疑者の席に移されていた。向かいには鏡があった——マジックミラーで、あの奥には少なくとも半ダースの人間がいるだろう。おそらくアーヴィング副本部長も含めて。だれかビデオカメラがまわっていることに気づいただろうか? それならばただちに止められているはずだ。

「どうにかして、彼女は自分で撃った」

「そしておまえはそれを見た」

「正確にはそうじゃありません。おれはうしろから見ていた。ブレイシャーは背中を向けていた」

「ではどうしておまえに彼女が自分で撃ったとわかる？」

「なぜなら、彼女とおれとストークスのほかにはだれもいなかったからです。おれは彼女を撃たなかったし、ストークスも撃たなかった。彼女は自分で自分を撃った」

「ストークスともみあっている最中に」

ボッシュはかぶりを振った。

「いや、発砲当時にもみあいなどなかった。おれが駐車場に着くまでどんな経緯があったかは知らないが、発砲当時にストークスは両手をぴたりと壁につけ、銃が発射された際は背中を彼女に向けていた。ブレイシャー巡査は片手をストークスの背中にあて、押さえつけていた。おれは彼女が一歩下がり、手を放したのを見た。銃は見えなかったが、そのとき銃声がして彼女のまえで閃光が発生した。そして彼女は倒れた」

ギルモアが騒々しく鉛筆でテーブルを叩いた。

「そんなことをすると、録音がだいなしになりますよ」ボッシュは言った。「ああ、そうでした。あなたたちは絶対に録音しないんだった」

「それはどうでもいいことだ。それからなにが起こった？」

「おれは壁のふたりに向かって進みはじめた。ストークスはなにが起こったかと振り返ろうとした。ブレイシャー巡査が床から右腕を伸ばし、ストークスに銃を向けた」

「だが彼女は発砲しなかったんだな」

「してません。おれが『動くな』とストークスに叫ぶと、彼女は発砲せず、ストークスは動かなかった。それからおれは現場にたどりつきストークスを床に押さえた。手錠をかけた。つぎに無線で助けを呼び、できるかぎりブレイシャー巡査の傷を手当てしようとした」

ギルモアはガムも音をたてて嚙んでおり、ボッシュはいらいらした。ギルモアは何度かガムを嚙み、それからしゃべった。

「うむ、おれに解せないのは、なぜ彼女が自分で撃ったかだ」

「それは彼女に自分で訊くしかないでしょう。おれには自分が見たことしか話せない」

「ああ、だがおれはおまえに訊いている。おまえは現場にいた。どう考えている？」

ボッシュは長い時間をかけた。あっというまの出来事だった。ボッシュはストークスに集中することで、駐車場の件を頭から締めだしていた。いま自分が目撃した光景が頭のなかで繰り返し再生されている。ついにボッシュは肩をすくめた。

「わかりません」

「じゃあ、おれが話すことをちょっと考えてみてくれ。ブレイシャーが銃をホルスターにもどそうとしていたと仮定しよう——それは手順に反することだが、話を進めるためにそう仮定する。手錠をかけられるように銃をもどそうとしていた。ホルスターは巡査の右腰についている。入射傷は左肩だ。どうしてそうなる？」

ボッシュはジュリアが数日まえの夜にボッシュの左肩の傷について訊いたことを思いだし

た。撃たれるとどんなふうに感じるのかと。部屋が急に狭くなり自分を締めつけるような気がした。汗をかきはじめた。

「わかりません」ボッシュは言った。

「わからないことばかりだな、ボッシュ」

「わかっているのは見たことだけです。見たことは話した」

ボッシュは連中がストークスの煙草を片づけなければありがたかったのにと思った。

「おまえとブレイシャー巡査の関係は？」

ボッシュはテーブルを見下ろした。

「どういう意味です？」

「おまえが彼女をファックしてると聞いた。そういう意味だ」

「それにどんな関係が？」

「わからん。だから話せ」

ボッシュは答えなかった。身体のなかに増大していく激怒を表わさないように必死だった。

「そうだな、まず最初に、おまえたちの関係は市警方針に反していた」ギルモアが言った。

「それはわかっているだろう？」

「彼女はパトロールです。おれは刑事部」

「それが重要だと思うか。そんなことは重要じゃない。おまえは三級刑事だ。役職づきじゃないか。彼女は下っ端のルーキーでしかない。もしここが軍隊なら、おまえはまず不名誉除隊をくらうところだぞ。しかるべき拘留期間さえあるだろう」

「だが、ここはLAPDだ。じゃあ、おれはどうなるんです、昇格ですかね？」

それはははじめてボッシュがおこなった攻撃だった。ほかのやり方でいけというギルモアへの警告だ。格上の警官と一般の警官のあいだの有名な、そして有名ではないいくつかの戯れについて暗にほのめかしたものだ。一般警官から巡査部長レベルまでを代表する警察組合が、市警のいわゆるセクハラ方針に基づき、どんな懲戒行為でも請求してやろうとネタを用意して待ちかまえていることは知られている。

「気の利いたセリフはもう要らん」ギルモアは言った。「おれはここで捜査をやろうとしているんだからな」

つづけてギルモアは鉛筆の連打を引き延ばしながら、手帳に書きつけたメモを見た。ギルモアがやっていることは捜査を失敗させることだとわかっていた。結論からはじめて、それを裏づける事実を探しているだけだ。

「目の具合はどうだ？」顔をあげずに、ようやくギルモアが訊いた。

「片目はひどく痛みます。目がポーチドエッグになったようだ」

「さて、ストークスが洗浄液を顔にスプレーしたというんだな？」

「そのとおり」

「そのために一瞬目が見えなくなった？」

「そのとおり」

そこでギルモアは立ち上がり、椅子の背後の狭いスペースで円を描いて歩きはじめた。

「目が見えなくなってから、あの暗い駐車場に降りて、ブレイシャーが自分で撃ったことを見たと思うまでどのくらいの時間があった？」

ボッシュはしばし考えた。

「おれは目を洗うのにホースを使い、それから追跡した。五分はかかってないでしょう。だが、それ以下でもない」

「では、おまえは目の見えない男からすべてを見ることができるイーグルスカウト（優秀なボーイスカウト）になった。五分以内で」

「おれはそんな脚色はしませんが、時間は合ってます」

「ああ、少なくともおれに合ってる部分があったわけだ。礼を言おう」

「おやすいご用ですよ、警部補」

「では、おまえは発砲が起こるまえに、ブレイシャー巡査の銃をめぐって制圧にからむもみあいは見なかったというんだな。それで正しいか？」

ギルモアの両手は背中で固く握られ、鉛筆を二本指で煙草のようにもっていた。ボッシュはテーブルに身を乗りだした。ギルモアがおこなっているゲームの意味を理解した。

「言葉遊びはやめてください、警部補。もみあいなんかなかった。もみあいがなかったから、おれはもみあいを見なかったんです。もみあいがあれば、見えたはずだ。それでおわかりですか？」

ギルモアは答えなかった。歩きつづけた。

「ねえ」ボッシュは言った。「ストークスに皮膚反応テスト《GSR》をやってみればすむことでしょう。やつの手、やつのジャンプスーツ。なにも見つかりませんよ。それであっというまに片が付くはずです」

ギルモアはふたたび腰を降ろし、椅子にもたれた。ボッシュを見て首を横に振った。

「なあ、刑事。おれもぜひそうしたいよ。こうした状況であれば通常は発砲の残留物をまっさきに探す。問題はおまえが箱を壊したことだ。自分の裁量でストークスを事件現場から連れだし、ここに連れてきた。証拠の鎖は断ち切られたんだよ、それがわかってるのか？　あいつは手を洗うことも、着替えることも、そのほかおれのわからんこともやった可能性がある。それというのも、おまえが自分勝手な考えであいつを事件現場から連れだしたからだ」

これに対抗する準備はできていた。

「安全上の問題があると感じたので。パートナーがおれの話を裏づけてくれるはずですよ。ストークスも。それに警部補がここに来るまで、やつはずっとおれの監視と統制下にあった」

「それでもおまえが、この市警の警官が撃たれたことについて事実をおれたちに伝えることよりも、自分の事件のほうを重視したという事実は変わらん。そうじゃないか？」

ボッシュには答えようがなかった。しかし、ギルモアがやろうとしていることが、いまはっきりと理解できつつあった。ギルモアと市警にとって、ジュリアが自分の銃の制圧をめぐってもみあっている最中に撃たれたと結論づけ、発表できることが重要なのだ。

それなら英雄的であった。また、市警の広報機関が有利に事を運べる部分もあった。善良な警官——しかも女性の新人——が職務中に撃たれることほど、市民にわが街の警察が高潔無比で警察官の職務は危険であるとあらためて印象づける役に立つことはない。

そうではなく、ジュリアがはずみで自分を撃ってしまったと——あるいはさらに悪いことを——発表すれば、市警にとって決まり悪いものになる。長らくつづく広報関係の大失敗に連なるあたらしい出来事だ。

その結論をふまえたうえで、ギルモア、ひいてはアーヴィングと市警上層部が欲しているのはもちろんストークス、そしてボッシュだった。ストークスはなんの問題もない。警官への発砲で刑務所が待っている有罪の重罪人だ、なにを言おうがそれは保身であって重要ではないと見なされる。だがボッシュはバッジをつけた目撃者だ。ギルモアはボッシュの意見を変えさせるか、あるいは放棄させるか、疵を見つけなければならない。

最初の弱点はボッシュの身体的な状態だった——目に吹きつけられたものを考えれば、見たと言っているものをじっさいに見ることができたのか？　二番目の弱点はボッシュが刑事である点を突くことだった。みずからの殺人事件の証人としてストークスを保護するために、ボッシュはストークスが警官に発砲したことについて虚偽の申し立てまでしたのではないか？

ボッシュにとっては、突飛なほどに異様なことだった。だが永年にわたり見てきたことだ。

市警のイメージをつくりだすマシンのまえに歩みでた警官たちにさらに悪いことが起こり、それが市民に届けられてきた。

「ちょっと待て、あんた——」ボッシュは上役をののしろうとして踏みとどまることができた。「ストークスがジュリアを、いえ、ブレイシャー巡査を撃ったのに、おれが自分の事件のために、ストークスを無実にしようと嘘をついているとほのめかしたいのなら、言葉を返すようだが、頭がどうかしてるんじゃないですか？」

「ボッシュ刑事、おれはあらゆる可能性を探っているところだ。これがおれの職務でね」

「そうですか、では、おれがいなくても可能性は探れますね」

ボッシュは立ち上がり、ドアのほうへ向かった。

「どこへ行くつもりだ？」

「もうたくさんですよ」

ボッシュは鏡を一瞥してドアを開け、そこでギルモアを振り返った。

「お知らせがあります、警部補。あなたの仮説はクソです。ストークスはおれの事件ではなんの役にも立ちません。ゼロです。ジュリアは撃たれました。なにもならなかった」

「だが、それはやつをここに連れてくるまでわからなかったんだろう？」

ボッシュはギルモアを見て、ゆっくりと首を横に振った。

「ごきげんよう、警部補」

ボッシュは踵を返し、取調室を出ていこうとして、あやうくアーヴィングにぶつかるところだった。副本部長は取調室の外廊下で背筋をピンと伸ばして立っていた。

「少しのあいだなかにもどってくれたまえ、刑事」アーヴィングが静かに言った。「さあ」

ボッシュは部屋にもどった。アーヴィングがついてきた。

「警部補、この部屋を貸してくれ」副本部長が言った。「それから、全員に監視室から出ていかせるように」

アーヴィングがそう言いながら鏡を指さした。

「はい、わかりました」ギルモアがそう言って部屋をあとにすると、後ろ手にドアを閉じた。

「腰を降ろしたまえ」アーヴィングが言った。

ボッシュは鏡に面した席にまた座った。アーヴィングは立ったままだった。次の瞬間、やはり副本部長も円を描いて歩きはじめた。鏡のまえを行ったり来たりして、ボッシュは追うべき像がふたつできた。

「本件は発砲事故と呼ぶつもりだ」アーヴィングがボッシュを見ずに言った。「ブレイシャー巡査は被疑者を逮捕し、銃をホルスターにしまう際に不注意から発砲した」

「彼女がそう言ったのですか?」ボッシュは訊ねた。

アーヴィングは一瞬混乱したようだったが、首を横に振った。

「わたしの知るかぎりでは、ブレイシャー巡査が話したのはきみだけで、きみは彼女が発砲についてはとくになにも言わなかったと話している」

ボッシュはうなずいた。

「それで、いまので終わりですか？」

「なぜそれ以上のつづきがあるべきなのかわからないが」

ボッシュはジュリアのマントルピースにあった鮫の写真を思いだした。このみじかい期間でジュリアについて知ったことを思いだした。ふたたび、駐車場で目撃した光景がスローモーションで再生された。だが、なにもあらたな事柄はくわわらなかった。

「自分たちに対して誠実になれなかったら、どうやって市民に真実を告げることができるんです？」

アーヴィングが咳払いをした。

「細かな点をきみと議論しあうつもりはない、刑事。決定はすでになされた」

「あなたによって」

「ああ、わたしによってだ」

「ストークスはどうなります？」

「それは地区検事局しだいだろう。重罪謀殺化法に基づいて起訴される可能性がある。あの男の逃亡行為が結果的に発砲につながっている。解釈の問題だ。もし致命的な発砲が発生したときすでにあの男が拘留されていたと見なされれば、あいつはおそらく――」

「ま、待ってください」ボッシュは椅子から立ち上がりながら言った。「重罪謀殺化法？それに致命的な発砲とおっしゃいませんでしたか？」

アーヴィングは顔をボッシュに向けた。

「ギルモア警部補に聞かなかったのか？」

ボッシュはふたたび椅子に座りこみ、テーブルに肘をついた。両手で顔を覆った。

「銃弾が肩の骨にあたり、跳弾となって体内に入ったらしい。胸を突き抜けていた。心臓を貫いて。病院到着時に死亡した」

ボッシュは顔を下げ、両手はいま頭頂にあった。めまいがして、自分が椅子から崩れ落ちそうな気がした。めまいが消えるまで深呼吸をしようとした。少ししてアーヴィングがボッシュの頭の闇に話しかけてきた。

「刑事、この市警には〝クソ引きよせ磁石《いし》〟と呼ばれる警官が数名いる。その言葉は聞いたことがあるだろう。個人的にはそのいいまわしを不快に思っている。だがその意味するところは、さまざまなことがつねにその特定の警官たちに起こるということだ。悪いことが。繰り返し。つねにだ」

ボッシュは闇のなかでこれからやってくるのがわかっていることを待ちかまえた。

「不幸にもボッシュ刑事、きみはそうした警官たちのひとりだ」

ボッシュは無意識にうなずいた。救護隊員がジュリアの口に酸素マスクをつけた際にジュリアがしゃべっていたときのことを考えていた。

『あのひとたちにやらせないで――』

なにが言いたかったのだろう。なにをやらせないでなんだ？　ボッシュは思考をまとめ、ジュリアが伝えたかったことを理解しようとしていた。

「刑事」アーヴィングが言った。力強い声がボッシュの思考を断ち切った。

「わたしはいくつもの事件について、何年もきみには多大なる忍耐を示してきた。だが、もう飽き飽きした。市警も同じだ。引退について考えはじめてもらいたい。すぐにだ、刑事。すぐに」

ボッシュはうつむいたままで返事をしなかった。やがて、ドアがひらき、閉まる音がした。

34

ジュリア・ブレイシャーの信仰を尊重して埋葬したいという遺族の意向に添い、葬儀は翌朝遅くにハリウッド・メモリアル・パークでおこなわれた。なぜなら職務中の事故で死亡したため正式な警察葬の式典許可が降りたからで、それは白バイ行進、儀仗兵、二十一発の礼砲と気前よく参列する市警上層部によって完成された。市警航空部隊も式典に飛来し、五機のヘリコプターが追悼を表わす編隊《ミッシング・マン》で飛んだ。

しかし、葬儀は死亡から二十四時間も経っていなかったため、参列者はさほど多くなかった。殉職であればカリフォルニア州内はもとより南西部のあらゆる市警から最小限の代表者たちは顔を出すものだ。ジュリア・ブレイシャーの場合はそうではなかった。式典が急に営まれたこと、また死亡の状況のために、どちらかといえば小さな行事になった——警察葬の標準から見れば。銃撃戦での死亡ならば、狭い墓地の墓石から墓石までブルーの宗教の式服で埋まったことだろう。銃をホルスターに入れようとして自分を撃った警官は、たいした伝説を生まず、警察の職務の危険性も感じさせない。この葬儀は単純に呼び物ではなかったのだ。

ボッシュは参列者集団の後方からじっと見ていた。酒をあおり罪悪感と苦痛を和らげようとした夜を過ごしたため、頭がひどくうずいていた。骨が地中から掘りだされて以来、これでふたりの人間がボッシュにとってほとんど意味のない理由から死亡した。ボッシュの目はひどく充血して腫れているが、昨日ストークスからタイヤ・クリーナーのスプレーをかけられることは、避けようと思えば避けられたはずだった。

テレサ・コラソンがこのときばかりはビデオカメラマンなしで、出席者のほとんどない上層部や高官用の最前列に座っていた。向こうはサングラスをかけているが、すでにこちらに気づいていると思われた。コラソンの口は硬く、薄い線に結ばれていた。葬儀には完璧なほほ笑み。

ボッシュのほうが先に目をそらした。

葬儀にはふさわしい日だった。前夜から吹いている太平洋からの爽快な風が一時的に空からスモッグを消し去っていた。ボッシュの家からのヴァレー地区の景色でさえも、この朝はくっきりと見えた。天蓋のてっぺんで、空高くにジェット機が残した飛行機雲に沿ってすじ雲が流れていた。墓地の空気は墓のそばに置かれた花々の甘い香りがした。ボッシュの目には、マウント・リーの高い位置でハリウッド・サインのゆがんだ文字が式典の監督をしているように見えた。

警察本部長は殉職における慣例に反し、弔辞を述べなかった。かわりに、ポリス・アカデミーの校長がしゃべって、警察の職務が、つねに予測しない方面からやってくる危険にどれだけさらされているか、そしてブレイシャー巡査の死が決して警戒を緩めてはならないことを思いださせ、ほかの警官たちを救うであろうと述べた。校長は十分間のスピーチでブレイシャー巡査以外の呼びかたを使わず、ばつが悪いほどそっけない印象をあたえた。

こうした式典のあいだじゅうボッシュが考えつづけていたのは、口をひらいた鮫と、溶岩を噴出する火山の写真のことだった。ジュリアは自分がそうあるべきであると信じていた人間だと、結局のところ証明したのだろうか。

銀の柩をかこむブルーの制服の中央にグレーの一団がいた。弁護士連中。父親と事務所から派遣された大きなグループだ。二列目、ジュリアの父親のうしろに、ヴェニスのバンガローのマントルピースにあった写真の男が見えた。

しばらくのあいだボッシュは空想をめぐらした。男のところへ行き、横っ面をひっぱたくか股間に膝蹴りをくらわす。みなが見ているまえで葬儀のまっ最中にそうしておいて、柩を指さし、おまえが彼女をこの道に追いやったのだと男に告げる。

だが、やめておいた。そんな説明と非難の押しつけはあまりにも単純であり、そして誤ったものだった。結局、ひとはみずからの意志で道を選んでいる。ひとに道を示され押されることはあっても、最終的な選択はつねに本人がおこなうもの。だれもが鮫から身を守るケージを持っている。扉を開け、危険に立ち向かう者は、みずからの責任においておこなっているのだ。

ジュリアの新人クラスの同級生七名が弔礼射撃のために選ばれていた。七名はライフルを青空に向け、いずれも空砲で三回斉射をおこない、吐きだされた真鍮の薬莢が明かりのなかで弧を描き、涙のように芝生に落下した。銃声が墓石にこだましているあいだにヘリコプターが頭上を通過していき、そこで葬儀は終わった。

ボッシュは立ち去る人々とすれちがいながらゆっくりと墓のほうへ向かった。背後から肘を強く引く手があり、ボッシュは振り返った。ジュリアのパートナー、エッジウッドだった。

「おれは、その、昨日のことを謝りたくて。おれが昨日やったことで」エッジウッドが言った。「あんなことは二度としません」

ボッシュは相手が目を合わせるのを待ってからただうなずいた。エッジウッドに言うべきことはなにもなかった。

「あれをOISには話されなかったようで、その、感謝していると言いたかっただけです」

ボッシュはエッジウッドをただ見つめるばかりだった。エッジウッドは居心地が悪くなったようで、一度うなずくと立ち去った。エッジウッドがいなくなると、そのまうしろに立っていた女性が視界に入っていることに気づいた。白髪のラテン系。だれだかわかるまで一瞬間があった。

「ドクター・イノーホス」

「ボッシュ刑事、お元気かしら?」

髪のせいだった。ほぼ七年まえ、ボッシュが定期的にイノーホスの診察室に通っていた当時、医師の髪は白髪などまったくない濃いブラウンだった。白髪だろうがブラウンの髪だろうが、やはり魅力のある女性だった。だが、髪の色の変化には驚かされた。

「おれはちゃんとやってます。心理学の店は流行ってますか？」

医師はほほ笑んだ。

「うまくいってるわ」

「いまはショーのすべてを取り仕切っていらっしゃるそうですね」

医師はうなずいた。ボッシュは緊張してきた。以前知り合ったとき、ボッシュは不本意なストレスによる強制休職処分になっていた。週に二度の診察で、それ以前もそれ以後も、だれにも話したことのなかった事柄を医師には話していた。ボッシュが職務に復帰してからは、一度も医師と話す機会はなかった。

これまでは。

「ジュリア・ブレイシャーをご存じだったんですか？」

市警の精神科医が殉職者の葬儀に参列することは珍しくない。故人と親しかった者たちにその場での助言を提供するためだ。

「いえ、そういうわけではないの。個人的な知り合いではないわ。行動科学サービス課の長として、彼女のアカデミー入学願書と選別試験の面接結果を検討したの。わたしが入学を承認したんです」

医師はボッシュの反応をじっと見ながら間をおいた。

「あなたが彼女と親しかったのはわかっています。それにあなたは現場にいた。目撃者だった」

ボッシュはうなずいた。葬儀を去る人々がボッシュと医師の両脇を通り過ぎていく。イノーホスは話を立ち聞きされないようにボッシュに一歩近づいた。

「ここはその時期でも場所でもないけれど、ハリー、彼女のことであなたと話したいの」

「話すべきことがありますか？」

「なにが起こったか知りたいの。そしてその理由も」

「事故でした。アーヴィング副本部長と話してください」

「話したけれど、納得いかなかった。あなたもそうじゃなくて？」

「聞いてください、ドクター。彼女は死んだんですよ、いいですか。いまさら――」

「わたしはこのひとを承認したの。わたしのサインが彼女にバッジをつけさせたことになった。わたしたちがなにか見逃していたのなら――わたしがなにか見逃していたのなら、知りたい。なにか徴候があったのなら、わたしたちは見つけるべきだったのに」

ボッシュはうなずき、ふたりのあいだの芝生を見下ろした。

「心配しないでください。おれが見るべきだった徴候はありました。だけど、まだまとめて考えられないんです」

医師がさらに一歩ボッシュに近づいた。いまボッシュはまっすぐに医師を見るしかなかった。

「では、わたしは正しかったのね。これにはまだなにかがある」

ボッシュはうなずいた。

「表だってはなにも。ただ彼女はむちゃをやっていたんです。危険を冒していた——管を横切っていたんです。なにかを証明しようとしていた。彼女が警官になりたかったかどうかも、おれは確信できません」

「だれかになにかを証明したかったのかしら」

「わかりません。たぶん自分自身にかもしれないし、ほかのだれかにかもしれない」

「ハリー、あなたの勘が優れているのはわかっているわ。ほかには？」

ボッシュは肩をすくめた。

「彼女がやったこと、言ったことに思い当たるふしがある、それだけです……おれには銃弾の傷が肩に残っています。そのことをおれに訊ねていました。先日の夜に。どのようにおれが撃たれたか訊かれたので、そこを撃たれたのは、どれだけ運がよかったかを話したんです。そこは骨だけだったからと。そして……彼女が自分で撃った場所は、同じ位置でした。ただ彼女の場合は……跳弾した。そんなことは予想していなかったでしょう」

イノーホスはうなずき、つづきを待った。

「おれがずっと考えていて、考えるのが耐えられないことが——なにかわかりますか？」

「話してみて、ハリー」

「おれは頭のなかでずっと再生しているんです。おれが見たこと、おれが知っていること。彼女は銃をやつに向けた。そしておれがあそこにいて叫ばなかったら、たぶん彼女はやつを撃っていたでしょう。やつが倒れたら、すかさず彼女はやつの両手に銃を握らせ、天井かたぶん車かに銃弾を撃ちこんだでしょう。あるいは、やつに。どこでも構わないんです。やつがその手に硝煙反応を残して死んでしまい、やつが彼女の銃に手を伸ばしたと主張できれば」

「あなたがほのめかそうとしているのは、男を殺害し、自分を英雄のように見せるために彼女が自分を撃ったということね」

「どうでしょう。世界は英雄を必要としていると彼女は話していました。とくにいまこの時代には。いつか自分が英雄になるチャンスがくることを願うと言いました。けど、おれはそこになにかまだある気がするんです。彼女は傷をほしがっていたようだ。傷を負う経験を」

「そして、そのためなら彼女は殺しも厭わないと？」

「わからないんです。いまの話に、少しでも正しい部分があるかどうかさえわからない。おれにわかっていることは、彼女はルーキーだったかもしれませんが、すでにある境地に達していたことです。おれたちとやつらのあいだには境界線があり、バッジのない連中はどれもくずだという境地です。ジュリアは自分がその考えに染まりつつあるとわかっていた。だから出口を探していたのかもしれない……」

ボッシュはかぶりを振り、横のほうを見た。墓地はもうほとんど人影がなかった。

「わかりません。これを口に出してしまうと、どうも……わかりません。狂気の世界です」

ボッシュはイノーホスから一歩さがった。

「だれのことも本当に理解なんかできない、そうじゃないですか？」ボッシュは訊いた。

「理解できると思うのは可能です。でも、だれかとベッドをともにするほど親しくなっても、腹のなかでじっさいに考えていることなんかわかりゃしないんだ」

「ええ、わかりっこないわ。だれでも秘密をかかえている」

　ボッシュはうなずき、立ち去ろうとした。

「待って、ハリー」

　医師はバッグをもちあげ、ひらいた。なかを探りはじめる。

「それでもまだこの件で話をしたいわ」医師はそう言いながら、名刺を取りだしてボッシュに手渡した。「電話してちょうだい。まったく非公式に、内密によ。市警のために」

　ボッシュは声を出して笑いそうになった。

「市警はこんなことは気にしませんよ。市警が気にするのはイメージであって、真実ではないんですから。それに真実がイメージを危うくするときは、事実のほうをつぶすんです」

「でも、わたしは事実を気にするわ。そしてあなたも」

　ボッシュは名刺を見下ろし、うなずいてポケットにしまった。

「わかりました、電話します」

「携帯電話の番号がそこにあるわ。いつでも、もち歩いているから」

　ボッシュはうなずいた。医師は一歩ボッシュに近づき、手を伸ばした。腕をつかみ、握りしめた。

「あなたはどうなの、ハリー。だいじょうぶです」

「まあ、彼女を失い、引退を検討するようアーヴィングに言われたことを除けば、おれはだいじょうぶです」

イノーホスが顔をしかめた。

「そのままふんばるのよ、ハリー」

ボッシュはうなずき、最後に自分が同じ言葉をジュリアにどのように言ったのか考えていた。

イノーホスが立ち去ると、ボッシュはふたたびのろのろと墓へ歩みはじめた。もうひとりきりだと思った。盛りあがった塚から一握りの土を取り、近づいて見下ろした。花束がひとつ、そして一輪の花が何本か柩の上に投げられていた。ほんの二日まえの夜にジュリアをベッドで抱きしめたことを思い浮かべた。未来を見ることができていれば。徴候を感じとり、ジュリアがなにをしてどこへ行くつもりなのか明確に描けていれば。

ゆっくりとボッシュは手を突きだし、指のすきまから土を滑り落とした。

「骨の街」ボッシュはつぶやいた。

夢が消えていくかのように土が墓穴に落ちていった。

「あの子をご存じだったようですね」

ボッシュはすばやく振り返った。ジュリアの父親だった。悲しげにほほ笑んでいる。墓地にはふたりだけが残っていた。ボッシュはうなずいた。

「つい最近、知り合ったんです。お悔やみを申しあげます」

「フレデリック・ブレイシャーです」

父親が手を差しだした。ボッシュは握手しようとしたが、そこで手をあげた。

「手が汚れていますから」

「気になさることはないでしょう。わたしの手も同様だ」

ふたりは握手をかわした。

「ハリー・ボッシュです」

名前が出ると、ブレイシャーの手を振る動きが一瞬止まった。

「刑事さんか」ブレイシャーが言った。「昨日あの場にいた」

「ええ。助けようと……お嬢さんにしてやれることはやったのです。わたしは……」

ボッシュは口をつぐんだ。なんと言ってよいかわからなかった。

「もちろんそうだろう。あの場にいらしたとは、たいへんだったにちがいない」

ボッシュはうなずいた。罪悪感の波が自分の骨を照らすX線のようにボッシュを通過していった。ボッシュはジュリアが快方に向かうと考え、あの場に残してきた。なぜだか、ジュリアが死んだという事実と同じほどにそれがつらかった。

「わたしが理解できないのは、どうしてこうなったかということなんですよ」ブレイシャーが言った。「あのようなミスで、本当に娘が死ぬようなことになるのだろうか。しかも、地区検事局は今日あのストークスという男はこの発砲について、いかなる起訴も受けないだろうと話している。わたしは弁護士だがどうしても理解できない。あの男を釈放しようとしているとは」

ボッシュが年輩の男を観察すると、瞳にみじめさが浮かんでいた。

「お気の毒です。わたしに答えられたらいいのですが。わたし自身、あなたとおなじ疑問を抱いているのです」

ブレイシャーがうなずき、墓穴を覗きこんだ。

「もう行きます」ブレイシャーは長いときが過ぎてから言った。「来てくれてありがとう、ボッシュ刑事」

ボッシュはうなずいた。また握手をかわしてから、ブレイシャーは立ち去ろうとした。

「あの」ボッシュは声をかけた。

ブレイシャーが振り返った。

「ご家族のかたが、いつお嬢さんのご自宅に行かれるのかご存じですか？」

「じつはきょう、娘の家の鍵をもらいました。これから行こうと思っていたところですよ。いろいろ見るつもりです。生前の娘を感じてみたいのだろうな。この何年か、わたしと娘は……」

ブレイシャーは最後まで言えなかった。ボッシュは相手に近づいた。

「お嬢さんの持ち物に、写真立てがあります。もし……もしよろしければ、わたしにいただけないでしょうか」

ブレイシャーはうなずいた。

「これから来たらどうです？　向こうで落ち合いましょう。その写真を教えてほしい」

ボッシュは腕時計を見た。ビレッツ警部補が一時半に事件の状況を話し合うミーティングを予定していた。ヴェニスに行ってから署にもどるだけの時間はあるだろう。昼食の時間が取れないだろうが、どちらにしても食欲があるとは思えなかった。

「わかりました。うかがいます」

ふたりは別れ、それぞれの車へ向かった。途中ボッシュは弔礼射撃がおこなわれた芝で歩みを止めた。足で芝をどかし、目をこらすと、やっと真鍮の輝きが見え、腰をかがめ、排出されたライフルの薬莢を拾った。たなごころにのせ、つかのま見つめてから手を握り、上着のポケットに入れた。ボッシュは警官の葬儀に参列するたびに必ず薬莢を拾ってきた。薬莢でいっぱいになった壜がある。

ボッシュは歩く方向を変え、墓地を出ていった。

35

ボッシュがこれまで聞いたことがないような音で、ジェリー・エドガーが警告のノックをした。才能に恵まれた運動選手が、全身の力という力をバットのスイングやバスケットボールのダンクシュートに集中させることができるように、エドガーは全体重と一メートル九十センチを超える体軀をノックにこめることができた。まるで喧嘩を挑み、すべての力と正義の怒りを大きな左手の拳に集めることができるようだった。エドガーは足をしっかりと踏みしめ、ドアの横手に立った。左腕をあげ、肘を三十度以内に曲げ、拳の肉づきのいい側でドアを叩いた。バックハンドのノックだが、筋肉の寄り集まった腕でとてもすばやい連打を浴びせることができたので、マシンガンが断続的に鳴り響いたようだった。裁きの日のような音が鳴り響いた。

サミュエル・ドラクロワのアルミニウム仕上げのトレイラーハウスは、エドガーが木曜日の午後三時三十分に拳でドアを叩くと、端から端までぶるぶると震えたようだった。エドガーは二、三秒待ってから、ふたたびノックし、今度は「警察だ！」と告げると、接着されていないコンクリート・ブロックを積み重ねた階段から一歩退いた。

ふたりは反応を待った。どちらも銃を出してはいなかったが、ボッシュは手を上着の下に入れ、ホルスターのなかの銃をつかんでいた。危険とは思われない人物に令状を届ける際のこれがボッシュの標準的な手順だった。

ボッシュは内部での動きを聞き取ろうとしたが、近くのフリーウェイからの騒音が大きすぎた。窓をチェックした。閉ざされたカーテンのどれも動きはなかった。

「あのな」ボッシュはささやいた。「ノックのあとに、警察だとおまえが叫ぶのはほっとさせられることのような気がしてきてたよ。少なくともそれで相手は地震じゃないとわかるからな」

エドガーは反応しなかった。相棒が緊張のあまり、軽口を叩いているだけだとわかっているのだろう。いまのノックについて心配はなかった——ボッシュはドラクロワがたやすい相手だと重々承知していた。心配しているのは、事件の行方はドラクロワとのこれからの数時間にすべてかかっているとわかっているからだ。トレイラーを捜索し、ドラクロワを息子殺しの罪で逮捕すべきかどうか、パートナー同士の暗号でおおいに意志を通わせて決めなければならない。その過程のどこかで、仮説に基づく事件から、弁護士につけいる隙をつくらせない事実に基づく事件へと大きく変化させる証拠を発見するか、自白を引きだす必要がある。ゆえにボッシュの頭のなかでは急速に真実の瞬間が迫っており、そうなると緊張してくるのがつねだった。

これに先んじたビレッツ警部補との捜査状況ミーティングにおいて、サム・ドラクロワと話をする時期だと結論が出た。ドラクロワは被害者の父で、第一容疑者だった。けれども彼を指す証拠はほとんどなかった。ボッシュたちはミーティング後の一時間を費やしてドラクロワのトレイラーに対する捜査令状を作成し、ダウンタウンの犯罪裁判所ビルまで、通常は与しやすい相手である判事のもとに届けた。

けれども、その判事でさえやや難色を示した。問題は、事件が古く、容疑者と直結する証拠がほとんどなく、ボッシュとエドガーが捜索したい場所が殺人が発生したであろう場所ではなく、被害者の死亡時期に容疑者が居住していた場所ですらないことだった。

刑事たちに有利に働いた点は、少年がみじかい人生をずっと耐えて生きていたことを示唆する、あれだけの骨の傷を令状に連ねたことで生んだ感情的な衝撃だった。とどのつまり、いくつもの骨折のおかげで判事に粘り勝ち、令状にサインをもらえたのだった。

ボッシュたちは最初にゴルフ練習場へ向かったが、ドラクロワは練習場でのその日の仕事を終えたと聞かされた。

「もう一度ノックしろよ」ボッシュはトレイラーの外でエドガーに言った。

「やつが出てくるような音がしたが」

「構うもんか。慌てさせたいんだ」

エドガーが入り口まえの階段にのぼり、ふたたびドアを叩いた。コンクリート・ブロックがぐらつき、足をしっかりとふんばれなかった。その結果ノックには、はじめ二回のドアへの攻撃ほど力と恐怖がこもっていなかった。

エドガーがうしろに下がった。

「いまのは警察じゃなかったな」ボッシュは小声で言った。「いまのじゃ、犬かなにかで文句を言いに来た隣人だ」

「すまんな、おれは――」

ドアがひらき、エドガーはぴたりとしゃべるのをやめた。ボッシュは警戒を高めた。トレイラーというものはやりにくかった。ふつうの建築物と異なり、ドアは内部のスペースが影響を受けずにすむように外に向けてひらく。ボッシュはなかが見えない側に陣取っていたため、出てきた者が何者にせよ、エドガーは見えているが、ボッシュを見ることはできない。問題はボッシュも同様に、ドアを開けた者がだれにせよ、見えないことだった。もしトラブルがあれば、エドガーの仕事はボッシュに警告の言葉を叫び、つづいて自分の身を守ることになる。ためらうことなしにボッシュはトレイラーのドアへ向けて弾倉が空になるまで撃ちつづけ、銃弾はアルミニウムを、そしてドアの反対側にいる者を紙のように切り裂くだろう。

「なんだ？」男の声がした。

エドガーがバッジを掲げた。ボッシュはパートナーの様子に、なにかトラブルを警戒する徴候はないかと観察した。

「ドラクロワさん、警察です」

警告の徴候がなにも見られなかったので、ボッシュはまえに出てドアノブをつかみ、ドアを全開にした。上着をうしろにめくりあげ、銃の握りに手をやったままで。

ボッシュが先日ゴルフ練習場で見た男がそこに立っていた。格子縞の古びた短パンと、腋の下に取れない染みがついた洗いざらしの栗色のTシャツを着ている。

「この家屋を捜査する許可を得た令状があります」ボッシュは言った。「入ってよろしいですね？」

「あんたたち」ドラクロワが言った。「あんたたちは練習場に昨日いたな？」

「いいですか」ボッシュは力をこめて言った。「このトレイラーの捜査令状があると言いました。入って捜査をしてよろしいですね？」

ボッシュは折りたたんだ捜査令状をポケットから取りだして掲げたが、ドラクロワの手の届かないところにやっていた。これは秘訣だった。令状を得るために、ボッシュたちはすべての持ち札を判事に見せなければならなかった。けれども、同じ持ち札をドラクロワには見せたくなかった。いまはまだ。だから、刑事たちに入室を許すまえにドラクロワは令状に目を通し吟味する権利があたえられているが、ボッシュは吟味されずにトレイラーに入ることができればいいがと願っていた。ドラクロワはすぐに事件の性質に気づくだろうが、ボッシュは情報をあたえることを抑制し、容疑者の反応を読みとったうえで、判断したかった。

ボッシュは令状を上着の内ポケットにもどしはじめた。

「なんについてなんだ？」ドラクロワは控えめに抵抗して訊ねた。「そいつを見るぐらいできないのか？」

「あなたはサミュエル・ドラクロワさんですね？」ボッシュはすばやく対応した。

「ああ」

「ここはあなたのトレイラーですね、まちがいありませんか？」

「わたしのトレイラーだ。借りている。わたしはその令状を読みた――」

「ドラクロワさん」エドガーが言った。「この件で言い争っているところを、おたくの隣人たちに見られる場所に立っていたくないんですが。おたくもそれはいやなんじゃないですか？　合法的に捜査令状を執行することを許可していただけるんですか、いただけないんですか？」

ドラクロワはボッシュからエドガーに視線を移し、ふたたびボッシュにもどした。そしてうなずいた。

「たしかにそのようだな」

ボッシュが最初に階段へ乗った。戸口でドラクロワと窮屈に身体を接すると、バーボンと口臭と猫の尿のにおいに気づいた。

「早い時間からはじめてますね、ドラクロワさん？」

「ああ、一杯やってる」ドラクロワがだからなんだという気持ちと、自己嫌悪の気持ちがないまぜになった声で答えた。「仕事は終わっているんだ。飲んでもかまうもんか」

エドガーはドラクロワとすれちがう際、ボッシュよりも窮屈にして入った。エドガーとボッシュは薄暗い照明のトレイラーをざっと見まわした。戸口の右手がリビングだった。壁は板張りで、合皮張り《ノーガハイド》のカウチとコーヒーテーブルがあり、ベニヤ板はところどころこそげて、下のパーティクルボードが覗いている。セットになったランプテーブルにはランプがなく、テレビ台にはビデオデッキの上に危なっかしくテレビが重ねてあった。テレビの上にはビデオテープが数本重ねてある。コーヒーテーブルの向かいには古いリクライニングチェアがあり、その肩の部分は裂けて——きっと猫の仕業だろう——なかの詰め物がはみ出ていた。コーヒーテーブルの下に新聞紙の山があり、ほとんどは扇情的な見出しのついたタブロイド紙だった。

左手はいかにもトレイラー式のキッチンで、流し台、戸棚、コンロ、オーブンと冷蔵庫が片側に並び、右側が四人用のダイニングスペースになっていた。〈エンシェントエイジ〉のバーボンのボトルがテーブルにあった。テーブルの下の床には、皿にキャットフードのくずと、古いプラスチックのマーガリンのケースに半分入った水があった。尿の臭いがするだけで、猫の姿は見えなかった。

キッチンの奥に狭い廊下があり、その先が一、二室あるらしい寝室と、バスルームだった。

「ドアを開けたままにして、窓も少し開けよう」ボッシュは言った。「ドラクロワさん、そのカウチに腰をおろされてはいかがです？」

ドラクロワはカウチに移動して言った。「なあ、あんたたちはここを捜索する必要はない。ここにきた理由はわかっているよ」

ボッシュはエドガーを一瞥し、それからドラクロワを見た。

「そうですか？」エドガーが言った。「おれたちがここにきた理由とは？」

ドラクロワはどさりとカウチの中央に腰を降ろした。スプリングが弾けた。ドラクロワが中央に沈みこむとカウチの台座の両端が宙に浮きあがり、二隻のタイタニック号の船首が沈みつつあるようだった。

「ガソリンだ」ドラクロワは言った。「わたしはほとんど使っていない。練習場と行ったり来たりするほかはどこにも行かないから。DUIのために、運転免許証が制限されてるんだ」

「ガソリン？」エドガーが聞き返した。「なんのことか――」

「ドラクロワさん、あなたがガソリンを盗んでいることでここに来たのではありません」ボッシュは言った。

ボッシュはテレビに積まれたビデオテープを一本手に取った。背ラベルになにか書いてあった。〝第一歩兵連隊、四十六話〟。ボッシュはビデオをもとにもどし、ほかのテープに書かれている文字に目をやった。すべてドラクロワが三十年以上まえに俳優として出演していたテレビ番組の録画だった。

「それは本当にわたしたちの関心事じゃないんです」ボッシュはドラクロワを見ずに言いした。

「ではなんだ？　なにが望みなんだ？」

ここでボッシュはドラクロワを見た。

「息子さんのことで、うかがいました」

ドラクロワは長いことボッシュを見つめていた。しだいに口がひらき、黄ばんだ歯がのぞいた。

「アーサー」ついにドラクロワがしゃべった。

「ええ。息子さんを見つけました」

ドラクロワの視線がボッシュからそれ、トレイラーを離れて遠い記憶を見つめているかのようになった。ドラクロワの様子には認知があった。ボッシュには見えた。これからドラクロワに話そうとしていることを、すでにこの男は知っていると本能が告げていた。エドガーにすばやく視線を向け、エドガーも気づいたかどうかたしかめた。エドガーはみじかく一度うなずいた。

ボッシュはカウチの男に視線をもどした。

「二十年近く息子さんに会っていない父親にしては、あまり嬉しくなさそうですね」ボッシュは言った。

ドラクロワはボッシュを見た。

「おそらくあの子が死んでいることを知っているからだろうな」

ボッシュはしばらくドラクロワを見つめていた。息をひそめて。

「なぜそう言われるのです？　どうしてそう思われるのですか？」

「なぜって知っているからだ。わたしはずっと知っていた」

「なにをずっと知っていたのですか？」

「あの子がもどってこないことを」

ボッシュが想像していたどのシナリオにもあてはまらない方向に進んでいた。ドラクロワはずっとボッシュたちを待っていたように、何年も警察が来ることを予期していたように見えた。ボッシュは戦術を変え、ドラクロワを逮捕して権利を読みあげなければならないと決心した。

「わたしは逮捕されるのか？」ドラクロワがボッシュの考えに同調したかのように訊いた。

ボッシュはまたエドガーを一瞥し、いまや事前の計画からそれつつあることをパートナーが感じているのだろうかといぶかった。

「まず話をしたいと思っていました。つまり、非公式に」

「それからわたしを逮捕するのだな」ドラクロワが静かに言った。

「そう思われますか？　それはわたしたちと話をしたくないという意味ですか？」

ドラクロワがゆっくりと左右に頭を振り、また遠くを見つめるそぶりをした。

「いや、話をしよう」ドラクロワが言った。「すべてを話すよ」

「なんについて話をするのですか？」

「なにがあったかについてだ」

「なんに対する、なにがあったかについてですか？」

「息子だ」

「なにがあったかご存じなんですか？」

「もちろん知ってる。わたしがやった」

ボッシュはもう少しで声に出して毒づくところだった。被疑者が文字どおり自白をしてしまったが、自分に不利になる証言を避けることができる権利を含んだ、被疑者の権利をまだ告知していない。

「ドラクロワさん、ちょっと中断しましょう。ここであなたの権利について告知します」

「わたしはただ――」

「いいえ、お願いです。もうなにも言わないように。いまはまだ。権利について済ませましょう、そのあとならば、お話しになりたいことをよろこんでなんでも聞きますよ」

ドラクロワがどちらでもいいと言うふうに片手を振った。まるで重要ではないかのように。

「ジェリー、おまえのレコーダーはどこだ。おれのはＩＡＤからまだもどってないんだ」

「うむ、車だ。だが、電池があるかどうかわからんぜ」

「見てこい」

エドガーがトレイラーを出ていき、ボッシュは黙って帰りを待った。ドラクロワは膝に肘をつき、両手で顔をおおっていた。ボッシュはその体勢をじっと見ていた。多くはなかったものの、被疑者と最初に会った際に自白を引きだしたことはこれがはじめてではなかった。

エドガーがテープレコーダーをもってもどってきたが、首を横に振った。

「電池切れだ。あんたが自分のをもってると思っていた」

「ちっ。じゃあ、メモを取れ」

ボッシュはバッジケースを取りだし、名刺を一枚出した。被疑者の権利に関するミランダ警告の告知と、署名箇所もあわせて、裏に印刷されていた。告知を読みあげ、ドラクロワに権利を理解したかと訊ねた。ドラクロワがうなずいた。

「それはイエスですか？」

「ああ、イエスだ」

「では、いま読みあげた文の下にある線に署名を」

ボッシュはドラクロワに名刺とペンを差しだした。署名が済むと名刺をバッジケースにしまった。歩み出て、リクライニングチェアの端に腰を降ろした。

「さあ、ドラクロワさん。数分まえに話されたことを繰り返してもらえますか？」

ドラクロワがたいしたことではないと言いたげに、肩をすくめた。

「わたしは息子を殺した。アーサーを。わたしが殺した。あんたたちがいつか現われるとわかっていたよ。長い時間がかかったな」

ボッシュはエドガーを見やった。手帳にメモを取っている。ドラクロワの自白を証明するなにがしかの記録にはなるだろう。ボッシュは被疑者を振り返り、つづきを待った。沈黙がドラクロワにさらなる告白を誘うだろうと期待した。だが、ドラクロワはしゃべらなかった。かわりに、被疑者はふたたび顔を両手に埋めた。すぐに肩をふるわせ嗚咽を漏らしはじめた。

「神よお許しください……わたしがやりました」

ボッシュはエドガーを振り返り、眉をあげた。パートナーがさっと親指をあげる仕草をした。充分すぎるほどの成果をあげてつぎの段階に進める。警察署の管理された録音装置のある取調室へ。

「ドラクロワさん、猫を飼われていますね？」ボッシュは訊ねた。「猫はどこです？」

ドラクロワが指と指のあいだから、涙に濡れた目でちらりと見た。

「そのあたりにいる。たぶんベッドで寝ているだろう。なぜだ？」

「ええ、動物管理局に連絡して、面倒を見てもらおうと思っているからです。あなたはわれわれといっしょに来ないとなりませんから。ここであなたを逮捕します。そしてさらに署で話を聞きます」

両手を顔からはずしたドラクロワは混乱しているようだった。

「だめだ。動物管理局は面倒を見てくれない。わたしがもどれやしないとわかったとたんに、猫を殺すだろう」

「でも、ここに置いてはいけませんよ」

「クレスキーの奥さんが面倒を見てくれるだろう。隣りなんだ。ここにきて餌をやってくれる」

ボッシュはかぶりを振った。ここにあるすべてのものが、猫のせいでだめになってしまうだろう。

「それはできません。この場所は捜索まで封鎖しないとならないのです」

「なにを捜索する必要があるんだ？」ドラクロワは言った。いまや本物の怒りを声ににじませていた。「あんたが知る必要のあることは、ちゃんと話している。わたしは息子を殺した。あれは事故だった。強くぶちすぎたのだろう。わたしは……」

ドラクロワがふたたび両手で顔をおおい、涙声でつぶやいた。「神よ……わたしはなんてことを」

ボッシュはエドガーの様子をたしかめた。メモを取っていた。ボッシュは立ち上がった。ドラクロワを署に連行し、取調室の一室に入れたかった。いまや不安は消え去り、逼迫した感覚に取って代わられていた。良心と罪悪感に打たれる時間はみじかいものだ。ドラクロワの自白をテープに——ビデオにも音声にも——おさめ、固めたかった。弁護士と話をして、しゃべることで自分が余生を3×2メートルの部屋で過ごすことになると気づくまえに。

「さあ、猫のことはあとで考えましょう」ボッシュは言った。「いまのところ食べ物は充分残っているでしょう。立ってください、ドラクロワさん。行きますよ」

ドラクロワが立ち上がった。

「もっとましなものに着替えていいか？　これは家の近所で着ている古いやつだから」

「いえ、服の心配はしないで」ボッシュは言った。「あとであなたが着る服は届けますから」

ボッシュはその服が本人のものにはならないとは敢えて伝えなかった。おそらく背中に番号がついた州刑務所のジャンプスーツになるはずだ。ドラクロワのジャンプスーツはおそらく黄色だろう。ハイパワー・フロア収監者用——殺人犯にあたえられる色。

「わたしに手錠をかけるのか？」ドラクロワが訊ねた。

「市警の方針なので」ボッシュは言った。「かけなければなりません」

ボッシュはコーヒーテーブルをまわり、ドラクロワにうしろを向かせ、背中で手錠をかけられるようにした。

「わたしは俳優だったのだよ。《逃亡者》のある回で囚人を演じたことがある。第一シリーズ、デビッド・ジャンセンといっしょだ。ほんの端役だった。わたしはベンチでジャンセンの隣りに座った。それだけだ。きっとドラッグ漬けの役というところだったんだろうな」

ボッシュはなにも言わなかった。ドラクロワをそっとトレイラーの狭いドアのほうへ押しやった。

「どうしてそんなことを思いだしたんだろう」ドラクロワが言った。

「べつにへんじゃない」エドガーが言った。「こんなときに、ひとはもっとも妙なことを思いだすものさ」

「階段に気をつけて」ボッシュは言った。

ボッシュたちはドラクロワを外に出した。エドガーがまえを、ボッシュがうしろについた。

「鍵はどこに？」ボッシュは訊いた。

「そこのキッチンのカウンターに」ドラクロワが言った。

ボッシュは室内にもどり、鍵束を見つけた。それからキッチンセットの戸棚をつぎつぎに開けて、キャットフードの缶を探しだした。缶を開け、テーブルの下の紙皿にあけた。あまり餌がなかった。あとで猫になにかしてやらねばならないだろう。

ボッシュがトレイラーから出ていくと、エドガーがすでにドラクロワをスリックバックのバックシートに乗せていた。近くのトレイラーのひらいたドアから隣人が様子をうかがっていた。ボッシュは視線をもどしてドアを閉め、バックシートのドアをロックした。

36

ボッシュはビレッツ警部補のオフィスに顔を突っこんだ。警部補はデスクの横を向き、サイドテーブルのコンピュータで作業をしていた。机の上は片づけられていた。もうこの日の仕事を終えていまにも帰宅するつもりだ。

「なに？」警部補は相手がだれか見もせずに問いかけた。

「きょうはおれたち、ついていたようなんです」ボッシュは言った。

警部補がコンピュータから目をそらし、話し手がボッシュだと確認した。

「あててみましょうか。ドラクロワがあなたたちを招き入れて、腰を降ろすと自白した」

ボッシュはうなずいた。

「まさにそうなんです」

警部補の目が驚きに丸くなった。

「わたしをからかっているのね」

「やつは自分がやったと告白しました。ここに連れてきて録音できるように、やつを黙らせないとなりませんでしたよ。おれたちが現われるのをずっと待っていたようなんです」

ビレッツがさらにいくつかの質問をして、結局ボッシュはドラクロワの自白を録音できる動くテープレコーダーがなかったという問題も含め、トレイラー訪問の顚末をすべて話すことになった。ビレッツはしだいに不安を募らせ、ボッシュと同じ程度に、準備を怠ったエドガーにも、ボッシュのテープレコーダーを返していないIADのブラッドリーにも腹が立ってきたようだった。

「わたしに言えることは、この件ではケーキに髪の毛を入れるべきでないということね」警部補がドラクロワの最初の告白が録音されていないために法的な争点になる可能性があることに言及した。「うちのてちがいのために裁判に負けたとしたら……」

警部補は最後まで言わなかったが、言う必要はなかった。

「あの、おれたちはだいじょうぶだと思いますよ。エドガーがドラクロワの言ったことを一字一句すべて書きとめましたから。連行できるだけの話を聞いた時点ですぐに事情聴取をやめましたし、いまから音声と映像にすべて保存しますから」

ビレッツはたいして気を鎮めたようには見えなかった。

「それからミランダはどうなの？　被疑者の権利を読みあげられなかった、なんて状況には絶対にならない自信があるのね」ビレッツは言った。最後の部分は質問ではなく、命令だった。

「そうはならないでしょう。おれたちが権利を読みあげる暇もないうちに、やつはまくしてはじめたんです。それからずっとしゃべりどおしで。たまにそんなこともありますからね。

強行突入しようと構えていたら、すんなりドアがひらいてくれるということが。やつがだれを弁護士に選んでも、そいつは心臓発作を起こして悲鳴をあげだすでしょうが、けちのつけようはないはずです。おれたちは無傷ですよ、警部補」

ビレッツがうなずいた。ボッシュの話に説得力があるという証だ。

「どの事件もこのくらい簡単ならいいのに」警部補は言った。「地区検事のほうはどうなっているの？」

「つぎは検事局に電話します」

「わかったわ、訊問を見たいときはどの部屋で？」

「三号室です」

「わかったわ、ハリー。やつを落としてきて」

警部補はコンピュータに向きなおった。ボッシュは敬礼をして廊下に出ていこうとしたが、そこではたと立ち止まった。ボッシュが出ていかなかったことを察した警部補がボッシュを振り返った。

「どうしたの？」

ボッシュは肩をすくめた。

「いえ。ドラクロワの周囲であれこれ打つ手を考えながらうろつくかわりに、すぐに話を聞きに行っていれば、避けられたはずのことを考えているところなんです」

「ハリー、あなたが考えていることはわかるけれど、この男が――二十数年後によ――自宅のドアをあなたがノックするのを待っていたなど、わかるはずもないでしょう。あなたは正しく処理をしたし、もしもう一度やるとしても、やはり同じように処理するはずよ。あなたは獲物のまわりを旋回する。ブレイシャー巡査に起こったことは、あなたがこの事件をどう扱ったかとはまったく関係ありません」

ボッシュはちらりと警部補に目をやってから、うなずいた。警部補の言葉はボッシュの良心の呵責を和らげる手助けをしてくれるだろう。

ビレッツはふたたびコンピュータのほうを向いた。

「もう一度言うわ、やつを落としてきて」

ボッシュは殺人課テーブルにもどり、地区検事局に電話をして殺人事件で被疑者を逮捕し、自白を取ることを知らせた。オブライエンという名の監督官に話をして、ボッシュかボッシュのパートナーが、告発のために日付が変わるまえに訪れるむねを告げた。オブライエンはメディアのニュースを通してしかこの事件のことを知らず、自白する際の対応と、この段階での捜査の進捗状況を監督する検事を署に向かわせると言った。

ラッシュアワーでダウンタウンからの道は渋滞しているため、検事がハリウッド署に着くまでに最低でも四十五分はかかるとボッシュはわかっていた。そこでオブライエンには、検事が来るのは結構だが、だれかのためにも被疑者の自白を取ることを待つつもりはないと告げた。オブライエンは待つべきだとほのめかした。

「いいですか、被疑者は話したがっているんだ」ボッシュは言った。「四十五分か一時間のうちに、状況は変わってしまうかもしれない。待てない。そちらの検事にこっちに着いたら三号室のドアをノックするよう言ってくれ。できるだけ早くなかに通すから」

完璧な世界ならば、検事は取り調べに同席するものだが、永年事件に取り組んできたことで、罪の意識はずっとそのままであるとはかぎらないことがわかっていた。だれかが殺人の自白をしたいと告げたときは、待ってはならない。テープレコーダーのスイッチを入れてこう言うのだ。〝すべてを話してください〟

オブライエンは自分自身の経験を思い起こして、不承不承だが賛成した。そこでふたりは電話を切った。ボッシュはすぐさま受話器をもう一度手にして、内務監査課に電話をし、キャロル・ブラッドリーを頼んだ。電話がつながった。

「ハリウッド署のボッシュだ。おれのテープレコーダーはいったいどこだ？」

沈黙が返ってきた。

「ブラッドリー？　もしもし？　あんたは――」

「いるわ。ここにあなたのテープレコーダーはあります」

「どうして持っていったんだ？　おれはテープを聞けと言った。おれのレコーダーを持っていけ、もう必要ないからとは言わなかった」

「じっくり聴いて、テープを調べたかったので。継ぎ目がないことを確認しようと思ったのよ」

「じゃあ、蓋を開けてテープを持っていけばいい。レコーダーを持っていくなよ」

「刑事、テープの正当性を立証するには、オリジナルのレコーダーが必要になることがあるんですよ」

ボッシュはいらだってかぶりを振った。

「まったく、あんたはそいつでなにをしてるんだ。タレコミ屋がだれかわかっているだろう。なぜ時間を無駄にする」

ふたたび間があってから、ブラッドリーが答えた。

「すべての基盤を固める必要があるんです、刑事。自分がふさわしいと思う方法で、自分の捜査は進めなくては」

今度はボッシュが一瞬黙る番だった。なにか見逃しているものがあるのだろうか、なにか進行中のことがあるのだろうか。結局ボッシュはそんなことを心配することはできないと決意した。自分の視線は獲物からそらしてはならない。自分の事件。

「基盤を固める、そいつはいい心がけだが」ボッシュは言った。「いいか、おれは自分のレコーダーがなかったせいで、今日危うく自白を取り損ねるところだった。返してもらえると、ありがたいんだがな」

「もう調べ終えたので、すぐに市警内速達で送ります」

「どうも。じゃ」

ボッシュが電話を切ったときに、ちょうどエドガーがコーヒーカップ三つを持って殺人課テーブルに現われた。それでボッシュはやるべきことを思いだした。

「当直室にはだれがいた？」ボッシュは訊ねた。

「マンキウィッツがいた」エドガーが言った。「それにヤング」

ボッシュは抽斗から自分のマグカップを取りだし、スタイロフォームのカップからコーヒーを移した。そこで受話器を取り、当直室に電話をした。マンキウィッツが出た。

「コウモリの巣穴にはだれかいるか？」

「ボッシュか。あんたは休みだと思っていたよ」

「勘違いだ。巣のほうはどうだ？」

「いや、今日は八時ごろまではだれも来んだろう。どうして必要なんだ？」

「これから自白を取るつもりなんだが、うまく落としたあとで、弁護士なんかに難癖つけられないようにしたい。被疑者は〈エンシェントエイジ〉のにおいをさせているが、おれはしらふだと思っている。そいつを記録に取っておきたいんだ、一応な」

「こいつは骨事件か」

「ああ」

「そいつを連れてくれれば、おれがやるよ。おれがテストできる」

「すまんな、マンク」

ボッシュは電話を切り、エドガーを見た。

「巣穴にやつを連れて行き、呼気検査をやろう。念には念をだ」

「いい考えだ」

ふたりはコーヒーを手に三号取調室に入った。そこに先ほどテーブル中央の輪に、ドラクロワを手錠でつないでおいた。手錠をはずし、コーヒーをがぶ飲みさせてから奥の廊下をハリウッド署の狭い留置設備へと連れて行った。留置場はもともと泥酔者と売春婦用のふたつの大きな仮の独房からなりたっている。それよりたちの悪い逮捕者は通常大きな市かカウンティの刑務所へ護送される。ハリウッド署にはコウモリの巣穴として知られる三番目の小さな独房があり、そこはアルコール濃度検査用の部屋だった。

マンキウィッツと廊下で落ち合い、あとについて巣穴に入った。そこでマンキウィッツがアルコール濃度測定器の電源を入れ、機械につながった透明のプラスチックのチューブに息を吹きこむようドラクロワに指示した。マンキウィッツはジュリア・ブレイシャーのためにバッジに黒い追悼のリボンをつけていた。数分で結果が出た。ドラクロワの呼気中アルコール濃度は〇・〇〇三と、酒気帯び運転の制限にすらはるか届きもしない数値だった。殺人の自白には基準となるセットなどない。

ドラクロワをトラ箱から移動させる際、ボッシュはマンキウィッツに背後から軽く腕を叩かれた。ボッシュは振り返り、エドガーはそのままドラクロワと廊下をもどっていった。

マンキウィッツがうなずいた。

「ハリー、おれはただ、お気の毒にと言いたくてな。あそこで起こったことについてだ」

ボッシュはジュリアのことを話しているのだとわかった。同じようにうなずいた。

「ああ、どうも。きつい出来事だった」

「おれは彼女をあそこに送らないとならなかったんだ。まだ未熟なのはわかっていたが、それでも——」

「おい、マンク。おまえは正しいことをした。もう悔やむのはやめろ」

マンキウィッツはうなずいた。

「おれはもどるから」ボッシュは言った。

エドガーがドラクロワを取調室の元の場所に座らせるあいだ、ボッシュは監視室へ向かい、マジックミラーごしにビデオカメラを固定して、用具入れから取りだした新しいカセットテープをセットした。そこでビデオカメラとバックアップ用の音声レコーダーのスイッチを入れた。すべてが整った。ボッシュは撮影を終わらせるために取調室へもどった。

37

ボッシュは取調室のなかにいる三名の名前と身分を述べ、日付と時刻をあきらかにした。両方とも事情聴取を録画しているビデオテープの下枠に記載されるだろうが念のためだ。テーブルに権利放棄書類を置いてから、ドラクロワにもう一度権利について読みあげたいと告げた。読み終えると、ドラクロワに書名させて書類をテーブルの脇に押しやった。ボッシュはコーヒーを啜ってから、訊問をはじめた。

「ミスター・ドラクロワ。本日早い時間に、あなたは息子さんのアーサーに起こったことについてぜひとも話をしたいとわたしにおっしゃいましたね。まだその話をわたしたちにする気はありますか?」

「ある」

「まず基本の質問をします。それからまえにもどり、細かい部分をすべてつめていきましょう。あなたは息子さんのアーサー・ドラクロワの死を引き起こしましたか?」

「ああ、わたしがやった」

ドラクロワはためらいも感情も見せずに言った。

「あなたが息子さんを殺害したのですか？」

「ああ、やった。そのつもりではなかったが、やった。イエスだ」

「いつ起こったことですか？」

「あれは五月だった。そう、一九八〇年だったと思う。たしかそうだった。あんたたちのほうが、わたしより詳しく知っているだろう」

「想像でものを言わないように。どの質問にも、よく考え、思いだして、答えてください」

「やってみよう」

「息子さんはどこで殺害されたのですか？」

「当時わたしたちが住んでいた家でだ。あの子の部屋で」

「殺害方法はどのようなものでしたか？　あなたが殴ったのですか？」

「ああ、そうだ。わたしは……」

ドラクロワの事情聴取に対する事務的な態度が突然むしばまれ、顔が縮んだように見えた。手のつけ根で目尻の涙をぬぐう。

「あなたは息子さんを殴ったのですか？」

「そうだ」

「どこを？」

「身体中を、たぶん」

「頭もですか？」

「そうだ」

「息子さんの部屋でと言いましたね？」

「ああ、息子の部屋だ」

「なにで息子さんを殴ったのですか？」

「どういう意味だ？」

「拳で、それともなにか物を使用して？」

「ああ、両方だ。わたしの手でも物でも」

「あなたが息子さんを殴るのに使用した物とはなんですか？」

「ほんとうに思いだせないんだ。わたしは……あの子があそこに置いていたものだ。部屋のなかに。よく考えてみないと思いだせません」

「その件はまたあとで話しましょう、ミスター・ドラクロワ。その日なぜあなたは――それよりまず、事件はいつ起こったのですか？　何時頃に？」

「あれは午前中だった。シーラが――わたしの娘だが――学校へ行ったあとだ。それしか思いだせない。シーラはいなかった」

「奥さんはどうです？　息子さんの母親は？」

「ああ、あれはずっとむかしに消えた。あの女が理由でわたしは――」

ドラクロワは口をつぐんだ。おそらく飲酒を妻のせいにして、飲酒が引き起こしたすべてを都合よく妻のせいにするのだろう。殺人も然りだ。

「奥さんと最後に話をしたのはいつですか？」

「元妻だ。あれが出ていった日から話をしたことがない。それは……」

ドラクロワは最後まで言わなかった。何年経ったか思いだせないようだ。

「娘さんのほうはどうです？　娘さんと最後に話をしたのはいつですか？」

ドラクロワがボッシュから顔をそむけ、テーブルで組んだ手に視線を落とした。

「ずっとまえだ」ドラクロワは言った。

「どのくらい？」

「思いだせない。ふだん話をする間柄じゃない。わたしがあのトレイラーを買えるよう手伝ってくれた。いまから、五、六年まえだ」

「今週は話をしていないのですか？」

ドラクロワが顔を上げてボッシュを見た。けげんな顔をしていた。

「今週？　いや。なぜそんなことを――」

「質問はこちらにさせるように。ニュースはどうです？　先週以降、新聞を読んだりテレビでニュースを見ていないのですか？」

ドラクロワがかぶりを振った。

「いまテレビでやってるものは好きではない。ビデオを見るのが好きなんだ」

ボッシュは道をそれてしまったことに気づいた。基本的な話にもどすことにした。ここで成し遂げるべき大切なことは、アーサー・ドラクロワの死について明確で簡潔な自白を得ることだ。自白が有効となるように、揺るぎなく、詳しくなければならない。まずまちがいなく、ドラクロワが弁護士をつけたのち、ある時点で、自白は取りさげられるだろう。つねにそうだ。あらゆる面において正当性が疑われるだろう——容疑者の心理状態を追った手順から——そしてボッシュの職務は自白を取るだけでなく、自白を生き延びさせ、最後には十二名の陪審員に届けられるようにすることだった。

「息子さんのアーサーの話にもどりましょう。息子さんが亡くなった当日、あなたはなにを使って殴ったか覚えていますか？」

「あの子が持っていた小さなバットだったと思う。ドジャースの試合でみやげにするようなミニチュアの野球バットだ」

ボッシュはうなずいた。ドラクロワが話しているバットのことは知っている。みやげ物の売店で販売されるバットで、警官が金属のバトンをもつようになるまで携帯していた古い警棒に似ていた。あれなら致命傷をあたえることができる。

「なぜ息子さんを殴ったんです？」

ドラクロワが両手を見下ろした。ひどい深爪になっていることにボッシュは気づいた。痛々しく見えた。

「ああ、それは覚えていない。きっと酔っていたんだろう。わたしは……」

またもや涙があふれだし、ドラクロワはひどく傷ついた両手で顔をかくした。ドラクロワが両手を降ろし、先をつづけるのをボッシュは待った。

「あの子は……学校に行っているべきだった。だが、行っていなかった。わたしが部屋に入ると、あの子はそこにいた。わたしは頭にきた。大金を払っていたんだ——なけなしの金を——あの学校には。わたしは叫びはじめた。あの子を殴りだし、そして……そしてあの小さなバットを手にして殴った。強く殴りすぎたらしい。そんなつもりはなかったのに」

ボッシュはふたたびつづきを待ったが、ドラクロワはしゃべらなかった。

「そこで息子さんは死んだ？」

ドラクロワがうなずいた。

「それは肯定の意味ですか」

「ああ。そうだ」

ドアをそっとノックする音がした。ボッシュがエドガーにあごをしゃくると、エドガーは立ち上がり、外に出た。おそらく検事だろうが、いまは挨拶を交わすなどして中断されたくなかった。ボッシュは質問を進めた。

「それからどうしました？　アーサーが死んでから」

「わたしはあの子を裏口から運びだし、階段を降りて車庫へ向かった。だれにも見られなかった。車のトランクにあの子を入れた。それからあの子の部屋にもどり、掃除をしてかばんにあの子の服を何枚かつめた」

「どんな種類のかばんでしたか？」

「あの子の通学かばんだ。バックパック」

「なかにはどんな服を入れましたか？」

「覚えていない。抽斗からつかんだものなんでもだ」

「なるほど。そのバックパックの外観を話してください」

ドラクロワが肩をすくめた。

「覚えていない。ごくふつうのバックパックだった」

「なるほど、服をつめてから、なにをしました？」

「トランクに入れた。そしてトランクを閉めた」

「どんな車ですか」

「七二年型のインパラだ」

「まだ所有していますか？」

「持っていたかったよ。クラシックカーになったのに。だが、つぶしてしまった。あれが最初の酒酔い運転だった」

「つぶしたとはどういう意味ですか？」

「全損させた。ビバリーヒルズのパームツリーにぶつけて。どこかのくず鉄置き場に運ばれたよ」

もともと三十年まえの車の追跡は困難だとわかっていたが、車両が全損したというニュースは、その車を発見し、物的証拠をトランクから探しだす希望を潰えさせた。

「では、本筋にもどりましょう。あなたはトランクに遺体を入れた。いつその処理をしました？」

「その夜に。遅い時間だった。あの日あの子が学校からもどらなかったとき、わたしたちはあの子を探しはじめた」

「わたしたち？」

「シーラとわたしだ。近所を運転してまわり、見てまわった。スケートボードのスポットになっている場所をくまなく探した」

「そしてそのあいだじゅう、アーサーの遺体はあなたが入れた車のトランクにあった？」

「そのとおりだ。自分がやったことを娘に知られたくなかったのだ。娘を守っていたんだ」

「それはわかります。警察に失踪届を出しましたか？」

ドラクロワは首を横に振った。

「いや。ウィルシャー署に行き、警官と話はした。署に入っていくと真正面にいた。デスクに。たぶんアーサーは家出をしたのだろうが、もどってくるだろうと言われた。数日待てと。だから届けは出さなかった」

ボッシュはできるだけ多くの事項を網羅して実証される事実を積み重ね、ドラクロワと弁護士が自白を取りさげ、否定しても、自白を強力に支えるために使おうとしていた。そうする最善の方法は、動かぬ証拠か科学的な事実を得ることだった。だが、裏を取った話もまた重要であった。シーラ・ドラクロワがすでにボッシュとエドガーに、彼女と父親がアーサーが家にもどらなかった夜に警察署へ車で行ったと話している。父親が署内にいるあいだ、シーラは車で待っていた。だが、ボッシュは失踪届を見つけることができなかった。ようやくこれで話の辻褄があうようだ。自白を有効にしてくれる印をひとつ手に入れた。

「ミスター・ドラクロワ、わたしに快く話をできていますか？」

「ああ、もちろん」

「いかなる点でも、強制や脅迫をされているとは思っていませんね」

「ああ、わたしはだいじょうぶだ」

「あなたはわたしに自由意志で話されていますね？」

「そのとおりだ」

「わかりました。あなたはいつ息子さんの死体をトランクから出しましたか？」

「そのあとになって出した。シーラが眠ると、わたしは外に出てふたたび車に乗り、死体を隠したところまで運転した」

「その場所とは？」

「丘の上だ。ローレル・キャニオンの」

「もっと詳しく思いだせますか？」

「あまり。わたしは学校のまえを通り過ぎ、ルックアウト・マウンテンを登った。どこか上のほうだ。暗かったし、わたしは……わかるだろう、酔っぱらっていた。事故のことでひどく気分が悪かったからだ」

「事故？」

「アーサーを強く殴りすぎてしまったこと」

「なるほど。で、学校を通り過ぎて丘を登った、と。通りの名前を覚えていますか」

「ワンダーランド」

「ワンダーランド？　たしかですか？」

「いや、だけど、そうだったと思う。これだけの長い年月を……この事故のことをどうにかして忘れようと過ごしてきたんだ」

「それで、あなたは死体を隠した際に酩酊していたというんですか？」

「わたしは酔っていた。そうすべきでなかったとあんたは思うのか？」

「わたしがどう思うかは関係ありません」

ボッシュははじめて危険な震えが身体を突き抜けるのを感じた。ドラクロワが完璧な自白を提供している一方で、ボッシュは事件をだいなしにもする可能性のある情報を引きだした。ドラクロワが酔っていたという情報は、なぜ死体が急いで丘の斜面に置かれ慌てて土と松葉を薄くかぶせられただけかを説明するものだ。だが、ボッシュはあの丘を登るために苦労した自分自身の経験を思いだし、酔った男がわが子の死体を抱えたにしろ、引きずったにしろ、丘を登りきったとはどうしても想像できなかった。

しかも、バックパックがある。死体といっしょに運んだのか、それともドラクロワは二度目にバックパックをもって丘をふたたび登ったのだろうか。暗がりのなかで、自分が死体を置いたのと同じ場所をなんとか見つけて？

ボッシュはドラクロワを見つめ、どのように進めるべきか見極めようとした。充分な配慮をしなければ。のちの法廷出頭日で被告側弁護人が食い物にできるような反応を引きだし、事件自体を自殺に追いこむかもしれない。

「わたしが覚えているのは」ドラクロワがとつぜん自分から言った。「長い時間がかかったことだけだ。ほとんど一晩じゅうかかった。それに穴へ埋めるまえに、精一杯あの子を抱きしめたことを覚えている。あの子の葬式をするつもりで」

ドラクロワがうなずき、自分が正しいことをやったのだという同意がボッシュの目に浮かんでいるかどうか探った。ボッシュはその視線になんの感情も表わさなかった。

「そこからはじめましょう」ボッシュは言った。「息子さんを埋めた穴ですが、どの程度の深さでしたか？」

「それほど深くなかった。せいぜい六十センチだったんじゃないか」

「どうやりました？　道具を持っていたのですか？」

「いや、それは考えつかなかったんだ。だから手で掘らないとならなかった。あまり深く掘れなかった」

「バックパックはどうしました？」

「ああ、それも同じように埋めた。穴に。だが、たしかじゃない」

ボッシュはうなずいた。

「なるほど。その場所についてほかに覚えていることはありませんか？　険しい斜面だったか、平坦だったか、ぬかるんでいたか？」

ドラクロワが首を左右に振った。

「思いだせない」

「近くに民家はありましたか？」

「すぐ近くに何軒かあった、ああ。だがだれにも見られなかった。それを訊きたいのなら」

ボッシュは法的な危険につながる小道を少々進みすぎたとようやく結論づけた。ここでやめて、本筋にもどり、さらに細かなところをはっきりさせなければならない。

「息子さんのスケートボードはどうしました？」

「それがどうかしたのか？」

「スケートボードをどうしましたか？」

ドラクロワが身を乗りだし、じっくり考えていた。

「いや、まったく覚えていない」

「息子さんといっしょに埋めましたか？」

「思いだせない……覚えていない」

ボッシュはほかになにか話が出てこないかと、長い間を置いた。ドラクロワはなにも言わなかった。

「わかりました、ミスター・ドラクロワ。ここで休憩にして、わたしはパートナーと話をしてきます。いま話したことについて考えておいてください。あなたが息子さんを埋めた場所について。もっと思いだしてもらう必要があります。それにスケートボードの件もです」

「わかった。やってみよう」

「またコーヒーを持ってきます」

「それはありがたい」

ボッシュは席を立ち、空のカップをもって部屋から出た。ただちに監視室に向かい、ドアを開けた。エドガーともうひとりの男がそこにいた。その男はボッシュの知らない相手だったが、マジックミラーごしにドラクロワを見つめていた。エドガーがビデオカメラを止めようと手を伸ばしていた。

「切るな」ボッシュはすばやく言った。

エドガーが手をひっこめた。

「カメラはまわしておこう。あの男がさらに思いだすことがあった場合、おれたちに示唆されたとだれにも言われたくない」

エドガーはうなずいた。もうひとりの男が窓から振り返り、手を差しだした。三十歳そこそこに見える男だ。黒髪をなでつけ、とても白い肌をしていた。顔に大きな笑みを浮かべていた。

「どうも、ジョージ・ポーチュガルです。地区検事補の」

ボッシュは空のカップをテーブルに置き、握手した。

「興味深い事件を扱っているようですね」ポーチュガルが言った。

「そしていつでも、ますます興味深くなるんだ」ボッシュは言った。

「そうですか、最後の十分間を見たかぎりでは、ちっとも心配することはないようです。スラムダンクでしょう」

ボッシュはうなずいたが、笑顔は返さなかった。ポーチュガルの言葉の青臭さを笑ってやりたかった。若き検事の勘を信用しないだけの分別はある。ドラクロワを鏡の向こう側へ連れてくるまでに起こったすべてを思い起こした。それにボッシュはスラムダンクなどというものがないことも承知していた。

38

午後七時にボッシュとエドガーは、パーカーセンターで息子殺害の逮捕手続きをすべくサミュエル・ドラクロワをダウンタウンへ護送していた。取調室での事情聴取にポーチュガルを同席させ、さらに一時間近くドラクロワを訊問したが、殺害についてほんの二、三の細かな点しか拾いだせなかった。息子の死とそれに関わったみずからの役割について、父親の記憶は、二十年間の罪の意識とウイスキーとで薄れてしまっていた。

ポーチュガルは事件がスラムダンクだと信じたまま取調室をあとにした。ボッシュは反対に、それほど確信が持てなかった。ほかの刑事や検事ほど自発的な自白は歓迎していない。真の自責の念はこの世界ではまれだと信じていた。思いがけない自白は大いなる警戒心をもって扱い、言葉の裏に隠された有効な部分をつねに探した。ボッシュにとっては、どの事件も建設中の家のようなものだった。自白が有効になると、家が建つ土台がコンクリート板になる。もし土台に悪いものが混ざるか、悪いものが流しこまれると、家は最初の地震の衝撃に耐えられないだろう。車にドラクロワを乗せてパーカーセンターへ向かいながら、ボッシュはこの家の基礎に見えないひびが入っていると思わずにはいられなかった。そして地震がやってくるだろうとも。

ボッシュの思考は携帯電話の軽やかな音で中断された。ビレッツ警部補だった。

「あなたたちは、わたしと話す機会を持つまえにこっそり出ていったのね」

「やつを告発手続きに連れていく途中です」

「うれしそうね」

「どうでしょう……詳しいことは」

「車でドラクロワといっしょなのね？」

「ええ」

「どうでしょうって、あなた本気なの、それとも心配性なだけかしら？」

「まだわかりません」

「アーヴィングと広報からわたしに電話があったわ。すでに地区検事局の広報を通じて告発が近いという噂が広まっているようね。わたしにどう対処してほしい？」

ボッシュは腕時計を見た。ドラクロワの逮捕手続きを済ませたあとに、シーラ・ドラクロワの家に八時までに着けると考えた。問題は報道機関に発表すると、記者たちがシーラの家に八時まえに殺到するだろう点だ。

「最初におれたちが娘の元へ行きたいと思っています。検事局に連絡して、九時まで発表を待てないか訊いてもらえますか？　こっちの広報にも」

「問題ないでしょう。それから、いいこと、そいつを片づけて話せるようになったらわたしに電話して。自宅に。なにか問題がないかどうか、それを知りたいのよ」

「そうします」

ボッシュは電話を折りたたみ、エドガーを見やった。

「ポーチュガルが最初にやったことは、地区検事局の広報オフィスに電話することだったようだぜ」

「さもありなんだな。きっとはじめてのでかい事件なんだろう。できるかぎり恩恵を受けるつもりだ」

「ああ」

ふたりはそれから数分間、黙って車を走らせた。ボッシュはビレッツにそれとなくほのめかしたことを考えた。不安の原因を突き止めることがちっともできない。事件は警察捜査の領域から、司法システムの領域へ移ろうとしている。まだやるべき捜査が数多くあるが、被疑者がいったん告発されて、拘留され、追訴が始まるとあらゆる事件が様変わりをする。たいていの場合ボッシュは殺人者を告発する瞬間に安堵と達成を覚える。街の王になったような、なにか重要なことをやってのけたという気持ちになるのだ。だが、今回はそうでなく、理由もはっきりわからなかった。

ボッシュはようやく、おのれの失策と自分の手の届かない事件の進行に関する感情をふりはらった。この事件のためにこれだけ多くの犠牲が払われたのだから、祝うことも街の王のように感じることもできないのだと判断した。そうだ、車には子殺しを自白した犯人がいっしょに乗っており、これから拘置所に連れていくところじゃないか。しかし、ニコラス・トレントとジュリア・ブレイシャーは死んだ。ボッシュが事件で建てた家には、いつも幽霊のいる部屋がある。そして霊はいつもボッシュの脳裏につきまとうのだ。

「いま話していた娘とは、わたしの娘のことか？　あの子に話を聞きに行くのか？」

ボッシュはルームミラーを見上げた。ドラクロワは後ろ手に手錠をかけられているため、まえのめりになっていた。ボッシュはドラクロワの顔を見ようとして、ミラーを調整し、室内灯をつけた。

「ええ。娘さんに知らせるつもりです」

「そうしなければならないのか？　これにあの子を関わらせないといけないのか？」

ボッシュは一瞬ミラーでドラクロワを観察した。視線があちこちをさまよっている。

「選択の余地はないんです」ボッシュは言った。「弟さんのこと、父親のことですから」

ボッシュはロサンジェルス・ストリートの出口に入った。五分でパーカーセンター裏手の逮捕手続き窓口に着くだろう。

「あの子になんと言うつもりだ？」

「あなたが話したことを。あなたがアーサーを殺したということ。記者たちがやってきたり、お嬢さんがニュースで見るより先に、話をしたいと思っています」

ボッシュはミラーをたしかめた。ドラクロワがうなずいて賛意を示した。それからドラクロワの視線があがり、ミラーのボッシュの視線と合わせた。

「わたしのために、あの子に伝言を頼めるだろうか？」

「なんと言うんです？」

上着のポケットのレコーダーに手を伸ばしたが、持っていないことに気づいた。口に出さずに、ブラッドリーとIADへの協力を決意した自分自身の欠点を呪った。

ドラクロワは一瞬黙りこんだ。娘に言いたいことを探しているかのように、左右に首を動かした。それからふたたびミラーを見上げて、口をひらいた。

「あの子には、わたしがすべてを申し訳なく思っていると言ってほしい。そのようなことを。すべてを申し訳なく思っていると。そう言ってくれ」

「あなたはすべてを申し訳なく思っている。わかりました。ほかには？」

「いや、それだけだ」

エドガーがシートで身体を動かし、ドラクロワを振り返った。

「申し訳ない、か」エドガーは言った。「二十年も経ってからじゃ、いささか遅いようだな、そう思わんか？」

ボッシュは右折してロサンジェルス・ストリートへ入るところだったので、ルームミラーでドラクロワの反応をたしかめることができなかった。

「なにも知らないくせに」ドラクロワが怒って切り返した。「わたしは二十年間泣き暮らしたんだ」

「そうだろうよ」エドガーがさらに切り返した。「ウイスキーに溺れて泣いていたんだな。

だが、おれたちがやってくるまで、充分には泣いてなかった。ボトルを捨てて、自首し、自分の息子を土からだしてやるほど泣いちゃいなかった。あとからでも、正式な埋葬をしてやれただろうに。おれたちが見つけたのは骨だけだったよ。骨だ」

ボッシュはミラーを見ることができるようになった。ドラクロワは首を横に振り、さらにまえのめりになってフロントシートの背もたれに頭をつけた。

「できなかったんだ」ドラクロワは言った。「わたしはそんなことさえ――」

ドラクロワは口をつぐみ、ボッシュがミラーを見つめていると、ドラクロワの肩が震えはじめた。泣いていた。

「そんなこととは、どんなことだ？」ボッシュは訊ねた。

ドラクロワは応えなかった。

「そんなこととは、どんなことだ」ボッシュはさらに大声で訊いた。

そこでドラクロワがバックシートの床に吐く音がした。

「ええい、ちくしょう」エドガーが叫んだ。「こうなると思ってたぜ」

車にはトラ箱につきものの酸っぱい臭いが立ちこめた。アルコールが基盤の吐物だ。射すような一月の夜気にもかかわらず、ボッシュは窓を全開にした。エドガーも同じようにした。

ボッシュは車をパーカーセンターに入れた。

「たしかおまえの番だよな」ボッシュは言った。「おれはこのまえのを掃除した。〈バー・マーマウント〉から引っぱりだしたがきんちょの」

「わかった、わかったよ」エドガーが言った。「とにかく夕飯まえに片づけたいぜ」

収容者護送の車両用に確保されている引き入れ口近くのスペースに車を入れた。入り口に立っていた逮捕手続きの担当者が車のほうに近づいてきた。

ボッシュはジュリア・ブレイシャーが、パトカーのバックシートの吐物を掃除することで不平を述べていたことを思いだした。その思い出は、ボッシュの負傷した肋骨をまたジュリアがつつき、痛いながらもボッシュにほほ笑みを浮かべさせるような気にさせた。

39

シーラ・ドラクロワは、かつて弟といっしょに暮らしていたが、ひとりしか成長しなかった家のドアを開けた。黒いレギンスと膝まで届きそうなロングTシャツを着ていた。化粧を落としており、色味やパウダーに隠されていないときはかわいらしい顔をしているのだとボッシュははじめて気づいた。シーラはボッシュとエドガーだとわかると目を丸くした。

「刑事さん？　いらっしゃるなんて思ってなかったわ」

ボッシュたちを招き入れるような動きはしなかった。ボッシュは口をひらいた。

「シーラ、ローレル・キャニオンの遺骨がきみの弟さんのアーサーだと確認できそうなんだ。こんな知らせをしなきゃならんとは残念に思っている。数分間だけ中に入っていいだろうか？」

知らせを聞くとシーラはうなずき、一瞬ドア枠にもたれた。アーサーがもどってくることはなくなったいま、シーラは引っ越すのだろうかとボッシュは思いめぐらした。

シーラが脇によけ、ふたりを招き入れた。

「どうぞ」シーラはそう言って座るように身振りで示した。ボッシュたちはリビングへ入った。

全員が以前と同じ席についた。先日シーラが出してきた写真の箱がまだコーヒーテーブルに載っていた。今日はきちんと列をつくって写真は箱にしまわれていた。シーラはボッシュの視線に気づいた。

「ちょっと順番に並べてみたの。長いことやらなくてはと思っていたので」

ボッシュはうなずいた。シーラが腰を降ろすまで待って、最後に腰を降ろし、先をつづけることにした。ボッシュとエドガーはこの訪問をどんなふうに進めなければならないか打ち合わせしていた。

シーラ・ドラクロワは事件の重要な要素になるだろう。こちらには父親の自白と骨の証拠がある。だが、それをひとつにまとめあげるのはシーラの話だ。ドラクロワ家で育つのがどんなふうであったかを言わせる必要がある。

「ええと、まだつづきがあるんだよ、シーラ。きみがニュースで見るまえに話をしたいと思ってね。本日遅くに、きみのお父さんがアーサー殺しで告発された」

「ああ、なんてこと」

シーラがまえかがみになり膝に肘をついた。手を拳に握りしめ、ぎゅっと口に押しあてた。目を閉じた顔に髪が落ちかかり、表情を隠そうとしていた。

「明日の罪状認否手続きと保釈審問までパーカーセンターに拘留されている。いろいろ見たところによると——お父さんの生活ということだが——提示されるだろう金額の保釈金を払うことはできないだろう」

シーラが目を開けた。

「なにかのまちがいに決まってるわ。あの男はどうなの、道の向かいに住んでいた男は。自殺したのでしょう。犯人にちがいないわ」

「おれたちはそう思っていないんだ、シーラ」

「父にそんなことができたはずありません」

「じつは」エドガーがそっと言った。「自白されたんだよ」

シーラが背筋を伸ばし、心からの驚きがその顔に浮かんだ。それがボッシュを驚かせた。

シーラはつねにその考えを心に抱いてきたのだろうと思っていたからだ。父親への疑いを。

「お父さんはアーサーが学校をさぼったので野球バットで殴ったと話した」ボッシュは言った。「そのとき酔っていてうっかり強く殴りすぎたと。事故だったそうだ、お父さんが言うには」

シーラがいまの情報を理解しようとしながらボッシュを見つめ返した。

「それから弟さんの死体を車のトランクに入れた。あの夜きみたちふたりが弟さんを探しまわるあいだ、ずっとトランクに入っていたんだ」

シーラはふたたび目を閉じた。

「それから、その夜遅く」エドガーがつづけた。「きみが眠っているあいだに、ひそかに外出して丘へ車を走らせ死体を捨てた」

シーラはその言葉を振り払おうとするように首を振りはじめた。

「ちがう、ちがうわ、父は……」

「お父さんがアーサーを叩くところを見たことがあるかい?」ボッシュは訊ねた。

シーラが夢から覚めたようにボッシュを見た。

「いいえ、一度もないわ」

「それはたしか?」

シーラはうなずいた。

「あの子が小さくて聞き分けがなかったころに、お尻をぴしゃりとやったぐらいよ。それだけだわ」

ボッシュはエドガーを見やり、つぎに目のまえの女性を見やった。シーラはふたたびかがんで足元の床を見下ろしている。

「シーラ、話しているのがお父さんのことなのはわかっている。だが、きみの弟さんのことも話しているんだ。弟さんは生きているころ、ほとんどいいことがなかった、そうだろう?」

ボッシュは反応を待ち、長い間があってシーラは顔をあげることなしに首を横に振った。

「おれたちにはお父さんの自白と証拠がある。アーサーの骨が語りかけてくれるんだ、シーラ。傷があった。たくさんの傷だ。生涯にわたって受けた傷だよ」

シーラがうなずいた。

「おれたちに必要なものは、ほかの声なんだ。アーサーにとってこの家で育つことがどんなふうだったのか話せるひとのだ」

「育とうと努力すること」エドガーが言いたした。

シーラは背筋を伸ばし、てのひらで頬の涙をぬぐった。

「わたしに話せるのは、あの人が弟を殴ったところは見たことがないということだけ。ただの一度も」

シーラはさらに涙をぬぐった。顔は光ってゆがんで見えてきた。

「こんなこと信じられない」シーラは言った。「わたしはただ……わたしはあの丘で見つかったのがアーサーかどうか知りたかっただけなのに。それがいま……あなたたちに連絡なんかするんじゃなかった。連絡するんじゃ……」

シーラは最後まで言わなかった。目頭を押さえ涙を止めようとした。

「シーラ」エドガーが言った。「お父さんがやってないのなら、なぜおれたちに自白なんかするんだ？」

シーラは鋭く首を左右に振り、動揺しはじめたように見えた。

「なぜきみに、申し訳なく思っていると伝言を頼むんだ？」

「わからないわ。あのひとは病気なの。酔っているのよ。きっと注目を浴びたかったのよ。わたしにはわからないけど、俳優だったから」

ボッシュはコーヒーテーブルの写真の箱を引きよせ、指で一列をたどった。五歳ぐらいのアーサーの写真があった。それを取りだし、しげしげとながめた。少年に悪しき運命が定められ、肉の下の骨がすでに傷ついているとは、写真からはまったくわからなかった。

ボッシュは元の場所に写真をもどし、シーラを見あげた。視線が合った。

「シーラ、われわれに協力してくれないか?」

シーラは目をそらした。

「できません」

40

ボッシュは車を排水用土管のまえに止め、すぐにエンジンを切った。ワンダーランド・アヴェニューの住民の関心をいっさい惹きたくなかった。スリックバックに乗っているだけで身元がばれる。だが、すべての窓にカーテンが引かれているほど遅い時間だろうと期待していた。

エドガーはその夜帰宅していたのでボッシュは車にひとりきりだった。ボッシュは手を伸ばし、トランクリリース・ボタンを押した。サイドウインドーにもたれ、暗闇につつまれた丘を見あげた。事件現場へとつづく傾斜板と階段の設備を、特別役務班がすでに撤去していた。ボッシュはこうなっていることを望んでいた。サミュエル・ドラクロワが真夜中に息子の死体をひきずって丘を登ったときと、できるだけ近い状況を望んでいた。

懐中電灯の灯りが射し、一瞬ボッシュをひるませた。自分の親指が電灯のボタンにかかっていたことに気づいていなかった。懐中電灯を消し、ロータリーの静かな家々を見やった。ボッシュは自分の勘にしたがい、すべてが始まった場所にもどってきた。二十年以上経った殺人の罪で男を逮捕したが、納得できていなかった。なにかがおかしく、ボッシュはここからはじめたいと思っていた。

ボッシュは手を上に伸ばし、室内灯のスイッチを切った。そっとドアを開け、懐中電灯を手に降りた。

車の背後でいま一度あたりを見まわし、トランクの蓋を開けた。トランクに横たわっているのは、SIDラボのジェスパーから借りてきたテスト用のダミー人形だった。ダミーは犯罪を再現する場合に使用される。とくに、疑わしい投身自殺とひき逃げの場合などにだ。SIDには幼児から成人までのサイズが取りそろえられている。どのダミーの重量も、約五百グラムの砂袋を胴体と手足についたファスナーつきポケットから追加したり減らしたりして調節できるようになっていた。

ボッシュのトランクにあるダミーは胸にSIDとステンシルで書かれていた。顔はなかった。ラボでボッシュとジェスパーは砂袋を使い、三十二キロの重さにしていた。ゴラーがアーサー・ドラクロワの骨の大きさと少年の写真からその程度だと見積もった重さだ。ダミーには発掘現場から出てきたバックパックと似たものを店で購入し、背負わせていた。バックパックのなかには、骨とともに埋められていた衣類に見立て、スリックバックのトランクにあったぼろ布をつめていた。

ボッシュは懐中電灯を置き、ダミーの二の腕をつかんでトランクから引きずりだした。そして左肩にかついだ。バランスを取ろうとあとずさってからふたたびトランクに近づいて懐中電灯を手にした。ドラッグストアの安物の懐中電灯で、サミュエル・ドラクロワが息子を埋めた夜に使ったと話したのと同じようなものだった。ボッシュは灯りをつけ、路肩をまたいで丘に向かった。

ボッシュは斜面を登りはじめたが、この傾斜を進むには両手で木の幹をつかむ必要があるとすぐさま気づいた。胸ポケットの片方に懐中電灯を押しこむとその光がおもに照らすのは木々の先端近くとなり、ほとんど役には立たなかった。

最初の五分間で二度転倒し、険しい斜面の十メートル上に達するまえに、くたびれきってしまった。行く手を照らす懐中電灯がないと、通り過ぎる際に葉のない枝が見えず、枝に頬をひっかかれ、傷が口を開けた。ボッシュは悪態をついたが、進みつづけた。

十五メートルほど進むと、ボッシュははじめての休憩を取り、ダミーをモンテレーマツの幹の隣りに落としてその胸に腰を降ろした。Tシャツをズボンから引きだし、頬にあふれる出血を止めるのに使った。顔をしたたる汗で傷はしみた。

「よし、シッド、行こうか」ボッシュは息を整えると言った。

つぎの五メートル少々は、斜面にダミーをひきずっていった。進みかたは遅くなったが、全体重をかつぐよりは楽で、そうやったのを覚えているとドラクロワが語った方法と同じでもあった。

さらにもう一度休憩をはさんで、ボッシュは最後の十メートル近くを登りつめ、平らな土地にあがり、アカシアの木立の下の空き地にダミーをひきずっていった。膝をつき、かかとを下敷きにして座りこんだ。

「たわごとだ」ボッシュはぜいぜい息をしながら言った。「こいつはたわごとだ」

ドラクロワがこのようなことをやったとは思えなかった。これと同じ離れ業をやってのけたと思われる当時のドラクロワより、ボッシュはおそらく十歳ほど年上だが、ボッシュはこの歳にしては体型を保っている。それにドラクロワの主張と異なり、しらふでもある。

ボッシュは埋葬場所に死体を運ぶことができたが、それでも腹の底でドラクロワは嘘をついていたと勘が告げていた。やつは言ったとおりの方法ではやっていない。それに死体をもって丘をあがることもできなかったはずだ。あるいは共犯者がいたか。また第三の可能性もあった。アーサー・ドラクロワが生きて自分の足で丘を登ったか。

ボッシュの息づかいはようやく正常にもどった。頭をそらし、木立がつくる天蓋の切れ間を見あげた。夜空と雲に隠れた月のかけらが見える。下のロータリーにある家の一軒から、暖炉で燃える薪のにおいがすることに気づいた。

ポケットから懐中電灯を取りだし、ダミーの背中に縫いつけられたストラップを照らした。ダミーをもって丘をおりることは実験の一部ではなかったため、ストラップをもっておりるつもりだった。立ち上がろうとしたまさにそのとき、ボッシュの左手、十メートル近く向こうの下生えでなにかが動く音がした。

ボッシュはただちに懐中電灯を物音のほうへ向け、藪へ逃げていくコヨーテのおぼろげな姿を認めた。コヨーテは懐中電灯の明かりからすばやく移動し姿を消した。ボッシュは左右に明かりを照らしたが、見つけることはできなかった。立ち上がり、ダミーを斜面のほうへ引っぱっていった。

重力の法則で下りは楽だったが、やはり油断はならなかった。注意深くゆっくりと足場を選びながら、コヨーテのことをあれこれ考えた。コヨーテの寿命はどのくらいなのか。今夜目にしたコヨーテが、二十年まえにほかの男が同じ場所に死体を埋めるのを目撃したなどあり得るだろうか。

ボッシュは転ぶことなく丘を下りきった。ダミーを抱えて路肩まで来ると、ドクター・ギヨーと犬がスリックバックの隣りに立っていた。犬にはリードがついていた。ボッシュはすばやくトランクまで進み、ダミーを投げ入れ、蓋を叩き閉めた。ギヨーが車の背後へまわってきた。

「ボッシュ刑事」

ボッシュになにをしているのかと訊かないほうがいいと承知しているようだった。

「ドクター・ギヨー。お元気ですか？」

「あんたより元気のようだね、申し訳ないが。また怪我をしておるな。ひどい切り傷のようだが」

ボッシュは頬に触れた。まだ痛んだ。

「だいじょうぶです。ただのひっかき傷です。カラミティは綱につないだままのほうがいいですよ。いましがたコヨーテを見かけました」

「ああ、あの夜からひもをはずしたことはないよ。丘はほっつきまわるコヨーテでいっぱいだ。夜になると鳴き声がする。わしと家に来たほうがいい。バタフライ型の絆創膏をつけてあげよう。きちんと手当てしないと、傷跡が残る」

ジュリア・ブレイシャーがボッシュの傷跡について訊ねた思い出がとつぜん頭によみがえった。ボッシュはギョーを見た。

「わかりました」

車をロータリーに残し、ふたりはギョーの家まで歩いて下った。奥のオフィスでボッシュはデスクに腰かけ、ドクターが頬の切り傷を消毒し、バタフライ型の絆創膏を二枚使って傷を閉じた。

「もとどおりになるだろう」ギョーが救急箱の蓋を閉じながら言った。「シャツのほうはどうだか、わからんがな」

ボッシュはTシャツを見下ろした。裾が自分の血で染まっていた。

「手当てしてくださり、ありがとうございました、先生。どのくらいつけていないとだめでしょう？」

「二、三日。あんたが我慢できればな」

ボッシュはそっと頬に触れた。かすかに腫れていたが、傷はもう痛まなかった。ギョーが救急箱のほうから振り返り、ボッシュを見た。なにか言いたげだとボッシュはわかった。ダミーのことを訊きたいのだろう。

「どうかしましたか、ドクター？」

「最初の夜ここに来た巡査。女性の。あのひとが死亡した巡査かな?」

ボッシュはうなずいた。

「ええ、彼女です」

ギョーは心底悲しむ様子で首を横に振った。重い足取りでデスクをまわっていき、椅子に沈みこんだ。

「物事というものは、妙な具合に進むことがある」ドクターは言った。「連鎖反応だ。向かいのミスター・トレント。あの巡査。すべて一匹の犬が一本の骨を取ってきたせいで。犬がやるもっとも自然な行為で」

ボッシュにはうなずくことしかできなかった。Tシャツをズボンにたくしこみ、血の染みた部分が隠れるかどうかたしかめようとした。

ギョーがデスクの椅子の隣りに横たわっている犬を見下ろした。

「リードをこの子からはずさなければよかったと思うよ」ギョーは言った。「心からそう思う」

ボッシュは静かにデスクから降りた。自分のみぞおちを見下ろす。血の染みは見えなかったが、Tシャツに汗が染みていたため、たいしたちがいはなかった。

「はっきりとはわかりませんが、ドクター・ギョー」ボッシュは言った。「そんなふうに考えはじめると、二度と外に出ていくことができなくなるんじゃないでしょうか」

ふたりは見つめあい、うなずきあった。ボッシュは頬を指さした。

「こいつをどうもありがとうございました」ボッシュは言った。

「出口はわかりますから」

ボッシュはドアのほうを向いた。ギョーが呼びとめた。

「テレビでニュース番組のCMをやっておった。この事件で逮捕された者がいると警察が発表したそうだな。十一時のニュースを見るつもりだった」

ボッシュは戸口からドクターのほうを振り返った。

「テレビで見ることを全部が全部信じちゃいけません」

41

ボッシュがサミュエル・ドラクロワの自白の最初の部分をちょうど見終えたときに、電話が鳴った。リモコンを手にしてテレビの音声を消し、電話に出た。ビレッツ警部補だった。

「電話をしてくれるものと思っていたんだけど」

ボッシュは手にしていたビール壜をらっぱ飲みして、テレビ鑑賞用の椅子の隣りにあるテーブルに置いた。

「すみません、忘れてました」

「やはり事件について同じように感じているの？」

「さらに強く感じています」

「そう、それはどんなことなの、ハリー？　自白に混乱している刑事なんて、見たことがないわ」

「多くのことですよ。なにか裏にあります」

「どういう意味？」

「あの男が殺してないんじゃないかと思いはじめたってことです。あいつがなにかを隠していて、おれがそれを知らないんじゃないかと」

ビレッツは長いこと口をつぐんでいた。おそらくどう反応していいか自信が持てないのだろう。

「ジェリーはどう考えているのかしら？」ビレッツがようやく訊ねた。

「どう考えているんでしょうね。事件を解決できてうれしがっているんじゃないでしょうか」

「わたしたちはみなそうよ、ハリー。でも、あの男が犯人でないなら、うれしがりはしないわ。なにか動かぬ証拠があるの？　あなたが感じている疑問を裏づけるようななにかが？」

ボッシュはそっと頬に触れた。腫れは引いたが、傷そのものは触れるとうずいた。なのに、傷に触れずにいられなかった。

「今夜、事件現場に行ったんです。ＳＩＤのダミーを持って。三十二キロです。登ってはみましたが、そりゃ一苦労でしたよ」

「わかったわ、でも、やれることは証明したことになるわね。なにが問題なの？」

「おれはダミーを引っぱりあげました。あいつは息子の死体をひきずっているんです。おれはしらふでした。ドラクロワは酔っていたと言いました。おれは一度あそこに登ったことがあります。やつははじめてだった。やつには登れなかったと思います。少なくとも単独では」

「共犯がいたと思うの？　たぶん娘が？」

「共犯がいたかもしれませんし、現場に行かなかったのかもしれません。わからないんですよ。今夜エドガーとおれは娘と話をしましたが、どうしても父親の情報を漏らそうとしないんです。一言も。となると考えてしまいますよね、ひょっとしてふたりがぐるじゃないかと。でも、ちがうんです。娘が手を貸しているとしたら、なぜ通報してきて、骨の身元を知らせるようなまねをするんでしょう。辻褄があいません」

ビレッツは応えなかった。ボッシュは腕時計を見て、十一時だと気づいた。ニュースを見たかった。リモコンを使ってビデオを消し、テレビに四チャンネルを映しだした。

「ニュースをつけていますか」ボッシュはビレッツに訊いた。

「ええ。四を」

トップニュースだった――父親が息子を殺害し、死体を埋め、犬のために二十数年後に逮捕された。完璧にLAらしい物語。ボッシュは黙ってニュースを見て、電話の向こう側でビレッツも同じようにした。ジュディ・サーテインによるレポートにはあら探しできるような誤りはまったくなかった。ボッシュは驚いた。

「まあまあだ」ボッシュはニュースが終わると言った。「連中はようやくまともに報道できるようになりましたね」

ボッシュがふたたびテレビの音声を消すと同時に、キャスターが切れ目なくつぎのニュースを紹介した。ボッシュは一瞬黙ってテレビに見入った。ニュースは〈ラ・ブレア・タールピット〉で発見された人骨についてだった。ゴラーが記者会見に姿を見せて、マイクの束のまえに立っていた。

「ハリー、どうしたの？」ビレッツが言った。「ほかに気にかかることがあるのかしら。父親にできたはずがないというあなたの勘以上のものがある？　それに娘に関してだけど、身元を明かす通報をしてきたことに、わたしが気にかかる点はないわ。娘はニュースを見たのでしょう？　トレントのニュースを。トレントに罪をかぶせることができると考えたのかもしれない。二十年のあいだ心配してきたあとで、他人のせいにする方法を見つけたのでは？」

ボッシュは首を横に振った。警部補には見えないとわかっていたが。シーラが弟の死に関わっていたら通報窓口に電話はしてこなかったはずだ。

「わかりません」ボッシュは言った。「どうしても納得できないんです」

「では、どうするつもりなの？」

「これからすべてに目を通します。やり直しです」

「罪状認否手続きはいつなの、明日？」

「ええ」

「あまり時間はないわよ、ハリー」

「わかっています。でも、やるつもりです。まえはわからなかった矛盾点をすでに見つけています」

「どんな？」

「ドラクロワはアーサーを朝のうちに殺害したと言いました。少年が学校に行かなかったことに気づいたからです。おれたちが最初に娘に聞きこみをした際、娘はアーサーが学校から帰ってこなかったと言った。ここに矛盾があります」

ビレッツが電話で得意げな音を立てた。

「ハリー、それはささいなことだわ。二十年以上が経っているし、父親は酔っていた。あなたは学校の記録を調べるつもりね」

「明日」

「では、そのとき、はっきりするわね。でも、どうやったら弟が学校に行ったか行かなかったか、姉にはっきりわかるのかしら。あとで家にいなかったことしかわからないでしょう。あなたはなにもわたしに納得させていません」

「わかってます。納得させようとしてませんから。おれはただ、自分が見つけようとしていることをあなたに話しているだけです」

「トレイラーを捜索した際に、なにも見つからなかったの?」

「まだ捜索してないんです。おれたちが入ってすぐに、自白をはじめたものですから。明日、罪状認否手続きのあとにやりますよ」

「捜査令状の期限は?」

「四十八時間です。だいじょうぶですよ」

トレイラーの話でボッシュはふいにドラクロワの猫のことを思いだした。被疑者の自白にかかりきりだったため、猫の手配をすっかり忘れていた。

「くそ」

「どうしたの?」

「べつに。あの男の猫のことを忘れていたんです。ドラクロワは猫を飼っています。面倒を見てくれる隣人を見つけると約束したのに」

「動物管理局に電話すべきだったわね」

「飼い主はそれをいやがったんです。そういえば、警部補は猫を飼っていましたね?」

「ええ、でも、この男の猫は引き取らないわよ」

「いえ、そういうつもりじゃないんです。ただ知りたかっただけです。たとえば、餌と水なしでどのくらいもつのか」

「猫になにも餌を残してこなかったというわけ?」

「いえ、あたえてきましたよ。ただ、きっともうなくなっているでしょう」

「まあ、きょう餌をあげたのなら、明日まではだいじょうぶでしょう。でも、機嫌はかなり悪いはずよ。室内を少々ひっかきまわしてるでしょうね」

「すでにひっかきまわしたあとのようでしたが。じゃあ、もう切ります。残りのビデオを見て、捜査の現状を考えたいんです」

「了解、解放してあげるわ。でも、ハリー、せっかくの恵みを蹴り飛ばさないでよ。言いたいことはわかるわね?」

　そこでふたりは電話を切り、ボッシュは自白のビデオのつづきを見はじめた。しかし、すぐさまふたたびビデオを消した。猫が気にかかっていた。面倒を見てやる手配をするべきだった。ボッシュは外出することにした。

「ええ、おそらく」

42

ボッシュがドラクロワのトレイラーに近づくと、すべての窓のすべてのカーテン越しに明かりが見えた。十二時間まえにドラクロワを連れて去った際には照明などつけていなかった。車で通り過ぎ、いくつか先のトレイラーの駐車スペースに車を入れた。キャットフードの箱を車に置いたまま、ドラクロワのトレイラーまで歩いて引き返し、エドガーが令状ノックでドアを叩いたときに自分が立っていたのと同じ位置から、様子をうかがった。遅い時間にもかかわらず、フリーウェイの騒音があいかわらず聞こえ、トレイラー内部の物音や動きを聞き取るじゃまをした。

ボッシュはホルスターから銃をそっと抜き、ドアに近づいた。細心の注意を払ってしずかにコンクリートブロックにあがり、ドアノブをまわしてみた。まわった。ドアにぴったり身体をつけ耳を澄ましたが、やはり内部からはなにも聞こえなかった。もう少しだけ聞き耳を立ててから、ゆっくりと音を立てずにドアノブをまわし、ドアを開けながら銃をあげた。

リビングは空だった。ボッシュはなかに入り、ざっとトレイラーを見まわした。だれもいない。音を立てずにドアを閉めた。

キッチンから廊下を覗きこみ、その先の寝室のほうを見た。ドアはなかばしまっており、人影も見えなかったが、抽斗を閉めているようなばたんという音がした。ボッシュはキッチンを通り抜けようとした。猫の尿の臭いがすさまじかった。テーブル下の皿になにも載っておらず、水飲みボウルがほぼ空になっていることに気づいた。廊下に移動し、寝室のドアから二メートル足らずの位置に来たときに、そのドアがひらき、うつむいた姿がこちらに向かってきた。

シーラ・ドラクロワは顔を上げて、ボッシュを目にすると、悲鳴をあげた。ボッシュは銃をあげたが、相手がだれか認めてただちに銃を下げた。シーラが片手を胸にあて、目を大きく見ひらいていた。

「ここでなにをしているの?」

ボッシュは銃をホルスターにしまった。

「同じことを訊こうと思っていた」

「ここは父の住まいよ。わたしは鍵を持っているの」

「それで?」

シーラが首を横に振り、肩をすくめた。

「わたしは……わたしは猫が心配だった。猫を探していたのよ。あなた、顔をどうしたの?」

ボッシュは狭いスペースでシーラの横をすり抜け、寝室に入った。

「ちょっとした事故だ」

ボッシュは室内を見まわしたが、猫の姿はなく、ほかに目を引くものもなかった。

「ベッドの下にいると思うの」

ボッシュはシーラを振り返った。

「猫よ。そこから出すことができなかったの」

ボッシュは戸口までもどり、シーラの肩に触れて、リビングへ導いた。

「腰を降ろそう」

リビングでシーラはリクライニングチェアに腰を降ろし、ボッシュは立ったままでいた。

「なにを探していたんだ？」

「言ったでしょう、猫よ」

「抽斗を開け閉めしている音がした。猫は抽斗に隠れるのが好きなのかい？」

なにも隠し事はないのにボッシュが気にしていると言いたげに、シーラが首を横に振った。

「ただ父のことに興味をもっただけ。ここにいるあいだに、いろいろ見ていた、ただそれだけよ」

「それできみの車はどこにある？」

「受付の横に停めたわ。ここに駐車スペースがあると思わなかったので、そこに停めて歩いてきたのよ」

「それで、きみは猫に首ひもでもつけて歩いてもどるつもりだったのか？」

「いいえ、抱いていくつもりだったわ。なぜそんなことをいちいち訊ねるの?」

ボッシュはシーラをじっと見た。嘘をついていることはわかっていたが、どうすべきか、なにか自分にできるのかはっきりしなかった。ストレートの速球を投げることに決めた。

「シーラ、聞いてくれ。弟さんの身に起きたことに、きみがいくらかでも関わりがあるのなら、いまがおれに打ち明けて取引しようとするときだ」

「いったいなんの話?」

「きみはあの夜お父さんを手伝ったのか? 弟さんを丘に運び、埋める手伝いをしたのか?」

シーラが両手を顔にあてた動作があまりにもすばやく、まるでボッシュがシーラの目に酸でもかけたようだった。両手をあてたまま、シーラは叫んだ。「ひどい、ひどいわ、こんなことが起こるなんて信じられない! あなたはなんてことを――」

シーラはふいに両手を降ろし、見ひらいた目でボッシュを見つめた。

「あなた、このわたしが関係あると思っているの? どうしてそんなことを考えられるの?」

ボッシュはシーラが落ち着くまで待ってから答えた。

「きみはここでなにかしていたが、本当のことを話していないとおれは思う。だから疑わしく思えるのさ。つまり、すべての可能性を考慮に入れないとならないってことだ」

シーラはとつぜん立ち上がった。

「わたしは逮捕されるの？」

ボッシュはかぶりを振った。

「いいや、シーラ。逮捕しない。だが、おれに真実を話してくれるとありがた——」

「では、帰るわ」

シーラがコーヒーテーブルをまわり、断固とした足取りでドアへ向かった。

「猫はどうする？」ボッシュは訊ねた。

シーラは立ち止まらなかった。ドアから夜のなかへ出ていった。外から返事が聞こえた。

「あなたが面倒をみて」

ボッシュはドアに歩み寄り、シーラがトレイラーパークの連絡道路を歩いて、車を停めている受付のある建物に向かっていくのを見ていた。

「ああ、そうしよう」ボッシュはひとりごちた。

ボッシュはドア枠にもたれ、外の汚れていない空気を吸いこんだ。シーラのことを、彼女がなにをしていたかを考えた。しばらくして腕時計をたしかめ、肩ごしにトレイラー内部を振り返った。真夜中過ぎで、ボッシュは疲れていた。けれども、ここに残り、シーラがなにを探していたにしろ、それを探してみることにした。

なにかが足元をなでる感触がして、見下ろすと黒猫が身体をこすりつけていた。ボッシュは足でそっと押しのけた。猫はあまり好きではない。

猫はまた近づいてきて、また頭をボッシュの足にこすりつけようとした。ボッシュがトレイラーに入ると、猫は警戒して五十センチほどあとずさった。

「ここで待ってろよ」ボッシュは言った。「車に餌がある」

43

　ダウンタウンの罪状認否手続き法廷はつねに騒然としている。ボッシュが金曜日の朝八時五十分に法廷に入ると、まだ判事は席についていなかったが、蹴り飛ばされた塚にいた蟻よろしく、弁護士たちが打ち合わせであたふたと法廷前部を動きまわっていた。経験を積んだベテランでなければ、罪状認否手続き法廷のそのときどきの時間に、なにが進行中なのか認識し、理解することはできない。

　まず、ボッシュはシーラ・ドラクロワの姿を求めて傍聴席の列をざっとながめたが、姿はなかった。次にパートナーと検事のポーチュガルを探したが、どちらも法廷内にはいなかった。二名のカメラマンが機材を廷吏席横に設置していることに気づいた。その位置からは、いったん法廷が開廷されたらガラスの被告人事件表がはっきり見えるだろう。

　ボッシュはまえに進み、ゲートを押し開けた。バッジを取りだすとたなごころでつつみ、廷吏に示した。廷吏はその日の罪状認否手続きの予定をプリントアウトしたものを子細にチェックしていた。

「そこにサミュエル・ドラクロワは記載されてるかい？」ボッシュは訊ねた。

「水曜日か木曜日に逮捕された？」

「木曜日。昨日だ」

廷吏がいちばん上の紙をひっくり返し、指でリストをたどった。ドラクロワの名前で指を止めた。

「あったよ」

「何時に出てくる？」

「まだ水曜日のぶんが終わってなくてね。木曜日のに移ったら、弁護士がだれかによるな。私選、それとも公選かい」

「たぶん公選弁護人だな」

「それだと順番だ。少なくとも一時間は見ておいたほうがいい。判事が九時にはじめるとしてだ。さっき聞いたところでは、まだご到着じゃないらしい」

「わかった、ありがとう」

ボッシュは検察側の席へ向かった。途中、法廷戦歴の話をしながら、判事が席につくのを待っている弁護士のグループふたつを迂回しなければならなかった。検察席の判事寄りの位置にはボッシュの知らない女性が座っていた。おそらくこの法廷に配属された罪状認否手続き代理人だろう。日常的に罪状認否手続きの八十パーセントを扱い、その事件のほとんどは取るに足らず、検事すらまだ任命されていないものだった。女性のまえのデスクにはファイル――この朝の事件の――が十五センチの高さに積みあげてあった。ボッシュはこの女性にもバッジを示した。

「ジョージ・ポーチュガルが、ドラクロワの罪状認否手続きに来るかどうか知りませんか？　木曜日の事件だが」

「ええ、来ますよ」女性が顔をあげずに言った。「さきほど話をしました」

ここで顔をあげた女性の視線が、ボッシュの頬の切り傷にむけられた。今朝シャワーを浴びるまえに絆創膏をはがしたが、傷はまだ目立っていた。

「順番まで一時間ほどかかると思いますよ。ドラクロワには公選弁護人がついています。その傷は痛そうね」

「笑ったときだけね。電話を貸してもらえませんか？」

「判事が現われるまでですよ」

ボッシュは受話器を手に取り、地区検事局に電話をした。この法廷の三階上だ。ポーチュガルを頼み、電話をつないでもらった。

「ああ、ボッシュだ。あがっていっていいか？　話をしたい」

「罪状認否手続きに呼ばれるまで、ここにいますから」

「五分で行く」

途中ボッシュは廷吏に、エドガーという名の刑事がやってきたら、地区検事局に行くよう伝えてくれと頼んだ。廷吏はいいともと答えた。

法廷の外の廊下は弁護士と市民であふれかえっていた。全員が法廷になにがしかの関係がある。だれもが携帯電話で話しているようだった。大理石のフロアと高い天井があらゆる声を反響させて、ひどい不協和音のホワイトノイズへ増幅させた。

小さな軽食売り場に立ち寄ったボッシュは、コーヒーを買うためだけに列に五分以上並ばないといけなかった。売り場をあとにすると、非常階段に足を運んだ。おそろしくのろいエレベーターを待って、さらに五分を無駄にしたくなかったからだ。

ポーチュガルの狭いオフィスに入ると、すでにエドガーが着いていた。

「あなたがどこにいるか、首をひねりはじめたところでしたよ」ポーチュガルが言った。

「いったいどうしたんだよ？」エドガーがボッシュの頬を見てからつけ足した。

「長い話だ。まさにその話をしようと思っている」

ボッシュはポーチュガルのデスクの向かいにあるもうひとつの椅子に腰かけ、コーヒーを椅子の横の床に置いた。ボッシュはポーチュガルとエドガーにもコーヒーをもってくるべきだったと気づき、ふたりのまえでは飲まないことにした。

膝に置いたブリーフケースを開け、折りたたんだロサンジェルス・タイムズを取りだした。ブリーフケースを閉じ、床に置いた。

「それで、どうなっているんですか？」ボッシュがミーティングをおこなう理由をあきらかに心配してポーチュガルが訊いた。

ボッシュは新聞紙を広げはじめた。

「どうなっているかというと、おれたちはまちがった男を告発したから、彼が罪状認否手続きを受けるまえに訂正したほうがいいなということだ」

「うわあ、まいったな。そんなことを言われるんじゃないかと思ってましたよ」ポーチュガルが言った。「そんなことは聞きたくなかったな。あなたは楽勝のはずの事件を引っかきまわしていますよ、ボッシュ刑事」

「おれは自分のしていることなど気にしない。やつがやってないのなら、やってない、それだけだ」

「でも、あの男はぼくたちに自分がやったと言いましたよ。何度も」

「なあ」エドガーがポーチュガルに言った。「ハリーに言いたいことを言わせてしまおう。事件でヘマはしたくないからな」

「ここにいる、ミスター・〝楽勝の事件はほうっておけません〟には遅すぎるかもしれないがな」

「ハリー、いいから話せ。どこがまちがってるんだ？」

ボッシュはワンダーランド・アヴェニューへダミーを運び、ドラクロワがやったと思われるとおりに険しい斜面を登ったことを話した。

「なんとか登った——かろうじてだ」ボッシュはそっと頬に触れながら言った。「だが、肝心なのは、ドラ——」

「そう、あなたは登れた」ポーチュガルが言った。「あなたは登れた。では、ドラクロワだって登れたでしょう。そのどこが問題になるんです？」

「問題は、おれがやってのけたときはしらふで、ドラクロワは自分はそうじゃなかったと言ったことだよ。それにおれは自分の目的地をあらかじめ知っていた。あそこまで行けば、平坦になることを知っていた。だが、ドラクロワは知らなかった」

「そんなのは、すべてどうでもいいたわごとですよ」

「いや、たわごとはドラクロワの話だ。子どもの死体をひきずってあそこを登っていける者などいない。あの子は生きて斜面を登ったんだ。そして何者かにあの場で殺害された」

ポーチュガルはいらだって首を横に振った。

「それはじつにいいかげんな推測ですよ、ボッシュ刑事。この手続きをそんな話のために止めるつもりは――」

「ただの推測だ。いいかげんな推測じゃない」

ボッシュはエドガーを見やったが、エドガーは視線を返さなかった。むっつりした表情を浮かべていた。ボッシュはポーチュガルに視線をもどした。

「おれの話はまだ終わっていない。まだつづきがあるんだ。ゆうべ帰宅してからおれはドラクロワの猫のことを思いだした。トレイラーに猫を残し、おれたちで猫の面倒を見るとやつに約束したが、忘れていたんだ。だから、おれはふたたびトレイラーに行った」

エドガーが激しく息を吐きだすのを聞き、ボッシュは問題がなんだったのかわかった。エドガーは自分自身のパートナーによって蚊帳《かや》の外に追いだされていた。この情報をポーチュガルと同時に聞かされるなど、エドガーにすれば気まずいものだろう。本来ならば、ボッシュは検事の元に来るまえにエドガーに話をしたはずだった。だが、その時間がなかった。

「おれはただ猫に餌をやろうと思っただけだった。ところが、トレイラーに着いてみると、何者かがすでにトレイラー内にいた。娘だった」

「シーラ？」エドガーが言った。「あの女はそこでなにをしていたんだ？」

自分が捜査の最新動向を知らされていないことをポーチュガルに気づかれたとしても、もはや気にならないほど、明らかにこの知らせはエドガーにとって驚きだったらしい。

「トレイラーを家捜ししていたよ。猫を心配してやってきたんだといい張ったが、おれが着いたときは家捜ししていた」

「なにをだ？」エドガーが言った。

「おれに話そうとしなかった。なにも探してなどいないと主張していた。だが、シーラが去ってからおれは残った。見つけたものがある」

ボッシュは新聞紙を掲げた。

「こいつは日曜日の都市圏版だ。この事件が大々的に取りあげられている。こうした事件では法医学については一般的な記事しか載らないものだ。しかし、おれたちの事件に関しては、匿名の情報源から多くの詳細が提供されてる。ほとんどが事件現場からのものだ」

ボッシュは昨夜最初にドラクロワのトレイラーでこの記事を読み終えて、情報源はおそらくテレサ・コラソンだろうと考えた。骨事件の一般的な情報に関連した記事で名前が引用されていたからだ。

ボッシュは記者と情報源のあいだにかわされる取引はよくわかっていた。ある情報に対しては情報源の名前を出し、ほかの情報にはいっさい名前を出さないこと。しかし、情報源の特定は現在の話し合いにおいては重要でないので、話題にしなかった。

「では、そこで記事になっている、と」ポーチュガルが問いかけた。「それにどんな意味があるんです？」

「そうだな、この記事には骨が浅い穴に埋められていたことや、死体はなにも道具を使わず埋められたらしいことが暴露されている。ほかの詳細も数多く載っている。話に出てこない細かな点もある。たとえば、少年のスケートボードへの言及はない」

「要点はなんです？」ポーチュガルの声にはうんざりした響きがあった。

「嘘の自白をでっちあげようとしたら、必要なものの多くがまさにここにあるってことだ」

「ああ、頼みますよ、刑事。ドラクロワは事件現場の詳細以上のものをぼくらに話したじゃないですか。殺害そのものの話、死体を載せて車で走りまわった話、いろいろありましたよ」

「そのいろいろってやつは、簡単なものだった。証明も否定もできない内容だ。目撃者がいない。車は決して見つからないだろう。ヴァレーのどこかのくず鉄置き場で、郵便受けサイズにつぶされてるからだ。おれたちが握っているのは、あの男の話だけだ。やつの話が物証と一致するただひとつの場所は事件現場だ。そして、やつがおれたちに話した情報は、この新聞を読めば入手できただろう」

ボッシュはポーチュガルのデスクに新聞紙を放ったが、検事は見ようともしなかった。デスクに肘をつき、両手をぴたりと合わせ指を大きく広げている。シャツの袖口のところで筋肉が収縮しているのが見えて、デスクでできるエキササイズの類をやっているのだとボッシュは気づいた。ポーチュガルは両手を力強く押し合わせながらしゃべった。

「ぼくはこうして緊張をほぐすんです」

ポーチュガルがようやくエキササイズをやめて、大きく息を吐きだして椅子にもたれた。

「なるほど、やつはやろうと思えば自白をでっちあげる能力があった。なぜそんなことをしたがるんです？　自分の息子の話をしているんですよ。なぜ殺してもいないのに、自分の息子を殺したなどと言うんです？」

「このためだ」ボッシュは言った。

ボッシュは上着の内ポケットに手を入れ、ふたつに折った封筒を取りだした。身を乗りだしてポーチュガルのデスクにある新聞紙の上に、そっと置いた。

ポーチュガルが封筒を開けはじめると、ボッシュは言った。「シーラがゆうべトレイラーで探していたのは、それだと思う。父親のベッド脇のナイトテーブルで見つけた。いちばん下の抽斗の裏側にあった。隠し場所にはもってこいだ。見つけるためには、まるごと引きださないとだめだ。シーラはそれをやらなかったんだな」

封筒からポーチュガルはポラロイド写真の束を取りだした。目を通しはじめる。

「ああ、こんな」ポーチュガルがすぐさま声を漏らした。「これがそのひとですか。娘？

こんなものは見たくないな」

ポーチュガルが残りの写真を急いでめくり、デスクに置いた。エドガーが立ちあがり、デスクに身を乗りだした。人差し指で写真をデスクに広げ、見えるようにした。エドガーの口元がこわばったが、なにもしゃべらなかった。

写真は古いものだった。白い枠が黄ばみ、写真の色は時の流れのためにかなり褪せていた。ボッシュは仕事でやはりポラロイドを使う。デスクにある写真の褪色の程度から、これが十年以上まえのもので、なかにはさらに古い写真もあるとわかった。全部で十四枚の写真があった。どれも一貫して裸の少女が写っていた。少女の身体の変化と髪の長さをもとに考えると、おそらく少なくとも五年間にわたる写真だとボッシュはすでに見当をつけていた。少女は数枚の写真では無邪気にほほ笑んでいた。ほかの写真では悲しみと、そしてはっきりそれとわかる怒りも瞳に宿っているようだった。最初に写真を見た瞬間から、少女はシーラ・ドラクロワだとボッシュは確信した。

エドガーがどさりと椅子に腰を降ろした。エドガーが腹を立ててるのは、これまで事件に置いてけぼりをくらっていたためか、写真の内容のためか、もはやボッシュにはわからなくなった。

「昨日この事件はスラムダンクだった」ポーチュガルが言った。「きょうは災いの種ですよ。この写真についてあなたの仮説が聞けるんでしょう、ボッシュ刑事？」

ボッシュはうなずいた。

「家族のことからはじめないとならない」ボッシュは言った。しゃべりながら身を乗りだして写真を集め、角をそろえてふたたび封筒にしまった。並べておきたくなかった。ボッシュは封筒をにぎった。

「もろもろの理由から、母親は弱い女性だった」ボッシュは言った。「結婚には若すぎ、子どもをもつには若すぎた。生まれた男の子は扱いがむずかしすぎた。人生の行き先が見え、自分はそんなところにたどり着きたくないと決意した。ふいに行動を起こし家出して、残されたシーラは……弟となんとかやっていき、父親と自力でやっていくことになった」

ボッシュはポーチュガルからエドガーに視線を移し、ここまでの自分の話しぶりはどうだったかたしかめた。どちらの男も話に興味をそそられたようだった。ボッシュは写真の入った封筒を掲げた。

「わかりきっている、地獄のような暮らしだ。そこで彼女になにができた？　母親を責め、父を責め、弟を責めることはできる。だが、だれに対して怒りをぶつけることができた？　母親は去った。父親は大きく、力で負ける。支配される。残るはただひとり……アーサーだ」

エドガーはかすかに首を横に振っていた。

「こう言いたいのか、シーラが弟を殺したと？　筋が通らない。おれたちに通報して身元を教えたのはシーラだぞ」

「わかってる。だが父親は娘がおれたちに通報したことを知らない」

エドガーが顔をしかめた。ポーチュガルがまえのめりになり、ふたたび手のエキササイズをはじめた。

「あなたの話が見えなくなりました、刑事」ポーチュガルが言った。「やつが息子を殺したか、殺さなかったかということに、この件がどう関わってくるんです？」

ボッシュも身を乗りだし、さらに動作を大きくした。それがすべての答えであるかのように、ふたたび封筒を掲げたのだ。

「わからないのか？　骨だ。あれだけの骨折。おれたちはまちがっていた。少年を傷つけていたのは父親じゃなかったんだ。彼女だ。シーラだよ。父親に虐待され、それがまわりまわって、自分が虐待するほうになった。アーサーに対して」

ポーチュガルはデスクに両手を降ろし、首を横に振りはじめた。

「では、姉が弟を殺害し、それから二十年してから通報して、あなたに捜査の重要な手がかりを教えたとでも言いたいんですか。まさか、弟の殺害について記憶喪失になってるというんじゃないでしょうね？」

ボッシュは皮肉には反応しなかった。

「いや、おれは姉が弟を殺したと言ってるんじゃない。だが、彼女が虐待を受けていたために、父親は娘が息子を殺したんじゃないかと疑った。アーサーが行方不明になって以来ずっと、父親は娘がやったと考えてきたんだ。そして理由もわかっていた」

またもやボッシュは写真の封筒を掲げた。

「父親は自分がシーラにしたおこないが、すべてを引き起こしたと知って罪悪感をもちつづけてきた。そこへ骨が見つかり、新聞でその記事を読み、自明の理を導きだす。おれたちが現われ、ドアからなかへ一メートルも進まないうちに、自白をはじめる」

ポーチュガルが両手を大きく広げた。

「どうして？」

ボッシュは写真を見つけてからずっと、頭のなかでそれを考えつづけてきた。

「贖罪だ」

「ちょっと、勘弁してくださいよ」

「おれは本気だ。やつは老境にさしかかり、過去を振り返った。人間ってやつは、まえよりうしろに目を向けたとき、自分がやってきたことを考えはじめるものだ。償いをしようとする。やつは自分自身のおこないのために、娘が息子を殺したと思っている。だからやつは進んで娘の身代わりになろうとしているんだ。どちらにしろ、あの男に失うものがあるか？やつはフリーウェイに隣接したトレイラーで暮らし、ゴルフ練習場で働いている。かつて富と名声に手を伸ばそうとしていた男がだ。いまのあの男を見てみろ。やつはこれが、あらゆることを償う最後のチャンスだと思ったにちがいない」

「そしてやつは娘のことを誤解していて、それを知らない」

「そのとおり」

ポーチュガルが床を蹴ると、椅子がデスクからはなれた。椅子は車輪つきで、ポーチュガルは椅子がデスク奥の壁にぶつかるままにした。

「苦もなくサンクェンティン刑務所にほうりこめる男が下で待っていたのに、あなたはここに来てぼくにやつを追いださせようとしている」

ボッシュはうなずいた。

「おれがまちがっていても、いつでもやつをもう一度告発できるさ。だが、もしおれが正しければ、やつは有罪答弁をするつもりだろう。裁判なし、弁護士もなし、なにもなしだ。やつが答弁を望み、判事がそれを認めたら、おれたちの仕事は終わりだ。アーサー殺しの真犯人はだれにしろ、安泰だ」

ボッシュはエドガーを見やった。

「どう思う？」

「おまえの超能力は通用したようだな」

ポーチュガルがほほ笑んだが、それはこの状況でいくらかでもユーモアを感じたからではなかった。

「二対一。公平じゃないですね」

「おれたちにはふたつのことができる」ボッシュは言った。「確実にするために。やつはいま下の監房にいるだろう。おれたちはそこへ降りていき、警察に骨の身元に関する情報をあたえたのはシーラだと教え、娘をかばっているんじゃないかとおだやかに問いただせる」

「それから？」

「嘘発見器にかかるように頼む」

「あれは意味がないでしょう。発見器は法廷では認められな――」

「法廷の話をしてるんじゃない。おれはやつを動揺させる話をしてるんだ。もしやつが嘘をついているなら、発見器にかかろうとしないはずだ」

ポーチュガルが椅子を引いてもとにもどした。新聞紙を手に取り、一瞬記事を一瞥した。それから視線をデスク上の備品にさまよわせながら、考えこみそして決意したらしい。

「いいでしょう」ポーチュガルがついに言った。「やりましょう。たぶん告発を取りさげることになるでしょうね。今回は」

44

ボッシュとエドガーはエレベーターホールへ歩いていき、黙ってエドガーが下りのボタンを押した。

ボッシュはエレベーターのステンレスの扉に映る自分のゆがんだ姿を見た。エドガーの映る姿にちらりと目をやり、つづいて直接パートナーを見た。

「それで」ボッシュは言った。「どのくらい怒ってるんだ？」

「かなりと、許せないほどのあいだぐらいだ」

ボッシュはうなずいた。

「すっかり置いてけぼりをくらわしやがったな、ハリー」

「わかっている。すまなかった。なあ、階段をいくか」

「辛抱しろよ、ハリー。ゆうべおまえの携帯電話はどうかしてたのか？　電源を切るかなにかしていたのか？」

ボッシュは首を横に振った。

「いや、おれはただ——自分がどう考えていたのかはっきりしないが、まずは自分ひとりで調べてみたかった。それに、おまえが木曜日の夜は子どもといっしょだとわかっていたしな。そんなときにシーラとトレイラーでばったり出会った。あれは不意打ちもいいところだった」

「トレイラーを捜索しだしたときはどうなんだ？　電話できたろうが。そのころには、おれのガキはうちに帰って眠っていたのに」

「ああ、そうだな。電話するべきだったよ、ジェッド」

エドガーがうなずき、それで終わりになった。

「あんたの仮説で、おれたちがグラウンド・ゼロにもどったことはわかってるな」エドガーは言った。

「ああ、グラウンド・ゼロだ。また最初からやり直さないとな。あらゆるものを、もう一度調べる」

「この週末も働くつもりか？」

「ああ、たぶんな」

「そのときは、おれに電話しろ」

「そうするよ」

ついにボッシュは辛抱できなくなった。

「もう待てない。おれは階段で降りる。下で会おう」

ボッシュはエレベーターホールを出て、非常階段へ向かった。

45

シーラ・ドラクロワのオフィスのアシスタントから、シーラがウエストサイドの臨時プロダクションで、《クローザーズ》というテレビのパイロット版の配役をしているとボッシュとエドガーは聞いた。

ボッシュとエドガーはジャガーとBMWでいっぱいの指定駐車場に車を入れ、上下別々のオフィスに分けられたレンガ造りの倉庫に入った。〝配役〟と書いた貼り紙が壁にあり、道を示す矢印がついていた。ふたりは長い廊下を進み、それから裏手の階段をあがった。

二階に着くとさらに長い廊下がつづいており、しわが寄った流行遅れのダークスーツ姿の男たちが並んでいた。レインコートとフェドーラ帽を身につけた者もいた。歩きまわり、動作をつけ、低い声でひとりごとを言う者もいた。

ボッシュとエドガーが矢印にしたがうと広い部屋に入ることになり、ここにもひどいスーツ姿の男たちがいて、ずらりと並んだ椅子に座っていた。全員の注目を浴びながらボッシュたちが部屋の突きあたりの机へ歩いていくと、若い女性がクリップボードの名前をじっと見ながら腰を降ろしていた。机には8×10サイズの写真の山と台本があった。女性の背後に閉じたドアがあり、そこからくぐもった緊張した声が漏れ聞こえた。

ボッシュたちは女性がクリップボードから顔をあげるまで待った。

「シーラ・ドラクロワに会いたい」ボッシュは言った。

「そちらのお名前は？」

「ボッシュ刑事とエドガー刑事」

女性がほほ笑みはじめ、ボッシュはバッジを取りだして見えるようにした。

「あなたたち、なかなかね」女性が言った。「もうサイドを覚えたの？」

「なんだって」

「セリフ《サイド》よ。で、どこで頭を撃ち抜かれる予定？」

ボッシュは合点が言った。

「おれたちは役者じゃないんだ。本物の刑事だ。いますぐに会う必要があると伝えてくれないか」

女性は笑顔のままだった。

「それは本物なの、頬の切り傷は」女性が言った。「本物そっくり」

ボッシュはエドガーを見て、ドアのほうへあごをしゃくった。同時にふたりは机の両端をまわってドアへ近づいた。

「ちょっと！　読み合わせ中なのよ！　なかへは――」

ボッシュがドアを開け、狭い部屋に入ると、シーラ・ドラクロワが机の向こうに座って、部屋の中央で折りたたみ椅子に腰かけた男を見つめていた。男は台本を読んでいた。べつの若い女性が部屋の隅で、三脚にのったビデオカメラのうしろにいた。反対側の隅では男ふたりが折りたたみ椅子に座り、読み合わせの様子を見つめていた。

ボッシュとエドガーが入っていっても、台本を読んでいる男はやめなかった。

「証拠はおまえの一物のなかにある、このまぬけが！」男が言った。「おまえは現場じゅうにDNAを残している。さあ、立ちあがって壁に身体を――」

「もういい、もういいわ」ドラクロワが言った。「そこで止めて、フランク」

ドラクロワがボッシュとエドガーのほうに顔を上げた。

「いったい、これはどういうことなの？」

外の机にいた女性が荒々しくボッシュを押しのけて部屋に入ってきた。

「ごめんなさい、シーラ。こいつらが、さも本物の刑事かなにかみたいに無理やり入ったのよ」

「話を聞く必要がある、シーラ」ボッシュは言った。「いますぐに」

「読み合わせのまっ最中よ。取りこみ中なのがわからな――」

「おれたちは殺人事件捜査のまっ最中だ。忘れたか？」

シーラが机にペンを置き、両手で髪をかきあげた。いまやボッシュとエドガーにすっかり気を取られているビデオカメラの女性のほうを向いた。

「いいわ、ジェニファー。ビデオを止めて」シーラが言った。「みんな、二、三分だけ、いいかしら。フランク、ごめんなさいね。あなたはとてもよくやっていたわ。ちょっと外で待っていてくれるかしら。用が済んだらいちばんにあなたを呼ぶと約束するわ」

フランクが立ちあがり、輝くような笑顔を見せた。

「平気だよ、シーラ。外にいるから」

全員がぎこちなく部屋を出ていき、ボッシュとエドガーはシーラと取り残された。

「さて」ドアが閉まるとシーラは言った。「こんなふうに登場するなんて、あなたたちは本当に役者になるべきね」

笑おうとしているが、うまくいっていなかった。ボッシュは机に歩み寄った。立ったままでいた。エドガーがドアにもたれた。ここに来る途中にふたりはボッシュがシーラを扱うと決めていた。

シーラが言った。「わたしがキャスティングをしている番組は、二人組の刑事が主役で《クローザーズ》というの。ほかのだれにも解決《クローズ》できそうにない事件を解決するパーフェクトな記録をもっているから。現実にはそんなことありはしないんでしょうけどね。そうでしょ？」

「パーフェクトな人間などいない」ボッシュは言った。「それに近い人間さえも」

「ここに押し入って、こんなふうにわたしを困らせなくてはならないなんて、それほど重要なことってなんなの？」

「ふたつある。きみがゆうべ探していたものを見つけたようだ。それから——」

「言ったはずよ、わたしはなにも――」

「――きみの父親は一時間ほどまえに拘留を解かれた」

「解かれたとはどういうことなの？　ゆうべ、あのひとはまず保釈金を払えないだろうと言ったじゃないの」

「保釈金は払えなかっただろう。だが、もうこの犯罪で告発されていないんだ」

「でも、自白したのよ。そう言ったじゃ――」

「それが、今朝になってお父さんは自白を取り消したんだ。これからあなたを嘘発見器にかけるつもりで、息子さんの身元確認につながる情報を知らせてきたのは、ほかならぬきみだと話したらな」

　シーラがかすかに首を左右に振った。

「どういうことかわからない」

「わかっているだろう、シーラ。お父さんはきみがアーサーを殺したと思っていた。ずっとあの子を殴りつづけ、傷つけ、バットで殴ったあとで病院送りにしたのはきみだった。アーサーが姿を消したとき、お父さんはきみがついに行くところまで行き、弟を殺して死体を隠したと思ったのさ。お父さんはアーサーの部屋に入り、あの小さなバットを処分しさえした。きみがもう一度使うことのないように」

　シーラは机に頬杖をつき、両手で顔を隠した。

「だから、おれたちが現われたとき、自白をはじめたんだ。進んで身代わりになるつもりだったのは、きみへの仕打ちを償うためだ。このために」

ボッシュはポケットに手を入れ、写真が入った封筒を取りだした。それをシーラの肘のあいだに投げた。シーラはゆっくりと両手をおろし、封筒を取りあげた。開けはしなかった。その必要はなかった。

「それを読み合わせしてみるか、シーラ？」

「あなたたちって……これがあなたたちの仕事なの。こんなふうにひとの人生へずかずかと踏みこんでくることが。つまり、たとえ秘密だろうと、あらゆることをほじくり返すの？」

「おれたちはクローザーズだ、シーラ。ときにはそうする必要がある」

机の横の床に水のボトルが入ったケースがあった。ボッシュは手を伸ばし、一本シーラのために開けた。エドガーのほうを見ると、エドガーはいらないと首を振っていた。ボッシュは自分用にもう一本を手に取り、フランクが使っていた椅子を机のそばに引きよせて座った。

「聞いてくれ、シーラ。きみは被害者だった。きみは子どもだったんだ。相手はきみの父親で、強くて力ではかなわなかった。被害者なのは、きみのせいじゃない」

反応はなかった。

「きみが背負っている荷物がどんなものでも、いまこそその荷を降ろすときだ。おれたちになにがあったか話すことで。なにもかも。きみがまえに話してくれた以上のことがあると思っている。おれたちは出発点にもどった。きみの助けが必要なんだ。おれたちが話しているのは、きみの弟さんのことなんだよ」

ボッシュはキャップを開けて水を一息に飲んだ。はじめてこの部屋がどれほど暑かったか気づいた。ふたたび水を飲んでいると、シーラが口をひらいた。

「ようやくわかったことがあるわ……」

「どんなことだろう？」

シーラは自分の両手をじっと見つめていた。しゃべりはじめると、それはまるで自分に言いきかせているようだった。あるいは、だれに話すでもないかのようだった。

「アーサーがいなくなってから、父は二度とわたしに触れなかった。まさか……わたしはてっきり、自分がどこか魅力的じゃなくなったからだと思ってた。わたしは太りすぎで、醜かったから。いまはこう思っているわ……わたしの仕業だと考えたことか、わたしにやれると考えたことが、父は恐ろしかったのね」

シーラが机に封筒をもどした。ボッシュはふたたび身を乗りだした。

「シーラ、当時、その最後の日に、ほかになにかなかったか？　これまでおれたちに話していないことが。どんなことでも、おれたちの助けになりそうなことはないか？」

シーラがごくかすかにうなずいてから深く頭を垂れ、掲げた拳の陰に顔を隠した。「あの子が家出するつもりだと知っていたの」シーラはのろのろと言った。「わたしは一切あの子を止めようとはしなかった」

ボッシュは椅子の前縁まで身体を動かした。おだやかにシーラに話しかけた。

「どんなふうにだい、シーラ？」

長い間があってから、やっとシーラが答えた。

「あの日わたしが学校からもどったとき。弟はそこにいたわ。自分の部屋に」

「では、弟さんはたしかに家にもどっていたんだね」

「ええ。ほんの少しだけ。部屋のドアが少し開いていて、わたしは覗きこんだ。向こうはわたしが見えなかった。あの子は学校のかばんに詰めこんでいたわ。服やらを。なにをしているかわかったわ。荷造りをして家出しようとしていた。わたしはただ……自分の部屋に入り、ドアを閉めた。あの子に出ていってほしかった。あの子を憎んでいたのかもしれない。どうかしら。でも、あの子に消えてほしかった。わたしにとって、あの子こそ、すべての原因だったから。とにかく消えてほしかったのよ。玄関のドアが閉まる音がするまで、わたしは部屋でじっとしていた」

シーラが顔をあげ、ボッシュを見た。両目はうるんでいたが、罪を贖い、真実が力を持つ場合にそうなることをボッシュは何度も見ていた。いまシーラの瞳のなかにそれが見えた。

「あの子を止めることができたのに、止めなかった。わたしはその事実と生きていかなければならないのよ。もうあの子になにがあったか、わかっているのだもの……」

シーラの視線はボッシュを通り過ぎ、ボッシュの肩のあたりを越え、どこか罪の意識がうねりとなってシーラに向かってくるのが見える場所に注がれていた。

「ありがとう、シーラ」ボッシュは静かに言った。「ほかに助けになりそうなことを知らないか？」

シーラがかぶりを振った。

「では、きみをひとりにするよ」

ボッシュは立ち上がり椅子をもとの部屋の中央の位置にもどした。それから机までもどり、ポラロイド写真が入った封筒を手にした。ドアのほうへ歩み寄ると、エドガーがドアを開けた。

「あの人はどうなるの？」シーラが問いかけた。

ふたりはくるりと振り返った。エドガーがドアを閉めた。父親のことを話しているのだとボッシュはわかった。

「なにも」ボッシュは言った。「お父さんがやったことは、どんな法律の規定も飛び越えたことだ。トレイラーにもどるだろう」

シーラはボッシュを見上げずにうなずいた。

「シーラ、あのひとはかつて破壊者だったのだろう。だが、時は物事を変化させる方法をもっている。巡っているんだ。時は力を奪い去り、むかしは力のなかった者にあたえる。いまのお父さんは破壊されるほうの立場にある。嘘じゃない。もうきみを傷つけることはできないよ。無力な存在だ」

「その写真をどうするつもりなの？」

ボッシュは手にした封筒を見下ろし、ふたたびシーラに視線を返した。

「これは調書に残さないとならない。だれも見る者はいないよ」

「わたしは燃やしたいわ」

「記憶を燃やすんだ」

シーラはうなずいた。ボッシュが振り返ろうとしたときに、シーラの笑い声がして、ボッシュはふたたびシーラのほうを向いた。首を横に振っていた。

「なんだい？」

「べつに。ただね、わたしはずっとここに座り、あなたがやるようにしゃべろうとしている役者たちの声をずっと聞いていたわ。それにいま気づいたのよ。似ているひとなんてひとりもいなかった。だれもあなたのようにできるひとはいないでしょうね」

「それがショー・ビジネスさ」ボッシュは言った。

廊下を階段へと向かいながら、ボッシュとエドガーはまた役者たちのまえを通り過ぎた。階段でフランクという役者が声にだしてセリフをしゃべっていた。本物の刑事たちが通り過ぎるときに、ほほ笑みかけてきた。

「なあ、あんたら。あんたらは本物なんだろう。おれの演技をどう思った？」

ボッシュは返事をしなかった。

「あんたはすばらしかったよ、フランク」エドガーが言った。「あんたこそクローザーだよ。証拠はおまえの一物のなかにある——あのセリフはよかった」

46

金曜日の午後二時に、ボッシュとエドガーは這々の体で刑事部屋の殺人課テーブルにたどりついた。ふたりはウエストサイドからハリウッドまで事実上、無言のまま車を走らせてきた。捜査をはじめて十日目だった。ふたりはまったくアーサー・ドラクロワ殺しの犯人に近づいておらず、状況はアーサーがワンダーランド・アヴェニューの丘に無言で横たわってすごした長い歳月から前進していなかった。この十日間でふたりが見せることができたのは、死んだ警官と改心したらしき小児性愛者の自殺だけだった。

例のごとく、ボッシュの席にはピンク色の電話メッセージが山のように残されていた。市警内速達の封筒もあった。ボッシュはまず封筒を手に取った。なかに入っているものは想像できた。

「そろそろ、届く頃合いだ」ボッシュは言った。

ボッシュは封を開け、自分の小型テープレコーダーをそっと取りだした。再生ボタンを押し、バッテリーを確認した。すぐさま自分自身の声が聞こえた。ボリュームを下げ、スイッチを切った。上着のポケットに入れ、封筒を足元のごみ箱に捨てた。

電話メッセージをざっと見ていった。ほぼすべてが記者からだった。生きるも死ぬもメディアしだいか。ある日、自白して殺人の罪で告発された男が、どうやって翌日に容疑が晴れ釈放されたのか、世間に説明することは広報にまかせよう。

「知ってるか」ボッシュはエドガーに話しかけた。「カナダでは捜査が終了するまで、警官はメディアの連中に話さなくていいんだ。どの事件でもメディアは報道規制されているようなものだ」

「それに、向こうじゃ警官の数がそろってる」エドガーが応えた。「ここでおれたちにどうしろってんだよな、ハリー？」

検屍局から家族の顧問弁護士の伝言がボッシュあてにあり、アーサー・ドラクロワの遺骨が日曜日に埋葬すべく家族のもとに返されたと書かれていた。ボッシュは葬儀の詳細と家族のだれが遺骨をもらいうけたのか電話して訊くために、メモをわきにどけた。

ボッシュはメッセージに目を通す作業にもどり、あるメモに出会い、ふと手が止まった。椅子にもたれ、しげしげとメモを見つめていると、緊張が頭皮からうなじに広がっていった。そのメッセージは一〇三五時に管理部――市警の平階級にはＯ‐３《オー・スリー》の名のほうがよく通っている――のボルンバック警部補という人物から入ったものだった。Ｏ‐３はすべての人事異動を発令する部署だった。十年まえにボッシュがハリウッド署へ異動してきた際、Ｏ‐３から即刻異動だという言葉を受けとっていた。キズ・ライダーが一年まえにＲＨＤへ異動するときも同じだった。ボッシュは三日まえに取調室でアーヴィングに言われたことを思い返した。副本部長のボッシュ引退への望みを成し遂げようと、O－3が着手したのだろう。このメッセージがハリウッド署から自分を異動させる合図だとボッシュは受けとった。新しい任務には、フリーウェイ・セラピー――自宅から遠くに異動させ、毎日の通勤に長時間の運転が必要になる――がどうも含まれていそうだった。それはバッジを返却してなにかほかのことをやったほうがいいと警官たちに飲みこませるための、頻繁に使用される管理手段だった。

ボッシュはエドガーを見た。パートナーは自分の電話メッセージのコレクションに目を通しているところで、どれひとつとして、ボッシュの手を止めたようにエドガーの手を止めるものはないようだった。ボッシュはまだO－3に電話をかけず、エドガーにも言わないことにした。メモを折りたたみ、ポケットにしまった。ボッシュは刑事部屋をみまわして、刑事たちの騒がしい動きすべてを見た。もし新しい職場に同じような活気とアドレナリンの噴出がなかったら、寂しく思うことだろう。フリーウェイ・セラピーは気にならなかった。向こうが繰りだしてくるどんなパンチでも受けとめ、気にせずにいられるだろう。ボッシュが気にかけるのは職務、使命だった。それがなければ、道を見失ってしまうことはわかっている。

ボッシュはふたたびメッセージに目を通しはじめた。山の最後、すなわち最初に受けとったことになるメッセージはSIDのアントワーヌ・ジェスパーからだった。朝の十時の電話だった。

「くそ」ボッシュは言った。

「どうした？」エドガーが言った。

「おれはダウンタウンに行かないとならんらしい。ゆうべ借りたダミーをまだトランクに積んだままなんだ。ジェスパーが返してほしがっているようだ」

ボッシュは受話器を手に取り、まさにSIDに電話しようとしたときに、自分とエドガーの名が刑事部屋の向こう側から呼ばれた。ビレッツ警部補だった。オフィスに来るよう合図していた。

「おいでなすった」エドガーがそう言って立ち上がった。「ハリー、あんたに名誉をあたえよう。この件がどこまで進んでいるかそっちが警部補に言えよ。というか、どこまで進んでいないかだな」

ボッシュはそうした。五分でビレッツに事件の進捗状況を報告し、最新の事件の方向転換と捜査が前進していないことを告げた。

「では、これからどの方面を捜査するのかしら？」ボッシュが話し終えると、ビレッツが訊いた。

「最初からやり直しです。手元にあることをなにもかも洗い直して、見逃していることがないか探します。少年が通っていた学校へ行き、残っている記録を調べますよ。年鑑を見て、クラスメイトに連絡を取ってみます。そんなところです」

ビレッツがうなずいた。O-3からの電話についてなにか知っているとしても、態度には出していなかった。

「もっとも重要なことは、丘の上のあの場所だと思っています」ボッシュはいい足した。

「どのように？」

「おれは少年が生きて丘を登ったと考えています。殺害されたのはあの場所ですよ。なんのために、そしてだれが少年をあそこに連れて行ったのか見つけださなければ。いずれ、おれたちはあの通りにもどらなければならないでしょう。住民をすべてプロファイルするんです。時間がかかるでしょうが」

ビレッツが首を横に振った。

「それだけの作業をする時間はないわ」ビレッツは言った。「あなたたちは、十日間のローテーションぎりぎりまで粘っている。ここはＲＨＤではないのよ。わたしがここに赴任して以来、一班にあたえることのできた最長の期間だわ」

「では、おれたちはローテーションにもどるんですか」

ビレッツがうなずいた。

「そして今度はあなたたちの番よ——つぎの事件はあなたたちの担当」

ボッシュはうなずいた。こうなるだろうとすでに予想していた。十日間、ボッシュたちがこの事件にあたっているあいだに、ハリウッド署殺人課のもう二班とも、あらたな事件を抱えこんでいた。つまり、つぎはボッシュたちの番だった。いずれにせよ、割り当ての事件をこれほど長く捜査することはまれだった。贅沢なことだった。事件を解決できていないとは、お粗末な話だ。

ボッシュはまた、自分たちをローテーションにもどすことにより、ビレッツが事件解決を期待していないことを暗黙のうちに悟らせていることも承知していた。事件捜査中の日々が過ぎていくごとに、解決のチャンスは著しく減っていく。殺人課の定めで、だれにでも起ることとだった。クローザーなど存在しないのだ。

「さて」ビレッツは言った。「だれかなにか話のあるひとはいるかしら？」

ビレッツが眉を上げてボッシュを見た。ボッシュはふいにひらめいた。ビレッツはO－3からの電話についてなにか知っているのだろう。ボッシュはためらったが、エドガーとともに首を横に振った。

「いいわ、ふたりとも。お疲れさま」

ふたりは殺人課テーブルにもどり、ボッシュはジェスパーに電話をした。

「ダミーは無事だぞ」犯罪学者が電話に出ると、ボッシュは言った。「あとできょうのうちに返しにいくよ」

「了解。けれど、その件で電話したんじゃないんだ。スケートボードについて送った報告書を少々詳しくできそうでね。つまり、その件がまだ重要ならだが」

ボッシュは一瞬口ごもった。

「重要というわけじゃないが、いったいどんな点を詳しくしたいんだ、アントワーヌ？」

ボッシュは目のまえの殺人調書をひらき、ＳＩＤの報告書が出てくるまでめくった。それを見ながらジェスパーの話を聞いた。

「うん、報告書では、ボードの製造は七八年の二月から八六年の六月のあいだと思われると書いているだろう」

「ああ。いま見ているよ」

「よし、その期間を半分以上カットできるようになった。問題のボードは七八年から八〇年のあいだに作られた。二年間だ。捜査に意味あることかどうかわからないがね」

ボッシュは報告書にざっと目を通した。ジェスパーの報告書の改正はあまり重要ではなかった。トレントを容疑者からはずしており、スケートボードはアーサー・ドラクロワと結びつけられなかったからだ。だが、ボッシュはそれでも興味を覚えた。

「どうやって短縮できた？　同じデザインが八六年まで製造されていたと言ったよな」

「製造されていた。けど、この証拠品のボードには日付が入っていた。一九八〇年と」

ボッシュは首をひねった。

「ちょっと待ってくれ。どこにだ？　おれは日付など気づかな――」

「トラック――ああ、車輪ね――それをはずしたんだ。仕事と仕事のあいだに時間があったから、金物部分に製造者のマークがないか、たしかめたくてね。そう、特許か商標の略号をさ。でもついてなかった。ところが、だれかが木の部分をひっかいてつけた日付があったんだよ。ボードの裏側に彫って、それをトラックの組み立て部品で隠したようだ」

「いつボードが作られたか、その日付ってことか」

「いや、そうは思わない。彫りがプロの仕事じゃないから。じつは判読が困難でね。拡大鏡にあて、側面から照明をあてて読まないとならなかった。きっと最初の持ち主がボードにこっそり印をつけたんだろうね。所有権に関していざこざでも起こったときのために。だれかに盗まれたときとかさ。報告書に書いたように、ボニーのボードは当時極上のボードだった。入手はたいへんだった——店で見つけるより盗むほうが簡単だっただろうね。だからこれのボードの持ち主だった子は裏のトラックをはずし——オリジナルのトラックだったことだろう、現在のホイールじゃなく——日付を刻んだ。一九八〇、AD」

ボッシュはエドガーにすばやく視線を送った。送話口を手で覆って通話中だった。私用電話だ。

「ADと言ったか？」

「ああ、アノウ・ドミナイ（西暦）、そう発音するのかな？　ラテン語だ。われらが神の年という意味。調べたよ」

「ちがう、それはアーサー・ドラクロワという意味だ」

「なんだって。だれだい、それは？」

「ガイ者だよ、アントワーヌ。アーサー・ドラクロワ。イニシャルADだ」

「なんだって！　こっちは被害者の名前をもらってなかったぞ、ボッシュ。あんたは被害者がまだ名無しのうちに証拠を全部提出して、それから修正してないだろう。身元が特定されたことさえ知らなかったよ」

ボッシュはジェスパーの話を聞いていなかった。アドレナリンのうねりが身体を突き抜けていた。脈が速くなったこともわかった。

「アントワーヌ、そこにいろ。すぐにそっちへ行く」

「ここにいるよ」

47

フリーウェイは早めの週末をスタートさせた人々で混んでいた。ボッシュはダウンタウンに向かうあいだ速度を保つことができなかった。脈打つような焦りを感じていた。それはジェスパーの発見とO‐3からのメッセージのせいだとわかっていた。

ボッシュはハンドルに載せた手首をひねり、腕時計を見て日付を確認できるようにした。通常、異動は給与支払い期間の締め日におこなわれる。締め日はひと月に二度ある――一日と十五日だ。上が自分を直ちに異動させようとしているのならば、事件を解決するまでにわずか三、四日しかない。引き継ぎをして、エドガーやほかのだれかの手に委ねたくなかった。捜査を終わらせたかった。

ボッシュはポケットに手を入れ、電話のメモを取りだした。手のひらの付け根をハンドルにあてて運転しながらメモを広げた。一瞬メモを見つめてから、電話を取りだした。メモにあった番号にかけ、相手がでるのを待った。

「管理部。ボルンバック警部補です」

ボッシュは電話をかちりと切った。顔がほてっていた。ボルンバックが電話番号通知機能をつけているかどうか気になった。連絡を遅らせるのは、ばかげたことだとわかっていた。ボッシュが電話をして知らせを聞こうが聞くまいが、決定は決定だから。

ボッシュは電話とメモを助手席に置き、事件に集中しようとした。とりわけニコラス・トレントの家で発見したスケートボードに関して、アントワーヌ・ジェスパーが提供した最新情報に。十日が経ったいま、事件をすっかり把握できなくなっていることにボッシュは気づいた。自分が市警内でほかの者と戦って無実にした男が、いまや唯一の容疑者だ――男と被害者を結ぶ明らかな物証がある。ふいにすべてを突き抜ける考えが浮かぶ。アーヴィングは正しかったのかもしれない。おまえは辞めどきだ、と。

電話が甲高い音をたて、ボッシュはすぐさまそれがボルンバックだと思った。電話に出るのはやめようとしたが、すぐに運命は避けられないと決意した。電話をすぐさまひらいた。エドガーだった。

「ハリー、おまえなにをしてるんだ？」

「言ったじゃないか。SIDに行かなきゃならんと」

ボッシュはこの目で見るまで、ジェスパーの最新の発見をエドガーに話したくなかった。

「いっしょに行ったのに」

「おまえに時間をむだにさせると思ってな」

「まあ、そうだな。いいか、ハリー。ブレッツがおまえを探している。それから、なんだ、刑事部屋ではおまえが異動になったと噂が広まってるんだが」

「そんな話は知らんぞ」

「まあ、なにかあったらおれに教えてくれるだろう。おれたちは長いこと組んでるんだからな」

「おまえに最初に知らせるよ、ジェリー」

パーカーセンターに着くと、ボッシュはロビーに配置されていたパトロール警官のひとりに、ダミーをSIDに運ぶ手伝いをさせた。そこでジェスパーにダミーを返すと、ジェスパーはらくらくとダミーを倉庫へと運んだ。

ジェスパーにラボへ案内されると、スケートボードが検査台に載っていた。ジェスパーがボード横のスタンドについた照明をつけ、それから天井灯を消した。手早くスケートボードの上に拡大鏡をまわし、覗くようにボッシュにうながした。側面からの光が木のひっかき傷に小さな影を創りだし、文字がはっきりと見えるようになった。

1980 A. D.

ボッシュはなぜジェスパーが文字に関して結論に飛びついたか、はっきりと理解できた。事件の犠牲者の名を知らなかったのだからなおさらだ。

「だれかがやすりをかけたようだ」ボッシュがながめつづけているとジェスパーが言った。「このボード全体がある時点で修復されたことは賭けてもいい。あたらしいトラック、あたらしい塗り」

ボッシュはうなずいた。

「わかった」ボッシュは拡大鏡から顔をあげ、腰を伸ばして言った。「こいつは持っていく必要がありそうだ。ほかの者に見せなくてはならんだろう」

「こっちは調べ終わった」ジェスパーが言った。「あんたの好きにしてくれ」

ジェスパーが振り返り、天井灯をふたたびつけた。

「ほかの車輪の下は調べたのか」

「もちろんさ。なにもなかった。それからトラックをもどしたんだ」

「箱かなにかないか?」

「おや、あんたがここからそいつに乗っていくつもりだと思ったよ、ハリー」

ボッシュは笑わなかった。

「ジョークだよ」

「ああ。わかってる」

ジェスパーが部屋を出て、空の厚紙製のファイルボックスを手にもどってきた。スケートボードを入れるだけの長さがあった。ジェスパーがその箱にスケートボードをしまい、付属のホイールとねじ類も小さなビニール袋に入れて仕舞った。ボッシュは礼を言った。

「お役に立てたかな、ハリー？」

ボッシュはためらってから言った。「ああ、そう思うよ、アントワーヌ」

ジェスパーがボッシュの頰を指さした。

「ひげ剃りの傷か」

「そんなところだ」

ハリウッド署への帰り道、フリーウェイの進み具合は行きよりのろいほどだった。しまいにボッシュはアルバラード出口でフリーウェイを降り、サンセット大通りへまわった。そこからずっとサンセットを進んだが、思ったほど速く進まないことを思い知らされた。

運転しながらボッシュはスケートボードとニコラス・トレントについて考えつづけ、こちらがつかんでいる時間の枠と証拠に説明をあてはめようとした。方程式に欠けるピースがある。ある水準、ある場所に到達すれば、すべて辻褄があうとわかっていた。そこに自分がたどり着く自信があった。時間さえあれば。

四時三十分に、ボッシュはスケートボードを収納したファイルボックスを抱えてハリウッド署の裏口をばたんと開けた。急いで廊下を進み、刑事部屋へ向かおうとしたところに、マンキウィッツが当直室から顔を突きだした。

「おい、ハリー」

ボッシュは振り返ったが、歩きつづけた。

「なんだ」

「ニュースを聞いたぞ。おまえがいないと寂しくなるよ」

ニュースが広まるのは早い。ボッシュは右腕で箱をかかえ、てのひらを下に向けて左手をあげ、海があるつもりになりその平らな水面をさっとはく身振りをした。ふつう道を通り過ぎるパトカーのドライバーたちにしてみせる仕草だ。〝穏やかな航海であるように、兄弟〟という意味だった。ボッシュは歩きつづけた。

エドガーがデスクに大きなホワイトボードをぺたりと載せており、ボッシュのデスクも同じように、ほぼおおわれていた。エドガーは体温計のようなものをボードに描いていた。それはワンダーランド・アヴェニューで、体温計の底の球状の先端が方向転換のための循環道路だった。通りには、さまざまな家を表わす線が引いてあった。この線からさらに線を延ばし、名前が緑、青、黒のマーカーで書かれていた。骨が発見された地点には赤で×印がついていた。

ボッシュは突っ立って、質問せずに通りの見取り図を見つめた。

「最初からこうすべきだったぜ」エドガーが言った。

「色分けの基準は?」

「緑は一九八〇年当時の住民で、あとから引っ越していった者。青は八〇年以降に越してきたが、現在はすでに転出している者。黒は現在の住民だ。つまり黒の名前は――そこのギョーのように――八〇年以降ずっとこの通りに住んでいるということになる」

ボッシュはうなずいた。黒の名前はふたつしかなかった。ドクター・ギヨー、そしてアル

・ハッターという人物で、事件現場とは反対側の通りの奥に住んでいる。
「よし」ボッシュはこの図表の使い道がいまのところわからなかったがそう言った。

「その箱にはなにが入ってるんだ?」エドガーが訊ねた。

「スケートボードだ。ジェスパーが見つけた発見がある」

ボッシュは箱を自分のデスクに置き、蓋を開けた。エドガーに彫られた日付とイニシャルについて話をして現物を見せた。

「またトレントを調べることになった。やつがあの場所に引っ越してきたのは、子どもを丘に埋めたからだというおまえの仮説を調べることになるな」

「たまげたな、ハリー。あれは半分以上ジョークのつもりだったのに」

「ああ、そうだが、いまはジョークじゃなくなった。さかのぼらないとならん。トレントに関するすべてのプロファイルを、少なくとも一九八〇年までたどるんだ」

「その一方で、おれたちは次の事件を担当しないとならん。うっとりする話だな」

「今週末は雨になりそうだとラジオで聞いた。ついていれば、住民たちはずっと家で静かにしているかもしれんぞ」

「ハリー、家ってやつはたいていの殺しが起こる場所だぜ」

ボッシュが刑事部屋を見渡すと、ビレッツ警部補がオフィスに立っていた。ボッシュに向けて手招きしていた。ビレッツが探してたとエドガーが話していたことを忘れていた。ボッシュはエドガーを指さし、つぎに自分も指さして、ビレッツにふたりと話をしたいのかと訊ねた。ビレッツが首を横に振り、ボッシュだけを指さした。なんの話かわかった。

「ブレッツに会ってくる」

エドガーがボッシュを見上げた。エドガーにもなんの話かわかっていた。

「グッドラック、相棒」

「ああ、相棒。まだ相棒ならの話だが」

ボッシュは刑事部屋を横切り警部補のオフィスに入った。警部補はデスクの席についていた。口をひらいたとき、ボッシュのほうを見ていなかった。

「ハリー、あなたにO－3《オー・スリー》から即時呼びだしがかかっているわ。なにをするより先にボルンバック警部補に電話して。これは命令です」

ボッシュはうなずいた。

「おれはどこにやられるのか訊きましたか？」

「いいえ、ハリー。あまりにも頭にきて、訊くどころじゃなかった。もし訊ねたら、ボルンバックと喧嘩をはじめそうな気がしたのよ。彼にはなんの関係もないのにね。ボルンバックはただのメッセンジャーだから」

ボッシュはほほ笑んだ。

「頭にきてるんですか？」

「そうよ。あなたを失いたくないわ。上のほうがあなたに抱いているばかげた恨みのせいなら、なおさらよ」

ボッシュはうなずき、肩をすくめた。

「ありがとうございます、警部補。スピーカーフォンにして電話してみたらどうです。いっしょに聞きましょう」

ここでビレッツが顔をあげてボッシュを見た。

「いいの？　もしあなたが望むなら、わたしはコーヒーを取りにいって、オフィスをひとりで使わせてあげてもいいけれど」

「いいんですよ。さあ、電話してください」

ビレッツが電話をスピーカーフォンにしてボルンバックのオフィスにかけた。すぐに応答があった。

「警部補、こちらビレッツ警部補です。わたしのオフィスにボッシュ刑事がいます」

「それはよかった、警部補。辞令書を探すから待ってほしい」

紙ががさがさいう音がして、ボルンバックが咳払いをした。

「ハイ……ヘロニームス……これは――」

「ヒエロニムス」ボッシュは言った。「アノニムス（匿名）と同じ韻です」

「ヒエロニムス、なるほど。ヒエロニムス・ボッシュ刑事、きみは一月十五日、〇八〇〇時に職務につくため、市警本部強盗殺人課《RHD》に出頭するよう命じられた。以上。辞令ははっきり理解できたかね？」

ボッシュは茫然となった。ＲＨＤなら昇進だ。ボッシュは十年まえにＲＨＤから降格となってハリウッド署にやってきた。ボッシュはビレッツを見た。やはり疑うような驚きを顔に浮かべている。

「RHDと言われましたか？」

「そうだ、刑事。強盗殺人課。辞令ははっきり理解できたかね？」

「わたしの任務は？」

「言ったじゃないか。きみの出頭日時は――」

「いえ、つまり、わたしはRHDでなにをするんですか？　向こうでの任務はなんですか？」

「それは十五日の朝にあたらしい上司から聞かねばならん。きみに伝えることはそれだけだ、ボッシュ刑事。辞令は受けとったな。ではよい週末を」

ボルンバックが電話を切り、スピーカーからトーン音が聞こえた。

ボッシュはビレッツを見た。

「どう思います。ジョークかなにかでしょうか？」

「もしそうならば、いいジョークよ。おめでとう」

「でも、三日まえにアーヴィングはおれに辞めるよう言ったんですよ。それががらりと意見を変えて、おれをダウンタウンに送りますかね」

「そうね、きっとあなたをもっと近くで監視したいからじゃないかしら。パーカーセンターは意味もなくガラスの家と呼ばれているのじゃないわ、ハリー。気をつけたほうがいいわ」

ボッシュはうなずいた。

「その一方で」ビレッツは言った。「わたしたちはふたりとも、あなたがRHDに行くべきだとわかっている。そもそも、あそこから異動させられるべきじゃなかったのよ。きっとぐるっと回って元に戻るだけのことなんでしょう。どちらにしても、あなたがいないとここは寂しくなるわ。わたしはあなたがいないと寂しいわ、ハリー。あなたはいい刑事よ」

ボッシュは感謝をこめてうなずいた。立ち去ろうとしたが、警部補のほうを振り返ってほほ笑んだ。

「こんなことを言っても信じられないでしょうし、とくにいま起こったばかりのことを考えたらとくにそうですが、おれたちはまたトレントを調べています。スケートボードです。SIDが少年とボードの接点を発見したんです」

ビレッツは頭を大きくうしろにのけぞらせて大声で笑った。刑事部屋の全員の注目を集めるほど大声だった。

「そうなの」ビレッツは言った。「アーヴィングがそれを聞いたら、きっとRHDをサウスイースト署に変えるでしょうね。絶対よ」

サウスイーストはロサンジェルスのもっとも端に位置し、ギャングがはびこる地区だった。そこへの異動は、フリーウェイ・セラピーの純然たる具現化になるだろう。

「まちがいないでしょうね」ボッシュは言った。

ビレッツが笑顔を引っこめ、まじめな顔になった。ボッシュに事件の最新展開について訊ね、死亡したセット・デコレーターの全生涯の横顔にある基本事項を考え合わせていくつもりだと、ボッシュがおおまかに説明する計画に熱心に聞き入った。

「こうしましょう」ボッシュが説明を終えるとビレッツは言った。「あなたたちふたりはローテーションからはずします。あなたがRHDへ去ってしまうのなら、あらたな事件をあなたに割り当てるのは無意味だわ。それから週末の超過勤務も認めましょう。だからトレントを調べあげて、わたしに結果を教えるように。あと四日間あるわ、ハリー。あなたが行くときに、この事件をテーブルに残したままにしないでよ」

ボッシュはうなずき、オフィスをあとにした。席にもどりながら、刑事部屋のすべての目が自分に注がれているのがわかった。なにも暴露しなかった。席につき、視線を落としたままにした。

「それで？」エドガーがおもむろにささやいた。「どこへ異動になったんだ」

「RHD」

「RHDだってぇ？」

エドガーはこれを叫んだに等しかった。いまや刑事部屋の全員に知られたことだろう。ボッシュは自分の顔が赤らむのを感じた。全員が自分を見ているはずだ。

「まいるぜ」エドガーが言った。「最初はキズ、今度はあんた。おれはなにか、負け犬かなにかか？」

48

《カインド・オブ・ブルー》がステレオから流れていた。ボッシュはビール壜を手に、目をつぶりリクライニングチェアに寝そべっていた。混乱した週の終わりの、混乱した一日だった。いまはただ、自分のなかに音楽を取りこみ、頭を空っぽにしたかった。捜し物はすでに自分が持っているとたしかに感じていた。物事を整理し、景色を雑然と見せる重要でない事柄を取り除くことだけが肝心だ。

ボッシュとエドガーは七時まで仕事をしてから、夜早めに終えようと決めた。エドガーが集中できなかった。ボッシュ異動の知らせに、ボッシュ自身以上に深く動揺していたのだ。エドガーはRHDへの異動に選ばれたのが自分ではなかったため、少しばかり自分が否定されたものとして受けとっていた。ボッシュは自分が足を踏み入れようとしているのは蛇の巣だと請け合って、エドガーをなだめようとしたが、効果がなかった。ボッシュは仕事を打ち切り、パートナーに家へ帰り一杯ひっかけ、ぐっすり眠るように言った。週末はぶっ通しで、トレントの情報集めで過ごすことになるはずだ。

いま酒を飲みながら自宅の椅子でまどろもうとしているのは、ボッシュ自身のほうだった。

自分がある種の戸口にいるような感覚だった。いままさに、あたらしい、はっきりと際だつだろう人生の時期に突入しようとしている。より大きな危険と、大きな見返りのある大きな賭けに出る時期。そう考えるとボッシュは思わずほほ笑んでいた。いまはもうだれもボッシュを見ている者はいない。

電話が鳴り、ボッシュはすばやく起きあがった。ステレオのスイッチを切り、キッチンへ行った。電話に出ると、女性の声がアーヴィング副本部長と替わりますと告げた。長い間があり、アーヴィングの声が電話から聞こえた。

「ボッシュ刑事か？」

「ええ」

「今日、異動の辞令を受けとったかね？」

「ええ、受けとりました」

「よし。わたしがきみを強盗殺人課にもどすことに決定したことを、きみに知らせておきたくてな」

「どうしてなんです、チーフ？」

「先日の会話のあとに、きみに最後のチャンスをやることに決めたからだ。この任命がそのチャンスだ。きみの動きを、わたしが充分しっかりと見張ることができる位置にきみはつくだろう」

「その位置とはどこなんです？」

「聞いていないのか？」

「ただ次の給与支払い日に、ＲＨＤに出頭するよう言われただけです。それだけなんですよ」

電話で沈黙が流れ、ボッシュはここでエンジンオイルに砂を見つけたような気がした。自分はＲＨＤにもどるが、そこでなにをする？　考えようとした。最高の任命であり、最悪の任命であるものはなんだ？

アーヴィングがようやく口をひらいた。

「きみのもとの仕事にもどるのだ。殺人特別班。本日、ソーントン刑事がバッジを返上し、空きができた」

「ソーントン」

「そのとおりだ」

「おれはキズ・ライダーと組むんですか？」

「それはエンリケ警部補次第だ。だが、ライダー刑事には現在パートナーがおらず、きみは彼女とすでに積み重ねた仕事上の信頼関係がある」

ボッシュはうなずいた。キッチンは暗かった。ボッシュの気分は高ぶってきたが、自分の感情を電話越しにアーヴィングに伝えたくなかった。

そんな考えを承知しているかのように、アーヴィングは言った。「刑事、きみは下水管に落ちたが、そこに薔薇の香りが立ちこめていたような気分でいるのだろうな。そんなことを考えるな。いかなる推測もするな。いかなる失敗もするな。もしきみがそうすれば、わたしがそこにやってくる。言いたいことはわかったか？」

「はっきりとわかりました」

アーヴィングは一言も発せずに電話を切った。ボッシュは暗闇のなか、耳障りで大きなトーンが鳴りはじめるまで受話器を耳にあてていた。電話を切り、リビングへもどった。ボッシュはキズに電話して知っていることを訊こうとしたが、急ぐ必要はないと判断した。ふたたびリクライニングチェアに座ると、腰になにか固いものがあたるのを感じた。すでにはずしているので、銃ではない。ポケットに手を入れると、小型テープレコーダーが入っていた。再生して、トレントが自殺した夜にその自宅まえで自分がテレビ記者のサーティンと交わした会話に耳を傾けた。このあとなにが起こるのか徐々に頭に染みこんできて、罪悪感をおぼえたボッシュは、この記者を止めるために自分がやるべきだったことや、さらに口にするべきだったことを考えた。

テープのなかで車のドアが音を立てて閉まったあと、ボッシュはテープを止めて巻きもどしボタンを押した。自分は家の一部を捜索中で話が聞こえない場所にいたため、トレントの事情聴取をすべて聞いていないことに気づいた。いまその会話を聞くことにした。これが週末の捜査の出発点になるだろう。

会話を聞きながら、ボッシュは単語やセンテンスに、殺人者の片鱗がうかがわれるあたらしい意味が見つからないか分析しようとした。そうしながら、ボッシュは自分自身の勘と戦っていた。トレントが死にものぐるいの口調で話すのを聴いていると、無実だという主張が真実のように思えてならなかった。だが、これはもちろんいまボッシュが知っていることに矛盾している。スケートボード——トレントの自宅で見つかった——には、死んだ少年のイニシャルと、少年がスケートボードを手に入れ、殺された年が彫られていた。いまやスケートボードがなにか墓石のような役割を担っていた。ボッシュにとっての目印だ。

トレントの事情聴取を聞き終えたが、最初に聞き逃していた部分もふくめてなにもなく、どんなアイデアもひらめかなかった。テープを巻きもどして、もう一度再生することにした。それは二度目の確認中の早い時点だった。ボッシュはあることに気づき、顔がふいに紅潮し、まるで熱をもったかのようになった。ボッシュは急いでテープを巻きもどし、注意を引かれた部分、エドガーとトレントが交わす会話を再生した。自分がトレントの自宅の廊下に立ち、事情聴取のこの部分を聞いていたことを思いだした。だが、この瞬間までその重要性を見逃していた。

「あなたはそこの森で子どもたちが遊んでいるのを見るのが好きだったんですか、トレントさん？」

「いや、子どもたちが森に入ったら姿は見えない。車で通りかかったり、犬を散歩させたりしたおりは——うちの犬が生きていたころだが——子どもらが丘を登っていくのが見えたよ。向かいの女の子たち。隣りのフォスターの子どもたち。ここいらの子どもたちみんなだ。あそこは市有地で——この近所で開発されていない土地はあそこだけだ。だから子どもたちはあそこで遊ぶんだ。年上の子たちがあの土地で煙草を吸っていると考える者もいて、丘一面が火事になるんじゃないかと心配している近所の者もいたよ」

ボッシュはテープを止め、ふたたびキッチンの電話のところへもどった。エドガーが一度目の呼び出し音のあとに出た。ボッシュはエドガーが寝ていないとわかっていた。まだ九時だった。

「自宅になにも持ちかえってないか？」

「たとえばどんな？」

「逆引き電話帳のリストは？」

「いや、ハリー。あれは署にある。どうしたんだ」

「はっきりしないんだが。今日ボードに図面を描いたときに、ワンダーランドにフォスターという名前の者がいたことを覚えていないか？」

「フォスター。姓がフォスターということか？」

「ああ、名字だ」

ボッシュは返事を待った。エドガーはなにも言わなかった。

「ジェリー、覚えているか？」

「ハリー、落ち着けよ。考えているところだから」

さらに沈黙。

「うーん」エドガーがようやく言った。「フォスターはいなかったな。思いだせるかぎりでは」

「どのくらいたしかだ？」

「なあ、ハリー、頼むぜ。手元にボードもリストもないんだ。だが、その名前は覚えていないように思う。なぜそれほど重要なんだ？　いったいどうした？」

「またあとでかける」

ボッシュは電話を持ってダイニングテーブルに歩み寄った。そこにブリーフケースを置いていた。蓋を開け、殺人調書を取りだした。急いでめくり、ワンダーランド・アヴェニューの現住民のリストが住所と電話番号つきで載ったページをひらいた。リストにはフォスターという名前はなかった。受話器を手に取り、ある番号にかけた。四度の呼び出し音が鳴り、よく知っている声が応えた。

「ドクター・ギヨー、ボッシュ刑事です。電話するには遅い時間だったでしょうか？」

「やあ、刑事さん。いいや、わたしには遅すぎやしないよ。四十年間も、夜通し電話がかかる生活を送っていたのだからな。九時だって？　九時など、まだまだ宵の口だ。あんたのさまざまな傷の具合はどうかね？」

「おかげさまで、ドクター。ちょっと急いでまして、ご近所のことで二、三、質問をしたいのですが」

「そうか、どうぞ」

「時代をさかのぼって、一九八〇年ごろなのですが、その通りにフォスターという名の夫婦か家族が住んでいましたか?」

ギョーがその質問をじっくり考えるあいだ、沈黙が流れた。

「いや、いなかったと思う」ギョーがようやく言った。「フォスターという名前の隣人は覚えておらんな」

「わかりました。では、その通りに里親《フォスター》だった者がいたかどうか教えていただけますか?」

今回のギョーはためらうことなく答えた。

「ああ、そうだ、いたよ。ブレイロック夫妻だ。とてもいいひとたちでね。何年にもわたって多くの子どもたちを助け、里親になっていた。わしはおおいに尊敬していたね」

ボッシュはその名前を、殺人調書の表紙の白い紙に書き留めた。それから調書をめくって近隣の聞きこみに関する報告書をひらくと、このブロックに現在住んでいる者にブレイロックという名前はなかった。

「その夫妻のファースト・ネームを覚えていますか」

「ドンとオードリーだ」

「夫妻がいつごろその界隈から引っ越したかについてはどうです? いつごろだったか、覚えています?」

「ああ、あれは少なくとも十年は経っているだろう。最後の子どもが成人し、もう大きな家が必要なくなったんだ。夫妻は家を売って引っ越したよ」

「引っ越し先はわかりませんか? まだロサンジェルスにいるんでしょうか?」

ギョーは答えなかった。ボッシュは返事を待った。

「思いだそうとしておる」ギョーが言った。「引っ越し先がわかることは知っておるんだ」

「ゆっくりどうぞ、ドクター」ボッシュは口ではそう言ったが、それだけはギョーにしてほしくなかった。

「ああ、あれだよ、刑事さん」ギョーが言った。「クリスマスだ。わしはクリスマス・カードをすべて箱に入れて取っておる。そうすれば、翌年だれにカードを送ればいいかわかるからな。家内がいつもそうしておった。電話をわきに置いて、箱をもってきてよいかな。オードリーがいまでも毎年カードをよこすんでな」

「ぜひ箱を持ってきてください、ドクター。おれは待っていますから」

受話器が置かれる音がした。ボッシュは自分にうなずいてみせた。手に入れようとしている。このあたらしい情報が重要な意味をもつか考えようとしたが、待つことにした。情報を集めてから、あとでじっくり吟味すればいい。

ギョーが電話にもどってくるまで十分近くかかった。そのあいだずっとボッシュはボールペンを構えて手帳に住所を書きとめようと待っていた。

「さあ、ボッシュ刑事。持ってきたぞ」

ギョーが住所を告げると、ボッシュはあやうく声を出してため息をつきそうになった。ドンとオードリーのブレイロック夫妻は、アラスカのような世界の果てに越してはいなかった。まだ車で行ける場所にいた。ボッシュはギョーに礼を告げ、電話を切った。

49

土曜日の朝八時に、ボッシュはスリックバックの車内に腰をおろし、ロサンジェルスから北に三時間、シエラ・ネヴァダの丘陵地帯にあるローンパインの町の目抜き通りから、ひとブロック入ったところにある小さな木造の家を見つめていた。プラスチックカップの冷めたコーヒーに少しずつ口をつけており、飲み終えたら引き継ぎに控えている同じカップがもう一杯待っていた。寒さと、運転に費やした一晩と、車で眠ろうとしたことで、ボッシュの骨はうずいていた。ようやく小さな山間の町にやってきたとき、すでに開いているモーテルを探すには遅い時刻となっていた。どちらにしても、週末のローンパインへ予約なしでやってくるのは、賢明でないことが経験からわかっていた。

夜明けの光が差してくると、霧のなかを青みがかった灰色の山が町の向こうに浮かびあがり、町を縮めていき、町本来の姿を見せた。取るに足りないもの。時と自然界の物事の速度を考えれば。ボッシュはカリフォルニア州の最高峰マウント・ホイットニーを見あげ、悟った。人類の目がその姿を見るはるか以前から山が存在し、最後の目が消え去ったのちも、果てしなく山は存在するだろう。それでなぜだか、ボッシュがすでに知っていたことすべてを認識することがたやすくなった。

ボッシュは空腹で、町のダイナーの一軒に立ち寄り、ステーキと卵を食べたかった。しかし、持ち場を離れるつもりはなかった。LAからローンパインに越してきたのなら、それはただ、人ごみとスモッグと大都市のテンポがきらいだからではない。山を愛しているからでもある。そしてボッシュは自分が朝食を取っているあいだに、朝の山歩きにでかけるドンとオードリーのブレイロック夫妻を逃すまねをしたくなかった。車のエンジンをかけ、五分間ヒーターをつけることでよしとした。ボッシュはそうやって一晩中、熱とガソリンを少しずつ使用していた。

ボッシュは家を見張り、照明がつくか、走っているピックアップトラックから、二時間まえにドライブウェイへほうりこまれた新聞をだれかが拾いにくるのを待った。薄い新聞だった。LAタイムズではないはずだ。ローンパインの住民はロサンジェルスや、その殺人犯や、その刑事たちには興味がない。

九時に家の煙突から煙が立ちのぼりだした。数分後に、ダウンベストを着た六十がらみの男が現われ、新聞を取った。拾ったあとに男は道の半ブロック先のボッシュの車へ視線を走らせた。それから室内にもどった。

ボッシュは自分の車が道では目立つことがわかっていた。身分を隠そうとはしていなかった。ただ待っていた。車のエンジンをかけ、ブレイロックの家まで運転し、ドライブウェイに車を入れた。

ボッシュがドアに歩みよると、ノックをしないうちにさきほど見かけた男が出てきた。

「ブレイロックさん？」

「ああ、わたしだ」

ボッシュはバッジと身分証明書を提示した。

「あなたと奥さんに数分間お話をうかがえないかと思いまして。わたしが調べている事件についてなのですが」

「きみひとりか？」

「ええ」

「いつからあそこにいたんだ？」

ボッシュはほほ笑んだ。

「四時ごろからです。部屋を取るには遅い時間に到着して」

「入りたまえ。コーヒーがある」

「温かいのなら、いただきます」

ブレイロックがボッシュをなかに案内して、暖炉近くの椅子とカウチがいくつも並んだほうを指さした。

「妻を呼んで、コーヒーを持ってこよう」

ボッシュは暖炉にもっとも近い椅子に歩み寄った。腰をおろそうとしたそのときに、カウチ奥の壁にかかった写真立てに気づいた。ボッシュはそちらに近づき、じっくり写真をながめた。すべて幼い子どもと中高生だった。あらゆる人種がいた。二名はあきらかに肉体的、あるいは精神的なハンディキャップがあるようだった。里子たち。ボッシュは振り返り、暖炉にもっとも近い椅子に腰かけて夫妻を待った。

まもなくブレイロックが、コーヒーの湯気のたつ大きなマグカップを手にもどってきた。女性がそのうしろから部屋に入ってきた。夫より少々年上に見えた。まだ寝起きで疲れた目をしていたが、優しい顔をしていた。

「妻のオードリーだ」ブレイロックが言った。「コーヒーはブラックでいいかね？　知り合いの警官はみなブラックで飲むが」

夫と妻は並んでカウチに腰かけた。

「ブラックで結構です。警官にお知り合いが多かったのですか？」

「LAにいた当時はそうだった。わたしは三十年間ロサンジェルス市消防局に勤めていた。分署隊長として辞職したのは、九二年の暴動のあとだ。わたしにはもうたくさんだった。ワッツ暴動の直前に消防隊に入り、九二年の暴動のあとに辞めた」

「わたしたちに話をされたいこととは、なんでしょう？」オードリーが訊いた。夫の世間話に耐えられないようだった。

ボッシュはうなずいた。コーヒーを飲み、前振りは終わった。

「わたしは殺人課で働いています。ハリウッド署です。わたしは――」

「わたしは五八年から六年間、働いていたぞ」ブレイロックが言った。ハリウッド署の裏にある消防署のことだ。

ボッシュはふたたびうなずいた。

「ドン、はるばるここまでやってきた理由をこのひとに言わせてあげなくちゃ」オードリーが言った。

「すまん、先をつづけてくれ」

「わたしはある事件を捜査中なんです。ローレル・キャニオンで起きた殺人事件を。じつは、あなたがたが以前いらした近くでして、わたしたちは一九八〇年にその通りに住んでいた人々と連絡を取っているんです」

「なぜその年代の?」

「その年に殺人が起こったからです」

ふたりは解せない顔つきでボッシュを見た。

「それは見過ごされていた事件のたぐいなのかね?」ブレイロックが言った。「なぜなら、わたしはその当時に近所でそんな事件があったなど、思いだせないからだが」

「ある意味では、見過ごされていた事件です。ただ遺体が二週間まえまで見つからなかっただけですが。森の上に埋められていたんですよ。丘に」

ボッシュはふたりの顔を観察した。なにも読みとれない、ただショックだけだ。

「まあ、なんてこと」オードリーが言った。「わたしたちがあそこに住んでいたあいだじゅう、だれかの死体が埋められていたということなのね。うちの子どもたちはよくあそこで遊んだものですよ。殺されたのはだれだったの？」

「子どもでした。十二歳の少年です。名前はアーサー・ドラクロワ。どちらか、その名前に聞き覚えはありませんか？」

夫と妻はまず自分の蓄積された記憶を探り、それからたがいの顔をみやって、結果を確認してそれぞれが首を横に振った。

「いや、そんな名前は知らない」ドン・ブレイロックが言った。

「その子はどこに住んでいたの？」オードリー・ブレイロックが訊ねた。「あの近くじゃないのでしょう」

「ええ、少年はミラクル・マイル地区に住んでいました」

「かわいそうに」オードリーが言った。「どうやって殺されたのかしら？」

「殴り殺されたんです。よろしければ——その、興味をもたれるのはわかりますが、できれば質問をはじめたいのですが」

「あら、ごめんなさい」オードリーが言った。「どうぞ進めて。ほかになにか教えられることが、わたしたちにあるかしら？」

「ええ、わたしたちはあの通り——ワンダーランド・アヴェニュー——の当時のプロファイルを作りあげようとしているんです。だれがどんな人物で、だれがどこに住んでいたかですね。まったくの型どおりの作業です」

ボッシュはほほ笑んだが、すぐさま誠実な笑みにならなかったことに気づいた。

「それで、これまでのところかなり難航しています。あの近隣はこれまでにかなり入れ替わりがあったようで。じっさいに、ドクター・ギョーと通りの突きあたりに住むハッター氏だけが、一九八〇年以来あそこに住みつづけているんですよ」

オードリーが温かな笑顔を見せた。

「ああ、お医者さんのポール。あのひとはとてもいいひとだわ。いまでもクリスマス・カードをもらっているんですよ。奥さんが亡くなってもね」

ボッシュはうなずいた。

「もちろん、あのひとはうちには高すぎるお医者さんでしたけどね。うちの子どもたちは、たいてい診療所へ連れて行きました。でも週末に緊急事態が起こったり、ポールが在宅のときは、ポールはよろこんで診てくれました。このごろでは、なにをするにも心配する医者が多いようですけどね、なぜって――あら、ごめんなさい。主人のようにわたしも脇道にそれているわね。こんな話を聞くためにいらしたんじゃないのに」

「いいんですよ、ミセス・ブレイロック。ええと、お子さんと言われましたね。ご近所のかたから、おふたりが里親だったと聞きましたが、まちがいないでしょうか？」

「ええ、そうです」オードリーが言った。「ドンとわたしは二十五年間、里子を預かってきました」

「それはすばらしいことですね、あなたがたがされたことは。感心します。何人の子どもの世話をされたんですか？」

「全員を覚えておくのはむずかしいですね。ある子たちは何年も預かり、ある子たちは数週間だけだったりで。少年裁判所のきまぐれによるところが大きかったのですよ。胸が張り裂けそうになったりしたものです。子どもと暮らしはじめて、居心地よく、わが家のように感じさせてあげようとしていると、とつぜんその子に自宅か、ほかの里親の元か、どこかに行くように裁判所命令が出て。わたしはいつもこう言っていました。里親の仕事をするには、何事にも動じない大きな心臓がないと無理ですと」

夫人は夫を見てうなずいた。夫もうなずき返し、手を伸ばして夫人の手を取った。夫がボッシュのほうを見た。

「一度数えあげたことがある」ブレイロックが言った。「通しで、合わせて三十八人の子どもを預かっていたよ。だが、じっさいにはそのうち十七人を育てたと思っている。印象に残るだけ長くうちにいた子たちだ。そう、二年間から――ひとりの子などは十四年間いっしょにいたからな」

ブレイロックが振り返ってカウチ奥の壁を見ることができる姿勢になり、手を伸ばし、車椅子に乗った少年の写真を指さした。あまり体格がいいほうではなく、ぶ厚いめがねをかけている。手首が鋭角に曲がっていた。笑顔がゆがんでいた。

「それはベニーだ」ブレイロックが言った。

「たいしたものだ」ボッシュは言った。

ボッシュはポケットから手帳を取りだし、書いていないページが出てくるまでめくった。

ボールペンを取りだした。ちょうどそのとき、携帯電話が鳴りはじめた。

「わたしのです」ボッシュは言った。「気にしないでください」

「電話に出たくないのかね？」ブレイロックが訊ねた。

「メッセージを残してもらえばいいですから。山にこれだけ近いと、携帯が通じると思ってもいませんでしたし」

「おや、テレビだって映るんだがね」

ボッシュはブレイロックを見て、自分がどうも侮辱したらしいと気づいた。

「すみません、深い意味はなかったのです。一九八〇年にお宅に住んでいた子どもたちを教えていただけたらと思っていたのですが」

一瞬だれもがたがいに見つめ合い、なにも言わない時間があった。

「うちの子たちのひとりが、その事件に関わっているんでしょうか？」オードリーが訊いた。

「わからないのです。だれがあなたがたと暮らしていたか知らないので。先ほど言いましたように、あの界隈の住民のプロファイルをまとめようとしているのです。そこにだれが住んでいたのか正確に知る必要があります。そうしたら、そこから先に進むでしょう」

「それならば、青少年福祉部が役に立つはずですけど」

ボッシュはうなずいた。

「じつは名称が変わったのですよ。いまは児童福祉局と言います。それで、福祉局ですと早くて月曜日にならないと、わたしたちを手伝うことはできないでしょう、ミセス・ブレイロック。これは殺人事件なんです。この情報がいま要るんですよ」

ふたたび、全員がたがいに目をやる間があった。

「ふむ」ドン・ブレイロックがついに言った。「その当時にだれがいっしょに暮らしていたか正確に思いだすとなると、どうもむずかしいことになりそうだ。はっきり思いだせる子たちもいる。ベニーやジョディやフランシスのように。だが毎年、うちには、オードリーが言ったように、数人の子どもたちがひょっこりやってきては去っていったからな。その子たちを思いだすのはきついぞ。ええと、一九八〇年……」

ブレイロックが立ち上がり、写真を飾った壁一面が見えるように振り返った。一枚の写真を指さした。八歳ほどの黒人の少年だった。

「ウィリアムだ。この子は一九八〇年だな。この子——」

「いえ、ちがうわ」オードリーが言った。「この子がうちに来たのは八四年よ。オリンピックを覚えていないんですか？　あなたはアルミホイルでたいまつをつくってあげたでしょう」

「ああ、そうだった。八四年だ」

ボッシュは椅子のまえのほうに身体をずらした。暖炉そばの位置が、ボッシュには暑くなりはじめていた。

「話に出てきた三人からはじめましょう。ベニーとほか二名。フルネームは？」

ボッシュは三人の名前を聞き、どうやって三人と連絡を取ることができるか訊ね、ベニー以外のふたりの電話番号を聞いた。

「ベニーは六年まえに亡くなったの」オードリーが言った。「多発性硬化症で」

「お気の毒です」

「とてもかわいがっていた子でした」

ボッシュはうなずき、適切なだけの沈黙が流れるのを待った。

「ええと、ほかの子はどうでしょう？　受け入れた子の名前や期間を記録されていないのでしょうか」

「記録していたが、ここにはないんだ」ブレイロックが言った。「LAの倉庫にある」

ブレイロックがふいに指を鳴らした。

「ああそうだ、うちで助けようとしたり、実際に助けた子どもたち全員の名前をリストにしたものがある。ただ年代別にはなっていないが。あれを見れば、少しは範囲をせばめられるだろうが、それできみの役に立つかね？」

オードリーが一瞬夫に怒った目を向けた。夫はそれに気づかなかったが、ボッシュは気づいた。ボッシュが代表している脅威が現実であろうがなかろうが、子どもたちを守ろうという本能が働いている。

「ええ、おおいに役立つことでしょう」

ブレイロックが部屋を出ていくと、ボッシュはオードリーを見た。

「ご主人がわたしにリストを見せるのがお気に召さないようですね。なぜです、ミセス・ブレイロック？」

「あなたが正直に話していないと思うからですよ。なにかを探しているのでしょう。目的に合うなにかを。あなたの言葉を借りれば〝まったくの型どおりの作業〟のために、夜中にロサンジェルスから三時間車を走らせてくるはずがないわ。うちの子どもたちがひどい環境にいたことをあなたは知っている。うちに来たとき、どの子も天使だったわけじゃない。そしてわたしは、どの子にも、出生や生い立ちのせいでなにかの責めを負わせたくないんですよ」

ボッシュは夫人が言い終えたことを確認するためにしばらく待った。

「ミセス・ブレイロック、マクラーレン青少年保護院に行かれたことがありますか？」

「もちろんです。うちの子の何人かはそこから来たの」

「わたしもそこの出身なのです。それに里親家庭に世話になったこともあります。長く滞在できたためしはありませんでしたが。ですから、こうした子どもたちがどんな子たちかはわかっています。自分がそうだったんですからね。それに愛に満ちた里親家庭もあれば、保護院と同じくらい、いえ、もっと悪い家庭があることだってわかっています。ひたすら子どもたちのことを思う里親もいれば、ひたすら児童福祉局からの手当ての小切手を思う里親がいることも」

夫人は長いこと黙っていたが、ようやく返事をした。

「それは関係ありません」夫人は言った。「あなたがパズルを完成させるために、あてはまるピースを探していることに変わりはない」

「誤解されてます、ミセス・ブレイロック。その件で誤解しているし、わたしのことも誤解している」

ブレイロックが学校で使うような緑色のフォルダーらしきものを手に、部屋にもどってきた。それを正方形のコーヒーテーブルに置いてひらいた。なかのポケットは写真と手紙でふくらんでいた。夫がもどってきたのも構わず、オードリーが先をつづけた。

「うちの主人はあなたのように市の職員でしたから、わたしがこの件でなにを言っても聞きやしません。けれど、刑事さん、わたしはあなたのことも、あなたがここで説明した理由も信じません。あなたは正直に話していませんよ」

「オードリー！」ブレイロックが鋭く叫んだ。「この男はただ自分の職務をこなそうとしているだけなんだぞ」

「そして、そのためならどんなことでも言うつもりなのよ。それに、そのためなら、うちの子どもたちのだれだって傷つけるつもりだわ」

「オードリー、頼むよ」

ブレイロックがふたたびボッシュに注意を向け、紙を差しだした。手書きの名前が載ったリストがあった。ボッシュが書いてあることを読むまえに、ブレイロックが紙をひっこめてテーブルに置いた。鉛筆で作業にかかり、名前の横に印をつけていった。作業をしながらブレイロックがしゃべった。

「わたしたちは、ただ、みんなのことを覚えておこうとしてこのリストをつくった。きみは驚くだろうが、だれかのことを死ぬまで愛しながら、二十、三十の誕生日を思いだす段になると、いつもだれかのことを忘れているんだ。ここに印をつけているのは、一九八〇年以降にうちに来た子たちだ。わたしが終わったら、オードリーがもう一度確認するから」

「いいえ、やりません」

男たちは夫人を無視した。ボッシュの視線はブレイロックの鉛筆の先を行き、リストの下へ降りていった。最下部まで三分の二に達しないうちに、ボッシュは手を伸ばし、ある名前に指を置いた。

「この少年のことを話してください」

ブレイロックがボッシュを見あげ、つぎに妻のほうを見た。

「だれなの？」夫人が訊ねた。

「ジョニー・ストークス」ボッシュは言った。「一九八〇年に、お宅へ引き取っていたんですね？」

オードリーが一瞬ボッシュを見つめた。

「ほら、言ったでしょう」夫人がボッシュだけを見つめながら夫に話しかけた。「このひとはここにやってきたときから、ジョニーのことを知っていたのよ。わたしは正しかったわ。このひとは正直じゃなかった」

50

ドン・ブレイロックがポット二杯目のコーヒーを淹れにキッチンへ向かうころまでに、ボッシュはジョニー・ストークスについて二ページにわたるメモを取っていた。ストークスは青少年福祉部の紹介で、一九八〇年の一月にブレイロック家に来て、その年の七月に去っていた。その月に車を盗み、ハリウッドじゅうをふざけて乗りまわしたことで逮捕されたからだ。

車両窃盗では二度目の逮捕だった。ストークスはシルマー少年院に六カ月にわたり収容された。更生期間が終了すると、判事によって両親の元へもどされた。だが、ブレイロック夫妻はときおりストークスの噂を聞き、まれに家の近くへやってくるストークスを見かけたことさえあった。夫妻にはほかにも世話をしている子どもたちがあり、ストークスとの接触はまもなく途絶えた。

ブレイロックがコーヒーを淹れに席をはずすと、ボッシュはオードリーとの気まずい沈黙が待っているものと考えた。しかし、オードリーはボッシュに話しかけてきた。

「うちの子たちの十二人が大学を出ました」オードリーが言った。「二人は軍のキャリア組。

ひとりはドンのあとを追って消防局に入った。ヴァレー地区で働いているわ」

オードリーがボッシュにうなずき、ボッシュもうなずき返した。

「自分たちが子どものことで、百パーセント成功していると考えたことはなかったの」夫人は先をつづけた。「どの子にもできるかぎりのことをした。ときには、環境や裁判所や青少年関係の当局が、子どもを助ける妨げになることもあってね。ジョンはそうした例のひとりだったんですよ。あの子は過ちをおかし、それがわたしたちに非があるようになって。あの子は連れて行かれてしまったの……あの子を助けることができないうちに」

ボッシュにはうなずくことしかできなかった。

「もう彼をご存じのようね」オードリーは言った。「もう話をしたことがあるの？」

「ええ。少しだけ」

「いま拘置所にいるのかしら」

「いえ、ちがいます」

「あの子の人生はあれ以来どうだったのかしら……わたしたちがあの子を知っていたころからあとは」

ボッシュは両手を広げた。

「うまくやれませんでした。ドラッグ、数々の逮捕、刑務所」

オードリーが悲しげにうなずいた。

「あの子がうちの近所で見つかった男の子を殺したとお思い？　うちに住んでいるとき

に？」

ボッシュは夫人の顔つきから、もし自分が正直に返事をしたら、夫婦でやってきた良きおこないからこの女性が築きあげてきたものすべてを、自分が打ち砕くことになるとわかった。壁にかかった多くの写真、卒業式のガウン、そしていい仕事はこの件に比べるとなんの意味もなくなる。

「本当にわからないのです。けれども、彼が殺害された少年の友人だったことはわかっています」

夫人が目をつぶった。きつくではなく、目を休ませる程度に。夫人が無言でいると、ブレイロックが部屋にもどってきた。ボッシュのまえを通り過ぎ、暖炉にもう一本薪をくべた。

「コーヒーがすぐに入る」

「ありがとうございます」ボッシュは言った。

ブレイロックがカウチへもどると、ボッシュは立ち上がった。「見ていただきたいものがあるんです、よろしければ。車に載せているので」

ボッシュはその場を辞してスリックバックへもどった。フロントシートのブリーフケースをつかみ、それからトランクにまわってスケートボードが入ったファイルボックスをもった。ブレイロック夫妻に見せてみる価値があると思った。

トランクを閉めたそのときに電話が鳴った。今度は電話に出た。エドガーだった。

「ハリー、あんたどこにいるんだ？」

「ローンパインのほうだ」

「ローンパインだと！　そんなところで、いったいなにをしてるんだ？」

「話している暇がないんだ。おまえはどこにいるんだ」

「殺人課テーブルだよ。おれたちが了解しあったように。てっきりおまえも――」

「聞け、一時間でこっちから電話するから。そのあいだに、ストークスのあたらしい捜索指令《BOLO》の準備をしておいてくれ」

「なんだって」

ボッシュは家のほうを見て、ブレイロック夫妻が会話を聞いておらず、姿も見えないことを確認した。

「もう一度ストークスのＢＯＬＯを準備するように言ったんだ。やつを見つける必要がある」

「なぜだ」

「なぜなら、やったのはやつだからだ。やつがあの少年を殺した」

「どういうことだよ、ハリー？」

「一時間で電話する。ＢＯＬＯを準備しておけよ」

ボッシュは電話を切り、今回は電源を切った。

ブレイロックの家にもどり、ボッシュはファイルボックスを床に置いて、膝に載せたブリーフケースをひらいた。シーラ・ドラクロワから借りた家族写真をおさめた封筒を探した。

封筒を開けて写真を取りだした。写真の束をふたつにわけ、夫婦に一束ずつ手渡した。

「その写真の少年を見て、見憶えがあるかどうか教えてください。お宅に遊びにきたことがあるかどうか。ジョニーとでも、ほかのお子さんといっしょでも」

夫婦が写真に目を通し、それから束を交換した。すべて見終わると、夫妻はそろって首を横に振り、写真をもどした。

「見憶えはないな」ドン・ブレイロックが言った。

「わかりました」ボッシュは写真を封筒にしまいながら言った。

ボッシュはブリーフケースを閉じて床に置いた。つぎにファイルボックスを開け、スケートボードを持ちあげた。

「どちらか、これに――」

「ジョンのだわ」オードリーが言った。

「たしかですか？」

「ええ、見憶えがあります。あの子が……うちから連れて行かれたときに、残していったんです。あの子にうちにあると伝えました。自宅に電話したのだけど、あの子は取りに来なかったの」

「これがストークスのものだと、どうしてわかるのですか？」

「とにかく覚えているんですよ。その骸骨のマークが好きじゃなかったの。そのマークを覚えています」

ボッシュはスケートボードを箱にもどした。

「彼が取りに来なかったのでしたら、これはどうなっていたんですか？」

「売りました」オードリーが言った。「三十年勤めてドンが引退するときに、ここに越してくることにしたんです。不要品は全部売って。大々的にガレージセールをやったんですよ」

「ガレージどころか、ハウスセールと言ったほうがあたりだったな」夫がつけたした。「なにもかも売り払った」

「なにもかもじゃないわ。あなたは、裏庭にあったばかげた半鐘は売ろうとしなかったじゃないですか。とにかく、そのときにスケートボードを売ったのですよ」

「だれに売ったか覚えていますか？」

「ええ、お隣りに。ミスター・トレントですよ」

「いつのことでしたか？」

「九二年の夏です。家を売却した直後に。条件付きでまだ家に住んでいましたからね、たしか」

「なぜスケートボードをミスター・トレントに売ったことを覚えてらっしゃるんです？　九二年はずいぶんまえのことですが」

「売りだした品の半分をあのひとが買ったから覚えているんですよ。不要品の半分を。ミスター・トレントはほしいものをまとめて、全部でいくらと金額を提示したの。仕事に必要だったそうよ。セット・デザイナーでしたからね」

「セット・デコレーターだよ」夫が訂正した。「別物なんだ」

「とにかく、うちで買ったものをすべて映画のセットで使ったんです。うちにあったものを、映画のなかで見たいといつも思っていました。でも見たことはありませんでしたね」

ボッシュは手帳に走り書きをした。ブレイロック夫妻から訊きたいことはすべて手に入れた。南へ、街にもどり事件を組み立てるときだ。

「そのスケートボードがどうやってあなたの手元に？」オードリーがボッシュに訊いた。

ボッシュは手帳から顔をあげた。

「その、ミスター・トレントの所有物にありました」

「まだあの通りに住んでいるのかね？」ドン・ブレイロックが訊ねた。「いい隣人だった。まったくいざこざが起きなくて」

「最近まで住んでいました」ボッシュは言った。「ですが、亡くなりました」

「まあ、なんてこと」オードリーが声を漏らした。「お気の毒に。それほど歳ではなかったのに」

「もう二、三、質問があります」ボッシュは言った。「ジョン・ストークスが、あなたがたのどちらかに、どうやってスケートボードを手に入れたか話したことがありますか？」

「学校でほかの男の子たちと競争をして勝ち取ったと聞きましたが」オードリーが言った。

「ブレズリン・スクールですか？」

「ええ。あの子はそこに通っていました。最初にうちへやってきたときに、そこへ通っていたものですから、そのままつづけさせたのです」

ボッシュはうなずいて、手帳を見下ろした。すべてを手に入れた。手帳を閉じ、上着のポケットにもどして、いとまを告げようと立ちあがった。

51

ボッシュは〈ローンパイン・ダイナー〉まえのスペースに車を入れた。窓際のボックス席はどれも埋まっていて、そのほとんどの者が地元から三百二十キロはなれた場所にいるLAPDの車を見ていた。

ボッシュはひどく空腹だったが、これ以上あとまわしにせず、エドガーと話す必要があるとわかっていた。携帯電話を取りだし、電話をかけた。エドガーが最初の呼び出し音の途中で電話に出た。

「おれだ。BOLOは出したか？」

「ああ。出した。だが、どうなっているのかわからないことには、少々手続きがむずかしいんだがな、相棒よ」

エドガーは最後の言葉を、ばか野郎の同義語のように言った。これはふたりの最後の事件だから、このようにふたりが組んでいた時が終わろうとしているのは残念だとボッシュは思った。自分のせいだった。自分でもよくわからない理由のために、エドガーを事件からはじきだしてきた自分の。

「ジェリー、おまえが正しい」ボッシュは言った。「おれがばかだった。ただ、急いでことを進めたくて、そうなると、夜通し運転しないとならなかったんだ」

「おれもいっしょに行ったのに」

「わかっている」ボッシュは嘘をついた。「よく考えなかったんだ。とにかく運転していった。いまからもどるからな」

「ふん、おれたち自身の事件がいったいどうなっているのか、おれにもわかるように最初から説明しろよ。まぬけになった気分だよ。BOLOを準備しながら、理由がわかってもいないんだからな」

「言っただろう。ストークスが犯人だ」

「ああ、それは聞いたが、ほかのことはなにも聞いてないからな」

ボッシュはそれからの十分間を、店の客たちが食べ物を口に運ぶのを見つめながら、エドガーに自分の行動について順序立てて説明し、最新の情報をあたえた。

「なんてことだ。おれたちはまさにここでやつをつかまえていたってのに」ボッシュが話し終えると、エドガーは言った。

「ああ、まあ、それを悔やんでも始まらない。またやつをつかまえなければ」

「で、被害者が荷造りをして家出したとき、ストークスの元に行ったと言いたいんだな。で、ストークスが少年を森に連れだして、殺したと」

「そんなところだ」

「動機は？」

「それをやつに訊かなきゃならん。もっとも、仮説はある」

「なんだ、スケートボードか？」

「ああ、やつはスケートボードがほしかったんだ」

「スケートボードのために、友だちを殺したのか？」

「おれたちはふたりとも、もっとしょうもないことのために起きた殺人を見てきたし、ストークスが殺すつもりだったかどうかもわからない。埋められたのは浅い穴だった。手で掘ったものだ。まえもって計画されたことじゃない。やつは友人を押して転ばせただけなのかもしれない。石で殴ったのかもしれない。ふたりのあいだに、おれたちが知りもしないことがあったのかもしれない」

エドガーは長いこと無言で、ボッシュはこれで話が終わり、なにか食べることができると考えた。

「その里親ってのは、おまえの仮説をどう考えているんだ？」

ボッシュはため息をついた。

「ふたりに全部聞かせてはいないんだ。ただ、こんなふうに言っておこうか。おれがストークスについて質問をはじめたとき、ふたりはそれほど驚いていなかった」

「こいつがわかってるか、ハリー。えんえんと時間の浪費をしつづけたというのが、おれたちのやってきたことだぜ」

「どういう意味だ」

「この事件全体だよ。どんな結末になった？――十三歳がオモチャのために十二歳を殺害。ストークスはこの事件が起こったとき未成年だった。いまさらやつを起訴しようって者はいやしないだろう」

ボッシュは一瞬考えてみた。

「起訴されるかもしれない。ストークスをつかまえ、なにを聞きだせるかによる」

「まえもって計画された徴候はないと、自分で言ったばかりじゃないか。起訴はされないぜ、パートナー。そうに決まってる。おれたちは、自分のしっぽを追いかけていたんだよ。事件を解決しても、そのために消えるやつなんかいない」

おそらくエドガーが正しいとわかっていた。法のもとでは、十三歳という低年齢の未成年だった際に起こした犯罪のために、成人が訴追されることはまれだった。ストークスから完全な自白を引きだしたとしても、おそらくストークスはおとがめなしだろう。

「彼女にあのままやつを撃たせるべきだった」ボッシュはつぶやいた。

「どうかしたのか、ハリー」

「べつに。なにか腹に入れたら、帰るつもりだ。そこにいるか？」

「ああ、ここにいる。なにか起こったら知らせる」

「わかった」

ボッシュは電話を切り、ストークスがおかした罪から逃れる可能性を考えながら車を降りた。暖かいダイナーに入って油と朝食のにおいをかいだとき、食欲を失っていることにふいに気づいた。

52

ボッシュがブドウのつる《グレープヴァイン》と呼ばれる気の抜けないカーブの多いフリーウェイを降りたときに、携帯電話が鳴った。エドガーだった。

「ハリー、ずっと電話していたんだぞ。どこにいたんだ?」

「山脈を抜けていたんだ。一時間もそこは通ってなかったぞ。なにかあったのか?」

「ストークスの現在位置が確認された。〈アッシャー〉で不法占拠をしているぞ」

ボッシュはこの情報を考えてみた。〈アッシャー〉はハリウッド大通りの一ブロック隣りにある一九三〇年代に建てられたホテルだ。何十年にもわたり、週単位の木賃宿や売春センターであったが、大通りの再開発の波がこのホテルまで押しよせてくると、突如としてふたたび価値のある物件となった。売却されたこのホテルはいったん閉鎖され、エレガントな老貴婦人としてあたらしいハリウッドにふたたびくわわることを許されるための、大がかりな修復改装に備えることになった。だが、このプロジェクトは最終承認権をもつ都市開発計画部によって延期された。こうした延期は、夜の棲息者たちにとって格好の機会となった。〈ホテル・アッシャー〉が再生を待望するあいだに、十三階建てのホテルの客室へやってきたのが、避難所を見つけフェンスとベニヤ板の柵をひそかにくぐった無断居住者たちだった。この二カ月のあいだに、ボッシュは被疑者を捜してアッシャー内部へ二度入っていた。そこでは電気が使えない。水も使えないが、それでも無断居住者たちはトイレを使用し、ホテル内は地上の下水管のように臭った。どの客室にもドアがなく、家具もなかった。居住者たちは丸めたカーペットを客室でベッドがわりに使った。安全に捜索しようとしてもそこは悪夢だった。廊下を歩くと、どの戸口も開いており、銃をもつギャングに簡単に標的にされる。開口部ばかりを見ていると、注射針を踏むかもしれない。

ボッシュは車の非常灯をつけると、思い切りアクセルを踏みこんだ。

「どうしてやつがそこにいるとわかる？」ボッシュは訊ねた。

「先週、やつを探していたときだ。あのホテルでなにか探りを入れていた麻薬取締課の連中がいて、やつがてっぺんの十三階に不法居住しているとの情報をつかんだ。エレベーターがつかえないのに、最上階まであがるとは、よっぽどなにかを恐れているんだな」

「なるほど。計画は？」

「大人数になりそうだ。パトロールから四班。おれと例の麻薬取締課。底からはじめて上へあがっていく」

「いつはじめる」

「いまから点呼をやり、しっかり打ち合わせをしてから出発だ。おまえのことは待てないぞ、ハリー。こいつがホテルを出てうろつくまえに、つかまえないとな」

ボッシュは一瞬、エドガーの性急さが純粋なものなのか、それともたんにボッシュがこの事件の捜査進行において、幾度かエドガーをつまはじきにしてきたことへの仕返しを試みているのだろうかといぶかった。

「わかってる」ボッシュはやがて言った。「無線機は持っていくんだな?」

「ああ、チャンネル二を使う予定だ」

「わかった。向こうで会おう。チョッキをつけていけよ」

ボッシュが最後の言葉を口にしたのは、ストークスが銃を所有していることを心配したからではなく、重装備の警官隊が暗いホテルの廊下という取り囲まれた狭い場所にいると、いたるところに危険と書かれているようなものだからだった。

ボッシュは電話を折りたたみ、さらに強くアクセルを踏みこんだ。じきに街の北の境界線を通過すると、サンフェルナンド・ヴァレーに入った。土曜日の交通量は少なかった。フリーウェイを二度乗り換え、カーウェンガ・パスを楽に流してハリウッドに入ったのは、エドガーとの通話を切って三十分後だった。ハイランド出口でフリーウェイを降りると、数ブロック南に聳える〈ホテル・アッシャー〉が見えた。窓は一様に暗く、予定された作業のためにカーテンは事前にはずされていた。

ボッシュは無線機を持っておらず、エドガーにこの捜索の作戦本部がどこに設置されるか聞き忘れていた。スリックバックでホテルまえに運転していき、作戦を暴露する危険をおかしたくなかった。電話を取りだし、当直室にかけた。マンキウィッツが出た。

「マンク、あんたは休みを取らないのか？」

「一月は取らん。うちの子たちがクリスマスとハヌカー（ユダヤ教の祭り）を祝う。おれには超過勤務が必要なんだ。どうかしたか」

「〈アッシャー〉の件で、作戦本部《CP》の場所がわかるか」

「ああ、ハリウッド長老派教会の駐車場だ」

「わかった。ありがとう」

二分後にボッシュは教会の駐車場に車を入れた。パトカーが五台とスリックバックが一台、麻薬取締課の車一台が並んでいた。車は教会に接近して停めてあった。教会の反対側で空に聳える〈アッシャー〉の窓から見られることを防ぐためだ。

パトカーの一台の車内に巡査二名が座っていた。ボッシュは車を停め、運転席側の窓に歩み寄った。エンジンはかかったままだった。収容車だ。ほかの者が〈アッシャー〉でストークスを確保すると、無線連絡が収容車に伝わる。すると収容車の連中はそこへ飛ばしていき、犯人を収容する。

「みんなどこにいる？」

「十二階です」運転席の巡査が言った。「いまのところ異常なし」

「無線を貸してくれないか」

巡査が無線機を窓からボッシュに渡した。ボッシュはチャンネル二のエドガーを呼びだした。

「ハリー、ここに着いたのか？」

「ああ、いまから上に行く」

「もうじき終わるぞ」

「それでも上に行くから」

ボッシュは巡査に無線を返し、駐車場を歩いて離れはじめた。〈アッシャー〉の地所をとりかこむ建設現場用の防護柵までやってくると、北側にまわった。そこの柵に破れ目があり、無断居住者たちがそこから入りこんでいる。その破れ目は、まもなく歴史を感じさせる豪華なアパートメントが登場すると知らせる建設現場の看板で、一部隠されていた。ボッシュはゆるい柵を押して、腰をかがめて破れ目にもぐりこんだ。

建物の両端には二本の主階段室がある。ストークスがどうにかして捜索の手をかいくぐり逃亡しようとしたときにそなえ、制服警官が一班、両階段の下に張りついていることだろう。バッジを取りだして高く掲げながら、ボッシュはホテル東側外階段のドアを開けた。

階段室に足を踏み入れると、警官二名が待ちかまえており、ふたりは銃を掲げてから脇に降ろした。ボッシュはうなずき、警官たちもうなずき返した。ボッシュは階段をあがりはじめた。

ボッシュは一定の歩調を保とうとした。各階に方向転換のための踊り場をはさんで階段がふたつあった。二十四階段をあがらねばならない。あふれたトイレの臭いのせいで息苦しく、ボッシュの頭は、先日エドガーがすべての臭いは粒子の集まりだと話したことでいっぱいだった。ときに知識とは残酷なものとなる。階段から廊下へのドアは取り外されていたので、何階であるかの表示もなくなっていた。けれども下階ではだれかが踊り場の壁に数字をペンキで書いていたが、ボッシュがさらに上階へあがっていくと数字は姿を消し、数え損なって自分が何階にいるかはっきりしなくなった。

九階か十階かでボッシュは一休みした。そこそこ清潔な段に腰かけ、息がもっとふつうの状態へ整うのを待った。空気はこの高さまでくると下よりは澄んでいた。こうして階段をあがらねばならないため、この建物の上階を使う無断居住者がまれなのだろう。

ボッシュは耳をそばだてたが、ひとの話し声はまったく聞こえなかった。いまごろ捜索隊は最上階についているはずだ。ストークスに関する情報がまちがっていたか、それとも被疑者が逃げだしたのかと不思議に思った。

ようやくボッシュは立ち上がり、ふたたび階段をあがりはじめた。一分後にボッシュは数えちがいをしていたと気づいた——しかし、いい数えちがいだった。ボッシュは最後の踊り場とペントハウス——十三階——へのひらいたドアのまえに立った。

息を吐き、もうひとセット階段をあがらずにすんだと考え、ほほ笑みかけたそのとき、廊下から叫び声がした。

「そこだ！　すぐそこだ！」

「ストークス、やめろ！　警察だ！　その銃を——」

間髪をいれず、ひどく大きな銃声が二度轟き、廊下にこだまして声をかき消した。ボッシュは銃を抜き、すばやく戸口へ駆け寄った。戸枠からそっと覗きこもうとしたところ、さらに二発の銃声がして、ボッシュは頭をひっこめた。

こだまのために、ボッシュは銃声の出所を確認できなかった。ふたたび戸枠に寄りかかり、廊下をのぞきこんだ。暗く、西側の客室の戸口から明かりが射していた。エドガーが二名の制服警官の背後で戦闘態勢に構えて立っていた。三人はボッシュに背を向け、ひらいた戸口のひとつに銃の狙いを定めている。エドガーたちはボッシュから廊下を十五メートルいったところにいる。

「クリア！」声が叫んだ。「ここはクリアだ！」

廊下の男たちは一斉に銃を上に向け、ひらいた戸口へ向かった。

「ＬＡＰＤが背後にいる！」ボッシュは叫び、廊下に入った。

エドガーがちらりとボッシュを振り返ってから、二名の制服警官につづいて客室に入った。

ボッシュは急ぎ足で廊下を進み、客室に入ろうとしたまさにそのとき、後退して制服警官を廊下に行かせないとならなかった。警官は無線でしゃべっていた。

「中央、救急班をハイランド四十一番地、十三階に要請する。被疑者が倒れた。弾傷だ」

ボッシュは客室に入りながら振り返った。無線の警官はエッジウッドだった。ふたりの視線が一瞬絡み合い、エッジウッドは廊下の暗がりに消えた。ボッシュは振り返り客室を眺めた。

ストークスが扉のないクロゼットに座りこんでいた。奥の壁にもたれかかっている。両手を膝に置き、片方の手に小型銃を握っている。二五口径のポケットロケット（手のひらサイズの銃）だ。身につけているブラックジーンズと袖なしのTシャツはストークス自身の血でおおわれていた。入射傷が胸と左目の真下にあった。目は開いていたが、あきらかに絶命していた。

エドガーが死体のまえにしゃがんでいた。死体に触れてはいなかった。脈をとってみても意味がなく、それはだれもがわかっていた。焦げた無煙火薬のにおいがボッシュの鼻に侵入してきて、それは客室の外の臭いからすればありがたい救いだった。

ボッシュは振りむいて客室全体の様子を見た。狭い空間にひとが多すぎた。制服警官が三名、エドガー、それにおそらく麻薬取締官である平服。制服のうち二名は向こう側の壁に集まり、漆喰にあいたふたつの銃弾の孔を調べていた。ひとりが人差し指をあげ、孔のひとつを探ろうとした。

「そこに触るな」ボッシュは怒鳴った。「なんにも触れるんじゃない。全員ここを退却してもらい、OISを待ちたい。撃ったのはだれだ」

「エッジがやった」麻薬取締官が言った。「こいつはおれたちをクロゼットで待ち伏せしていて、それでおれたちは――」

「すまんが、きみの名前は？」

「フィリップスだ」

「よし、フィリップス、おれはきみの話を聞きたくない。ＯＩＳに取っておけ。エッジウッドを連れて階段を降り、下で待っていろ。救護班がやってきたら、もうここに用はないと伝えろ。階段をあがる手間を省いてやれ」

警官たちは気が進まぬ様子でゆっくり客室を出ていき、ボッシュとエドガーだけが残された。エドガーが立ち上がり、窓のほうへ歩いていった。ボッシュはクロゼットからもっとも遠い隅へ歩いていき、死体を振り返った。それから死体に近づいていき、先ほどエドガーがいたのと同じ場所にしゃがんだ。

ストークスの手の銃をじっと見つめた。この銃が手から離されたとき、ＯＩＳの捜査員たちは、製造番号が酸で焼き消されていることを知るのだろう。

ボッシュは階段の踊り場で聞いた銃声のことを考えた。二発と二発。記憶を頼りに判断するのはむずかしい。あのときの自分の位置を考慮に入れるとなおさらだ。だが、最初の二発の銃声のほうが、あとの二発より大きく響いたと思った。そうすると、ストークスが小型拳銃を撃ったのは、エッジウッドが制式銃を撃ったあとだということになる。つまり、ストークスが二発を撃ったのは、顔と胸を撃たれたあとになる。ボッシュにはどちらも即死を引き起こしただろうと思える傷だ。

「どう思う？」

エドガーがボッシュの背後にいた。

「おれがどう思うかは関係ない」ボッシュは言った。「こいつは死んだ。もうＯＩＳの事件だ」

「つまり捜査は終了ってことだ、パートナー。もう検事が起訴をするかどうか心配する必要はなくなったとおれは思うね」

ボッシュはうなずいた。まとめの捜査と書類仕事はあるだろうが事件は終わった。最終的に〝その他の手段により終了〟と分類されるだろう。裁判も有罪もないが、やはり解決のファイルの列に入るという意味だ。

「どうかな」ボッシュは言った。

エドガーがボッシュの肩をぴしゃりと叩いた。

「おれたちが組んだ最後の事件だぜ、ハリー。トップに立って退くんだ」

「ああ。教えてほしいことがある。おまえは今朝、点呼室でのブリーフィングで、地区検事局と未成年者犯罪のことを話題にしたか？」

長い沈黙が流れてからエドガーは言った。「ああ。そんなことを話題にしたかもしれん」

「おれたちが時間の浪費をしていると話したのか。おまえ、おれにそんな言い方をしたよな。検事がおそらくストークスを起訴すらしないだろうと話したのか？」

「ああ、そんなことを言ったかもしれん。なぜだ？」

ボッシュは答えなかった。立ち上がり、客室の窓辺に歩み寄った。キャピトル・レコードのビルと、そのはるか向こうの丘の頂にあるハリウッド・サインが見える。数ブロックはなれた場所で建物の両側に描いてあるのは、反喫煙の看板だ。口から煙草を落としたカウボーイの絵に、煙草はインポテンツの原因になるという警告が添えてあった。

ボッシュはエドガーを振り返った。

「ＯＩＳがここに到着するまで、現場を守るのか？」

「ああ、もちろん。十三階分登らなくちゃならんとは、連中はカッカするだろうよ」

ボッシュは戸口へ向かった。

「どこへ行くつもりだ、ハリー？」

ボッシュは答えずに客室から出ていった。廊下の遠いほうの階段を使い、先に降りていった者たちに追いつくことがないようにした。

53

かつてひとつの家族だったものの生き残りが、墓穴を中央にして輪郭のはっきりした三角形の頂点にそれぞれ立っていた。フォレストローンの傾斜した山腹に立ち、サミュエル・ドラクロワが棺の片側に、元妻がもう片側にいた。シーラ・ドラクロワの場所は牧師とは反対側の棺の長辺の先だった。母親と娘は明け方から降りつづいている涙雨に濡れぬように、黒い傘をひらいていた。父親にはなにもなかった。その場で濡れながら立ちつくし、女たちのどちらも、自分を守るものを共有するために動こうとしなかった。

雨音と近くでフリーウェイからする雑音《ヒス》が、雇われ牧師が話しているはずのほとんどを、ボッシュのところまで届けないうちにかき消していた。ボッシュには傘がなく、遠くからオークの木の下で雨を避けながら見守っていた。少年が正式に丘に埋葬され、それも雨のなかだということが、どこかふさわしいように感じていた。

ボッシュは検屍局に連絡を取り、葬式を取り扱う葬儀社を訊いて、フォレストローンだと知った。また、遺骨を引き取り、葬儀の手配をしたのは少年の母親だったこともわかった。ボッシュは少年のために葬儀を訪れた。それに母親にもう一度会いたかったからでもあった。

アーサー・ドラクロワの棺は成人用につくられたもののようだった。磨きあげられた灰色で、ペンキを塗ったクロームの把手がついていた。棺はどれもそうだがこの棺も美しく、ワックスをかけたばかりの車のようだった。雨が表面で玉となり、それから下の墓穴へすべっていった。だが、やはりあれだけの骨には大きすぎる棺で、ボッシュはどうも気になった。身体に合わない、あきらかにお下がりの服を着ている子どもを見ているようだった。そうした子どもについて言われることが、つねにあるようだ。その子たちは欠けている、と。その子たちは二の次だ、と。

雨足が強まってくると、牧師が片手で傘をさし、もう片方の手で祈禱書をもった。祈りの言葉がなんとか少しだけ無傷でボッシュのほうへ漂ってきた。牧師は、アーサーを迎えている、よりすばらしい王国について話していた。それを聞いたボッシュは、ゴラーが毎日検分し、書類にする残虐行為にもかかわらず、彼の王国に対する揺るぎない信仰をもつことを思い起こした。けれどもボッシュにとっては、陪審員はまだこの件から退席したままだった。相変わらずボッシュはより劣る王国の住民だった。

三名の家族がまったくおたがいを見ないことにボッシュは気づいた。棺が沈められ、牧師が最後に十字を切る仕草をすると、シーラは踵を返し、駐車スペースの道路へ向かって斜面を下りはじめた。一度も両親に目礼することはなかった。

サミュエルがすぐさまあとを追い、振り返ったシーラは父親がうしろからやってくることに気づくと歩調を速めた。最後には傘を投げ捨て駆けだした。車にたどり着くと、父親が追いつかないうちに走り去った。

サミュエルは娘の車が広大な墓地を切り裂き門を抜けて消えるまで見つめていた。それから丘をもどってうち捨てられた傘を拾った。それを自分の車に載せ、同じように走り去った。

ボッシュは埋葬地を振り返った。牧師の姿がなかった。あたりを見まわすと、黒い傘のてっぺんが丘の頂の向こうに消えていくところだった。どこに行くつもりなのか。丘の反対側でべつの葬儀を執りおこなう以外に考えられなかった。

かくしてクリスティーン・ウォーターズが墓に残された。声に出さず祈りを捧げ、それから下の道に二台だけ残された車に向かって歩きだした。ボッシュは交差する角度を選び、その方向へ進んだ。近づくと相手は静かにボッシュを見た。

「ボッシュ刑事、ここでお会いするなんて驚きましたわ」

「なぜです？」

「刑事さんって超然としているものじゃありませんの？　感情的に関わるのではなくて。葬儀に姿を見せることは感情的に愛着をもっていることを示しているのじゃありませんか。雨の日の葬儀でしたら余計に」

ボッシュが一歩踏みだして隣りにならぶと、傘の庇護の半分が差しだされた。

「なぜ遺骨を引き取ったのですか？」ボッシュは訊ねた。「なぜこうされたんです？」

ボッシュは振り返って丘の墓のほうを示した。

「なぜって、ほかにだれもやらないと思ったからです」

ふたりは道路にたどりついた。ボッシュの車がまえに停まっていた。

「お別れね、刑事さん」そう言ってボッシュから離れ、車と車のあいだを抜けて自分の車の運転席側へまわった。

「あなたに渡すものがあります」

車のドアを開けた相手はボッシュのほうを振り返った。

「なんですって？」

ボッシュは自分の車のドアを開け、トランクのロックをぽんと解除した。車と車のあいだにまわった。クリスティーンが傘を閉じて車に入れ、それから近づいてきた。

「むかし、こう言われたことがあります。人生とはあるひとつのものを追いつづけることだと。償いです。償いを求めているのだと」

「なんに対してかしら」

「あらゆるものに対してです。いかなるものにも。おれたちはみな、許されたがっているんです」

ボッシュはトランクの蓋をあげ、段ボールの箱を取りだした。それをクリスティーンに渡した。

「この子たちの面倒をみてください」

クリスティーンは箱を受けとろうとしなかった。そうせずに蓋を開け、なかを見た。ゴムバンドでまとめた封筒の束が入っていた。ばらになった写真があった。いちばん上ははるか遠くを見つめたコソボの少年の写真だった。クリスティーンが箱に手を入れた。

「どこにあったものなんです？」クリスティーンが慈善団体のひとつからの封筒を手にした。

「それは重要じゃありません」ボッシュは言った。「だれかがこの子たちの面倒をみないとならないんです」

クリスティーンがうなずき、そっと蓋をもどした。ボッシュから箱を受けとると、自分の車にもどった。バックシートに箱を載せ、それからまえのドアをひらいた。乗りこむまえにボッシュに視線を向けた。いまにも口をひらいてなにか言うかに見えたが、そこで思い直したようだ。車に乗りこみ、走り去った。ボッシュはトランクを閉め、走り去るその車を見ていた。

54

警察本部長の命令はまたもや無視されていた。ボッシュは刑事部屋の照明をつけ、殺人課テーブルの自分の席へ行った。空の段ボール箱二個を置いた。

日曜日の遅い時間で、もう真夜中に近かった。ボッシュはだれにも見られないだろう時間にここに来て、デスクとファイルの整理をしようと決めていた。ハリウッド署での勤務はあと一日残っていたが、荷造りと、だれかとうわべだけの別れの挨拶をしてまわることに一日を費やしたくなかった。ボッシュのプランは、片づいたデスクでその日をスタートさせ、〈ムッソー&フランク〉での三時間のランチで終わらせることだった。心から気にかけてくれる数人に別れを告げたら、自分が去ったことをだれも気づきもしないうちに、裏口からそっと出ていく。そのやりかたしか考えられなかった。

ボッシュはファイルキャビネットから整理をはじめ、いまだに眠れない夜を過ごさせることもある未解決事件の殺人調書を複数取りだした。まだ諦めてはいなかった。RHDで空き時間に調べるつもりだった。あるいは、ひとり自宅で調べるか。

箱ひとつがいっぱいになると、ボッシュはデスクに向き直り、最下段の抽斗を空にする作業をはじめた。薬莢がつまった密閉式の壜を取りだしたところで、ボッシュは手を止めた。ジュリア・ブレイシャーの葬儀で拾った薬莢を、まだ壜に入れていなかった。そうせずに、ボッシュはその薬莢を自宅の棚に置いていた。保護ケージをはなれる危険を思いだすよすがとして、つねにそこに置いておくであろう鮫の写真の隣りに。ジュリアの父に許可を得てボッシュがもらったものだ。

ボッシュは壜を二つ目の箱の隅に丁寧に置き、ほかの品で動かぬよう確実に固定されるようにした。そこで、中段の抽斗を開け、ボールペンや手帳、そのほかの文房具を集めはじめた。

古い電話メッセージや捜査で会った人々の名刺が、抽斗全体に散らばっていた。ボッシュはひとつひとつを確認してから、保存しておくかごみ箱に捨てるか決めた。保存しておくものをまとめると、輪ゴムでとめて段ボール箱に入れた。

この抽斗がほぼ空になったとき、ボッシュは折りたたんだ紙を取りだし、ひらいた。メッセージが書かれていた。

どこにいるの、タフガイさん？

ボッシュは長時間そのメッセージを見つめていた。すぐにそのメモは、ほんの十三日まえに、ワンダーランド・アヴェニューに車を停めてからのすべての出来事をボッシュに考えさせた。トレント、ストークス、とりわけアーサー・ドラクロワとジュリア・ブレイシャー。ゴラーが何千年もまえの、殺人の被害者の骨を調査しながら口にしたこと。そして、紙片に書かれた質問に対する答えをボッシュは悟った。

「どこにもいない」ボッシュは声に出して言った。

ボッシュは紙片を折りたたみ、段ボール箱に入れた。両手を見下ろした。拳を横切る傷跡を。ボッシュは片手でもう片方の手についた傷跡をなでた。レンガ壁を殴ったことで自分の内部に残った、目に見えない傷のことを考えた。

職務とバッジと使命がなければ自分は道に迷うだろうと、つねに自覚して生きてきた。この瞬時にボッシュは、それが全部手のなかにあっても、やはり道に迷うかもしれないと気づくに至った。いや、それがあるがために、道に迷うかもしれない。もっとも必要だと考えていたものこそが、ボッシュの周囲に虚無感の帳《とばり》を降ろすものだった。

ボッシュは決意した。

尻ポケットに手を入れ、バッジホルダーを取りだした。裏のビニールの窓からIDカードを滑らせてだし、バッジをはずした。〝刑事〟と書かれた浮き彫り文字に沿って親指を走らせた。拳の傷跡に似た感触だった。

バッジとIDカードをデスクの抽斗にしまった。つぎにホルスターから銃を取りだし、長々と見つめてから、やはり抽斗にしまった。抽斗を閉め、鍵をかけた。

ボッシュは立ち上がり、刑事部屋を突き抜けてビレッツのオフィスへ行った。ドアに鍵はかかっていなかった。デスクの抽斗の鍵と、スリックバックの鍵をビレッツのデスクマットの上に置いた。朝になって自分が姿を見せなければ、きっと警部補は不思議に思ってデスクを調べるだろう。そのとき警部補は、ボッシュがもどらないと知る。ハリウッド署にもRHDにも。ボッシュはバッジを返し、コード7になろうとしている。あがりだ。

ふたたび刑事部屋を突き抜けながらボッシュは周囲を見渡し、終わりを告げる波が押しよせてくるのを感じた。しかし、ボッシュは躊躇しなかった。デスクまでもどると、段ボール箱を重ねてかかえ、表の廊下へ出ていった。照明はつけたままにした。受付を通り過ぎると、署の重い正面ドアを背中で押し開けた。受付に座っている警官に呼びかけた。

「おい、頼みがある。タクシーを呼んでくれないか」

「いいとも。だが、この天候じゃ、しばらくかかるだろう。なかで待ったほうが――」

ドアが閉まり、警官の声はさえぎられた。ボッシュは路肩に歩み寄った。ひんやりした雨の夜だった。雲におおわれた空に月の気配はまったくなかった。ボッシュは胸で箱をささえ、雨のなか、待ちつづけた。

解説

評論家
関口苑生

マイクル・コナリーが現代最高のハードボイルド小説の書き手であるというのは、誰もが認めるところだろう。なのにどういうわけか、彼の輝かしい経歴の中にアメリカ探偵作家クラブ（MWA）と英国推理作家協会（CWA）の最優秀長篇賞の受賞歴だけがない。他の候補作品との兼ね合い、タイミングの問題などもあっただろうが、まさしく業界の七不思議と言ってもいい珍事だ。けれども少々穿った見方をすれば、これが現在のハードボイルドが置かれた厳しい状況の反映と捉えることもできる（それでもサラ・パレツキーは取ってしまうんですが）。

ハードボイルドを取り巻く環境は、かつてと比べて明らかに悪化しているのは間違いないだろう。中にはハードボイルドというジャンルそのものが他のジャンルに取り込まれ、もはや死滅してしまったのだとの過激な意見を述べる人もいるほどだ。冷静に考えてみれば、確かにこの現代において正統派のハードボイルドを書こうとするのは、いささか困難なことであるのかもしれない。ことにチャンドラーに代表される社会派感傷ハードボイルドは、今となってはパロディかオマージュぐらいにしか見ることができなくなっている。社会そのものがあまりにも複雑怪奇になりすぎて、一方で高度に管理された情報化社会の側面も併せ持つ現代では、社会の腐敗を暴くミステリーとしてのハードボイルドは、いかにも脆弱になっていたのである。

コナリーが生み出したロサンジェルス市警ハリウッド署刑事ハリー・ボッシュ・シリーズは、そうしたハードボイルドがまだかろうじて輝きを失っていなかった最後の時代に誕生した。それから着実に進化と深化を遂げ、本書『シティ・オブ・ボーンズ』で八作目となる。未確認情報ではあるが、全十二作の構想だというから、ようやく三分の二を迎えたことになる。そこで振り返ってみると、彼なりの緻密な計算がなされていたことがおぼろげながらに見えてくる。

ハリー・ボッシュは本名ヒエロニムス・ボッシュ。十五世紀のオランダ幻想画家と同じ名を持つこの男は、名前の由来をアノニムス（誰でもない、無名の）と同じ韻を踏むのだと他人に説明することで、自分は何者なのかを問い続ける人物として登場する。母親は娼婦。父親の素性は委細不詳だった。十歳のときに母親不適格を理由に養護施設に入れられる。しかしその翌年、母親が何者かに殺害され、ハリウッドの路地で発見される。それ以後ボッシュは養護施設と里親の間を転々とする生活を送り、十八歳になって陸軍に志願入隊。従軍先はもちろんヴェトナム。トンネル工作兵としてヴェトコンと渡り合い、このときの後遺症が長らく不眠症という形で彼を悩ませる。除隊してから初めて、父親を探してみようと決意。ようやく探し当てた相手から告げられた言葉が、またしても彼のアイデンティティを揺るがすものになる。

その後、ロス市警に採用され、パトロール警官から刑事に昇進したのち着実に成績を上げるが上層部の受けは悪く、組織の中で次第に孤立した存在になっていく。本シリーズの翻訳者である古沢嘉通氏のうけうり（単行本解説）になってしまうが、第一作の『ナイトホークス』から四作目の『ラスト・コヨーテ』までの物語は、そんなボッシュの人物造形を徹底的に深めていく展開となっており、彼の原点ともいうべき「母親殺し」事件が四作を通してひとつのケリがつけられる。

五作目の『トランク・ミュージック』で初めてボッシュは自分とは直接関わり合いのない事件を担当。最愛の女性と再会し、有能な同僚、理解ある上司に恵まれるなど「幸せなボッシュ」が描かれ、主人公およびシリーズに一時的な救済が与えられた。個人的にはコナリーの最高傑作と思っている第六作『堕天使は地獄へ飛ぶ』から、シリーズ第二期が始まる。自分は何者であるのかを探し続けてきた男が、現在の自分の居場所を探求する物語に移行していくのだ。そこで彼は、否応なく現代アメリカ社会と対峙することを余儀なくされるが、新たな原罪を背負うことにもなってしまう。七作目の『夜より暗き闇』は第三者の眼で見たボッシュの姿が描かれる。殺人容疑をかけられたボッシュの内面を、『わが心臓の痛み』で登場した元FBI心理分析官テリー・マッケイレブが執拗に暴いていくのである。そして八作目の本書は人間の「死」そのものに対して、ボッシュの基本的な姿勢が改めて問われるのだった。この衝撃的な結末から察するに、おそらく九作目からは第三期に向かうのだろうと思われる。

物語巧者であるコナリーのことだから、どの作品から読んでも十分な満足が得られるのは間違いない。けれども、シリーズを順に読んできた読者には、これが徹頭徹尾ハリー・ボッシュの物語であったことに、いまさらのごとく気づかされるはずだ。人間性の掘り下げはもとより、事件の内容が社会的な腐敗や悪の正体を明らかにするものになろうとも、問題は常にボッシュにあり、彼はそれらを個人的な事件として捉えていくのである。

二〇〇三年二月号の《ミステリマガジン》には、作者のコナリーが主人公のボッシュにインタビューするという形の記事が掲載されている。そこでコナリーはボッシュに、悪はたんにこの世に存在するものなのか、それとも人の手によって育まれるものなのかという質問を発している。

これに対してボッシュは、おれにとって重要なのは、たとえその源がなんであったとしても、悪がそこに存在していることなんだ。どこで生まれたものなのか気にしやしない。大切なのは、現場に出て、この世からその悪を取り除くことだと答えるのだ。

正直言って、なんとも当たり前すぎるというか、さして目新しい意見でもない。だが、こうした心境にいたるまでに彼は途方もなく迂遠な道をたどってきたのである。思えば、彼ほどに自己の内面を探り続け、同時に他者からも覗き見られ続けてきた人間も珍しい。冗談ではなく、これ以上分析しようがないだろうというぐらい細かい部分にまで及んだものだ。さすがにここまでくると、ボッシュ自身も悩んでいる時間は終わったと悟ったのではないか。インタビューからはそんな印象を受ける。

さて本書の物語だが、ハリウッドの丘陵地帯で人骨らしきものを散歩中の犬がくわえてきたことから始まる。鑑定の結果、骨は十二歳くらいの少年のもので、死亡時期は二十年ほど前、死因は鈍器による頭部への殴打であることが判明する。しかもその骨には、生前何度も骨折した形跡があり、恒常的に虐待を受けていた可能性があった。殺人事件として捜査にあたるボッシュだったが、捜査は遅々として進まぬまま、事件は意外な展開を見せていく。さらに警察上層部はまたしてもボッシュの解雇をはかり、事件の早期解決を迫られた彼は絶体絶命の窮地に立たされるのだった。

シリーズの転機となりそうな本書だが、今回の事件を通してボッシュが他者の「死」をわがものとし、それら死者の代弁をしようという使命感が芽生えることでも注目したい。二十年前の骨が、ボッシュにある意味で取り憑いてしまうのである。その結果、現代において本来なら死ななくてもいい人間が死ぬ羽目になったとしても、彼に迷いはなくなる。事件の冒頭、ボッシュが同僚に告げる言葉がある。

「すべての殺しに街の物語がある」この言葉が彼の思いを象徴しているだろうか。というのは、捜査の途上で法人類学者から奇妙な骨のことについて聞かされる場面がある。それは九千年前の女性の骨だった。けれども、頭蓋骨に鈍器で殴られた跡があったのだ。しかもまったく同じ場所から、同じ方法で二体。九千年前にシリアル・キラーがいたのかどうかはわからないが、この街は天使の街ではなく骨の街でもあったと思い知らされるのだ。ロサンジェルスはそうした骨の上にそそり立っているのだった。

そこにいかなる犯罪発生の悲劇があったのか、ボッシュは孤高の存在となって探り始めるのである。死者たちに成り代わって代弁するためにだ。

おそろしく迂遠な道をたどって現在の心境にいたったボッシュだったが、そこで彼が選んだ進路は、読者をあっといわせるに違いない。それは同時にコナリーが考えるハードボイルドの方向性も含めた興味だ。

おお、これほど早く次を読みたいと思わせる作品も今までになかった。

二〇〇五年一月

本書は、二〇〇二年十二月に早川書房より単行本として刊行された作品を文庫化したものです。